LES CHEVALIERS
DE LA NUIT

Pour redécouvrir
un pays à découvrir...

A mon colo préféré

X.

Éditeurs:
LES ÉDITIONS LA PRESSE, LTÉE
7, rue Saint-Jacques
Montréal H2Y 1K9

Tous droits réservés:
LES ÉDITIONS LA PRESSE, LTÉE
©Copyright, Ottawa, 1980

Dépôt légal:
BIBLIOTHÈQUE NATIONALE DU QUÉBEC
1er trimestre 1980
ISBN 2-89043-044-8

jean~yves soucy

LES CHEVALIERS DE LA NUIT

COLLECTION
ROMANS
D'AUJOURD'HUI

LES ÉDITIONS LA PRESSE

L'interminable procession des épinettes décharnées émergeait dans le petit matin; des effilures de brume et la vitesse émoussaient le pointu de leurs branches. Tantôt un ruisseau encore inondé de nuit, tantôt un brûlé où des troncs infirmes fuyaient en se tordant. Un lac à l'eau pourpre et tout de suite après l'accident, la foule des arbres reformait les rangs. L'éclair de l'envol d'un oiseau. Tout le paysage défilait avec un bruit monotone. Seul le ciel était fixe, encore que lentement s'altérait l'équilibre du violet, du rose et de cette lactescence qui virait au jaune; rien de comparable aux métamorphoses brusques de la forêt, il fallait regarder longtemps pour remarquer le changement. Et dessous le ciel matinal, toujours la multitude des épinettes, curieuses et sans voix. Un monde regardait passer le train.

Yeux rougis, membres douloureux, les deux garçons restaient collés à la fenêtre. A l'intérieur du wagon, le ronflement lointain d'un dormeur et la conversation chuintée de deux vieilles: ces sons avaient été les mêmes la nuit durant, sans rien d'autre pour marquer l'écoulement des heures. La mère somnolait en tenant contre elle Françoise, la petite soeur de cinq ans, dont un bras ballait dans l'allée.

Enfin le matin! Toute la nuit ils s'étaient usé les yeux à tenter d'entrevoir le dehors mystérieux, percevoir un détail avec lequel reconstruire, à force d'imagination, le paysage inconnu. A peine parfois une tache bleue dans le noir, vite disparue et innommable. Et voilà que la lumière parcimonieuse d'avant l'aurore leur révélait une contrée encore plus étrange que celle dont ils avaient rêvé. Un pays d'arbres, sans humains; des milliers, des millions peut-être, d'épinettes toutes pareilles, serrées jusqu'à se toucher. Plus d'arbres que les petits citadins n'en auraient jamais pu imaginer et le train avait beau dévorer les milles, il restait toujours autant de troncs. C'était donc loin l'Abitibi!

La veille encore, quand Rémi et Robert évoquaient cette région fabuleuse que les récits de leur père leur avaient rendue présente et familière, jamais ils ne la pensaient si distante. Pour les garçons qui, au bord du fleuve, lançaient des cailloux sur les vaguelettes, l'Abitibi c'était là-bas, de l'autre côté de l'eau. Et le train roulait depuis un temps interminable.

Là-bas on allait recommencer à neuf, ce serait comme d'éternelles vacances: pas d'électricité, plus de télévision, d'asphalte, de feux de circulation, plus de parc au gazon usé et aux érables écorchés, plus d'île Sainte-Hélène avec ses baignades à l'ombre du pont. Plus rien de connu, l'aventure. On allait devenir des pionniers comme dans les films, devoir inventer. Les garçons étaient prêts, abandonnaient tout, liquidaient le passé, se faisaient une âme neuve pour rencontrer l'Abitibi. Ils s'étaient dit l'un à l'autre qu'ils cesseraient d'être des enfants, changeant d'âge comme de contrée. Rémi songeait qu'ils avaient peut-être été téméraires; c'était facile de prendre de telles résolutions alors qu'ils se trouvaient dans la sécurité du quotidien habituel, il en était autrement à présent qu'ils allaient, enfermés dans ce train que rien n'arrêterait, vers une destination d'où il n'existait peut-être pas de chemin de retour.

Ils entendaient sous eux les boggies qui rythmaient sur les rails une mélopée sauvage. Ce tam-tam obstiné, c'était le coeur du pays qui battait. Rémi ne se sentait pas de taille; il se recroquevilla, frissonna. Une torpeur le gagnait et en même temps le désespoir venait. Il lutta, faisant marcher son imagination tandis que ses cils balayaient la vitre qui vibrait contre son front.

On leur avait dit que l'Abitibi c'était loin comme la Gaspésie; une mesure connue, un jour de voyagement en partant avec l'aurore. Le chemin de la Gaspésie, c'était des villages aux clochers pointus, des fermes, des boisés, des champs réguliers comme les carreaux d'un damier, des vaches que l'on tentait de compter, l'infini défilé des poteaux téléphoniques, le dîner à Rivière-du-Loup, le homard acheté le long de la route, Mont-Joli, Matane, du su, du connu, des milles qu'on figurait en heures, une distance que comptait l'estomac. Mais l'Abitibi! Non, ce n'était pas loin comme la Gaspésie, mais dans une autre dimension. Durant la nuit le temps s'était dissous et les milles n'avaient plus de sens; le chemin parcouru, c'est en arbres qu'il aurait fallu l'évaluer, l'épaisseur de chacun s'ajoutant à celle des autres pour constituer un mur vivant de Pointe-aux-Trembles à Amos. Il aurait fallu compter les épinettes, mais elles défilaient à un rythme trop grand et depuis si longtemps qu'elles auraient épuisé les réserves de chiffres des garçons. Jamais ils ne sauraient avec exactitude.

Au milieu de la mouvance du vert, une forme noirâtre. Un orignal sans doute, ou un ours. On leur avait parlé des animaux de ce pays et ils avaient consulté des livres. Ils se regardèrent, se forçant à sourire: on était vraiment ailleurs. Durant de longues minutes cette pensée occupa leur esprit respectif, sans qu'ils aient besoin de communiquer. Le tambour sur les rails devenait plus puissant. Les garçons se fixaient intensément. Leurs sentiments se détérioraient peu à peu et chacun lisait dans les yeux de l'autre son propre désarroi. Perdus, étrangers dans leur peau même, impuissants à rien changer. Cette femme, était-ce bien leur mère? Mère, ça voulait dire quoi? Et Robert, le plus jeune, éclata en sanglots qu'il essaya de rendre le moins bruyants possible. Rémi se sentit soulagé par les pleurs de son frère, c'était humain ces larmes, plus vrai et naturel que toutes les épinettes du paysage.

Ce bruit éveille la petite soeur. Elle bouge, réveille la mère qui frotte son bras que le poids de l'enfant a engourdi. La femme prend conscience du mouvement puis du lieu où elle se trouve. Elle regarde dehors. Son visage neutre exprime tout à coup l'effroi. Ce n'est qu'une expression fugitive et elle détourne la tête de la fenêtre en souriant à ses garçons, mais Rémi a vu. Il se garde bien de le montrer.

—Bonjour, maman.

Elle ne se donne pas la peine de répondre, toute son attention prise par les pleurs de Robert. Rémi réagit.

—C'est pas grave maman, c'est de ma faute. On jouait et je lui ai fait mal. J'ai pas fait exprès et je me suis déjà excusé. Tu ne m'en veux pas, hein Robert?

—...non.

—Ne recommence plus Rémi. Tu es le plus vieux, quatorze ans déjà, il faut être raisonnable, donner l'exemple à ton frère et à ta petite soeur.

—Oui, maman.

Sans trop comprendre les intentions de son aîné, Robert joue le jeu, se calme et sèche ses larmes. La mère se force à l'enthousiasme.

—Notre voyage achève. J'ai hâte d'arriver et j'imagine que

c'est pareil pour vous. On va retrouver votre père, voir notre nouvelle maison. J'y pense, vous devez avoir faim ?

Les garçons acquiescent d'un signe, la petite soeur touche le bras de sa mère.

—Maman, j'ai fait pipi.

Et elle montre un cercle foncé qui tache le tissu du fauteuil. La mère lève une main menaçante, se ravise en pensant aux autres passagers endormis, regarde craintivement alentour pour voir si l'accident a eu des témoins, et elle dissimule la tache sous l'oreiller qu'elle a loué auprès de la compagnie des chemins de fer.

—J'amène Françoise aux toilettes et ensuite on déjeune.

Ils mangent les derniers sandwichs dont le pain commence à rassir et vident ce qui reste de limonade. Au fil des heures, la civilisation réapparaît, d'abord un campement indien, quelques cabanes de bûcherons cernées par les arbres, puis des fermes rares et distancées mais autour desquelles la forêt a reculé. Comme si on avait traversé une large frontière faite de bois déserts pour déboucher ensuite dans une autre contrée. Rasérénés par cette vision, le ventre plein, les garçons regardent à nouveau avec avidité, et volontiers ils vont vers l'inconnu. Le tam-tam sous le train leur est devenu familier, amical presque. Un village, plus tard un autre. Et on en traverse de plus en plus fréquemment.

Vers midi le train amorce un long virage suivi d'une légère descente ; un interminable champ au velours mouillé s'étire jusqu'aux maisons d'une petite ville que domine un gigantesque dôme vert-de-gris. Robert songe à un téton comme on en voit sur les reproductions de peintures anciennes dans le dictionnaire ; il regarde Rémi qui lui fait un clin d'oeil entendu. La mère surprend leur manège et comprend, car elle aussi a vu un sein dans la forme de la cathédrale ; elle rougit, tout à coup honteuse des dômes qui tendent le tissu vert de sa plus belle robe. Ses garçons s'éveillent aux choses de la vie et cela lui fait mal. Depuis longtemps elle craint ce moment, souhaitant même qu'il passe à son insu. Elle se sent coupable d'être femme et redoute maintenant leurs regards où l'innocence n'existe plus.

Le père les attendait à la gare, une petite maison rouille sur un quai de ciment gris. Les flâneurs avaient tous une allure insolite. Les garçons essayèrent en vain d'en trouver la raison. Aucune différence notable entre ces gens et ceux de Montréal, pourtant l'impression qu'ils donnaient ne faisait que croître et bientôt ils parurent étranges: par leur attitude, leur façon de marcher sans hâte, de rejeter la tête en arrière pour contempler le ciel, par les regards insistants dont ils dévisageaient les voyageurs. Devant ces quelques dizaines de paires d'yeux qui le détaillaient davantage que les milliers d'yeux de la rue Sainte-Catherine, Rémi se sentait devenir gauche. Il cherchait une contenance, une chose à laquelle s'occuper, mais sa fébrilité ne faisait que le rendre plus différent et plus facilement reconnaissable comme étranger au milieu de la foule. Ici, les gens prenaient le temps, même pour ne rien faire, et son père était devenu comme ces gens. Rémi se dégagea du cercle familial, s'éloigna de quelques pas. C'était donc lui l'étranger, l'intrus? L'impression d'être ailleurs, égaré, perdu, de rêver peut-être, revint avec plus de vigueur. Il ne connaissait ni les lieux, ni les habitants, ne se reconnaissait pas lui-même. Sa gorge serrée sur sa peur, il répéta son nom jusqu'à ce qu'il n'ait plus de sens. Rémi Simard, Rémi-Simard, Rémisimar, Rémisimor, Rémi si mort, rémisima, rémisima. Comme un abracadabra dont on ignore l'utilité. Non! Il allait s'éveiller, se retrouver dans la maison de la rue Hochelaga. On l'appela, il sursauta et revit les siens sur le quai de la gare. Il ne rêvait pas, Montréal était loin et il se trouvait à Amos.

Ce sentiment d'étrangeté persista même quand ils furent dans la voiture pourtant familière: le velours exhalait une odeur âcre, toute nouvelle. Entassés sur les banquettes, coincés entre des malles et des paquets en équilibre instable, ils parcoururent la rue principale: un restaurant, trois hôtels, une banque, un garage, un magasin général avec une véranda où trônait, au milieu des pièges et des chaudrons, une tête d'orignal empaillée, aux yeux éteints, et partout ces gens bizarres qui se mouvaient comme dans un film au ralenti. Rémi scruta les coins de rues et il n'aurait pas été surpris de voir déboucher une troupe de cowboys à cheval ou un régiment de cavalerie, Rin-Tin-Tin en tête.

La voiture traversa le pont qui enjambait une rivière paresseuse, grimpa une côte abrupte que bornaient des maisons basses, passa à côté d'une scierie où s'empilait du bois brillant et odorant; on quitta la ville, et tout de suite ce fut la mousse, l'herbe et les arbustes. Les épinettes se rapprochaient. Rémi revit la nature sauvage, presque avec soulagement.

Un lac qu'on longeait, plusieurs longues courbes pour éviter des affleurements rocheux, et la route bifurquait. La voiture ralentit, tourna à droite, quittant l'asphalte pour le gravier. La poussière, en nuages épais, enveloppa le paysage derrière eux, s'infiltra dans l'automobile et se déposa partout. Elle avait la même odeur que le tissu des banquettes. Au bout de quelques milles, les passagers eurent mauvaise mine : teint blafard et peau rugueuse, sourcils et cheveux grisonnants. Les gorges brûlaient et Françoise pleurait en se plaignant de la soif. La mère boudait discrètement, son excitation et sa joie l'ayant abandonnée dès l'apparition des arbres à la sortie de la ville. Robert et Rémi regardaient en silence.

Alors le père commença à parler sans s'arrêter, sans attendre de réponse, il redit les paroles qui les avaient décidés à venir ici, leur avaient fait désirer l'Abitibi comme un paradis. Il retissa les rêves que la réalité avait échiffés, transfigura le paysage par sa foi. Et, comme obéissant à ses mots, la forêt, qui enserrait la route, recula et on croisa deux fermes en vis-à-vis. On venait peut-être de franchir une barrière végétale barrant l'accès au pays promis ? Non, les arbres n'étaient jamais bien loin : repoussés avec peine par de petits pâturages où s'affairaient des vaches maigres, ils revenaient ensuite s'entasser contre le talus. Jamais de grande étendue dégagée, juste ce qu'il fallait autour des maisons pour entretenir les bêtes, pas plus. Le regard butait sans cesse sur l'écran végétal.

Durant des milles et des milles le même paysage : maisons carrées aux toits pointus, tantôt vertes, tantôt bleues du même papier-brique, petites étables entourées de la boue pétrie chaque jour par les sabots des bêtes, pneu peinturluré dans lequel poussaient chichement quelques fleurs, boîtes à lettres toutes inclinées pareillement sur leur piquet, comme couchées par quelque vent dominant ; des enfants qui couraient, d'autres qui se balançaient, et leurs regards suivaient la progression de la voiture avec un synchronisme parfait. « La monotonie et l'ennui », songea la mère qui n'écoutait pas les mots du père. Et, entre ces îlots humains, ces oasis que constituaient les champs bordés de hautes fleurs pourpres, le désert de la forêt. La forêt omniprésente. La mère en eut des haut-le-coeur.

Le père se tut et la bonne humeur à peine naissante se dissipa vite. Rémi remarqua un détail anodin, une chose tellement coutumière qu'il n'y avait d'abord pas porté attention : des fils électriques longeaient la route. Au besoin on pourrait les suivre, comme le Petit Poucet ses cailloux, pour retrouver la civilisation, s'échapper de ce pays sauvage et morne. C'était déjà une valeur sûre dans ce milieu fait d'inconnues.

La voiture tourna à droite une autre fois, abandonnant la route de gravier pour un chemin encore plus étroit.

— Tout droit c'est Saint-Gérard, ici c'est notre rang.

Rémi réprima avec peine des frissons. Les fils continuaient

vers le village, ici il n'y avait que des piquets de clôture le long du chemin mal entretenu qui parlait avec éloquence de la solitude. Le rang! On pouvait tout le voir d'un seul coup d'oeil : des champs étroits, un couloir dans la forêt où se blottissaient quatre maisons. On arriva à deux d'entre elles qui se regardaient comme des chiens de faïence. Sur un côté, un pré envahi par la mauvaise herbe cachait à demi les rejets en train de reconquérir le défriché. La maison était négligée et l'étable effondrée disparaissait presque sous de hauts chardons.

—Ce côté-ci c'est Godbout, un pauvre type.

Le père indiquait sa gauche, Rémi lut le nom écrit maladroitement sur la boîte à lettres à la tôle bosselée. La voiture avait ralenti.

—En face, c'est des Russes, je peux pas me rappeler leur nom. Un homme et une femme, du ben bon monde. Travaillants.

Rémi n'eut que quelques secondes pour voir les lieux, mais la demeure ornée de fleurs et entourée de trembles dont la dentelle s'agitait dans la brise produisit sur lui un effet troublant. De vrais arbres avec des feuilles!

A quelques centaines de pieds en avant, du même côté de la route que chez Godbout, deux maisons voisines, séparées l'une de l'autre par un petit champ, une cour presque, où se dressait un tremble décharné. Au-delà, les épinettes au garde-à-vous, entre lesquelles s'immisçait le chemin. Le rang se continuait.

—Chez nous? demanda Françoise.

—Plus loin, lâcha le père d'une voix mal assurée.

Il se hâta de poursuivre :

—C'est chez Réginald ici. On va arrêter, il nous a invités à souper.

—C'est trop tôt. D'abord voir notre maison.

La mère avait parlé d'une voix ferme, un peu brisée.

Rémi et Robert examinent la maison de Réginald, ce cousin qu'ils ne connaissent pas. Elle est pareille à toutes les autres. Derrière, réfugiée au bas d'une déclivité, une minuscule étable dont on ne voit que le toit. Et c'est tout de suite la maison des Martel. Dans la cour, des enfants jouent sur les garde-boue d'un camion au rouge rutilant. On roule encore un peu, et une autre fois la forêt se ferme sur la route. Des dizaines de fois depuis qu'on a quitté Amos. A chaque éclaircie on pouvait espérer en avoir fini avec les arbres et déboucher dans une plaine remplie de signes humains comme celle autour de Montréal, mais chaque fois c'était la déception. D'épaisses murailles végétales emprisonnaient un peu plus la famille, et quand Rémi songea qu'on avait voyagé à travers bois toute la nuit, il eut peur. Ce qu'il avait cru impossible existait : la forêt infinie où l'homme n'occupe qu'une petite place, où il n'a réussi qu'à creuser d'étroits couloirs.

La mère soupira très fort et les garçons comprirent. Françoise sentait que quelque chose n'allait pas et pleurait. Le père gardait un silence obstiné. C'est à peine s'il entrouvrit les lèvres pour annoncer « Méo et Blanche », quand on longea une petite clairière, quelques arpents de vieux défriché, une maison bleue à droite de la route, une vétuste étable de bois rond. Au fond, autour de tout, les épinettes adultes, butées et toutes puissantes. En un rien de temps la clairière fut dépassée. A nouveau les arbres alignés comme des barreaux.

—Et nous, c'est où ? demanda Robert.

—Oh, pas loin. Deux milles et quelque.

La mère parla d'une voix abattue où se devinaient les sanglots prochains.

—Ah non ! Pas au milieu des arbres. Sans voisin. Retourne !

—Prends patience, attends de voir.

Le père suppliait presque. Soucieux, Rémi regarda son frère dont le visage exprimait le désarroi. Les garçons n'étaient pas loin de partager les sentiments de leur mère à l'égard des arbres, oubliant leurs projets de pionniers.

—Prends patience. Attends de voir.

On eut dit que chacun retenait son souffle tandis que les branches défilaient de plus en plus vite. La voiture cahotait, et le gravier lancé par les roues sonnait sous le plancher. La poussière ronflait en s'insinuant par les interstices des portières. Devant, la lumière semblait plus forte, blanche sans ce reflet d'eau verdâtre qu'elle avait ici. Enfin, après deux milles, l'automobile déboucha dans des champs que ne bornait aucune clôture et comme si un danger venait d'être écarté, le père ralentit l'allure ; la famille aurait le temps de bien voir. La route grimpait une très longue colline qui dissimulait le paysage au-delà. Presque au sommet, la silhouette d'une maison. Le chemin avait rétréci et n'était plus qu'une jetée que venaient battre de part et d'autre des vagues d'herbe. Le passage de la voiture provoquait des remous et couronnait le foin d'écume poussiéreuse. A mesure qu'on montait, le pays alentour se découvrait. Des arbres toujours, mais distants, suffisamment pour n'être qu'une dentelle foncée sur le pourtour des prairies plus pâles. On s'immobilisa près de la maison et chacun se précipita dehors autant par curiosité que pour respirer un air sans poussière.

En face, un champ immense glisse vers la forêt lointaine qu'on domine et par-dessus la cime des conifères, à des milles, on devine un village, au soleil qui luit sur la tôle du clocher. La maison ne s'orne même pas d'un arbuste, comme si les constructeurs avaient eu les arbres en horreur, et les murs paraissent s'élever à des hauteurs vertigineuses au-dessus des fétuques et du plantain. Rémi songe à l'arche échouée sur la montagne ou à un navire sur le dos d'une gigantesque vague. Derrière l'habitation, le sol monte encore un peu avant de redescendre, effaçant la forêt comme l'horizon. Après l'herbe, c'est tout de suite le ciel. On peut s'imaginer qu'il y a là une ville, au moins un village ou un lac, un fleuve peut-être avec des échappées, et cette idée procure un sentiment de sécurité.

Les garçons contournent la bâtisse. Plus loin sur la route il y a une autre maison qui semble abandonnée. Des planches en obstruent les ouvertures et les mauvaises herbes s'adossent aux murs. En face, un peu de travers, coincée entre le gravier du chemin et les houles végétales, une cabane carrée. Puis la route continue, disparaît un moment dans une dépression pour remonter à travers la forêt qui reprend ses droits.

La mère aussi fait le tour, s'arrêtant à chaque angle pour examiner le paysage d'un oeil sévère. Elle touche la pompe rotative qui coiffe le puits, vérifie la rampe de l'escalier extérieur, fait jouer la clenche de la porte de la remise, cogne du talon sur les marches du perron arrière, puis revient vers la voiture, à côté de laquelle le père attend le verdict avec anxiété.

—J'aime ça.

Le père respira. On l'eut dit essoufflé et il essuya la sueur qui formait une rigole de boue sur son front empoussiéré. Françoise courait dans le foin derrière un papillon jaune.

—Va pas trop loin, cria la mère.

—Y a pas de danger, dit le père.

Il s'anima, rassembla sa famille autour de lui, poussa chacun à l'intérieur et s'excita en vantant les attraits du logis. A l'abandon depuis des années, pillée par des humains, battue par les éléments, la maison avait beaucoup souffert, aussi avait-il dû refaire la toiture, renouveler le papier-brique des murs, installer des portes et des fenêtres, reconstruire l'escalier intérieur et isoler l'étage. Il avait disposé les meubles au jugé. La mère sourit et expliqua où irait chaque pièce de mobilier. Le plancher balayé sommairement gardait encore trace des récents travaux de menuiserie. La femme poussa du bran de scie de la pointe de son soulier et parla de grand ménage.

La maison n'était pas bien grande. Au rez-de-chaussée, la cuisine, le salon et une pièce qui serait la chambre à coucher des parents. En haut, pas de division ; un simple rideau isolerait les garçons de leur soeur. Les parents redescendirent. Rémi et Robert restèrent à examiner ce qui serait leur domaine : entre les deux lits poussés contre les murs, un petit couloir donnait sur la fenêtre. Ils l'ouvrirent. Elle surplombait de quelques pieds le toit plat de la remise et les garçons sautèrent sur cette terrasse. De là, on voyait très bien la maison voisine aux bardeaux de cèdre gris, la cabane en bordure du champ et, dans le creux, passant sous la route, ce qui semblait être un ruisseau. Au-delà, installées à flanc de côteau, les épinettes sifflaient dans le vent et regardaient les garçons. Ils retournèrent auprès des parents. Le père confirma qu'il y avait bien un ruisseau dans la coulée.

—La route file dans le bois et cinq milles plus loin elle en rejoint une autre qui va à Amos. Mais ici, y a pas grand circulation, on va être tranquilles. Et pas de danger pour les enfants, le ruisseau est pas profond. J'y ai vu des petits poissons.

Cette nouvelle réjouit les garçons et ils sortirent. Ils avaient hâte d'explorer le territoire, de découvrir ses secrets, de prévoir les grands jeux qui occuperaient leur été. Leur chambre était trop petite. Ils construiraient dehors un monde à leur mesure.

On déballa les effets et tandis que la mère rangeait vaisselle et chaudrons, Rémi et Robert s'aventurèrent timidement dans les champs. La contrée n'était pas vide de vie animale comme il leur avait d'abord semblé ; l'herbe grouillait d'insectes, un mulot s'affairait, une couleuvre se coulait furtivement entre deux pierres. On devinait au loin des vols d'oiseaux dans le gris des nuages, leurs chants dans la voix du vent ; un geai ébouriffé, gris et bleu, vint observer les humains avec effronterie. Le père leur fit manoeuvrer la pompe qui, une fois en marche, dégorgea à jet continu, et chacun se débarbouilla à l'eau froide. Devant les enfants intrigués, il prépara les lampes à l'huile et comprima l'air dans le fanal à naphte.

Ce furent des retrouvailles joyeuses, ponctuées d'éclats de voix et de rires, d'accolades et de plaisanteries. Les enfants, qui ne connaissaient pas cette parenté, restaient un peu à l'écart. Le cousin Réginald, un grand efflanqué aux bottes vertes mal lacées qui riait en découvrant une dent en or, tapa sur l'épaule des garçons.

—Charogne monnomme, c'est quasiment des hommes!

Sa femme, Sonia, habillée et coiffée avec une élégance qui détonnait dans un cadre si fruste, les embrassa, les imprégnant de son parfum trop fort, leur colorant les joues de son rouge à lèvres. Elle était menue, femme miniature à peine plus grande qu'eux. Elle riait en répétant « ma tante, ma tante ». Sa fille, Sophie, avait l'âge de Françoise et les deux fillettes se mirent bientôt à se quereller avec entrain pour une poupée.

On n'eut pas le temps de s'asseoir qu'arrivèrent Méo et Blanche. Venant de Québec, ils étaient eux aussi inconnus des garçons. Lui, court, les jambes torses, sacrait entre chaque mot, au début et à la fin de ses phrases et, malgré sa petite stature, il en imposait par le ton de basse de sa voix. Blanche était une baleine dont la taille rendait dérisoire celle de Méo. Les bas roulés sur les mollets, les cheveux teints en jaune, la bouche agrandie par un rouge criard, Blanche avait le verbe haut. Ses bras potelés serraient contre sa poitrine avachie deux bouteilles que Méo lui arracha et posa bruyamment sur la table.

—Christ de tabarnac, c'est un bon petit boire. C'est moé qui l'ai bouilli. Un hostie de bon rince-canayen.

Il ricana en terminant sa phrase. Robert et Rémi durent essuyer une salve de baisers sonores de la part de Blanche. Le cousin Réginald s'attabla et invita les autres à en faire autant.

—Venez, charogne monnomme. On va prendre un verre avant l'souper.

Les adultes s'installèrent autour des bouteilles et se mirent à rêver en ressassant les phrases qu'ils s'étaient déjà dites ou écrites pour préparer cette aventure. Les trois familles s'étaient concertées, avaient mis au point leur projet, rencontré les officiers de la Colonisation. Rien n'avait été laissé au hasard. Les hommes étaient venus sur place pour voir, puis ils étaient revenus pour compléter l'installation. Aujourd'hui ils se trouvaient réunis et tout commençait vraiment. Ils avaient l'impression d'approcher du but; encore à peine cinq ans de bûchage, de défrichage, d'abatis, de labourage, de travail, et le lot concédé serait leur propriété; ils cesseraient d'être des colons pour devenir agriculteurs. Là où tant d'autres avaient échoué avant eux, ils réussiraient. Déjà aujourd'hui ils n'étaient plus les esclaves d'un patron, mais chacun était roi et maître sur son domaine. Cela s'arrosait. Méo, que les garçons devaient appeler « mon oncle » même s'ils ne lui étaient pas apparentés, se mit à raconter des grivoiseries, bientôt secondé par Réginald.

— Allez jouer dehors les gars, dit le père.

— C'est ça, allez voir mes animaux à l'étable, ajouta le cousin.

Robert et Rémi sortirent. Ils n'avaient pas envie d'entendre les adultes radoter des phrases que leur père avait dites cent fois déjà et qu'ils s'étaient eux-mêmes répétées jusqu'à les savoir par coeur. Un jeune garçon arriva en courant de la maison voisine. Il avait onze ans peut-être.

— C'est vous les nouveaux ? Aïe ! venez voir le « truck » de mon père.

Sans leur laisser le temps de répondre, il les entraîna par le petit sentier qui menait chez lui. Le garçon était pieds nus dans ses bottes de caoutchouc et chaque pas provoquait un bruit agaçant d'évier qui gargouille. Le camion était neuf, monté sur d'énormes pneus. Le petit Martel en bavait de fierté.

— C'est mon père qui le conduit. Des fois y m'emmène.

A sa suite ils firent le tour du mastodonte. De l'autre côté, une fillette les dévisageait. Ses cheveux défaits étaient éparpillés en mèches emmêlées sur ses épaules ; elle ne disait mot, le visage fermé, l'oeil soupçonneux. Robert et Rémi remarquèrent les petites bosses qui soulevaient la robe délavée et quand elle se retourna pour regarder la porte de la maison qui s'ouvrait avec bruit, Rémi vit, l'instant d'un éclair, par une déchirure qui bâillait au côté du vêtement, un sein naissant couronné d'une pointe noire. Son estomac se noua et il respira profondément pour chasser son trouble.

C'est la mère qui sortit et comme elle portait un panier plein de linge, elle lâcha la porte à moustiquaire qui claqua contre le chambranle Elle grimpa sur la plate-forme qui prolongeait le perron et se mit en devoir d'étendre sa lessive. Ni Robert ni Rémi n'écoutaient plus les explications du petit Martel sur l'art du camionnage ; sa mère les fascinait comme une vision venue d'un autre monde. Non pas qu'elle fût belle ; ses traits durcis par les problèmes quotidiens, légèrement empâtés par les ans, et son nez un peu trop volumineux rendaient quelconque ce qui aurait pu être beau : les yeux noirs au regard humide et la chevelure, noire aussi, épaisse de reflets. La bouche pleine d'épingles à linge déparait un peu plus la femme ; pourtant les garçons n'arrivaient pas à arracher leurs yeux de cette silhouette profilée contre le ciel. Les bras s'étiraient pour suspendre un vêtement et chaque fois la robe sans manches laissait voir les poils sous les aisselles. Mais ce qui accrochait les regards des garçons, c'était les dômes ; en comparaison, la cathédrale d'Amos faisait figure d'infirme. Ces seins à la base ronde et élargie s'élançaient horizontalement entre ciel et terre, défiant les lois de la gravitation, et tendaient le tissu du corsage, faisant bâiller l'échancrure entre les boutons.

Rémi et Robert en avaient le souffle coupé. Ils se regardèrent furtivement, chacun comprenant les sentiments de l'autre.

—Aïe! Vous m'écoutez pas? demanda le petit Martel.

—Oui, oui, on écoute, marmonna Robert.

La mère se retourna en entendant cette voix inconnue, examina les nouveaux venus et sourit en plissant ses si grands yeux. D'un coup elle perdit quinze ans d'âge.

—Ah! Les petits Simard, je gage.

—Oui madame, répondit Rémi en s'avançant un peu, s'efforçant de la regarder dans les yeux.

Il resta à bonne distance, de peur qu'elle ne remarque son visage qu'il imaginait d'un rouge flamboyant.

—Vous allez aimer ça par ici. Vous pourrez venir jouer avec Albert et Diane. C'est pas tellement bougeant par ici et ça décourage un peu au début , mais on s'arrange bien, vous verrez.

Elle se remit à étendre le linge. De toute façon, Rémi n'avait pas saisi les dernières paroles. Entre les mollets de la femme il voyait les épinettes dont les branches s'enlaçaient en murant l'horizon. Ces arbres étaient tellement sûrs d'eux-mêmes! Petit garçon égaré dans un mauvais rêve, Rémi était leur prisonnier. Rien que lui et des arbres menaçants. Il dérivait, la tête lui tournait ; seules les jambes de la femme étaient humaines. En y fixant ses regards, le mur des épinettes devenait flou et lointain. Vite! S'attacher à ces jambes, se dire que tout le reste est irréel. Mais le calme ne vint pas, le trouble changeant seulement de nature. Une chaleur envahit Rémi par bouffées. Tout à coup la femme appuya le panier vide contre sa hanche et se retourna. Le temps que le garçon se rajuste à la réalité, la femme était immobile et le regardait avec curiosité. Il baissa la tête et elle passa, s'en allant vers la maison. La porte s'ouvrit. Bretelles pendant de son pantalon, mains dans les poches, un homme sortit, chaussé seulement de gros bas de laine.

—J'ai faim.

—J'ai fini, on soupe. Rentre, Albert.

L'homme regarde les garçons :

—C'est un beau truck, hein? J'gage que vous en avez jamais vu des beaux de même à Montréal?

—Non, s'empresse de répondre Robert.

—On se verra à soir chez Réginald.

Et l'homme s'en retourne. A nouveau la porte bat le cadre avec ce bruit sec qui blesse les tympans. Les frères se retrouvent seuls et s'éloignent lentement à travers le petit clos d'herbe sans emprunter le sentier. Ils ne parlent pas, se contentant de surveiller où ils posent leurs pas. Un gros crapaud croise leur route mais ils n'ont pas le coeur à le poursuivre. Ils n'ont pas le coeur à grand-chose. La fatigue de la nuit précédente fait des garçons des proies faciles pour la détresse et le désespoir. Ils ne se sont pas concertés mais aboutissent ensemble à l'étable.

Dès la porte ouverte, l'odeur les enveloppe, tiède et épaisse, nouvelle et pourtant chargée de souvenirs. « La Gaspésie », songe Rémi. Cette autre étable où ils avaient pénétré en se sentant, là aussi, deux enfants perdus en pays étranger.

Ce que Réginald appelle « mes animaux » se réduit à une vache et un étalon. La vache jette un regard sur les arrivants et se remet à ruminer. Le cheval, lui, plus nerveux, hennit, piaffe et encense. Il a chaud et son poil colle à sa peau. Ils referment la porte qui s'ajuste mal à cause des gonds tordus. Rémi appuie son nez contre la vitre au verre dépoli par les chiures de mouches, contemple l'orée de la forêt que la diffusion transforme en un paysage irréel. Robert se met à parler.

—T'as vu ces tétons. T'as vu ça? Et les touffes noires sous ses bras? Wouah!

Rémi fixe une araignée velue qui de l'autre côté de la vitre s'est arrêtée à hauteur de ses yeux et masque en partie le décor. Robert parle et Rémi n'écoute pas. Il revoit les jambes de la femme, songe à cette féminité qui effaçait la menace des arbres. Il s'est senti sans défense devant cette puissance, comme devant les épinettes. Il ne sait pas encore si cet envoûtement a été agréable ou non et, en l'évoquant, la sensation renaît en lui. Robert ne cesse de vanter les charmes de Mme Martel. Il a été ébloui par les seins et maintenant s'occupe à les décrire, à dire comment il les imagine, comment il les caresserait s'il en avait la chance. Tout en parlant il triture le pis et les trayons de la vache.

Rémi hausse les épaules. Ce pauvre Robert n'a vu que les seins, rien d'autre; il n'a pas eu conscience de cette force qui émanait de la femme, de tout son corps, de sa seule présence. Il est encore jeune, tandis que lui... On les appelle.

A la maison, l'atmosphère de fête a crue en même temps que baissait le niveau dans les bouteilles. Les garçons perçoivent pour la première fois leurs parents sous un jour nouveau. Le père plaisante comme les autres hommes et parle, lui aussi, plus fort que de raison ; la mère a les yeux rieurs et un peu mous. Rémi a honte pour eux et trouve difficile d'accepter l'idée qu'ils ne sont pas différents des autres adultes. Robert pour sa part ne voit pas grand-chose ; assis sur une marche de l'escalier, il fixe le bras de la pompe avec des yeux aux paupières alourdies.

Du jambon bouilli accompagné de pommes de terre et suivi de tarte aux cerises : on expédie le souper, comme une formalité. Ce soir, la fête sera d'un autre ordre. Dans l'escalier où ils mangent, l'assiette sur les genoux, les garçons se sentent en dehors de l'ambiance animée qui règne autour de la table et ils n'ont pas le goût de la partager. La cousine sert de son vin de riz, un liquide transparent qui flotte au-dessus d'une épaisse et mouvante lie blanchâtre. Rémi trouve la boisson trop sucrée et refile son verre à Robert. A cause du vin, à la fin du repas les adultes parlent encore un peu plus fort et Robert cogne des clous. On le conduit à la chambre d'où viennent bientôt ses ronflements.

Rémi luttait contre le sommeil, voulait voir, observer. Pour une fois qu'on ne s'occupait pas de lui pour le traiter comme un enfant ! Il voulait surtout attendre la venue de Mme Martel. D'ici, avec l'écran des barreaux de la rampe, il pourrait la contempler discrètement. Tandis que les hommes s'envoyaient un coup du « petit blanc à Méo » histoire de tasser le repas, les femmes faisaient la vaisselle et couchaient les enfants. Les femmes, sauf Blanche qui restait attablée à proximité de son verre et de la bouteille. La cousine alla se changer et retoucher sa coiffure. Les Martel arrivèrent. D'abord le père, le front décoré d'une mèche de cheveux lustrés à la brillantine, un lacet noir en guise de cravate, les manches de chemise relevées par des bracelets métalliques. Il souriait d'un sourire qui s'élargit un peu plus devant les bouteilles. Suivait sa fille, Diane : jupe plissée, bas blancs aux genoux, chandail moulant, elle n'était plus la petite souillonne de tantôt, presque une jeune fille.

Puis ce fut Mme Martel qui franchit le seuil. Après quelques secondes d'hésitation, elle s'avança et le rang de perles s'irisa, roula, glissa dangereusement vers cette fosse qu'on devinait entre les seins toujours prodigieux. Robert devait en rêver à l'heure actuelle, de ces seins. Déjà elle passait et il ne restait plus à côté de Rémi qu'un parfum qui se délayait rapidement dans l'air enfumé.

On installe une deuxième table pour les cartes.

—Deux tablées, les perdants déménagent, s'exclama Réginald.

M. Simard jouera avec sa nièce Sonia, Blanche avec M. Martel, Méo avec Mme Simard et Réginald avec Mme Martel. On enlève les deux et les trois, on bat les cartes, les partenaires se font d'ultimes recommandations et les parties de « Cinq cents » commencent, animées du bruit des conversations et des verres entrechoqués. Des exclamations fusent, on annonce timidement un « huit pique » incertain, ou on clame triomphalement un « neuf sans atout » qu'on croit imbattable. Les commentaires se mêlent aux jeux de mots, aux taquineries, aux histoires grivoises, aux réprimandes ; parfois c'est un juron rageur que ponctue le bruit des cartes lancées sur la table.

—Des meilleurs !

Les équipes perdantes changent de table. On se lance des défis, on promet de faire mieux, on s'accuse de jouer « fessier ».

Du fond de la cuisine, Diane observe les joueurs en souriant. Sourire machinal, expression qu'elle a fixée sur son visage pour la soirée, comme un masque : ç'aurait pu être une moue. Son sourire reste vide sauf quand elle pose ses yeux vifs sur Rémi. Provocation ou défi ? Le garçon ne sait pas. Elle le regarde avec intérêt, c'est sûr.

On frappe à la porte, et les jeux s'interrompent. Ce sont les voisins, les Russes au nom impossible. Parce qu'il fallait bien les nommer, ils ont hérité d'un surnom. On dit : Maudit-Treupe et Madame Maudit-Treupe, faisant ainsi référence au tic verbal du vieil homme. Lui est plutôt court, les cheveux blancs encore tachés d'un ancien blond et son visage est tout plissoté ainsi qu'une vieille pomme ; au milieu du fouillis de rides, la bouche aux dents brunies par le tabac. Il hoche la tête, l'air heureux. Sa femme salue les gens d'un signe de tête timide et tire de dessous son châle une bouteille qu'elle tend à Sonia.

—Ha ! Votre si bon vin. Merci beaucoup.

La vieille se contente de sourire faiblement. On profite de l'interruption pour allumer une lampe à l'huile et le fanal qui siffle en répandant une lumière blanche. On en profite surtout pour remplir les verres et remplacer les bouteilles vides. Le vin a peu d'adeptes : Mme Maudit-Treupe et Rémi à qui Sonia porte un verre. Le liquide rubis se teinte d'orangé dans le rayonnement de la lampe.

Les parties reprennent à côté des bouteilles juste entamées. Les arrivants remplaceront, ce qui fait qu'il y aura toujours un couple de joueurs au repos. La vieille dame boit à petites gorgées sans écarter les lèvres et ne se mêle à aucune conversation. Elle se contente d'annoncer son jeu d'une voix grêle à peine audible et qu'un fort accent rend difficile à comprendre. Son mari, lui, a le geste ample et lance des phrases où manquent bien des mots. Il comble les vides par des rires et des signes. Il utilise souvent des périphrases pour dire une chose simple et à tout moment il s'exclame:

— Maudit treupe! Maudit treupe!

Selon l'air et le ton, ces mots expriment sa joie, sa surprise, sa déception ou sa colère.

Le temps opacifia les vitres, les colora en lavande, en bleu ciel, royal, puis marine. Pas encore en noir. Les lampes fumaient leur lumière graisseuse, les joueurs allumaient cigarettes sur cigarettes et d'épais nuages, agités par les mouvements des bras, tournoyaient, montaient et se consumaient dans le fanal bruyant. Paupières bouffies et gorge douloureuse, Rémi essuyait un larmoiement et soulageait sa bouche desséchée en buvant du vin. Mais c'était un vin hypocrite et le garçon se sentait étourdi, un peu gris. Cette odeur de femme mêlée à la fumée! De la soirée, Rémi n'avait quitté les femmes des yeux. Pas toutes les femmes: Mme Martel dont le buste projetait une ombre démesurée sur la table, Sonia dont la jupe remontait sur les cuisses quand elle s'étirait pour prendre la mise, Diane, perdue dans le lointain embrumé et qu'une lampe avantageait d'une illusion de poitrine. Les autres femmes ne comptaient pas. Cette vieille muette et fragile n'était qu'un meuble. A sa mère, Rémi refusait toute féminité, il s'efforçait même d'oublier sa présence. Quant à Blanche qui rotait et riait grassement, le garçon évitait de la regarder.

Rémi se sentait heureux de n'être pas à dormir comme son frère. Il voulait profiter le plus longtemps possible de cette torpeur bienheureuse. La Femme se révélait enfin à lui avec sa présence obsédante, femme imparfaite peut-être mais vingt fois plus puissante que ces femmes de rêve des revues. Les autres garçons éprouvaient-ils pareil enchantement ou son expérience était-elle unique? Se reproduirait-elle en d'autres occasions? Rémi se demandait ce que ses anciens amis de Montréal, avec qui il s'extasiait devant les cuisses de Marilyn, penseraient de celles moins belles mais vivantes de Sonia. Rémi revivait des rêves éveillés, cinéma personnel qu'il se faisait parfois pour tromper la monotonie d'un cours, et ces pensées le troublaient. Il regarda Mme Martel et de toute la force de son imagination tenta de déchirer la robe noire qui dissimulait la peau. Par éclairs, apparaissaient des seins, une taille, des fesses. Sonia se leva et passa dans le champ de vision de Rémi, le distrayant de ses songeries. Elle fit le tour des tables en remplissant les verres et vint vers Rémi. Il tendit son gobelet qu'elle remplit sans regarder, se fiant à son oreille. Elle fixait Rémi dans les yeux.

— Si tu t'endors, tu peux aller te coucher à côté de ton frère.

— Non.

— Tu ne t'ennuies pas trop ?

— Je regarde.

Elle sourit et s'en fut. Mme Martel changeait de place, et comme elle se penchait, les perles déboulèrent dans le lac d'ombre aux rives abruptes. Rémi ne pouvait plus voir les jambes de la femme comme tantôt, mais les devinait, les inventait plus belles encore.

Maudit-Treupe cueillait des mégots dans les cendriers et retirait le tabac pour en bourrer sa pipe. C'était fait avec tant de simplicité que personne n'y portait attention, pas plus qu'on ne remarquait qu'il en fourrait des poignées dans ses poches. Rémi examinait les adultes les uns après les autres, tous absorbés dans la contemplation de leurs cartes. Il s'expliquait mal cette passion qui les tenait assis autour d'une table durant des heures, il en était déçu. N'y avait-il pas des choses plus intéressantes et plus importantes que ces jeux juste bons pour les enfants sans imagination qui s'ennuient un jour de pluie ? Il aurait voulu ces adultes moins quelconques, un peu mystérieux comme il se plaisait à les imaginer il n'y a pas si longtemps encore. Lui, adulte, ne perdrait pas son temps à jouer avec de stupides rectangles de carton !

Diane se lève, se promène entre les tables, se pavane presque et de façon délibérée frôle un coude de sa hanche, effleure une main ballante de sa cuisse. Les hommes la regardent aller avec des yeux brillants.

— A trinque la petite ! s'exclame Réginald.

— Un petit verre peut juste lui adoucir le caractère.

C'est Martel qui a pris la défense de sa fille.

— Et puis elle est « grande fille » maintenant, ajoute la mère de la fillette.

— Treize ans.

— T'as pas fini, ma pauvre petite, lance Blanche d'une voix fatiguée.

— Toé tabarnak…

Méo ne termine pas. C'est inutile, Blanche a compris. Il tourne vers Diane ses yeux aux pupilles dilatées.

— La petite, va falloir faire attention à ta pointe de tarte as-theure qu'y a des petits gars dans le coin.

— Méo! proteste Mme Martel.

Les rires fusent, libres et francs, sauf celui de Mme Simard. Rémi fixe le fond de son verre. Réginald renchérit d'une voix grasseyante en pointant Rémi de l'éventail de ses cartes:

— Celui-là, j'y ferais pas confiance. C'est les chiens qui jappent pas qui mordent.

— Voyons Réginald, c'est des enfants. Surveille tes paroles.

— Tu connais rien aux petits gars, répond Réginald à la remarque de sa femme.

— C'est vrai, reprend Méo, moé à cet âge...

Blanche l'interrompt:

— C'est ça, t'as commencé trop jeune, il te reste plus rien aujourd'hui.

Les rires couvrent les jurons de Méo et on le taquine. Rémi est soulagé que l'attention se détourne enfin de lui et il en profite pour se tasser contre le mur, se faire petit en prévision d'une volée de plaisanteries. Elle ne vient pas car on s'est remis au jeu. Sonia se rend à l'armoire et se penche pour prendre des cendriers propres sous l'évier. Ses cuisses blanches apparaissent, découpées en quartiers par le trait noir des jarretelles. Cela n'a duré qu'un instant, et déjà elle revient aux tables, mais Diane a été témoin de la curiosité indiscrète du garçon et son sourire se fait narquois. C'en est trop! Rémi sort en vitesse comme sonnent les coups de dix heures.

L'air du dehors est comme une main humide et froide sur son visage. Il éternue pour chasser les derniers relents de fumée de son nez, écarquille les yeux et se trouve surpris car ce n'est pas encore nuit pleine, tout juste brunante avancée. L'occident déborde de lumière, de grands ruisseaux de nuages pourpres et violets coulent vers l'ouest où ils virent à l'orange; le ciel se vide comme un évier, il ne subsiste plus qu'une tache verdâtre sur l'é-mail et, une à une, les étoiles apparaissent, graines de lumière qui germent et s'épanouissent. Ces fleurs palpitent dans un vent trop haut pour être perçu par le garçon, trop haut même pour faire bouger les feuilles sensibles du tremble voisin.

Le froid monte de l'herbe, la nuit s'épaissit et le cirque aux murailles végétales déborde du coassement des grenouilles. Des chauves-souris tournoient en vrombissant, des lucioles clignotent. La musique des grenouilles devient liquide, empêtre les mouvements, et Rémi comprend qu'il n'atteindra pas le tremble. Il est plus ivre qu'il ne croyait. Il s'arrête en plein champ, égaré par le vol étourdissant des bestioles qu'il ne peut distinguer. Cherchant à établir sa position, il fait le point sur la maison des Martel qui n'est plus qu'une masse sombre. Le temps passe, marqué par les cris lointains des oiseaux de nuit. Rémi reste immobile. Peu à peu un univers différent apparaît à ses yeux, un monde inconnu du soleil, où tout devient possible, même d'aimer ces épinettes, dentelle noire qui ceint le globe d'une jarretière retenant ensemble la résille d'herbe et la peau lisse du ciel. Rémi se tourne face à la maison de Réginald et la lumière qui vient en rampant dans le foin fait pâlir les étoiles. Il rentre.

A nouveau dans l'escalier à essayer de percer le brouillard pour voir ceux d'où émanent les rires qui se terminent en cris, les cris qui hoquètent comme des rires. Il faudrait au garçon le radar des chauves-souris ou les yeux d'une chouette. Il y renonce et s'attache à suivre les jeux de la fumée, à caresser les formes féminines qu'elle suggère. Toute la cuisine sent la femme comme l'étable sentait la vie animale, toute la cuisine devient femme aux yeux attentifs de Rémi. Il se lève, va remplir son verre et revient à l'escalier. Au passage il a pu voir les joueurs, reconnaître leurs visages et c'est vers eux que se porte son attention. Ses yeux se sont réhabitués à l'atmosphère épaisse et, de son poste, il les distingue encore.

La gaieté est débridée, les farces crues, l'humour parfois cinglant. Les femmes ont des regards provocants, des lèvres qui mâchent des mots lubriques et muets ; les hommes, des yeux cupides. Le climat de la pièce est trouble, plus encore à cause de tout ce qui reste sous-entendu que des grivoiseries exprimées à voix haute. Rémi connaît ces mots pour les avoir entendus dans les ruelles et ils le laissent indifférent. Ce sont les attitudes, les mimiques et l'inexprimé qui le troublent et accroissent son malaise. C'est peut-être lui qui invente tout cela, prête des intentions, et il en est gêné : ses parents sont là. Il se dit que sans doute le sous-entendu est semé inconsciemment par ces gens et les dépasse. Ces adultes sont simples et décevants ! C'est la première fois que Rémi est spectateur de leur monde, qu'il les voit entre eux, libérés de la présence contraignante des enfants et il en est déçu : rien de mystérieux et secret, pas de mots incompréhensibles, pas de gestes ni de rites auxquels on aurait dû l'initier. Ils ne sont donc pas des surhommes à qui tout serait possible ? Ils n'en ont pas l'air en tout cas et ne sont pas différents de lui ni de Robert. Chaque homme doit connaître le même plaisir que les autres en jouissant, le même bien-être en mangeant. Son père? Le garçon frémit en prêtant une sexualité à ses parents. Il en repousse les images. C'est trop vrai, trop plausible. Un pénis, son père? Non, non! Des désirs comme ceux qu'éprouve Rémi? Non! Le garçon lutte contre ces pensées morbides qui tuent peu à peu le plaisir. Il crispe les poings, s'efforce de songer à autre chose. Il cherche encore à trouver de la magie chez les adultes mais n'y parvient pas. Différents de ce qu'il les voulait, les adultes, différents même de ce qu'il croyait connaître. Au lieu de gens sérieux et graves qui ne songeraient qu'à gagner suffisamment d'argent, parleraient de problèmes et de choses d'adultes, ceux-là devant lui ne pensent qu'à rire, boire, et ne pas réfléchir. Plus les adultes sont eux-mêmes, plus ils s'éloignent de l'idéal imaginé pour se rapprocher des enfants. Les hommes ce soir se comportent exactement comme les copains de la ruelle: même langage, même jobardise chez certains, même couardise chez les autres. Les femmes copient les attitudes des petites filles: fausse innocence, paroles mielleuses, remarques méchantes, regards qui se veulent touchants ou provocants. Mme Martel est l'aguicheuse, Sonia sa rivale, la mère de Rémi pose à l'innocente qui dans le fond comprend tout, Blanche est la garçonne qui défie les garçons sur leur propre terrain, Mme Maudit-Treupe l'infirme ou l'attardée, et Diane celle qui joue à l'adulte.

Rémi fut attiré par la vue de Mme Martel qui se grattait sous un sein, mettant en mouvement la masse de chair. Du coup, il en oublia le réquisitoire et le jugement qui devait suivre, se laissa à nouveau étourdir par la vue des femmes, prendre à leurs jeux que tantôt il jugeait enfantins, si bien prendre que son sexe grandit. Cette érection pouvait devenir gênante. La panique s'empara de lui quand il vit que Diane s'avançait avec la bouteille de vin. Malgré son désarroi il ne pouvait que regarder le chandail bosselé par les mamelons. La fille fut tout près, leva la bouteille et il tendit son verre sans se rendre compte qu'il enlevait ce qui cachait l'ignominie. Il aurait dû refuser le vin. Trop tard maintenant. Ses yeux au niveau de la taille du garçon, la fille ne pouvait que voir ce renflement inhabituel. Pour éviter d'affronter le regard de la fille, Rémi essayait de déchiffrer l'image aux couleurs passées d'un calendrier accroché au fond de la cuisine. Le poids du vin cessa d'augmenter dans le verre et les pas de la fille s'éloignèrent. Puis elle apparut sous le calendrier. Il détourna vivement ses regards, cherchant à reprendre contrôle de son corps, à ne plus être dépassé par la situation. C'est alors qu'il rencontra le visage souriant de Sonia et que, plus loin, il vit le décolleté de Mme Martel.

La curiosité était forte. Il chercha au fond de la cuisine et trouva ce qu'il s'attendait à y trouver : Diane qui le contemplait, Diane dont les yeux narquois riaient, dont la bouche s'ouvrait et se refermait sur des mots obscènes qu'aucune oreille n'aurait pu capter mais que comprenait Rémi. Le visage de la fille n'était qu'arrogance et le garçon se sentait giflé. Il connaissait le même sentiment d'impuissance rageuse, la même envie de vengeance que lorsqu'un garçon l'avait retenu tandis qu'un autre le battait. La fille dominait le garçon attaché aux marches rugueuses de l'escalier par les liens souples de la fumée et ceux rigides de l'ivresse, lui lançait de sourds défis : elle avait vu et le faisait savoir. Rémi avait honte de son pénis si entêté, et il enviait Robert qui dormait en paix. Se disant qu'il n'aurait pas dû boire, il avala une autre gorgée de vin. Elle le regardait toujours.

Il n'eut de recours que dans la fuite. Dehors, il marcha en chancelant, et son estomac faisait un bruit plus fort que celui de ses pas sur le sol. Il se rendit ainsi jusqu'à l'arbre solitaire, contre lequel il s'appuya d'une main. Il respira à fond, ferma les yeux, les rouvrit. Une luminescence descendait du ciel et faisait phosphorer l'herbe. Le garçon leva la tête. Au-dessus de lui, un spectacle féerique suspendu dans le vide ; la lumière, la lumière pure, libre de toute source, s'enfantant elle-même, tournoyait, virevoltait, se tordait dans un orgasme gigantesque ; du néant naissait un point qui éclatait, s'élargissait, devenait une tache cernée de rouge et de vert. Du sperme, de la laitance d'étoile ! La nuit déchargeait de grandes coulées qui se répandaient et s'agglutinaient aux constellations. Etourdi, il se tint plus fortement à l'arbre. La voûte ? L'intérieur d'un dôme ; Rémi devenait minuscule et se débattait sous la coupole d'un sein de Mme Martel. Tout autour c'était le lait de la femme qui suintait de glandes invisibles et ruisselait sur lui. L'air avait une saveur de sucre. Rémi marcha un peu, cherchant dans le mouvement un équilibre quelconque, une contenance face aux forces qui l'assaillaient et qu'il ne pouvait expliquer. Il décrivit un cercle et revint au tremble.

Les lumières s'éteignirent et les étoiles furent à nouveau maîtresses du ciel, mais pas pour longtemps. Du nord-ouest, des formes montaient des épinettes, grimpaient, s'étiraient comme de lascives danseuses qui révèlent leurs charmes à travers des voiles diaphanes : des seins arrondis, des cuisses, une fesse, le geste gracieux d'un bras potelé, une chevelure qui croule. La lumière prenait des volumes charnels, comme la fumée tantôt dans la cuisine. Rémi chercha à se raccrocher à la dureté de l'arbre, mais sous sa main l'écorce lisse tressaillit comme une peau timide, timide mais sensible et bientôt chaude, et c'est le garçon qui trembla sous la caresse végétale. Il posa sa joue contre le tronc et ferma les yeux.

La nature de l'Abitibi faisait sentir sa volonté, accroissant la fièvre du petit citadin désemparé. Oh! l'asphalte mort et les arbres craintifs de la ville! Cet arbre-ci prenait contre lui l'enfant sans défense et la chevelure de feuilles s'agitait dans l'air pourtant immobile.

Rémi s'enfuit à toute allure vers la maison, s'adossa au bardeau inerte pour écouter son coeur se calmer. Dans la nuit de lait, juste sous les aurores boréales, le tremble appelait doucement. Alors le garçon rentra pour ne plus l'entendre. Il reprit sa veille interminable dans l'escalier. Inutile d'aller se coucher. Il n'aurait pas trouvé le sommeil, et puis il devait rester conscient pour diriger le fonctionnement de son estomac déréglé. Diane le regardait avec ses yeux défiants et, par bravade, bien qu'il sût qu'il ne devrait pas, Rémi se laissa servir un autre gobelet de vin, le fond de la bouteille. Autour des tables, les têtes s'alourdissaient, les gestes se ralentissaient, puis on réagissait et jouait avec frénésie. La nuit s'avançait vers samedi.

— Diane, va voir à la maison si tout est correct.

— Ha! Non. Y fait noir et j'ai peur.

— Discute pas, va voir si les enfants dorment!

Martel ne demandait pas comme sa femme, mais ordonnait.

— J'pas capable... C'est trop noir.

— Rémi va y aller avec toi.

C'était son propre père qui condamnait ainsi Rémi, le poussait vers cette fille rouée. Il ne pouvait refuser, son geste aurait été incompréhensible.

— Attention dans les coins noirs! raillait Méo.

— Ouais, prenez pas trop de temps. Tu nous montreras ta cerise en revenant, la petite.

C'était Réginald. Qui d'autre? Rémi sortit derrière Diane tandis que résonnait un dernier conseil.

— Garde tes mains dans tes poches.

Qu'ils se ferment la gueule! C'est déjà bien assez difficile comme ça. Qu'ils cessent de se conduire comme des gamins qui s'acharnent sur un adversaire déjà terrassé. Ils avancent côte à côte, en silence. Rémi évite de la regarder mais jurerait qu'elle sourit. Ils dépassent le tremble qui soupire. La lune poudroie sur le paysage. La fille laisse innocemment le dos de sa main frôler la jambe du garçon à chaque balancement. Il sait bien qu'elle est dépourvue de toute innocence et qu'elle interprète sans doute mal le roulis irrégulier qui pousse parfois contre sa hanche la cuisse de Rémi. Il a peur.

Il attend au bas des quatre marches tandis qu'elle entrouve la porte, écoute le sommeil de ses frères et soeurs. Elle redescend sans avoir pénétré dans la maison et guide le garçon vers le camion. Elle le pousse, le coince contre la tôle, lui prend la tête entre ses mains et l'embrasse. Il se laisse aller et sombre dans des tourbillons de sensations inconnues. Rien à quoi se retenir, il ne peut que chuter sans fin. C'est elle qui rompt le charme en retirant sa bouche et en s'écartant. Pendant qu'il retrouve et son souffle et ses esprits, elle tire de sa ceinture deux cigarettes au papier froissé et des allumettes.

—Des cigarettes? demande Rémi surpris.

—T'as déjà fumé?

C'est dit d'un ton qui laisse prévoir qu'elle serait déçue d'une réponse négative. Il s'empresse de mentir.

—Ben oui. Souvent.

Assis sur le métal glacé du marchepied, ils fument. Rémi tousse. Sa première cigarette; sa première et maladroite intimité avec une fille. L'effet du tabac s'ajoute à celui du vin, sans doute aussi à celui du long baiser, et Rémi se sent mal dans sa peau, presque sans contrôle sur ses gestes; il a peur de ce qui va venir et fuirait volontiers s'il en avait le courage. Comme il aimerait être en train de dormir. Elle attend qu'il parle, qu'il agisse. Elle va le juger. C'est peut-être déjà fait. Traqué, Rémi perd la tête et lance une main brusque vers la poitrine de Diane dont il pince bêtement un sein. Elle ricane. C'est fait, Rémi est catalogué, elle connaît son inexpérience, devine son état d'esprit, rit de sa maladresse. Pour le narguer peut-être, elle pose doucement sa main entre les cuisses du garçon qui, occupé à téter sur la cigarette, hoquète, s'étouffe, tousse. Il avale du tabac et son estomac se vide. Rémi est impuissant devant des contractions qui le font dégueuler sur lui et par terre.

Diane se lève en sursaut, se recule et contemple la scène. Elle rit aux éclats, jette sa cigarette et disparaît derrière le camion. Son rire s'éloigne et s'éteint. Ne parvient plus que la plainte du tremble et finalement le claquement d'une porte. Rémi n'ose pas se redresser, il voudrait s'enfoncer dans la terre, disparaître dans les sables mouvants de son dégât. Mourir! Crever là, comme un chien au bord de la route, ne plus jamais avoir à relever la tête. Peu à peu, il se calme. Ça va mieux. Malgré ce goût désagréable dans la gorge, malgré un mal de tête lancinant, il sent son esprit nettoyé du brouillard qui l'encombrait. En traînant les pieds, il se dirige vers la maison de Réginald qui ron-

ronne du rire des humains. On sait déjà, on l'attend pour se moquer. Avec de l'herbe il nettoie du mieux qu'il peut sa chemise et son pantalon. Qu'est-ce qu'elle a bien pu leur raconter? Qu'il a été malade à cause du vin? A-t-elle parlé de la cigarette, du baiser, de ce geste? S'il fallait! Comment pourrait-il encore regarder ses parents en face, paraître devant tous ces gens? Rémi se frotte longuement les lèvres du revers de la main afin d'effacer une possible tache de rouge. Nier! Il niera tout, sauf son malaise dont les traces sont évidentes.

Rémi hésite, la main sur la poignée de la porte. Ce qu'il est malheureux! Il faut bien rentrer quand même. Le monde des adultes le repousse. On aurait dû l'envoyer dormir comme Robert. C'est de leur faute à eux tous, de la faute de ses parents. D'autant plus qu'il a guetté en vain. Les adultes ne sont que des enfants plus grands qui se croient tout permis parce qu'il n'y a personne pour les réprimander, pas différents de lui-même, ni meilleurs. Il prend une profonde respiration et ouvre la porte. Son entrée se fait au milieu d'un concert de rires. Les taquineries pleuvent dru.

—Ha! Regardez, il est tout vert.

—Ça veut jouer à l'homme!

—Ta première brosse mon jeune, tu l'oublieras jamais.

—Martel, aie pas peur pour ta fille, y est pas mûr encore.

—Viens prendre un autre verre, ça va te remettre.

On s'amuse de sa jeunesse, on se gausse de son inexpérience, mais c'est sans méchanceté, en se rappelant avec nostalgie sa première tentative. Rémi le sent, même dans le regard mi-triste, mi-amusé de sa mère, même dans la sollicitude de Sonia qui lui lave le visage. Le charme de sa féminité n'opère plus. La réprimande de son père, tiède comme celle qu'on fait à un enfant après une fugue, laisse Rémi indifférent. C'est le visage souriant de Diane qui le blesse. Triomphante, elle écrase le garçon, l'attaquant au plus sensible. Tous s'amusent d'un faux pas qu'il a commis, mais elle qui sait tout, lance des insultes déguisées en sourires. Elle ne le briserait pas mieux en le frappant avec un bâton. Il la déteste!

Tandis qu'on mange en plein milieu de la nuit, commentant les péripéties des différentes parties, s'adressant des reproches et des félicitations, Rémi va s'étendre dans la chambre obscure à côté de son frère. Il ne dort pas. Rien ne pourra jamais effacer pareille humiliation.

Dans la chambre à l'étage, Robert s'éveilla vers neuf heures, pressé d'aller à la découverte des alentours. En essayant de tirer son frère hors du lit, il se fit rabrouer. Ce n'est qu'aux environs de midi que Rémi ouvrit les yeux, et il resta couché. Le ronron de la machine à coudre cessa bientôt, remplacé par le bruit de la vaisselle qu'on disposait sur la table. Déjà la vie familiale reprenait, se cherchant un équilibre qui deviendrait le quotidien. La mère achevait d'aménager la maison. Aujourd'hui elle cousait des rideaux pour les fenêtres, demain ou le jour suivant, l'installation serait terminée et on saurait peu après ce que serait la vie dans cette demeure éloignée de tout.

En examinant le plafond aux poutres apparentes, Rémi songeait qu'autrefois d'autres les avaient regardées comme lui. Cette maison, nouvelle pour les Simard, avait été construite, habitée, aimée par d'autres. Pour eux aussi ç'avait été « chez nous ». Ils avaient défriché la terre, cultivé. Ils avaient eu des projets, des rêves et un jour ils avaient tout laissé tomber. Pourquoi? Peut-être de nouvelles familles leur avaient-elles succédé pour lâcher à leur tour. Maintenant c'étaient eux, les Simard, qui rénovaient la maison à l'abandon. C'était étrange de penser qu'on recommençait. Ici, des enfants avaient vécu, et Rémi et Robert allaient découvrir ce qui leur avait été familier. Y a-t-il quelque chose, quelque part, qui soit vraiment inconnu?

Qu'avait-il rencontré le soir de son arrivée dans ce rang? A peine la nouveauté. Rémi se fit prudent, triant ses souvenirs, écartant ceux qui n'étaient pas agréables. Il craignait de se faire mal, comme quand on gratte une escarre et rouvre une plaie récente, mais il ne pouvait faire autrement, la mémoire lui démangeait. Il effaça les détails pour ne retenir que l'impression générale. Les adultes l'avaient déçu : rien d'inconnu chez eux, rien d'inconnu chez la fille qui devait être comme les adultes. Puis il songea à l'ivresse, à la nuit toute vibrante, au ciel en folie, à cette langueur de tout son être provoquée par la présence des femmes. De l'inconnu? Oui, mais en lui.

Sa mère, qui l'appelait pour dîner, interrompit ses réflexions. En bas, il retrouva son frère qui boudait à la suite de la rebuffade subie ce matin. Mais Robert ne pouvait pas être rancunier bien longtemps et il oublia l'incident devant la perspective d'une exploration le long du ruisseau. Ce n'est que vers le milieu de l'après-midi, durant sa sieste, que les deux garçons purent s'éloigner de la petite soeur qu'ils devaient surveiller. Ils passèrent rapidement devant la maison abandonnée et coururent sur le chemin en pente. Le ruisseau coulait sous la route dans un énorme tuyau d'acier ondulé.

L'eau boueuse filait entre des rives abruptes et grises qu'elle polissait, usait et creusait sans cesse. En descendant, Robert perdit pied et se retrouva dans le courant à peine profond d'une quinzaine de pouces. Les berges étaient toutes d'argile sèche et feuilletée au sommet, humide et lisse près du niveau de l'eau. Rémi enleva ses souliers et son pantalon pour rejoindre son frère et, tandis qu'ils jouaient, glissant sur le fond ciselé de cannelures, explorant les méandres, Robert questionna Rémi au sujet de la soirée précédente. Affectant un air dégagé, celui-ci décrivit l'interminable partie de cartes, la boisson, l'ivresse qu'il avait connue. Il se garda bien de parler de l'humiliation subie près du camion, de son malaise. Robert voulait en savoir plus, alors Rémi s'anima en essayant de rendre les merveilles du ciel nocturne avec ses mots malhabiles, se demandant en même temps s'il n'avait pas rêvé. Flairant peut-être un secret inavoué, Robert questionnait encore au sujet des adultes.

—Mme Martel?

—Elle était avec son mari et sa fille.

—Elle t'a parlé? Et sa fille?

—Un peu. Faut pas perdre son temps avec cette fille. A l'air sournoise et méchante.

Robert devint rêveur. Il pétrissait une poignée d'argile.

—J'ai une idée.

Il creusa avec ses doigts, ramassa des mottes de glaise qu'il trempa dans l'eau et travailla longuement. Il les empila, les lia les unes aux autres et bientôt sur la rive se constitua une masse ruisselante. Quand elle eut le volume désiré, il se mit en devoir de la modeler et, peu à peu, après erreurs et corrections, un sein énorme prit forme. Rémi souriait et donnait des conseils. Finalement, l'artiste coiffa le sein d'une large aréole soigneusement aplatie dans la paume et d'un tétin dressé, puis s'assit à côté de son oeuvre, émerveillé et ravi.

—Que c'est beau! On dirait que c'est vivant. Je vais faire l'autre puis des fois je vais venir les voir, les toucher.

—T'es pas fou? Défais-le, ça se voit du chemin.

—C'est toi qui es fou! C'est trop beau, je le garde.

—Cache-le d'abord.

—Tu sais quoi? On devrait se construire une cabane dans le bois. On y mettrait ça.

—J'ai toujours rêvé d'avoir un repaire secret.

—Une cabane dans un arbre? Une hutte par terre?

—Non, ça se voit facilement. On devrait se creuser une tanière.

—Une caverne?

—Si tu veux. Pas trop grande, ce qu'y faut pour nous deux. Cherchons une place.

Ils descendirent le courant en marchant sur le lit du ruisseau. Robert qui allait derrière portait précieusement le sein de glaise et risqua dix fois de chuter. Ils passèrent ainsi sous la route en empruntant le grand tuyau où l'eau roucoulait sur les ondulations de la tôle. Quelques centaines de pieds plus bas le ruisseau s'approfondissait et les garçons regagnèrent la rive sur laquelle un semblant de sentier cheminait.

—Le talus du ruisseau?

—Non, la côte est glissante, pis on sait jamais qui peut passer le long du ruisseau. L'eau peut monter aussi. Cherchons ailleurs.

Ils marchèrent encore et Robert commença à trouver bien lourd son fardeau. Entre eux et la forêt, au milieu des broussailles et des arbustes, il y avait toute une série de petits lacs en forme de croissants dont les pointes se dirigeaient vers le ruisseau, d'anciens méandres abandonnés par le courant où l'eau de pluie croupissait, couverte d'oeufs de grenouilles. Leurs rives moins abruptes que celles du cours d'eau étaient suffisamment hautes pour abriter le repaire projeté. Robert et Rémi choisirent le troisième étang à partir de la route. En aval, on devinait d'autres mares. Robert se déchargea de la sculpture. Ils arrêtèrent un plan de travail et se mirent à l'oeuvre. Le sol était trop compact pour les doigts, aussi utilisèrent-ils des bouts de branches. Mais la glaise fuyait et après une heure ils n'avaient réussi qu'à creuser un étroit boyau de trois pieds de long.

—Faudrait des pelles ou des boîtes de conserves. Quelque chose comme ça.

—On reviendra demain.

Ils explorèrent les pourtours du croissant que dominait l'entrée de leur ébauche de caverne. Des grenouilles, des nénuphars, des quenouilles, des insectes qui patinent sur le film soyeux, d'autres qui nagent en dessous, une libellule qui pourchasse les moustiques, une tortue qui plonge : un petit univers en retrait du plus grand, isolé par une ceinture d'aulnes. Les garçons visitèrent d'autres étangs, tous semblables au leur, puis ils regagnèrent le pont. Là, une lumière frisante leur révéla des pierres à moitié enfouies dans l'argile. Grises, cassantes, on les aurait dites aplaties par l'étreinte de la glaise : formes mystérieuses, tantôt miniatures animales ou humaines, tantôt disques parfaits. Des fossiles minéralisés ou des jeux du gel dans le sol? Les pierres rondes étaient les plus intéressantes, rappelant d'énormes pièces de monnaie. D'un côté des cercles concentriques comme les cernes d'un arbre délimitaient des anneaux légèrement bombés et de l'autre, une dentelle écrasée traçait des signes mystérieux. Rémi, plein de joie, caressait un disque : mystérieux était bien le mot, et il qualifiait en même temps tout ce qui entourait les garçons. Mystérieux ces petits lacs le long du ruisseau, mystérieux ce bruit de respiration de la nature. Et la maison abandonnée ! Et ce ruisseau qui venait on ne sait d'où et allait vers l'inconnu ! Partout alentour, le mystère se cachait à peine. Un monde à découvrir. Les épinettes paraissaient déjà moins inamicales : il faudrait apprendre à les connaître. Rémi exultait, se sentant au commencement d'une grande aventure. Il chercha des mots et ne sut que prendre son frère par l'épaule. Alors d'un geste il montra le monde qui les entourait et dit d'une voix émue :

—Ça Robert, tout ça, c'est à nous deux. Même... les arbres.

Déjà la maison changeait d'aspect avec les rideaux aux fenêtres et les portraits de famille que le père achevait d'accrocher. Durant le souper, heureux de voir que ses garçons aimaient le coin et que sa femme fredonnait en aménageant l'intérieur, le père brisa son habituel silence, rêva tout haut, parla de l'étable qu'ils construiraient bientôt, des labours de défonçage que ferait la Colonisation, des animaux qu'on aurait. Françoise réclamait des lapins « qui seraient à elle seule ». La seule note discordante vint de la mère qui fit remarquer qu'aucune voiture n'était passée de toute la journée. Personne ne releva ses paroles, ne montra seulement qu'il avait entendu. Toutefois l'entrain fut moins grand par la suite. Les garçons voulaient sortir après le repas mais la mère hésitait à accorder la permission. Le père intervint.

—Laisse-les faire. C'est les vacances et la noirceur vient tard. Ici y a aucun danger, on n'est pas en ville.

—On va rester près du ruisseau, dit Robert.

Près de la petite cabane qui fait face à la maison abandonnée, ils trouvèrent les boîtes de conserves dont ils avaient besoin. Il y en avait un tas, derrière. Elles étaient vides et à moitié rongées par la rouille, car l'hiver précédent, la cabane avait servi d'abri à des camionneurs. Malgré la porte arrachée, l'intérieur gardait de vieilles odeurs. En ruisselant sur la fournaise, la pluie l'avait décorée de chamarrures. Au milieu des guenilles et de la poussière, Robert découvrit un ancien calendrier avec une photographie à demi décolorée où une femme montrait ses seins en souriant. Le garçon s'exclama de joie et cacha sa trouvaille sous son chandail, contre sa peau.

—On va le mettre dans notre repaire.

Ce soir-là, ils avancèrent les travaux d'excavation. Le boyau d'accès s'enfonçait de quatre pieds dans la terre pour s'élargir ensuite et former ce qui serait la chambre. C'était un travail difficile et ils s'exténuaient vite. L'un creusait tandis que l'autre évacuait les matériaux. Ils devaient se reposer souvent, se relayer. La chambre prenait forme mais il leur fallut s'interrompre. L'ombre occupait la place de la terre enlevée. Au bas de la colline, le soleil s'était déjà couché et les garçons revinrent en se tenant au milieu de la route, n'osant trop frôler la nuit qui envahissait les fossés. Un hibou passa en poussant un cri ouaté comme son vol. C'était beau! C'était en même temps apeurant, surtout avec la maison abandonnée, vivante de ténèbres et de bruit, qui se rapprochait à chaque pas.

Un hurlement lugubre et modulé plongea du haut des airs. Les garçons se figèrent. Au loin la forêt se fermait, épais rideau qui tuait le vent. Alors les bruits s'amplifiaient, s'accordaient et fusionnaient en un sourd battement de machine, celui d'une pompe gigantesque. Un coeur qui vivait, sous l'herbe, peut-être? Ce n'était que le sang aux tempes de Rémi. Le hurlement piquait encore vers le sol, mais plus loin. Les deux frères avaient beau chercher, ils n'en trouvaient pas la source. Et tout à coup, très haut, une plume s'alluma dans un rayon de lumière égaré. Ils purent suivre la chute vertigineuse de la bécassine. Elle allait s'écraser. Non, elle se redressait, planait à l'horizontale et peinait pour reprendre de l'altitude. Puis elle se laissait tomber, ses rémiges vibrant dans l'air. Et le manège reprenait. L'oiseau, grisé de vitesse, ivre de bruit, fou d'amour, arpentait ainsi la coupe du ciel.

Devant la maison qui craquait de toutes ses planches, Rémi arrêta son frère.

—Là aussi, y a peut-être des calendriers avec des femmes.

—Ben tu iras voir. Pas moi, certain.

—Un calendrier, ou d'autres affaires pour notre caverne.

—Essaye pas, ça sert à rien. J'sus pas peureux, mais y a des limites. Ecoute-moi le bruit là-dedans!

—Le vent.

—Y vente pas!

—Des souris.

—Des souris... ou d'autre chose. Laisse tomber.

—Ben moi, une bonne fois j'irai. Ça m'attire cette maison-là, tu peux pas savoir comment.

—Pas moi.

—Comment on pourrait vivre à côté sans aller voir dedans, sans avoir envie d'y aller?

—A doit être vide!

—Même si elle est vide, tant qu'on y est pas allé, est pleine de secrets.

—Qu'a les garde ses secrets, ça m'empêchera pas de dormir.

—Moi, je veux savoir.

—Viens-t'en!

Robert s'éloigna et Rémi le rejoignit en hâtant le pas. En arrivant au sommet de la colline, ce fut un crépuscule à rebours. Le repli de la terre leur avait caché le soleil, et maintenant les garçons le voyaient réapparaître, à chaque enjambée qu'ils faisaient, grimper un peu plus au-dessus de l'horizon. Quand ils furent juste devant chez eux, ils baignaient dans une lumière cuivrée. Des nuages naissaient à l'ouest: stratus barbouillés de couleurs, altocumulus translucides sur un ciel verdâtre. Comme dans un dessin animé, l'image se modifiait rapidement. Jamais ils n'avaient vu telle féerie, et sans doute en était-il de même pour leurs parents que le spectacle avait attirés dehors. Il y eut un interminable silence, puis Rémi parla des lumières qu'il avait observées la nuit précédente. Incrédule, Robert railla.

—Ça existe ces lumières, dit le père. C'est des marionnettes, le reflet du soleil sur les glaces du pôle Nord. On dit aussi des clairons, parce que ça annonce un changement de température.

Le soleil explosa en s'enfonçant dans l'horizon ligneux et la lueur d'incendie fut longue à s'éteindre. On rentra bien avant. Dans leur chambre, les garçons ne trouvaient pas le sommeil. Ils parlèrent à voix basse de leur caverne, des trésors qu'ils découvriraient pour les y cacher. Robert évoqua les seins de Mme Martel, ceux du calendrier, ceux qu'il avait modelés en glaise. Certain de ne pas être aperçu dans la pénombre, Rémi souriait des obsessions de son frère. Une pensée l'assombrit. Diane! Il essayait de revivre le moment précis où elle avait posé sa main sur son sexe, mais au lieu du souvenir du geste, c'est celui du rire méprisant de la fille qui lui revenait en tête. C'était loin déjà, hier. Pourquoi ne pas chercher à oublier plutôt que de s'acharner à recréer cette situation? Il rageait.

En bas, dans la chambre des parents, le lit craquait. On marmonnait. Rémi essaya de se convaincre qu'ils ne faisaient pas l'amour. Ils se disputaient ou bien sa mère parlait dans son sommeil, ce qui empêchait le père de s'endormir et le faisait bouger dans le lit. N'importe quoi!

—Ça s'amuse en bas, ricana Robert.

—Ferme ta gueule.

Non! Ses parents étaient différents, ils ne faisaient pas ces choses. Rémi boudait et Robert essaya en vain de poursuivre la conversation. Finalement, pour ne plus rien entendre, Rémi alla à la fenêtre. Elle n'avait pas encore de rideau et la nuit entrait à pleins carreaux. Des lueurs diffuses au milieu des étoiles annonçaient le grand ballet des lumières hyperboréennes. Au ras du sol, la maison voisine, plus noire que la nuit.

—Y a-tu des marionnettes? demanda Robert d'une voix conciliante.

—Pas tout de suite mais ça va venir. Si on allait sur le toit de la remise pour surveiller?

Ils enfilèrent leurs vêtements, ouvrirent la fenêtre avec précaution et se glissèrent sur la toiture de l'appentis.

—C'est pas chaud!

—L'air peut-être, mais touche, la couverture est tiède. On devrait s'étendre.

Sur le dos, ils ne voyaient plus le monde terrestre, il n'y avait plus que les étoiles devant leurs yeux, que le firmament profond qui lui non plus ne dormait pas. De peur de tomber dans ce vide, Rémi cherchait où se cramponner; aucune prise sur les bardeaux lisses. Il dut accepter de se laisser emporter par les aurores boréales qui vinrent en grand nombre virevolter autour du zénith, courir le long du rang désert, tourner au ponant et s'arrêter au-dessus de la maison abandonnée. Rémi participait aux jeux des danseuses de lumière; Robert qui n'y voyait ni visages, ni corps plantureux, ni mouvements de femmes, se lassa vite et rentra. Rémi ne s'en rendit pas compte, pas plus qu'il ne sentait le papier goudronné sous son dos. Il ne prenait plus garde qu'au ciel qui devenait une partie de lui-même, un écran fluide où se projetaient ses pensées et ses fantasmes. Y apparut Diane. Le garçon essaya de penser à autre chose, mais l'image persistait. Allait se jouer en reprise, cette scène de la veille si blessante pour l'orgueil de Rémi. Alors il s'efforça d'en changer le déroulement, et les lignes lumineuses obéirent à sa volonté. C'est tout le corps de Diane qui se dessinait. Elle était nue, étendue comme une voie lactée en travers de la voûte, impuissante à cause des étoiles qui la clouaient. Les marionnettes lui faisaient des muscles et des chairs blanches ; Persée, un pubis luisant. Au pied d'un Rémi démesurément grandi qui la dominait, elle tremblait d'impuissance : ses yeux suppliaient. Pour l'amadouer, elle tendit la main vers son pénis. Non ! Rien à faire, rien n'arrêterait sa vengeance : il leva la jambe et délibérément écrasa la Diane de lumière. L'ombre de son pied effaça des étoiles, bouscula des aurores, brisa l'illusion. Le ciel se calma ensuite, les météores lumineux pâlissant pour disparaître. Il perdit sa courbure, devint un abîme sans fond ; les étoiles n'étaient plus piquées sur une voûte, bien rangées en constellations comme à l'habitude, mais flottaient dans l'infini, toutes plus éloignées les unes que les autres. On aurait pu plonger et nager entre elles, les frôler comme autant d'herbes submergées. Ce que fit Rémi.

Le lendemain à dix heures moins dix, toute la famille était devant l'église. On les regardait sans se gêner : des étrangers avec leurs vêtements de ville moins pratiques que ceux d'ici, de nouveaux colons ! On réprimait mal des sourires où se mêlaient l'apitoiement et l'amusement. Les garçons de la place jetaient des regards de défi à ces rivaux en puissance ; un petit groupe s'était formé près de l'entrée, haie devant laquelle les nouveaux venus auraient à passer. Un, qui devait être une sorte de chef, se tenait un peu en avant de ses compagnons. Il soutint le regard désobligeant de Mme Simard. Comme son père, Rémi gardait la tête basse. Robert, avec arrogance, dirigea vers eux un oeil méprisant, toisa les garçons l'un après l'autre, bouscula du coude le jeune coq du village et entra dans l'église la tête haute. Rémi ne comprenait pas que son frère provoque ainsi un garçon de la place devant ses copains et devant des filles. Une injure pareille ne pouvait qu'amener des complications.

En même temps qu'il réprouvait l'attitude de son cadet, Rémi en tirait orgueil, et il lui fut plus facile de marcher jusqu'au banc, où il s'écrasa avec un sentiment de sécurité. Il se demandait déjà où il trouverait le courage de se lever et de sortir à la fin de la messe. En sécurité, mais non à l'abri des yeux ; coups d'oeil à la dérobée des adultes, regards discrets des filles qui jaugeaient, regards haineux des jeunesses debout au fond de l'église. Rémi vit Diane qui rigolait avec une autre fille, de lui sans doute ! Peut-être donnait-elle des détails, exagérant, même si ce n'était pas tellement nécessaire. Elle remarqua que Rémi l'observait et elle lui fit une moue dédaigneuse. Imitant l'effronterie de Robert, il se tourna un peu pour lui faire face : il se rappelait l'air de détresse de la Diane de lumière la nuit précédente, mais il eut beau fixer la fille, elle ne se troubla pas, relevant au contraire la tête comme pour le regarder de haut, lui faire sentir sa supériorité; il ramena son attention sur l'officiant.

Après la grand-messe on s'arrêta chez le cousin Réginald pour prendre l'apéritif; Rémi et Robert insistèrent pour continuer à pied jusque chez eux. Trois milles, une heure, ils y seraient en même temps que leurs parents, sinon avant. Ils traversèrent la cour. Le tremble avait l'air d'un arbre ordinaire. Comme tout était simple en pleine lumière. « Trop simple », pensa Rémi.

Une chanson venait de la maison. Mme Martel ne fréquentait pas l'église, restant pour garder les plus jeunes.

— Si on allait la voir ?

— Non, se hâta de répondre Rémi.

— Pourquoi? A nous mangera pas.

— Sa fille.

— Est pas revenue de la messe, pis même si...

Il regarda Rémi d'un air soupçonneux.

— Quelle excuse ? demanda Rémi.

— Un verre d'eau.

Rémi hésita. Il avait peur que Diane ne revienne, peur que la femme par des allusions ou des plaisanteries ne révèle à Robert les mésaventures de la veillée, peur aussi que Diane ait parlé et que la femme ne le gronde. Mais, sans attendre, le cadet frappa à la porte. La femme vint répondre, en négligé. Derrière elle quatre enfants jouaient sur le linoléum.

— Tiens, les petits Simard. La messe est déjà finie ?

— Oui madame.

— Réjean... c'est vrai qu'il a des commissions à faire.

— Est-ce qu'on pourrait avoir un verre d'eau s'il vous plaît ?

— Mais oui. Ce que vous êtes polis! J'aime ça.

De ses doigts, elle ébouriffa la chevelure de Robert. Elle se montrait accueillante, elle ne savait donc rien au sujet de Rémi.

— Je vais vous donner du lait. C'est bien meilleur que de l'eau pour des jeunes qui poussent.

Ils la suivirent à l'intérieur. La cruche sous le bras, elle se pencha pour emplir les verres. Ils partirent vite, Rémi tirant la manche de son frère qui se serait volontiers attardé. Robert avançait, béat, sans presque toucher le gravier. L'autre le suivait en silence. Il n'y avait rien à dire, rien qu'à s'abîmer dans ses rêveries. Au bout d'un temps Rémi soupira :

—C'était une bonne idée...

Il continua pour lui sa phrase. Ce matin la femme ne sentait pas le parfum en bouteille, mais celui propre à son corps. Il avait encore le goût du lait dans la gorge. Il battit des bras comme pour s'envoler, Robert l'imita et ils mimèrent des oiseaux zigzaguant dans le vent, se poursuivant, allant effleurer les arbres de chaque côté de la route. Les épinettes! Pour la première fois ils les voyaient avec plaisir. Et même qu'ils les touchaient, se tachaient de l'odeur forte de la gomme. Certaines branches avaient des lichens aux aisselles et ils se mirent au pas pour chercher dans les troncs le modelé du corps de Mme Martel. Robert disait le trouver, Rémi ne voyait que d'anciens noeuds que la sève durcie avait transformés en seins bourgeonnants, comme ceux de Diane. Elle encore!

Sur la droite, la forêt fit place au champ en friche qui entourait la maison de Méo et de Blanche d'où venaient des bruits de voix.

—On va les espionner.

Enjoué et vif, Robert précédait Rémi à travers les herbes. Ils contournèrent la maison, s'en approchèrent et se glissèrent au ras du sol jusque sous une fenêtre ouverte. Un rapide coup d'oeil: Blanche et Méo étaient attablés devant une bouteille vide. Ils ne s'étaient sans doute pas couchés de la nuit car ils semblaient épuisés.

—Baptême! viens dormir.

—Laisse-moi tranquille!

—Saoulon.

—Si t'es pas contente crisse ton camp. Va faire le trottoir sur la Catherine, va à l'hôtel à Amos, t'en trouveras toujours un d'assez saoul.

—M'en aller... Je me demande pourquoi je suis venue dans c'te christ de pays vivre avec un vieux fou. Pis les hosties d'épinettes tout le tour...

Elle pleura en reniflant.

—Ma fille me l'avait dit aussi: Vas-y pas, c'est un trou; Méo, c'est un lâche et un ivrogne paresseux.

—Ta christ de fille a même pas de père!

Blanche pleurait toujours mais ses traits se durcirent. Elle avança, menaçante, vers Méo.

—Petit vermisseau, j'te défends de parler de ma fille. C'est une bonne fille. Pis est mieux de pas avoir de père que d'en avoir un dans ton genre.

—Ta fille, c'est une guidoune comme sa mère.

—Maudit écoeurant!

—C'est vrai. Ta fille, à quatorze ans me laissait la toucher, pis à quinze ans, je couchais avec quand je voulais.

—C'est pas vrai! C'est pas vrai! Tu dis ça pour me faire de la peine. C'est pas vrai!

Elle hurlait en se tordant les mains.

—C'est vrai! T'imagines-tu que c'est comme «waitress» qu'a fait tant d'argent? C'est une putain. Telle mère, telle fille.

Blanche sauta sur Méo et le frappa à tour de bras. Il se protégeait tant bien que mal de ses mains, mais debout, la femme avait l'avantage; l'avantage du poids aussi. Blanche s'arrêta de frapper et comme Méo la regardait, elle profita de ce qu'il baissait sa garde pour lui décocher une gifle qui fit basculer la chaise et envoya l'homme sur le plancher où il glissa pour s'immobiliser contre la patte du poêle. Il demeura inerte. Blanche le contemplait avec incrédulité, puis se mit à supplier:

—Méo! Méo! Réveille-toi. Méo, j'voulais pas.

En proie à la panique, elle se rendit à l'évier en balançant sa forte corpulence, prit le bassin qui contenait l'eau avec laquelle Méo s'était rasé et lui inonda le visage. Il cracha et ouvrit les yeux.

—Méo! Méo! J'ai eu peur. Comment ça va?

—Donne-moé un verre.

Il but. Elle l'aida à se mettre sur pied et le soutint en l'entraînant vers la chambre à coucher.

—Viens-t'en mon petit homme. Viens te coucher. Tu vas voir, Blanche te fera plus mal.

Robert avait peine à contrôler son fou rire.

—Viens, Rémi.

Ils allèrent jusqu'à la fenêtre de la chambre, mais elle était fermée et les rideaux empêchaient de voir. Robert donna un coup de pied rageur dans la terre qui rechaussait le mur. Les garçons s'en furent, contenant mal leur hilarité et s'arrêtèrent dès que la route eut plongé à nouveau dans les arbres.

—Ma tante Blanche! Mon oncle Méo! Ça nous aurait fait une belle parenté, s'exclama Rémi. C'est pas possible d'être drôle comme ça.

—Non, non! Ma tante Méo, mon oncle Blanche.

—Méo, mon petit homme!

Leurs éclats de rire rebondissaient de gauche à droite et s'en allaient au galop sur la route, sans même soulever de poussière. Dans l'interminable couloir l'écho était puissant et vivant. Ils crièrent:

—Tante Méo!

—Oncle Blanche!

Les sons d'abord distincts s'emmêlaient pour devenir inintelligibles, une plainte décroissante terminée par un ôôôôô modulé ou un anche-anche-anche braillard. Les garçons trottaient au milieu des bruits et jouèrent avec l'écho jusqu'au bas de la longue colline que dominait leur maison. Maintenant fatigués ils traînaient la patte en grimpant le désert herbeux que le soleil écrasait. N'ayant pas la clef, ils devraient attendre à l'extérieur le retour des parents. Ils s'assirent d'abord sur une marche à l'arrière mais ils cherchèrent vite l'ombre à côté de la remise.

—On devrait installer une échelle pour monter sur le hangar, comme ça on pourrait rentrer par la fenêtre de notre chambre.

—Robert, ça c'est brillant! Ça nous permettrait surtout de sortir le soir si on en a envie.

—Le soir? Quelle idée! J'y tiens pas tellement, avec cette maison-là à côté.

Robert désignait la maison voisine. Son bras resta en l'air, comme paralysé. La bouche ouverte, il devint blême. Rémi regarda, ne vit rien et secoua son frère.

—Quoi? Qu'est-ce que t'as?

—Là, là... y avait... ça a bougé. Quelqu'un.

—Tu rêves, y a personne. Moé j'ai rien vu.

—J'ai vu! Comme un homme... ou pire. C'est une maison hantée je te dis. Pis tu voudrais sortir la nuit?

—T'es fou j'cré ben. Le soir, okay je comprends que t'aies peur, moi non plus je suis pas brave, mais le midi, en plein soleil! Tu sais pas que les fantômes fondent le matin? Toi, Robert, qui as peur de rien d'habitude!

—J'ai vu quelque chose, j'suis pas fou.

—Un chat.

—Si les chats sont gros comme ça par icitte...

—Bon, mettons que t'as vu quelque chose.

—J'ai vu.

—Ça flottait pas dans les airs?

—Ça bougeait, c'est rentré dans la maison.

—Allons voir.

—Aïe! aïe!

—De loin. Ramasse des roches.

—Tu me feras pas approcher de cette cabane-là.

—T'es un peureux.

—Ecoute Rémi, donne-moi un gars plus grand que moi, je vais me battre; deux gars, je me sauverai pas, parce que je sais ce que c'est. Mais aller là, rencontrer Dieu sait quoi? Non!

—Viens, on va se cacher dans la remise ; peut-être que ça va revenir.

Ils se collent contre le mur, l'oeil rivé à une fente entre des planches. Un petit courant d'air frais siffle sur leurs cils et le temps passe. Comme ils vont quitter l'affût, à bout de patience, une forme s'élance de la maison voisine et, penchée, file jus-qu'aux jeunes sapins qui poussent pas très loin. Bouche bée, les garçons restent longtemps à regarder les branches retrouver leur immobilité. Le bruit d'une voiture approche, sans doute celle de leurs parents.

—T'as vu, hein ? T'as vu ? J'avais pas rêvé.

—Ouais, mais c'était pas un fantôme. Un fantôme aurait resté dans la maison.

—Un homme des bois, un Indien peut-être ?

—J'sais pas. Un rôdeur. Y a peut-être des trésors dans la maison. Va savoir ! En tout cas, pas bien brave ton fantôme ! Y doit être parent avec toi.

—Taquine-moé pas !

Ils se bousculèrent un peu en allant rejoindre leurs parents, mais sans qu'ils aient eu à se concerter aucun des deux ne parla de la mytérieuse vision.

Rémi monta enlever ses vêtements du dimanche. Il se rha-billait devant la fenêtre d'où il pouvait observer la maison qui l'intriguait tant, quand sur la route, au-delà du ruisseau, un mou-vement attira son attention. Une forme sortait des fourrés et gravissait la colline pour disparaître à travers le feuillage de la crête. Cela avait marché en plein milieu de la route. Rémi n'a-vait pas peur, sûr d'avoir affaire à un humain, sans aucun doute l'être qu'ils avaient aperçu tantôt.

Après le dîner Rémi obtint de ses parents que lui et son frère ne les accompagnent pas chez Réginald où se dérouleraient d'interminables parties de cartes. Dès qu'ils furent seuls, une discussion eut lieu. Robert aurait préféré suivre les parents et cela mettait Rémi en colère.

—J'ai pas tellement envie d'aller au bord du ruisseau avec ce qui rôde dans les environs.

—Justement ! J'ai vu la chose à nouveau.

—Où ?

—Sur la route, de l'autre côté du pont. Un homme qui se sauvait.

—Un homme, tu crois ?

— On va aller voir les traces.

— J'sais pas...

— Un homme, pis pas ben gros.

— On peut toujours aller voir, de loin.

Avant de partir, Robert s'arma d'un gourdin.

— Pas parce que j'ai peur d'un homme, mais on sait jamais...

Devant la maison abandonnée Rémi s'arrêta :

— Je vais aller examiner.

— Non !

— Voir s'il y a des traces dans l'herbe. T'es pas obligé de me suivre.

Rémi s'avança au milieu du foin déjà haut qui envahissait l'ancienne allée. La maison avait l'air malade, avec les dents cariées de sa galerie, ses yeux bandés et sa bouche bâillonnée par des planches. Ses murs grisâtres portaient des balafres brunes sous les têtes rouillées des clous. Rémi contourna la maison à bonne distance, restant au soleil, se méfiant de l'ombre. Il entendait près de lui le pas de son frère qu'accompagnait le clopinement du bâton.

Ils croisèrent le chemin du fuyard, à peine perceptible dans l'herbe qui se relevait. Le rôdeur avait décloué une des planches qui condamnait une fenêtre arrière. Il avait sans doute l'intention de la forcer mais la présence des garçons l'avait fait se cacher au coin de la demeure, pour ensuite chercher refuge dans le bois de sapin. C'était bien un homme, et face à cette certitude Robert retrouva son courage. Mais comme Rémi s'avançait à pas mesurés vers la fenêtre, son cadet s'arrêta net. Pas question de suivre cet inconscient ! Le coeur battant la chamade, Rémi posa sa main sur l'appui et, retenant son souffle, colla son oeil à la vitre poussiéreuse. Rien. L'obscurité. Peu à peu sa vue s'habitua : une table, des chaises, un buffet, des instruments aratoires, des malles, partout un bric-à-brac incroyable, des objets hétéroclites accrochés aux murs, posés sur les meubles ou traînant par terre. Ce serait long et palpitant de faire l'inventaire. A tout moment on aurait des surprises. Il devait également y avoir d'autres pièces, sans doute elles aussi pleines de choses. De quoi tenter un voleur.

— Et puis Rémi ?

— Rien, des meubles c'est tout. Pas de fantôme.

— Ah ! Mais le soir...

Passé le ruisseau, dans la côte que les pluies avaient ravinée, accumulant du sable ici, ailleurs mettant des roches à nu, créant une géographie tourmentée, les traces du rôdeur étaient bien visibles. A mi-pente elles sortaient des buissons et suivaient la route vers le sommet. Dans l'empreinte on distinguait le dessin de la semelle. Robert mesura : à peine plus grand que son propre pied.

—Bon, on en a le coeur net. Regarde-moi la belle place pour jouer avec des petits camions. Là, je ferais une route avec un pont, là, je creuserais un tunnel.

—Robert! On n'a pas de temps à perdre à des jeux d'enfants.

—Non? Qu'est-ce qu'on a de si important à faire?

—Explorer. On devrait suivre ces traces. En même temps ça nous ferait voir le pays de l'autre côté.

Robert alla de l'avant. Il marchait avec circonspection, son gourdin bien en main, prêt à toute éventualité. Ils gravirent les derniers mètres à quatre pattes et observèrent longtemps la route déserte avant de se relever.

—Il est loin astheure.

—On peut toujours faire un bout.

Ils suivirent la piste, l'oeil alerte, l'oreille attentive, puis les traces s'enfoncèrent dans la forêt. Plus moyen de les distinguer. Autant abandonner. Ils se reposaient avant de revenir, quand ils perçurent des bruits lointains : le son d'un marteau ou celui de pierres qu'on entrechoque. La fatigue leur enlevait l'envie d'aller voir, mais ni l'un ni l'autre ne voulait passer pour lâche.

En longeant les arbres ils s'approchèrent. C'était moins loin qu'ils ne le pensaient. Ça se tenait dans le bois, un peu sur la gauche. Ils rampèrent sur la mousse entre les arbres. Là-bas, malgré l'écran des branches aiguilleuses, on voyait bouger. A chaque mouvement brusque correspondait un bruit. Ils rampèrent encore un peu. Un homme était agenouillé sur un rocher qu'il martelait à grands coups. Des étincelles et de la poussière minérale volaient autour de lui, ses vêtements étaient en lambeaux, rapiécés d'étoffes de couleurs contrastantes, ses cheveux et sa barbe longs et blancs. L'homme était frêle ce qui rassura les garçons. Il avait un marteau, mais ils étaient deux, et Robert traînait un solide bâton. L'homme réussit à briser un morceau de pierre, le ramassa et se mit à crier d'une voix chevrotante :

—Riche! Riche! Je suis riche!

Il se calma, examina sa trouvaille soigneusement, hocha la tête et lança la pierre à côté.

—Un jour je serai riche. Un jour.

Il recommença à battre le rocher. Robert murmura :

—Qu'est-ce que c'est ça?

—Un prospecteur?

—Y a l'air bizarre. Viens on va lui parler.

Ils allèrent vers lui sans se préoccuper du bruit qu'ils fai-saient. Cependant l'homme ne les vit ni ne les entendit venir. Robert lui toucha l'épaule du bout de son bâton. Il sursauta, lâ-cha son outil, se tourna, les regarda avec des yeux écarquillés, se jeta à plat ventre sur le rocher qu'il essaya de cacher. Il criait, d'un débit rapide:

— Vous êtes des voleurs! Mais vous l'aurez pas mon or, ja-mais. C'est à moi, c'est mon rocher, mon or. J'aimerais mieux mourir que vous le donner.

— On est pas des voleurs, protesta Robert.

— Ouais, c'est plutôt vous le voleur.

— Moi un voleur? Moi? Moi? Tout ça ici, c'est à moi. C'est mon or. J'suis pas voleur.

— Qu'est-ce que vous veniez faire à la maison abandonnée?

— La maison. Quelle maison?

— Celle de l'autre côté du ruisseau.

Le vieux s'assit sur le granit, lentement, comme s'il prenait le temps de réfléchir.

— Ah, celle-là! De l'autre côté du ruisseau maudit.

— Oui, celle-là! Vous veniez voler.

— Vous êtes pas des voleurs vous autres?

— Non, dit Rémi en s'assoyant.

Il faudrait bien de la patience et de la douceur pour faire parler cet homme, au risque de ne rien comprendre à ses radota-ges. Il continua.

— On n'est pas des voleurs. On se promène, on s'amuse, comme des petits gars qu'on est.

Robert dévisagea son frère. Qu'est-ce qu'il lui prenait? Cet homme était seul, faible et peureux; il fallait se montrer rude, l'impressionner. Pauvre Rémi, il ne connaît rien aux bagarres! S'asseoir à côté de son adversaire, c'est lui donner des chances.

— Des petits gars? s'enquit le vieux, l'air incrédule.

— C'est ça. Et on se demandait pourquoi vous vouliez voler dans la vieille maison.

— Voler, moi? Jamais. Ecoutez, je cherche de l'or, j'en trouve.

— Dans cette maison?

— Non, dans les rochers, sous la mousse, partout où les gé-nies en cachent. Dans la maison, je voulais trouver un marteau parce que le mien n'est plus ben bon. Voyez.

Robert attrapa avant Rémi l'outil que tendait le vieil homme. C'était un drôle de marteau, sans oreilles.

— C'est pour prospecter, casser les pierres, libérer l'or, de-venir riche.

— A quoi ça va vous servir d'être riche?

— Vous êtes bien des p'tits gars pour poser des questions pareilles. Etre riche... c'est être riche.

— Où demeurez-vous?

— Vous voudriez bien le savoir pour venir me voler mon or! Je vous le dirai pas.

— On n'en veut pas de votre or! Qu'est-ce que des petits gars feraient avec de l'or?

— C'est vrai ça.

— C'est loin chez vous?

— Par là, dans les aulnes, une maison en bois rond. J'vous montrerai pas l'endroit.

Il se remit à taper sur le rocher avec acharnement. Sous le marteau, les grains noirs, rouges et blancs devenaient une poudre grise qui au coup suivant crissait sur le fer. Un bruit agaçant! Une lamelle aux angles coupants se détachait et l'homme scrutait avec attention les entrailles minérales ainsi révélées.

— Pourquoi vous dites que le ruisseau est maudit? demanda Robert.

Le prospecteur cessa son travail, hésita comme s'il allait parler à regret, mais ses yeux trahissaient sa joie de raconter.

— Parce que... vous ne me croiriez pas.

— Mais oui, on vous croit d'avance.

— Ne le répétez à personne, j'voudrais pas avoir d'ennuis.

Il regardait craintivement le sous-bois alentour et baissa la voix.

— Ce ruisseau est maudit parce que c'est un cimetière.

— Un cimetière? firent en choeur les garçons.

— Oui, la glaise sert de cercueil.

Robert blêmit, songeant à la caverne qu'ils creusaient: ils auraient pu exhumer un cadavre! Des morts, une maison hantée; un pays damné, oui.

— Quels morts? dit Rémi d'une voix mal assurée.

— Quels morts? Il demande quels morts! Les génies, tiens! Tous les génies condamnés à cause de leurs actions. Ils sont transformés en pierres grises et enterrés dans l'argile du ruisseau. Quand on creuse on en trouve. Des fois on en voit que l'eau a déterrés. Des pierres rondes, pleines de signes secrets, d'autres comme de petits hommes écrasés. Si on les touche, on est maudit, les pires malheurs arrivent. Si on les casse, les génies s'échappent et là, j'aime mieux pas penser à ce qui arrive.

Il surveillait l'effet de ses paroles sur son auditoire. Robert était travaillé par la peur ; Rémi se demandait si l'homme se moquait d'eux ou s'il croyait lui-même ses chimères.

—Des génies ?

—Ha, tu doutes ? Y en a par ici des génies, je le sais, ça fait quinze ans que j'en rencontre.

—Vous en rencontrez !

—Y vivent la nuit surtout. Mais même le jour y prennent toutes sortes de formes pour se montrer. Et ils aiment jouer des tours. Des fois c'est pire, ils essaient de vous tuer. Tu marches et hop ! un caillou apparaît en dessous de ton pied pour te faire tomber, ou c'est un arbre mort qui manque de t'écraser. Pourquoi y tombe, qui le pousse ? La nuit, les génies déterrent leur or et s'amusent ; je les entends voler entre les arbres, courir sur la mousse, lâcher des cris. Méfiez-vous des génies, n'allez pas au ruisseau maudit.

Le vieil homme recommença à frapper la pierre. Ne sachant plus que penser, Robert regarda Rémi avec des yeux interrogateurs ; l'attitude calme de son frère et un clin d'oeil discret le rassurèrent.

—Ecoutez bien, commença Rémi d'une voix grave tandis qu'il se levait, lui et moi on est des génies.

—Des génies ?

Le vieux semblait incrédule.

—Oui. Nous avez-vous entendus venir ?

—N... Non.

—On flottait dans les airs.

L'homme resta un long moment interdit puis s'agenouilla en tremblant et marmonna :

—Qu'est-ce que vous me voulez, génies ?

—Rien que te dire de ne plus traverser notre ruisseau, plus jamais, même pas sur le pont. Sinon notre malédiction te poursuivra, tu seras changé en arbre et jamais plus tu ne pourras chercher d'or.

Le vieux s'était caché le visage de ses mains.

—C'est promis, juré. J'irai pu au ruisseau. Jamais.

—C'est bien.

—Est-ce que... je peux encore chercher de l'or par ici ?

—Oui, si tu t'approches pas du ruisseau.

—Et... de l'or, vous en avez caché pas loin ?

—Beaucoup. Cherche.

Profitant de ce que le prospecteur restait prostré, Rémi entraîna Robert à sa suite et ils disparurent prestement derrière les épinettes pour regagner le chemin. L'homme s'était sans doute relevé et devait danser de joie. Il criait, chantait presque :

—Riche, je vais être riche. De l'or, de l'or !

Le martellement reprit avec entrain. Les garçons s'éloignèrent et ne s'arrêtèrent que lorsqu'ils furent hors de portée de voix. Ils se roulèrent alors sur la mousse et Robert cogna le sol du poing :

—C'est pas vrai ! C'est pas vrai !

—Des génies !

Ils rirent un bon coup tandis qu'ils revenaient vers le ruisseau. Le ruisseau maudit ! Après bien des hésitations, un peu intimidé, Robert demanda :

—Tu crois pas à ça toi, ces histoires de génies ?

—Ha ! Ha ! Robert, tu changeras jamais.

—Ris pas de moé. Y crois-tu ?

—Non, voyons. Des histoires de fou.

—Mais... les pierres du ruisseau, c'est vrai qu'elles sont bizarres.

—Oui, mais de là à en faire des génies morts ! Veux-tu que je te raconte l'histoire de Barbe-Bleue ?

Robert haussa les épaules. Rémi poursuivait :

—Ecoute, le vieux c'est un fou. Rien qu'à voir... Il nous a pris pour des génies, des génies qui cachent de l'or dans les pierres !

—Il y croit tellement que ça a presque l'air vrai.

—Le Ruisseau-Maudit, c'est un beau nom. J'aime ça, c'est plein de mystère.

—Tu y crois pas, mais tu parles de mystère.

—Y peut avoir du vrai dans ce que dit le vieux. Des mystères ça existe, et ici me semble un bon coin pour ça, mais, son histoire de génies, c'est trop simple. Pourquoi pas des fées, des ogres ? Moi, j'imagine le mystère plus secret, plus compliqué. Des génies, pfft ! Si y a des génies au Ruisseau-Maudit, c'est nous deux.

Cet après-midi-là, ils réussirent à terminer l'excavation de leur caverne. Robert creusait avec délicatesse de peur de trouver une chose enfouie et il essayait que son frère ne remarque pas son manque d'ardeur au travail. La chambre voûtée avait trois pieds de hauteur, cinq de long sur quatre de large. Avec de l'eau et des chiffons ils polirent les murs et ensuite, en grande pompe, Robert installa dans un coin les seins qu'il avait sculptés sur le modèle de ceux qu'il prêtait à Mme Martel. Déjà son oeuvre se craquelait en séchant, et il la badigeonna d'eau, lui refit une peau lisse en la frottant de ses paumes. Ce faisant, il proférait des insanités.

Le soleil tournait, l'obscurité se fit plus grande dans les entrailles de la terre et ils sortirent; il faudrait un moyen d'éclairage. C'est ce à quoi Rémi songeait lorsqu'il s'assit sur le tas de déblais qui dominait l'étang. Des oiseaux chantaient dans les joncs.

—Le vieux, penses-tu qu'il en trouve de l'or?

Rémi haussa les épaules en guise de réponse. C'est vrai, le prospecteur, pourquoi veut-il tellement être riche au milieu des épinettes qui s'en moquent bien? Qu'est-ce qu'il ferait avec de l'or? Savoir!

—On pourrait l'espionner, le suivre de loin, voir ce qu'il fait, où il habite.

—Voyons, Rémi, ça servirait à rien. C'est un fou.

—Pas un fou ordinaire. Y vit tout seul? Comment, pis de quoi y vit? D'où il vient ce vieux? Qu'est-ce qu'il faisait avant? Ça m'intrigue tout ça. Pourquoi y croit aux génies? Parce qu'il y croit, j'en suis sûr.

—Moé j'y crois pas, mais j'aime pas ces histoires-là.

—Pissou, pissou.

—Ris si tu veux, j'm'en sacre. Non, mais c'est vrai, Rémi, on sait rien d'ici, on n'est plus à Montréal. Les maisons étaient toutes abandonnées dans le rang, y doit y avoir des raisons. Regarde les arbres là-bas, on sait pas ce qu'ils cachent!

—C'est ça qui me plaît ici, tout est possible. A Montréal, qu'est-ce qu'il pouvait y avoir de caché? Un homme qui voulait te poigner les cuisses, une gang qui voulait te battre.

—Ça, on sait quoi faire contre, mais ici, comment se défendre?

—Rien dit qu'y faut se défendre. Moi je pense pas qu'on soit en danger. Le monde autour est plein de choses qu'on voit pas au premier coup d'oeil, plein de signes qu'y faudrait apprendre à lire.

—Ça me fait peur. Les choses cachées faut les laisser comme elles sont.

—Faut prendre le temps de les découvrir. Comme ça tu deviens le plus riche, le plus fort. C'est peut-être ça, l'or que le vieux cherche.

—Non. Y cherche des pépites jaunes que tu peux peser dans ta main, voir briller. Je le comprends, j'suis comme lui. J'suis content de vivre dans les choses que je peux voir, prendre dans mes mains, j'en veux pas d'autres. Rien que ce que je peux voir et toucher.

— Pis tout le reste ? Aïe, chercher, découvrir, posséder ; connaître les choses invisibles. Etre des chasseurs de mystère, ce serait bien plus amusant que de jouer au ballon. Regarde autour : moi, je nous vois pas jouer ici aux jeux qu'on jouait à Montréal. Faut inventer.

— T'es jamais content de ce que tu as, tu veux toujours plus beau, plus grand.

— Mettons que c'est un jeu qu'on fait : on devient des chercheurs de mystère, la caverne c'est notre repaire, la place secrète d'où on part en expédition.

— Comment on fait pour trouver des mystères ?

— J'sais pas. On croit plus ce qu'on voit, on regarde au travers des choses, tout devient un signe qu'on essaie de lire. J'imagine que le jour, c'est pas tellement le temps de chercher. C'est trop clair, trop habituel.

— Tu voudrais pas que... déjà quand tu parlais d'installer une échelle pour sortir la nuit...

Robert pensait à la maison abandonnée, aux épinettes, aux grands champs déserts, songeait à ce que ce serait de marcher en pleine nuit sur le sol truffé des pierres-cercueils.

— Cesse de faire ton peureux.

— Tu voudrais qu'on chasse le soir ?

— Oui, la nuit tout est différent. Le jour qu'on est arrivé, durant la veillée chez Réginald, j'suis allé dehors. Tout me parlait, Robert : l'herbe, les arbres, les étoiles. J'savais pas comprendre, mais j'entendais. Et la nuit dernière, sur le toit du hangar, j'ai vu le ciel plein de signes.

— T'es malade !

— Et, toé, un chiant-en-culotte.

— J'ai peur de personne !

— Mais du noir, hein ? T'as peur du noir.

— Oui et j'en ai pas honte.

— Si tu veux savoir, moi aussi j'ai peur, mais en même temps ça m'attire.

— Tu iras chercher tes mystères tout seul.

— J'ai besoin de toi, Robert. Seul j'suis dépassé. A deux...

— Non.

— Okay, je sortirai tout seul la nuit, mais ne me demande jamais rien. Si je trouve quelque chose, je le garderai pour moi ; si je reviens pas, ce sera ta faute. Attends plus rien de moi et imagine-toé pas que le jour je vas m'amuser à tes jeux de petit garçon. Tu joueras avec Françoise.

—Depuis qu'on est devenu amis en déménageant icitte, on a dit qu'on partageait tout.

—Ça veut dire aussi le danger! L'aventure, t'as plus le goût de l'aventure? A deux, qu'est-ce qu'on pourrait craindre? On se cache, on regarde, on surprend: personne en sait rien! Nous, on risque de tout savoir. Celui qui sait, c'est le maître. Ça te tente d'être le maître de la nuit?

—Un peu, mais...

—Laisse faire les mais. Ecoute, ce soir on va venir ici à notre caverne, rien que ça pour commencer. Essaie une fois, pis demain ce sera autre chose si ça te tente, si t'as pas eu trop peur. Sinon tu resteras à la maison et si t'as essayé une fois, une seule, je t'en voudrai pas. Je serai encore ton ami.

—Bon, ça va. Une fois pour voir.

Ils se tinrent à observer le soleil qui glissait en un arc allongé vers les arbres. Rémi avait besoin de ce silence pour repenser aux mots qu'il avait dits, les prenant Dieu sait où; pour jauger les phrases qu'il avait inventées, leur chercher des sens inédits. Robert, lui, ne s'occupait que de soupeser leurs implications dans son quotidien; tout serait gouverné par la folie de son frère. Autour d'eux, le calme suivant la chute de la brise. Le calme, si l'on excepte les soupirs des épinettes, le froissement des quenouilles, la chanson du ruisseau, le bruissement des insectes, le clapotis des grenouilles, les cris des oiseaux.

Ils retournaient chez eux; la route passait toujours devant la maison abandonnée.

—Celle-là, gémit Robert.

—Oui, celle-là!

—On devrait faire un détour pour pas la voir.

—Celle-là, pleine de mystère je gage. Et si loin.

—Je la trouve bien assez proche.

—Loin, à cause de tout ce qu'on ignore nous deux, loin dans le courage. Je te le jure, Robert, j'irai dedans.

—Pas moi. Rien qu'à penser qu'on va passer devant ce soir, j'suis mal.

—Tu seras pas seul.

—Ça fait rien. J'y mettrais le feu pour plus la voir.

—Fais jamais ça! Je veux la vaincre avant, la dominer.

—Des fois je me demande pourquoi je t'écoute, pourquoi je te suis, maudit rêveur.

Les parents n'étaient pas revenus de chez Réginald. Les garçons improvisèrent une échelle au moyen de gros clous fichés dans l'encoignure entre la maison et le hangar. Ce soir, il serait facile de sortir sans être vu.

—Robert, cherche une bougie et des allumettes.

Rémi entra dans la chambre de ses parents, non sans appréhension : s'il découvrait des secrets ? Il ne voulait surtout pas ; il s'abstiendrait donc d'ouvrir les tiroirs. Par chance, le tabac et le livret de papier à cigarettes se trouvaient sur la commode. Maladroitement, il roula une cigarette, puis rejoignit Robert.

—J'ai une chandelle. Si on se faisait des épées ? Pas parce que j'ai peur, mais ça ferait bien.

—Non, des bâtons. C'est comme ça que j'imagine un maître de la nuit, avec un bâton comme un berger.

Dans une petite besace Rémi enfourna la bougie, les allumettes, un canif, deux sandwichs, des pommes et la cigarette. La besace et les bâtons furent dissimulés dans l'herbe à côté du hangar. Le reste de la famille arriva finalement. Les garçons décrivirent avec force détails un après-midi passé à jouer aux Indiens le long du ruisseau. Leur père radieux fit remarquer à la mère à quel point la tranquillité du rang était pour leurs enfants préférable aux mauvaises influences de la ville. Après le souper toute la famille s'installa dehors à regarder le soir venir. Le père faisait revivre ses rêves une fois de plus, et dans la lumière rasante, le foin et l'avoine étaient hauts, les vaches paissaient de l'autre côté du champ de patates, on entendait les bruits rituels du coucher de la volaille. C'étaient de beaux rêves, pleins de vie et de richesse. Sans trop se forcer on arrivait même à distinguer la silhouette des bâtiments de ferme. Les mouches noires devinrent plus agressives et devant ces multitudes, on se réfugia à l'intérieur. La lampe baignait la cuisine de sa lumière silencieuse et comme ils n'avaient rien à faire de mieux, les garçons montèrent se coucher. La petite sœur babillait derrière le rideau, les parents vinrent les embrasser et se retirèrent dans leur chambre.

Rémi comptait le temps qui passait lentement en lui. Il brûlait d'impatience de se trouver enfin dans la nuit, avec son bâton à la main, non encore comme un maître mais comme un pèlerin. Lorsqu'il jugea l'heure venue, alors que toute la maison sommeillait, il toucha l'épaule de Robert qui feignait de dormir.

—Viens, Robert.

—Ecoute, j'ai...

— Pissou, pissou, siffla Rémi entre ses dents.

— On pourrait remettre ça à demain.

— Non, tout de suite, sinon tu ne seras jamais un maître de la nuit.

— J'aimerais mieux...

— Je m'en vais à la caverne tout seul, je vais briser les tétons.

Robert se dressa et menaça :

— Je serais plus ton ami si tu faisais ça.

— Quand tu tiens à une chose faut la défendre. Viens donc, juste un peu. On regarde et on revient.

— Bon, bon, mais c'est la dernière fois.

Ils se retrouvèrent sur le sol et, les bâtons et la besace récupérés, ils attendirent que leurs yeux s'habituent à la noirceur. Rémi tremblait d'émotion. Lentement l'obscurité s'éclaira, les champs prirent de l'étendue, la maison abandonnée se dressa, majestueuse avec ses ombres et ses pignons, impressionnante avec les tours et les créneaux que lui prêtaient les lueurs stellaires. Un château imprenable, aveugle, refermé sur lui-même, peut-être défendu par quelque bête maléfique. «On ne défend que ce qui est précieux», se disait Rémi. Il aurait aimé investir la maison, en forcer les secrets, mais il manquait encore de courage. Il faudrait d'abord se faire la main sur des mystères plus subtils, la maison était tellement évidente ! Robert dit d'une voix bourrue :

— On y va ? Plus vite on partira, plus vite on sera revenu. C'est pas chaud, j'ai hâte de rentrer.

Rémi prit les devants et son frère le suivit jusqu'à la route où les cailloux roulaient sous le pied. Emanant peut-être du sol, une luminescence confuse transformait le chemin en large cours d'eau. La maison fut à côté d'eux et pendant un instant les coinça entre son ombre et celle de la cabane en face. Le Ruisseau-Maudit était en crue, rejetant sa nuit par-dessus ses rives, emplissant la coulée d'une obscurité épaisse et agitée.

— Attends-moi, Rémi. Marche pas si vite.

— Tu traînes la patte.

Ils descendent vers l'aval. Le sol est inégal, parfois glissant sous la semelle, parfois friable et fuyant. Ils trébuchent sur des formes bizarres et invisibles, les doigts des arbustes les griffent et l'appui du bâton est souvent nécessaire pour maintenir l'équilibre. A droite, les arbres murmurent, mais ce n'est peut-être que le bruit des moustiques qui assaillent les intrus. Robert a peur, il pense à des morts sous la terre, à leurs mains crochues qui défoncent la surface, s'agrippent à son pantalon, veulent l'entraîner. Craignant d'être distancé, il se tient à la veste de Rémi.

—Tremble, Ruisseau-Maudit, les maîtres de la nuit sont là.

—Pas si fort, t'es fou! murmure Robert à son frère qui vient de crier. Qu'est-ce qui te prend? On va nous entendre.

—Qui ça «on»? Nous sommes loin de tout, les seuls hommes par ici.

—Justement, les seuls hommes. T'avais dit: on se cache, on observe. Si tu cries, c'est plus pareil.

—Faut qu'ils le sachent qu'on est les maîtres.

—Ils?

—Oui, tous ceux qui nous observent cachés dans le noir.

—Rémi, mon christ, t'essaies de me faire peur, tu m'as emmené ici pour rire de moé. Si c'est ça, demain j'te maudis une volée que t'oublieras pas de sitôt.

—C'est la vérité, on nous observe. Mais faut pas avoir peur, c'est nous les maîtres; c'est aux autres à trembler. Si ça fait pas ton affaire, va-t'en, je te retiens pas.

—Mon maudit! Je reviendrai plus.

—Reste avec moi, Robert. A nous deux on est plus forts que tout, plus forts que la peur. Regarde, on arrive à notre cachette.

Dans le croissant de l'étang les grenouilles s'égosillent sans mesure, sans accord. Gros fruit trop mûr se balançant entre les arbres, la lune se lève, monte rapidement, se desséchant et se ratatinant. Les étoiles s'effacent devant cette lumière arrogante et des nuées se frisottent d'argent. Un oiseau crie quelque part et se rendort. Par instants, le vacarme des moustiques dépasse celui des batraciens.

—Ça fait longtemps qu'on regarde, si on rentrait maintenant, Rémi?

—C'est trop tôt. Recule pas si près du but. Suis-moi.

Rémi rampe dans le boyau où l'humidité est glaciale, se cogne contre le fond de la grotte et se recroqueville. Robert arrive en appelant tout bas:

—Rémi? Rémi?

—Où veux-tu que je sois? Installe-toi comme tu peux.

Ils ne se distinguent pas. Absolument impossible de voir seulement sa main juste devant ses yeux: il n'y a plus d'espace, ni mur, ni plafond, ni haut, ni bas, c'est comme s'ils flottaient dans un monde encore en gestation. La respiration haletante de l'autre dit à chacun qu'il n'est pas seul. Rémi prend une voix grave.

—Robert, désires-tu la lumière?

—Qu'est-ce que t'as à parler comme ça ? Ben oui, allume la chandelle.

—Silence, c'est une cérémonie. Robert, veux-tu la lumière ?

—Heu... oui.

—En attendant la grande lumière, reçois celle-là en symbole.

Il craque une allumette et pique la chandelle dans le sol meuble. Ils sont éblouis, leurs pupilles dilatées se contractent. La flamme vacillante éclaire leurs visages par en dessous, des ombres dansent dans la pièce sans angles.

—Robert, veux-tu devenir maître de la nuit ?

—Oui.

—Es-tu prêt à subir les épreuves pour atteindre ce haut rang et ensuite porter ce nom avec dignité, à toujours rechercher les mystères, les violer avec respect et en garder le secret ?

—Ben...

—Dis oui ou non.

—Oui.

—Répète après moi. Dans les entrailles de la terre... je meurs et renais et je vais sortir dans la grande nuit...

—Pas si vite.

—dans la grande nuit... commencer mes recherches... ne pas prendre de repos... respecter les règles de l'Ordre... accomplir les rites et les épreuves... gravir un à un les échelons de la connaissance.

Il y a un temps de silence et Robert souffle :

—Où tu prends ça des choses pareilles ?

—Répète : Moi Robert... je promets de garder le silence sur l'Ordre... et je demande à devenir Chevalier de la Nuit... Si je manque jamais à ma parole... que les forces obscures m'écrasent... que les ténèbres m'engloutissent.

—Quelles épreuves ?

—Je vais te guider. Après tes deux épreuves tu seras Chevalier, ensuite, plus tard, après de longs services et d'autres épreuves, tu obtiendras le titre de Maître.

Robert ne sait que penser. Tout sort de l'ordinaire : ces phrases qu'il a répétées, cette nuit de la caverne, cette caverne elle-même. Rémi mouche la bougie et pousse son frère vers la sortie. Ils clignent des yeux dans le presque jour que la lune répand sur la terre ; non pas le jour cru et vide du soleil, mais une pénombre vivante et vibrante. Comme si la nuit s'ouvrait aux yeux des initiés.

— Prends ton bâton, pèlerin de la nuit, et viens en silence.

Ils retournent au pont, gravissent la côte et suivent la route qu'écrasent les arbres vertigineux. Une longue marche les conduit jusqu'où ils ont vu le prospecteur, puis ils reviennent au ruisseau.

— Voilà, c'était ta première épreuve.

Ils s'assoient, les pieds ballants au-dessus de l'eau.

— Où as-tu pris cette idée, Rémi?

— C'est pas rien qu'une idée, je sais qu'il faut être initié pour dominer la nuit. Je le sens.

— T'es initié toi?

— Non, je m'initie en même temps que toi. C'est pour ça que je subis les épreuves avec toi. Prends un sandwich.

— Ah oui! Ça creuse, tant marcher. On peut parler normal astheure?

— Comme tu dis. Mais la nuit, y a rien de normal.

— Tu sais, tantôt sur la route j'avais presque pas peur. Juste quand un animal a traversé le chemin, le coeur m'a débattu.

— Un animal... ou autre chose, on sait pas. La nuit, y va falloir qu'on l'apprenne.

— C'est quoi l'autre épreuve?

— Mange, prends des forces. Tu verras.

Une brise coule sur la campagne, fraîche, parfois traversée de courants tièdes. Les mouches noires ont presque complètement disparu. Rémi conduit Robert vers la maison.

— On rentre déjà?

— Silence.

Rémi a repris sa voix solennelle et son frère adopte une attitude respectueuse. C'est devant la maison abandonnée qu'ils s'arrêtent.

— Pas ça! s'exclame Robert.

— Fais pas de bruit, on n'est pas loin de chez nous. La dernière épreuve: aller à la porte de la maison hantée, cogner et revenir, sans courir.

— Ah non! Moé je débarque.

— Tu es libre. Va-t'en et tu ne seras jamais Maître de la Nuit, même pas Chevalier.

— Juste cogner et revenir?

— Oui. Je vais y aller le premier.

Rémi s'avance seul avec son bâton vers le mur tapissé d'ombre. De l'autre côté il aurait profité de la clarté de la lune déclinante, mais c'est à la porte avant qu'il veut frapper afin de montrer à la maison qu'il n'a pas peur, qu'un jour il osera. Il approche, l'ombre le boit et il disparaît aux yeux inquiets de Robert. La maison attire Rémi comme un aimant et son bâton n'avance pas assez vite à son gré. Il monte la marche grinçante presque enfouie sous l'herbe, écrase le plancher qui craque. Le coeur lui bat à tout rompre, il tend le poing et heurte à trois reprises les planches condamnant la porte. Le garçon recule d'un pas. Il y a eu un faible écho à l'intérieur, comme une fuite de pieds légers. « Je reviendrai, je reviendrai », crie-t-il en lui-même.

C'est au tour de Robert.

—Vas-y.

—Y a rien eu ? J'ai peur.

—Un chevalier vainc sa peur, apprend à l'aimer.

Robert y va et revient en très peu de temps. Il n'a pas couru, mais c'est tout juste. Son visage luit comme s'il était en sueur.

—C'est fait.

—Bravo. Tu vois, on peut dominer sa peur.

Ils retournent au pont. Rémi fait agenouiller son frère et lui touche les épaules avec son bâton.

—Comme tu as accompli les épreuves sans fléchir, Robert, je te sacre Chevalier de la Nuit. Tu dois te choisir une femme qui sera ta Dame, à qui tu consacreras tes pensées et tes énergies. Qui est-ce ?

—Ça se demande pas !

—Robert, je te baptise Chevalier-de-la-Dame-aux-Gros-Tétons. Lève-toi, chevalier. Félicitations. A moi maintenant.

Rémi se met à genoux et Robert répète le cérémonial.

—Qui va être ta Dame ?

—La princesse de la maison hantée.

—Elle n'existe pas, ça vaut pas. Prends une vraie femme.

—Elle existe. Baptise-moi.

Robert hésite un moment, il est ému malgré lui.

—Rémi, je te sacre Chevalier-de-la-Princesse-de-la-Maison-Hantée.

—Merci, c'est un beau nom.

Rémi sort la cigarette de la besace, l'allume, tousse un peu et la passe à son frère. A tour de rôle ils tirent des bouffées qu'ils rejettent aussitôt.

—C'est fort, mais c'est bon. Où tu l'as pris ?

—Je l'ai roulée moi-même.

—C'est la première fois que je fume.

—Pas moi.

Rémi se tut. Encore une fois il revivait la scène près du camion. Il avait été tout près de toucher la fille, de défaire ses vêtements et elle aurait consenti, c'est sûr. Ça aurait été une première fois merveilleuse car elle aurait couronné une soirée de désirs intenses, mais il avait flanché tout près du but. Et la fille en avait profité pour rire de son inexpérience. Chaque regard qu'elle avait ensuite porté sur lui avait été un nouveau coup. Et ce sourire narquois à l'église! Et ce qu'elle avait pu colporter sur son compte! Il la détestait et de toute façon, maintenant qu'il s'était consacré à la Princesse, il n'était plus question de regretter l'occasion perdue.

—A quoi tu penses, Rémi?

—Oh... à rien, je regardais la nuit. C'est à nous à présent.

—Qu'est-ce qu'on va en faire?

—La connaître, la vivre. Chercher le mystère et conquérir nos Dames.

—Conquérir Mme Martel! As-tu bu?

—Chevalier-de-la-Dame-aux-Gros-Tétons, je te promets que tu posséderas ta Dame; la nuit t'en donnera le pouvoir si tu sais être digne.

—On peut toujours rêver.

—Non, Robert, croire et lutter. Viens, on rentre.

Ils s'arrêtèrent un moment sur le toit du hangar.

—Regarde le ciel, les marionnettes, le halo autour de la lune. C'est des signes qu'il faudra apprendre à lire. Regarde en dessous, notre domaine.

—Même la maison hantée?

—Le château de ma princesse.

—Ha! Ha! J'ai bien hâte de la voir.

—T'es dur de croyance. Tu la verras un jour, tu la verras quand je l'aurai délivrée.

—Pauvre Rémi!

—Es-tu content d'être chevalier?

—Oui, mais demain?

—Demain on fait une autre sortie. Tu viendras hein? Pas d'épreuves demain, on va commencer à découvrir. D'abord le rang, ce qui vit le long de la route; voir à quel point c'est différent de ce qui existe le jour, espionner les gens.

—Oh oui! Les Martel aussi.

—Bien sûr. Repose-toi. Demain matin, dors tard. Il faudra être en forme.

—Je vais me coucher. Pas toi?

—Je vais rester ici un peu. Laisse la fenêtre entrouverte.

Rémi s'assit et regarda longtemps la lune déplacer des ombres sur la maison abandonnée. Sous le vent qui la dressait, l'herbe jetait des éclairs pâles qu'elle lançait en vagues contre le château. «Vous n'y arriverez jamais, se disait Rémi, moi seul pourrai délivrer la princesse.» Il lui semblait que les graffiti de lumière au firmament confirmaient ses dires; une puissante aurore boréale vint s'immobiliser juste au-dessus du château, y tournoya, puis des courants rapides traversèrent la structure, la secouèrent. Le météore disparut. Rémi était maintenant sûr de sa mission. La lune dégringola vers la terre, blanche d'abord, qui se dorait, se cuivrait, rouillait, rougissait. Elle s'abîma dans les arbres et d'un coup, tout s'éteignit. Les étoiles apeurées revinrent à leur place coutumière, seulement dérangées par la course erratique d'une planète bleutée. Au sol, l'herbe cessait de brasiller.

Il est dix heures déjà. Parti peu après le déjeuner, le père est descendu à Amos avec Françoise. Il doit rencontrer les gens de la Colonisation au sujet des octrois pour la construction des bâtiments et l'achat des animaux et du roulant.

Robert et Rémi ont décidé d'apporter des améliorations à leur caverne, notamment une niche où placer les seins d'argile qui encombrent l'espace déjà restreint du plancher. Ils descendent vers le ruisseau. Leur maison n'est plus en vue. Ils ont bien entendu venir une voiture mais ne s'en sont pas préoccupés. Voilà qu'elle s'arrête chez les Simard! Au bruit du moteur, ils savent que ce n'est pas leur père qui revient. Qui alors? Ils se concertent et décident d'avancer malgré la curiosité qui les dévore, et c'est aussi bien car la voiture repart. Non, elle se dirige vers eux. Ils se tassent près du fossé: une Volkswagen blanche s'arrête à leur hauteur. Un prêtre en sort.

— Bonjour, les garçons, je suis le curé de la paroisse, l'abbé Ricard. Avec les enfants de la paroisse, nous posons du gazon autour de l'église. Je me demandais si vous viendriez vous joindre à nous. Vous avez l'air robustes et nous avons besoin de tous les bras disponibles.

— Ouais, c'est que... fit Rémi.

— Votre mère est d'accord. Cela vous fera connaître les autres enfants du village.

— Voyez-vous... commença Robert en montrant sa canne à pêche.

—Faites ça pour le bon Dieu. La pêche peut bien attendre un autre jour.

Robert implore Rémi du regard, mais celui-ci se sent incapable de refuser. Quelle raison donner qui paraîtrait suffisante pour justifier leur attitude?

—On va y aller.

Ils dissimulent leurs agrès en bas du talus et s'installent dans l'automobile, Robert derrière, Rémi en avant.à côté du prêtre. La voiture tourne et prend le chemin du village. Le curé conduit vite, les cailloux sonnent contre la tôle et, derrière, un long nuage de poussière s'étire, que le vent déporte au-dessus des champs. La maison abandonnée, insignifiante dans la vitesse, la mère qui leur envoie la main, la forêt, l'enclave de Méo, la maison des Martel entourée d'enfants, le cousin Réginald qui essaie d'atteler son étalon: tout défile trop vite, comme en rêve. Quitter la sécurité du rang, gaspiller une si belle journée; quelle engeance, ce curé.

Tout à coup le conducteur bloque les freins. La voiture dérape et s'immobilise finalement en travers du chemin, manquant de peu de capoter. Le curé rage, embraye et recule jusqu'à la barrière devant chez Godbout. Il se précipite dehors. Près de la clôture, une boîte en carton d'où dépassent un crucifix, la tête d'une statue et les cadres d'images pieuses. Le curé ramasse le crucifix, le frotte amoureusement contre sa joue puis le brandit à bout de bras et hurle:

—Godbout! Godbout! Godbout!

Un homme sort de la maison et s'adosse au mur, croise les jambes, passe les pouces dans ses bretelles. Il sourit.

—Ouais?

—Godbout, tu vas être damné. Jeter ainsi des objets religieux.

—J't'avais prévenu de venir me débarrasser de cette cochonnerie.

—Impie!

—Curé!

—Tu renies la religion de tes pères.

—Jéhovah est mon vrai père.

—Hors de l'Eglise point de salut!

—Hors de l'église pas de quête, tu veux dire. C'est ça, hein? Ça te fait rien que je sois damné à cause de tes menteries, pourvu que je donne à quête, que je paie la dîme. Combien tu veux pour me ficher la paix?

—Tu ne sais plus ce que tu dis, le Malin possède ton esprit. Tu vis dans le mal, tu es le Mal.

—Non, j'aime la création, le monde de Jéhovah.

—C'est faux, tu hais les hommes.

—J'haïs les hommes oui, toé en premier. Mais j'adore le vrai Dieu.

—On peut pas vivre avec la haine, la haine c'est la mort. T'es pas seul sur terre, Godbout, y a les autres, tes frères.

—Les autres, je m'en crisse! Qu'ils croient en Jéhovah tout-puissant et y seront peut-être sauvés. Moé je me sauve tout seul, les autres qu'y fassent pareil ou qu'y crèvent. Qu'y crèvent! Ils seront damnés par ta faute, Ricard, à cause de ta Sainte Vierge, de tes hosties et de tes saints.

—Ton Jéhovah, c'est le Diable.

—Regarde ça, la Bible, ici tout est écrit. La seule vraie religion! Toé t'adores des idoles. Païen!

—Godbout, tu comprends rien à rien, tu jongles avec des choses qui te dépassent. Un beau parleur vient et tu crois tout ce qu'il te dit. Tu lis un livre, pis tu te penses devenu intelligent.

—Un livre? LE Livre! Ça te fourre, hein, Ricard, que je sois moins épais que les autres?

—Tu te crois supérieur parce que tu gaspilles ton temps à écouter les ondes courtes, à lire la Bible et des insanités. Trop de connaissances c'est dangereux quand on n'est pas préparé à les recevoir.

—T'as peur de moi parce que j'ai fait la moitié de mon cours classique, peur que je dise aux autres ce que t'es, une sangsue qui vit à leurs dépens. Exploiteur!

—Repens-toi, Godbout. Tu ne sais pas ce que tu dis, pauvre girouette. Aujourd'hui t'es témoin de Jéhovah, demain tu seras communiste. Après-demain? Ferme ta maudite radio et vis en Abitibi. Travaille, occupe-toi!

—Et toi, ferme-toi, tu me fais rire. Je sais ce qui se passe ailleurs, dans les autres pays, même en Russie, surtout à Rome, la Babylone du pape. T'essaies de nous garder ignorants, t'es de mèche avec l'évêque, avec le député, avec ceux de la Colonisation. Ça fait votre affaire qu'on soit des caves. Ben avec Godbout ça prend plus! Pis à partir d'astheure tu vas me trouver en travers de ton chemin, je vais aller porter la bonne nouvelle aux autres, les convertir au vrai Dieu; y vont arrêter de t'engraisser comme un cochon, faudra que tu te trouves du travail si tu veux manger.

—Tu vas finir au cachot.

—Toé si t'étais en Russie ça fait longtemps que tu y serais au cachot, avec les autres exploiteurs.

—Pauvre idiot, tu sais pas ce qui se passe derrière le rideau de fer.

—Je le sais pas ? Les Russes ont déjà lancé une boule dans le ciel, avec une fusée.

—Foutaises ! Viens pas semer ton mauvais esprit et tes mensonges chez mes ouailles parce que toi aussi tu vas me trouver sur ton chemin. J'ai la vérité et le temps pour moi.

—C'est ça, va le perdre ailleurs ton temps.

—Ici, c'est ma paroisse.

—Ici, c'est chez moi, un fils de Jéhovah.

—Un fils du démon, oui.

—Va-t'en, va jouer dans ton église.

—Que Dieu te pardonne. Je vais prier pour toi.

—C'est ça, moi aussi je vais prier pour le salut de ton âme, pour que t'abandonnes tes idoles et adores le seul vrai Dieu.

Le curé ramasse la boîte d'objets religieux et la range avec soin dans le coffre à l'avant de la voiture. Il met en marche et démarre avec brusquerie. Sur le perron, les mains en porte-voix, Godbout lance des imprécations inaudibles.

—Vous n'avez rien entendu les enfants ?

—Non, monsieur le curé, mentent-ils.

—Tant mieux, cet homme est le démon incarné. Prions pour lui.

Et durant le reste du trajet le prêtre récite le chapelet en mordant dans les mots. Robert et Rémi répondent machinalement.

A l'église, un véritable chantier est en activité : la semaine précédente, de la terre noire a été étendue et maintenant des enfants installent des plaques de gazon. On les découpe dans le champ derrière l'église et les transporte en brouette. Le chantier est plus grand qu'il ne paraît de prime abord. Trois équipes, ceux qui taillent le gazon en carrés réguliers, ceux qui manoeuvrent les brouettes et ceux qui terrassent, sont dirigées par un jeune contremaître. Le curé pousse les Simard vers lui. C'est le garçon que Robert a bousculé sur le perron de l'église le dimanche précédent.

—J'ai pas le temps de faire les présentations. Vous ferez connaissance en travaillant.

Les ouvriers, tous les enfants de dix à quatorze ans du village, s'arrêtent pour dévisager les nouveaux venus, mais le curé remet son monde à l'ouvrage avant de disparaître dans l'église.

Le contremaître, les mains aux hanches, désigne Rémi du menton :

—Toé, va poser la tourbe. L'autre, prends une barouette, pis travaille.

La journée est particulièrement chaude et au bout d'une demi-heure Rémi est complètement trempé de sueur. Le travail est dur. A genoux, il faut égaliser la terre, la tasser, soulever un rectangle de gazon et l'ajuster exactement afin qu'il n'y ait pas d'interstices. Les reins font mal, mais le pire, c'est d'être entouré d'une sourde hostilité. Personne ne lui parle, on le regarde du coin de l'oeil, on murmure dans son dos. Le contremaître ne lâche pas Robert d'une semelle. Les mains dans les poches il le suit jusqu'au champ, revient sur ses talons, le houspille, donne des ordres, passe des commentaires désobligeants. Chaque fois que Robert revient avec sa charge, le chef de chantier en profite pour se planter derrière Rémi et l'observer. Peut-être fait-il des simagrées, car à ce moment-là on chuchote et on rigole tout autour. Rémi baisse la tête et ne dit rien. Il a surtout peur que Robert n'éclate et que le tout ne dégénère en bagarre.

Tout en disposant son gazon, une fille s'est rapprochée de Rémi. Bientôt côte à côte, ils travaillent en silence. Le geste suivant va les éloigner. Tout pourrait s'arranger, il suffirait qu'un des enfants du village lui parle. Rémi n'ose pas engager la conversation. A peine s'il la regarde un instant. Elle n'est pas trop mal, jolie presque. C'est elle qui va parler. Elle penche la tête, son visage est tout près et, au-dessus des taches de son, ses yeux sourient.

—C'est-y toi le pas bon ?

Rémi se sent fondre. Elle le fixe avec des yeux qui se veulent innocents.

—Oui, le gars qui sait pas quoi faire avec une fille, qui tombe malade de peur ?

Sous ses mains et ses genoux, la terre tremble. Rémi aimerait qu'elle s'entrouvre pour l'engloutir. Autour de lui, des visages à l'air narquois, des sourires méchants, des rires mal contenus. Un piège ! Ils n'ont pas pu entendre les paroles de la fille, c'est donc qu'ils savaient à l'avance ce qu'elle allait dire, et ils surveillaient l'effet de ses mots sur le garçon. Il n'y a pas d'effet : Rémi reste figé, ne sachant comment réagir, ni que faire. La honte qui est sienne ! On l'a humilié devant tous, c'était prémédité, d'autant plus méchant. On rit de plus en plus fort de sa déconfiture. Ceux du champ vont se demander ce qui se passe, venir s'informer peut-être.

—Viens ici un moment, Rémi.

C'est le curé Ricard dans l'embrasure de la porte de l'église. Sa venue rompt le cercle infernal d'où le garçon ne savait comment s'échapper. Sans regarder personne, il se hâte de rejoindre le prêtre qui est retourné dans l'église. La porte se referme sur les rires du dehors avec un bruit qui se répercute et gronde longtemps au milieu des bancs vides. La lumière descend parcimonieusement des fausses verrières. Le curé va devant, sans troubler le silence par ses pas alors que ceux de Rémi résonnent de façon effarante. Ils contournent ainsi l'autel et par une porte latérale débouchent dans la sacristie. Le curé se laisse rejoindre et pousse le garçon vers une table où se dresse une maquette figurant l'église et les terrains environnants. Il parle à voix feutrée.

—Tu vois cette merveille ? L'église, belle dans sa simplicité ; là, on met présentement le gazon, après on installera des plates-bandes de fleurs, ici, on va ériger une grotte de Lourdes avec des statues illuminées.

Il passe son bras autour des épaules du garçon, l'attire contre lui et le maintient ainsi comme pour mieux diriger son regard. Rémi est trop surpris pour réagir.

—Là va se dessiner une allée qui passera sous un arc et se poursuivra dans le cimetière ; nous allons y planter des arbres, redresser les pierres tombales, gazonner, fleurir. A côté, ce sera un chemin de croix et ici, un reposoir pour les processions. Je vais créer de la beauté, beauté qui parlera aux âmes simples des gens d'ici mieux encore que des paroles. Mais j'ai besoin d'aide et les enfants du village travaillent sans trop d'enthousiasme. Ils ne comprennent pas. Si tu veux, tu me seconderas. J'ai senti chez toi une âme qui aime la beauté : tu pourrais motiver les autres enfants, les inspirer. Avec ton aide j'arriverais plus sûrement encore à mes fins. C'est une grande oeuvre que nous ferions ensemble et après, nous nous attellerions à autre chose : une salle paroissiale avec une bibliothèque, des activités culturelles, un mouvement scout peut-être. Ensemble, toi et moi.

Il prend le menton du garçon dans sa main et lui tourne le visage pour le regarder en plein dans les yeux.

—Tu possèdes sûrement le sens de la beauté. Tu veux bien m'aider, devenir mon complice ?

Rémi est figé, trop étonné pour résister à la pression constante qui l'amène inexorablement contre la soutane luisante d'usure. Que faire ? Lutter, crier ? Au risque d'ameuter les autres et d'avoir l'air d'un imbécile ? Rémi se déteste de n'être qu'une poule mouillée, un éternel indécis. Robert, lui, aurait déjà réagi sans perdre de temps à peser le pour et le contre.

Un tumulte dehors brisa le charme. Le curé recula, s'excusa en disant qu'il n'en aurait que pour quelques instants et disparut par la porte latérale, celle qui menait vers le presbytère. Rémi en profita pour traverser l'église et sortir par la grande porte. Il n'y avait plus personne sur le chantier, mais des cris et des éclats de voix venaient du côté de l'église. Au coin, il étira le cou pour voir de quoi il retournait : Robert, les cheveux défaits et le nez rouge de sang, se détachait du groupe et s'en venait rapidement, la tête haute. Rémi lui emboîta le pas et ensemble ils descendirent la rue principale, à vrai dire la seule rue, et en fait simplement la route qui traversait le village. Personne ne les suivit et ils marchèrent en silence jusqu'à ce qu'ils aient dépassé la dernière maison. Devant eux, le chemin gris s'enfonçait avec sa perspective de poteaux téléphoniques dans la campagne plate. Rémi n'avait pas besoin d'explication.

— T'as gagné au moins ?

— Oui ! Quand le curé nous a séparés, l'autre s'est pas relevé. Y saignait.

— Une bande de caves.

— Moé j'irai pas à l'école là.

— Même plus à messe, moi.

— Pas parce qu'ils me font peur, juste parce que c'est des caves.

— Et leur curé, c'est un fifi. Il a essayé de me faire une passe dans la sacristie.

— Qu'est-ce que t'as fait ?

— L'innocent. Mais regarde, j'ai piqué ça en sortant.

Deux lampions dans leur petit verre teinté.

— Ça va être utile dans la caverne.

— Comme ça, le curé...

— J'suis sûr.

— Celui que j'ai battu ça doit être son serin.

— Ça doit. Contremaître ! Ha ! Ha !

En songeant à la bataille Rémi se sent soulagé : Robert a effacé l'injure qu'il a, lui, subie.

La chaleur augmente toujours, les insectes crépitent dans le foin ; une voiture passe et longtemps ensuite les garçons avancent en toussotant dans un brouillard poudreux. La bouche pâteuse, la gorge desséchée, ils ne peuvent même pas cracher. Il fait soif. Les trois milles jusqu'au rang de traverse s'étirent et n'en finissent plus. Le soleil écrase la terre et les garçons ont l'impression d'avancer à peine plus vite que des limaces. Enfin la croix qui se dresse à l'intersection. Ils y cherchent en vain un peu d'ombre et poursuivent leur route. Il faudra attendre d'avoir dépassé la maison des Martel pour trouver l'ombrage des arbres. Peut-être feront-ils plutôt un arrêt chez le cousin Réginald afin de boire un peu. L'image d'un gobelet d'eau tout couvert de sueur donne du nerf à leurs pas. Voici déjà le domaine de Maudit-Treupe. En face, de son perron, Godbout leur crie :

— Tiens, les petits crosseux du curé ! Vous avez déjà fini votre job ? Y paie bien Ricard ?

Robert en colère ramasse un caillou et vise la boîte à lettres. Le coup porte, la tôle résonne, un peu de peinture s'écaille et neige. On ne distingue maintenant plus le J de l'initiale.

— Mon christ de petit voyou !

Les garçons lui tirent la langue et s'enfuient car l'homme se lance à leurs trousses.

—Attendez que je vous attrape.

La maison du cousin est trop loin, le poursuivant les rejoindra avant qu'ils n'y arrivent. Ils obliquent donc et piquent chez Maudit-Treupe, franchissent la barrière d'un saut et s'immobilisent face à un gros chien noir. Ils sont coincés, mais Godbout s'en retourne chez lui.

—Je vous aurai une autre fois, mes petits maudits.

Au coin de la maison, courbé en deux, les yeux presque fermés tellement il rit, Maudit-Treupe leur fait signe d'approcher.

L'impression d'entrer dans un pays différent. D'abord la maison surprend, qui n'est pas en papier-brique comme toutes celles des concessions ; elle garde certes la même forme de cube surmonté d'un toit aigu, mais sur ce canevas, l'homme a su broder. Les troncs d'arbres non équarris se sont pliés aux caprices du constructeur, se recourbant pour faire un larmier, se tordant en arcs surbaissés au-dessus des fenêtres, s'entrecroisant comme des doigts joints aux encoignures. Le bois s'est patiné d'âge et de vent ; entre les billes horizontales l'étoupe enrichie de poussières nourrit des lichens. La maison est vivante ; de la verdure et des fleurs couvrent le solage, prolifèrent dans des boîtes sous les fenêtres. Sur le toit chevelu de mousses grises, et rose de moisissures, les bardeaux s'incurvent comme s'ils n'étaient pas de cèdre. Dans la cour, les bâtiments sont nombreux, petits et construits avec le même goût du beau ; des clôtures de branches torses qui répètent toujours le même dessin, les joignent, délimitant un enclos où poules, porcs et moutons s'occupent à des choses de bêtes. Partout l'ordre et la propreté ; jusqu'au tas de fumier qui a l'air bien rangé, comme une chose précieuse. Une balançoire, une vraie, avec deux bancs vis-à-vis et un toit de lattes. Et ce bruit mêlé à celui des animaux ! Des trembles, des bouleaux et des coudriers brassent l'air de leurs branches souples et, à cause des petites feuilles mobiles, il leur vient une chanson qui ressemble à un envol d'oiseaux. Maudit-Treupe vit dans une contrée bien loin de l'Abitibi.

Le dépaysement est encore plus grand quand les garçons se retrouvent dans la cuisine. Dans la pénombre alourdie d'odeurs multiples la dame brodait. Elle se lève et ouvre les bras en signe de bienvenue. Elle rit doucement. Les paroles qu'elle adresse à son mari sont brèves mais étranges comme d'incompréhensibles formules magiques. A la réponse de Maudit-Treupe elle se rembrunit, regarde la maison de Godbout et se précipite vers le petit oratoire où, devant une statue flanquée de deux icônes, brûle un lampion. La femme touche un rameau bénit et se signe. D'un coup, sa bonne humeur renaît. Elle vient vers les garçons, les presse contre elle et voyant le sang séché sous le nez de Robert, l'entraîne à l'évier, le débarbouille et le gronde d'une voix amusée.

—Ia ouverena, chto ty pooralsia, malrchichki vse odinakovyie, vse poskorei moujikami stat khotiat. Ouj skolko ia razbitikh nosov nautiralas.

Rémi s'assoit sur la chaise désignée par Maudit-Treupe. L'homme montre Robert du doigt:

—Village ? Eux pas aimer colons. Pas bon, village. Ici bien, très bien.

La pièce est intime, chaude de la chaleur des boiseries vernies. Un harmonium dort dans un coin, au-dessous de tresses d'oignons et de bottes d'herbes blanchies qui poudroient ; sur des étagères s'alignent des conserves aux couleurs éteintes, des charcuteries sont pendues à une poutre et sur le gros poêle de fonte un chaudron fume. Tout ici parle de confort, de nourriture et de tranquillité.

—Godbout mauvais homme. Pas peur de Dieu. Pas bon, ça.

—Pourquoi il est méchant ?

—Le diable en lui! s'exclame Maudit-Treupe en frappant la table. Avant, bon gars, travaillant. Mais... hin! hin! Femme partie avec inspecteur Colonisation. Lui fâché, devenir méchant.

La dame appuie ses mains rugueuses à la table polie par l'usage, une table beaucoup trop grande pour deux.

—*Ouj kohetchno oni ne obedali, zdes poiediat. Skaji im. Doust siadout. Skaji im.*

—Vous manger ici, traduit Maudit-Treupe.

—Non merci, de l'eau peut-être.

—Pas eau. Du lait. Bonnes vaches, bon lait.

La femme a compris et apporte deux tasses ainsi qu'un pichet. Autant elle était timide et réservée chez Réginald, autant Mme Maudit-Treupe est vivante et à l'aise dans son domaine.

—*Vieti leta vse maltchichki vsegda golodnyie.*

Sans s'occuper des protestations des garçons la femme tranche du pain et le tartine d'un beurre qui suinte sous le couteau. Elle apporte aussi du fromage en petites boulettes molles et humides.

—Bon hein? demande l'homme. Faire tout ici, pain, fromage, beurre.

En les regardant dévorer à belles dents, la femme hoche la tête de contentement. L'homme en profite pour se rendre à l'armoire et sortir une bouteille. Il se verse un petit verre d'une liqueur qui embaume l'herbe. Sa femme lui jette un regard mi-inquiet, mi-courroucé, mais il dit «*Radost moia*» et elle acquiesce en souriant, comprenant qu'il a une joie à célébrer. Il lève le verre à ses yeux, sourit à son tour, très largement, et d'un coup enfile la liqueur pour gronder ensuite de satisfaction. Il se débarrasse du verre et va jusqu'à l'harmonium. Son doigt effleure le cadre de photographies qui montrent des garçons et des filles portant toge et mortier. Sa voix est émue :

—Enfants en ville, docteurs, ingénieurs. Pas colons! Beaux enfants blonds, comme au pays.

Il rayonne de fierté. La femme devient rêveuse et quand elle se reprend, essuie une larme furtive. Maudit-Treupe vient se rasseoir.

—Aimer ça ici?

La bouche pleine, les garçons hochent la tête.

—Beau pays. Pays dur. Travailler fort, pays donner. Faire les foins en face chez vous, vous aider moi?

—Oui! s'exclame Robert.

La dame lui caresse les cheveux.

—Vous connaissez tout le monde par ici? demande Rémi.

—Oui, tout le monde. Trente ans nous ici. Travailler, élever famille, travailler, tout faire. Enfants en ville, riches, instruits. Trente ans heureux. Quoi savoir?

—On a rencontré un vieux dans le bois pas loin de chez nous, de l'autre côté du ruisseau.

—Barbe blanche, cheveux longs?

—Oui.

—Ha! Ha! Ha! Vieux fou. Prospecteur avant, fou aujourd'hui. Ramasser des pierres, chercher l'or. Pas avoir peur, pas dangereux.

—On a pas peur de lui. Il habite où ?

—Vieille cabane vers Saint-Dominique. Pas avoir peur. Pas comme Godbout. Lui dangereux. Pas fréquenter.

—On va partir. Comptez sur nous, on va faire les foins avec vous.

—Bons garçons Simard.

La femme s'adresse au mari et disparaît dans l'escalier qui gémit.

—Attendre un peu, dit Maudit-Treupe.

Elle revient en portant dans ses bras deux vestes soigneusement pliées, une de laine à carreaux, l'autre en daim avec des franges tout le long des manches. Ils endossent les vestes, Rémi celle de daim, Robert celle de laine, et se pavanent devant les yeux éblouis de la dame. Elle croit revoir ses garçons.

—Pour vo.

Elle rit de ses mots puis, leur confiant une bouteille de son vin de cassis, ajoute :

—Pour vo mère.

Sur la route, tournant le dos au pays bruissant de Maudit-Treupe, ils retrouvent le rang abitibien et les épinettes silencieuses qui forment barrière tout autour du monde. Mme Maudit-Treupe les regarde longtemps s'éloigner et son époux doit la consoler, car revenue dans la maison elle pleure sans savoir pourquoi.

Le cousin les hèle. Ils le rejoignent. Il sent le cheval, la sueur et le travail, sa chemise mouillée lui colle à la peau.

—J'ai dételé, charogne monnomme, fait trop chaud. D'où vous venez ?

—Du village.

—Ha! Ha! Tu t'es battu, Robert! Pour une petite fille ?

—Ben non, juste parce que c'était un niaiseux.

—C'est ça, mon homme, montre aux petits-culs du village à qui ils ont affaire.

—Ils le savent astheure.

—Vous êtes venus à pied, vous allez chez vous ? Rentrez vous reposer une minute.

L'étalon noir tire avec rage sur la longe attachée au tremble de la cour. Il grogne et piaffe.

—Aïe! monnomme, j'lui en ai fait voir de toutes les couleurs. C'est une tête de cochon, vicieux même : il rue, il mord. Mais y a rencontré son maître, y va s'habituer au bas-cul et cet hiver y sera docile comme une vieille picouille.

Rémi sourit discrètement. Dans ce nouvel affrontement, le cheval a sans doute remporté une autre victoire. La maison est parfumée : Sonia prépare un bouilli de légumes.

—On a de la visite! Vous êtes tout seuls? A pied par une chaleur pareille! Asseyez-vous. Vous allez manger avec nous.

—Merci, j'ai pas faim, de répondre Rémi.

—Moi, je mangerais un peu si ça dérange pas, dit Robert.

—Mange, monnomme! Le combat ça ouvre l'appétit. Continue. Un petit gars faut que ça se batte ; reste comme ça, laisse-toé jamais marcher sur les pieds dans la vie. Toé, Rémi, tu dois pas être ben batailleur.

Rémi perçoit la raillerie.

—Moi, je fais se battre les autres, j'suis intelligent.

—Pas brave, surtout, conclut le cousin.

—C'est lui qui a raison. Il s'agit pas d'être brave mais brillant. Pour arriver dans la vie, il faut faire travailler les autres à sa place. C'est ça ou être toujours le serviteur.

C'est Sonia qui prend ainsi la défense de Rémi. Réginald la dévisage d'un oeil dur et, durant quelques secondes, un dialogue muet et violent, dont les garçons ne peuvent saisir le sens, s'engage entre les époux. Faisant celui qui ne s'aperçoit de rien, Rémi dépose sa veste et la bouteille sur une marche de l'escalier.

—Une bouteille de vin! Tu as envie de prendre une autre brosse?

Sonia a réussi par cette boutade à détendre l'atmosphère. Malgré les rires de Réginald, Rémi n'en veut pas à sa cousine.

Ils s'attablent. Robert s'est installé en face de la fenêtre et Rémi comprend pourquoi son frère a voulu rester ici : il n'a pas faim, plutôt envie de surveiller la maison des Martel. Du linge sèche sur la corde et sans doute que la femme viendra à un moment ou à un autre l'enlever. Tandis que les autres attaquent le repas, Rémi tète une faible infusion de thé. Robert jette des coups d'oeil furtifs à la fenêtre, Sonia fait manger la petite et le cousin parle la bouche pleine.

—Mon oncle est descendu en ville à matin?

—Oui, répond Rémi.

—Y a pris Méo et Blanche. Ceux-là, on sait où y vont passer leur journée.

—Où ça? demande Rémi par pure politesse.

—A l'hôtel, à se saouler! Comme t'as fait l'autre soir. Ha! Ha! Ha!

—Réginald, parle pas comme ça de Blanche et Méo.

—Voyons, charogne monnomme! Les petits gars ont des yeux pour voir. Y savent déjà, y comprennent. C'est presque des hommes.

—C'est vrai, c'est déjà de petits hommes.

Robert a cessé de manger, ses yeux pétillent: la voisine s'affaire à ramasser son linge. Réginald devient perplexe et tout à coup son visage s'éclaire.

—Aïe, Robert, j'te vois! J'comprends! A des tétons à ton goût, la mère Martel?

—Oui, râle presque l'intimé.

—Toé au moins, monnomme, t'as pas peur de dire ce que tu penses. C'est vrai qu'a des boules extraordinaires. Pis regarde-moé ces cuisses!

—Réginald!

Il jette un regard moqueur à sa femme.

—T'es jalouse, hein? Y'a pas de raison, les tiens sont pas pires non plus.

Puis il retourne à son occupation de voyeur, de concert avec Robert. La voisine travaille toujours sans savoir qu'on l'observe.

—Tiens, s'exclame Réginald, la fille! A du chien comme sa mère.

—J'aime mieux la mère, répond Robert.

—Tu connais rien là-dedans, monnomme. La fille va faire toute une femme, déjà... Hein, Rémi? La petite Martel...

—J'sais pas.

—Aïe, aïe, aïe! T'es le genre hypocrite, toé. L'autre soir, ivre mort t'es sorti avec en pleine noirceur. Je suis sûr qu'y s'est passé des choses.

—Réginald, dit Sonia d'une voix sèche où la colère est proche, qu'est-ce que t'as à midi? C'est pas des discours à tenir avec des enfants. Pis y a la petite.

—La petite? Regarde, a dort sur sa chaise. Les p'tits gars, c'est plus des enfants. Si y savent pas déjà, c'est le temps qu'y se déniaisent. Moi à cet âge...

—Oui, on le sait!

Sonia prend Sophie dans ses bras et la porte dans la chambre que ferme un rideau.

—Réginald, viendrais-tu ouvrir les couvertures?

—Vas-y donc, Rémi, t'es plus proche que moi.

Rémi se lève en cachant malhabilement sa hâte. La portière bat comme une aile; dans la demi-obscurité Sonia chuchote.

— Enlève les couvertures.

Il soulève la catalogne. Son coude effleure celui de la femme, leurs peaux entrent en contact un instant et des ondes amollissent les jambes du garçon, font trembler ses genoux. Sonia dépose son fardeau en se penchant; son odeur submerge Rémi dont les tempes battent bruyamment. Elle borde sa fille et, une main sur l'épaule du garçon, le guide vers la porte. Il a peur que tous entendent les boum! boum! fracassants de son coeur.

— C'était le temps! lance Réginald d'un ton amusé. J'étais pour aller voir ce qui se passait.

Il s'applaudit lui-même et Rémi rougit. Oh! qu'il s'en veut de montrer ainsi son émotion à propos de tout et de rien.

— J'ai bien mangé, remercie Robert.

— Après un bon repas, un petit boire. Une petite crème de menthe, les garçons? demande Réginald.

— Voyons, ils n'ont pas l'habitude de la boisson.

— Rémi l'a! Pis j'suis sûr que Robert en a envie.

— Oui, j'en prendrais bien une goutte.

— Tiens, je te le disais. Apporte la bouteille et quatre verres, Sonia.

Elle donne un verre à chacun des convives:

— Faites attention, c'est fort.

— Bah! dit Robert.

Devant un deuxième verre, Réginald se roule une cigarette et s'arrête en regardant dehors.

— La mère Martel a fini son lavage et la petite Diane s'en vient par icitte.

« Non, se dit Rémi, pas elle! » Il termine son verre d'un trait et le tend à Sonia.

— J'en prendrais encore un peu.

— Oh! mais fais attention, Rémi. C'est traître, cette boisson.

— Verse-lui-en, Sonia, ça peut pas lui faire de tort. Ha! pis tu veux mon tabac? Tiens! Regarde-le rouler, Sonia. Je te l'disais que ça devenait des petits hommes.

Béat au milieu du nuage de fumée qu'il exhale, Réginald regarde avec amusement le garçon se rouler une cigarette. Un petit homme, comme il l'a lui-même été il y a déjà longtemps. Robert est surpris. Il ne comprend pas le brusque changement d'attitude de son frère. Jusqu'au ton de la voix qui devient autoritaire.

— Tiens, Robert, roule.

Sonia a l'air soucieuse.

—Les garçons, il ne faut pas être trop pressés de jouer à l'homme. Profitez de votre temps.

—Bof! Moé à leur âge, je bûchais déjà avec le père.

—Pis tu bûches encore! Aujourd'hui vaut mieux s'instruire.

Réginald est contrarié.

—Qu'est-ce que t'as contre le travail des bras? C'est un travail d'homme, le seul vrai travail. «Tu gagneras ton pain à la sueur de ton front.» Y a que les fifis qui travaillent en chemises blanches avec des crayons.

—Peut-être, Réginald, peut-être, mais tes «fifis» ils font travailler les autres et empochent l'argent.

—Qu'est-ce que tu connais là-dedans? Une femme c'est fait pour rester dans sa cuisine, s'occuper de ses petits. Les hommes travaillent fort.

—Y travaillent fort, pis y sacrent, pis y boivent, pis y couraillent. C'est ça?

—C'est la vie! La femme dans la cuisine... pis dans le lit. Ha! Ha!

—Réginald!

—Même qu'après-midi, on pourrait y aller dans le lit, la petite dort, y fait trop chaud pour travailler.

Sonia ne peut répliquer; on frappe à la porte. Sans même attendre de réponse, Diane Martel entre dans la cuisine surchauffée. Rémi évite les yeux de la fille, se contentant de tirer avec plus de force sur sa cigarette et de rejeter la fumée avec ostentation. Sonia désigne la chaise précédemment occupée par Sophie.

—Assieds-toi. Veux-tu du thé?

—Non, mais je prendrais bien de ça.

Elle montre la bouteille de liqueur verte. Sonia hausse les épaules d'impuissance en allant chercher un gobelet. Réginald s'amuse.

—Après-midi on se paque dur tout le monde, pis on va se coucher tous ensemble.

—Ça manque d'hommes, rétorque Diane.

—On est trois.

—Des hommes, ça?

Elle indique les fils Simard du pouce. Ce qui pour les autres semble n'être qu'une plaisanterie devient une insulte cuisante pour Rémi, la négation de sa virilité. Oh! qu'il la battrait! Il l'enverrait rouler par terre avec ses poings. Peut-être qu'un jour il l'étranglera pour lui faire ravaler ses injures. Robert se contente de rire:

—La petite, des comme toi, je perds pas mon temps avec, je les envoie chercher leur grande soeur ou leur mère.

Ça, c'est envoyé! La fille en reste estomaquée, le sourire figé sur les lèvres. Rémi la regarde triomphalement, comme s'il avait lui-même lancé ces mots.

—Vous pensez pas que ça suffit? demande Sonia d'une voix courroucée alors qu'elle tend le verre à Diane. Si on changeait de sujet; c'est pas des conversations de votre âge. Pis toé, Réginald, tu laisses faire ça, tu encourages. Tu devrais avoir honte. T'es pas dans une taverne ici.

—Toé, t'es rien qu'une sainte-nitouche. Monte pas sur tes grands chevaux. A leur âge t'avais déjà pété ta cerise. Dis pas le contraire, ton frère me l'a dit.

—Tu déparles. Cesse de dire des bêtises. Je vais serrer la bouteille.

—Aie pas le malheur de toucher à la bouteille, charogne monnomme! Bois un peu à place, ça va te dégourdir. T'es pire qu'une vieille fille.

Robert rit, Diane promène sa langue en jetant à tous des regards lubriques. Sonia se laisse choir sur sa chaise. Elle sait qu'il est inutile d'argumenter. Réginald est lancé, rien ni personne ne pourra l'arrêter avant qu'il n'ait vu le fond de la bouteille. Tout ce qu'elle dira se tournera contre elle, ne fera qu'envenimer les choses. Elle devine les jeux de jambes sous la table et les yeux de Diane, pleins d'oeillades et d'aguichements à l'adresse des hommes, même Réginald, la défient ouvertement. Mais elle ne va pas faire de scène, ni même de remarque: ce serait donner à Réginald l'occasion de l'écraser d'une insulte. La fille raconte une histoire très osée de nuit de noces; tous s'esclaffent, sauf Rémi qui se concentre sur son troisième verre. Quand il regarde Sonia, il comprend son désarroi et détourne la tête. Elle ne peut compter sur cet allié, il est impuissant comme elle, pieds et poings liés par le souvenir d'un malaise près du camion rouge. Diane n'attend sans doute qu'une provocation pour le tourner en ridicule.

Diane se fait amicale envers Rémi comme si elle lui tendait une perche, lui offrait une occasion de se racheter. Mais il se méfie, préférant l'ignorer. Robert et Réginald s'occupent bien assez de la fille qui se trémousse sur sa chaise. Rémi ne peut oublier les yeux tristes et vaincus de Sonia. Ah! s'il lui venait une colère terrible, capable de secouer sa stupide retenue et sa gêne, une colère qui aveugle, qui empêche de raisonner et de peser ses actes, il renverserait la table, avec les verres et la bouteille, bousculerait les chaises et leurs occupants, sortirait en passant à travers la porte à moustiquaire. Sortir, partir, ne plus voir cette cuisine triste à pleurer. Avant, il cracherait sur Diane, cognerait le nez de son frère, assommerait Réginald et déposerait un baiser consolateur sur le front de Sonia. Ah, s'il pouvait seulement même se lever et partir sans rien dire!

Sophie s'éveille. Secouant sa léthargie, la mère la lève et la conduit à l'extérieur en cachant la tablée du rempart de son corps.

—Carmen! Carmen!

La voisine paraît sur son perron.

—Carmen, je t'envoie Sophie, garde-la un peu. Cherche pas Diane, est ici.

L'autre femme acquiesce d'un signe de main. Malgré la distance elle a compris ce qu'il fallait comprendre : elle aussi a un homme et des bouteilles. Sonia aurait aimé que Carmen fasse revenir Diane, mais elle ne va pas insister. Elle rentre. Elle rentre sans qu'on s'occupe de son retour et voit la cuisine en désordre, les couverts empilés dans l'évier, le cendrier qui déborde sur la table, la fumée qui monte dans le soleil ; elle entend des conversations d'ivrognes, des blagues grivoises qu'elle connaît depuis toujours. La voilà sa vie! Elle s'enfuit dans sa chambre et on l'entend sangloter avec force. Rémi se lève d'un bond et s'immobilise en plein élan, penaud de sa réaction.

—C'est ça, va la consoler un peu ta cousine.

Rémi ne bouge pas. Plaisanterie? Piège tendu? Demande sérieuse et sans arrière-pensée? Le ton est indéchiffrable.

—Vas-y! Charogne monnomme, tapes-y sur l'épaule, dis-y que c'est une vieille folle. Envoye, vas-y, petit christ!

Réginald a ponctué son ordre d'un coup de poing qui a fait tinter les ustensiles sur la table. Cette fois le ton est net. Rémi va dans la chambre et, le rideau refermé, les entend rigoler dans la cuisine.

—Crains rien, celui-là est pas dangereux.

Entre ses rires, Réginald répond à la fille :

—Occupe-toé pas d'eux autres. Viens icitte, ma petite maudite. Assis-toé entre Robert et moi, on a à te parler.

Puis il n'y a plus dans la cuisine que des rires, des gloussements et le bruit de la liqueur qu'on verse. A mesure que Rémi s'approche du lit, les sanglots de sa cousine font oublier le reste.

Sonia est recroquevillée sur le couvre-lit de chenille turquoise, le visage dans les mains, la robe remontée un peu sur les cuisses. La hanche saillante rend la taille encore plus fine et un coude presse les seins contre le lit. Rémi a honte d'avoir pareils regards en un tel moment, les regards et les pensées qui vont de pair. Il hésite au milieu de la chambre. Troublé par la pose, meurtri par les sanglots mêlés de hoquets, il se sent plein de compassion en même temps que de tendresse, mais il ne peut oublier la présence de Réginald, la possibilité d'une entrée soudaine. La peur, toujours la peur. Peur d'être pris à partie par le cousin, peur de retourner dans la cuisine, peur du chagrin de la femme, peur d'être écrasé entre l'arbre et l'écorce, peur de ne pas trouver le mot, de ne pas être à la hauteur, peur d'avoir peur. Il s'approche. Cette peine est tellement plus grave que tout ce qu'il a connu jusqu'ici qu'il ne peut s'empêcher d'être fasciné. Comme on regarde un accidenté, un peu malgré soi, même en sachant à l'avance qu'on sera secoué par sa vue. L'envie prétentieuse de guérir !

Il pose délicatement sa main sur l'épaule, effleure la peau du cou, imaginant ainsi calmer les pleurs. Un instant arrêtés par la surprise de ce toucher, ils reprennent de plus belle. Rémi laisse sa main caresser les cheveux et essaie de ne penser à rien, d'être juste une présence. Il s'assoit sur le bord du lit et Sonia tourne vers lui un visage défait où les larmes ont creusé des ruisseaux bordés d'un limon de fard. Les yeux rougis sont pitoyables et la bouche, brisée par la blancheur des dents qui mordent les lèvres, est effrayante. Il s'essaie à un sourire qui n'est finalement qu'une triste grimace. Sonia, sa joue appuyée contre la cuisse du garçon, est emportée par de nouvelles vagues de sanglots. Il se trouve puéril devant cette peine d'adulte, il n'est encore qu'un garçon ignorant des choses de femmes, pour la première fois spectateur d'un tel chagrin : pas cette petite larme qui montre qu'on a une âme sensible, mais un torrent qui brise et bouscule, un déchaînement d'animal. Rémi n'est qu'une mauvaise bouée à laquelle se raccrocher car, malgré sa compassion, il ne peut s'empêcher de sentir les larmes mouiller sa cuisse à travers le pantalon, sentir le souffle brûlant courir sur sa peau. Il ne peut même plus contrôler la bête qui travaille entre ses cuisses, insensible à la solennité du moment. Rémi a honte de son corps indiscipliné. Il voudrait être loin de cette chambre, n'avoir jamais eu connaissance de ce drame, être encore un petit garçon insouciant. Pourtant il ne peut partir. Pourvu que Sonia ne soupçonne pas l'abjection de son soi-disant consolateur. La femme prend la main du garçon, la serre entre les siennes, la presse sur son coeur comme pour faire cesser la cavalcade arythmique. Il sent l'organe battre sauvagement contre la cage des côtes, et en même temps son pouce et son poignet sont en contact étroit avec la masse d'un sein, le mou de la chair. Iconoclaste, son pénis se gonfle. Tout le sang a fui le cerveau pour se concentrer dans cet organe honteux. Un désir fou traverse par éclairs fulgurants l'esprit vide de pensées: ouvrir la main, saisir le sein, le palper, le pétrir. Honte sur toi, Rémi Simard, honte au mauvais Samaritain. Non, non, non! Rémi lutte farouchement, se met à pleurer d'abord en silence, puis avec force. Sonia s'en rend compte, se redresse, prend le visage du garçon entre ses paumes, essuie les larmes de ses pouces, elle embrasse la bouche réticente. Rémi devient étourdi: cette haleine de menthe, brûlante, ce goût de sel qui coule des joues, cette bouche insistante, ces yeux si près où luisent des gouttes accrochées aux cils.

Il comprend, ou croit: elle ne désire que sa présence, qu'un contact humain, qu'une communion même courte entre deux sensibilités. Mais c'est déjà trop, et Rémi se rebiffe. Il craint de perdre la tête, craint Réginald à côté qui pourrait survenir, craint d'être humilié une autre fois devant Diane. Sonia n'a pas d'arrière-pensées, ne cherche qu'un moment d'amitié dans sa vie étale, mais Rémi refuse. Il appelle à la rescousse sa raison, sa peur, évoque la princesse de la maison hantée à qui il doit fidélité. Rien n'y fait, son ventre bat à coups monstrueux. Un précipice s'ouvre, il ne sait plus à quoi se retenir; la lutte devient vaine, il s'abandonne et plaque ses lèvres dans le cou de la femme qui respire fort. Il ferme les yeux pour ne pas voir les remous le submerger.

—Rémi, Rémi.

« Non, ne dis rien, Sonia, laisse-moi couler. »

—Rémi, Rémi!

C'est Robert qui appelle. Le garçon se relève brusquement en bousculant un peu la femme.

—Rémi, viens-t'en.

Rémi se met debout à côté du lit, évite de regarder Sonia qui se tourne sur le ventre pour elle aussi ne rien voir. Il avance vers la sortie, tout en essayant de dissimuler le renflement dans sa fourche. Il s'arrête au rideau. Tout doit être écrit sur son visage coupable. Coupable de quoi? Il n'a rien à se reprocher, sinon des désirs. Il n'a qu'un peu consolé Sonia, comme l'avait demandé Réginald. Mais il est rouge de gêne et on l'accusera de ce qui ne s'est pas produit. N'a-t-il pas l'âme et l'attitude d'un coupable?

—Rémi!

Il ne peut plus hésiter. Il faut plonger, se lancer à travers le rideau comme on se jette au feu. Diane est partie, le cousin somnole sur sa chaise. Robert, qui a déjà ramassé les vestes, est occupé à y dissimuler le tabac volé sur la table. Rémi se reprend. Il n'a rien à craindre. Il tapote l'épaule de Réginald.

—Hein? Hein?

Le cousin se réveille en sursaut, secoue la tête, soulève la bouteille vide et sourit.

—Nous, on s'en va.

—Bon, allez, les petits gars. Charogne monnomme, pas un mot de ça à vos parents.

Il les reconduit à la porte et tire le loquet après leur départ. A travers la moustiquaire, il les salue une dernière fois.

—Vous reviendrez.

Robert s'éloigne vers la route. Rémi s'attarde un peu. Une rumeur ponctuée d'éclats vient de la chambre. Il se précipite à la poursuite de son frère. Il les déteste tous, Réginald, Diane, Sonia, même Robert qui chantonne à mi-voix.

—Ferme-toi.

—Laisse-moé tranquille, j'sus ben.

—Ivrogne!

—Ivrogne? Pis toé? Toé, l'aîné, qui me fait boire et fumer, t'es mieux que les autres?

—Non.

Robert se remet à chanter et Rémi baisse la tête. Il a mal. Tantôt près de Sonia, un moment il s'est cru surhomme et n'a été qu'un faible terrassé par sa propre faiblesse.

Au bord du chemin, devant chez elle, Diane tient une poupée à la main. Elle les regarde venir et fait une moue de dédain. Robert la toise de haut:

—C'est ça, joue à la poupée, c'est de ton âge!

—Toi, t'es bien le frère de l'autre. Une belle paire de pas bons.

—Va te changer, tu sens encore le pipi de tes couches.

Elle se fâche et leur lance la poupée. Rémi l'attrape au vol et s'enfuit. Cent pas plus loin, il s'arrête.

—Rends-moi ma poupée!

—Pleure! ordonne Robert.

—Donne-moi ma poupée.

C'est qu'elle a l'air d'y tenir. Rémi se dit que c'est à cause d'elle que tout arrive; c'est elle qui a fait pleurer Sonia. Et ces ragots qu'elle a colportés au village sur son compte! L'occasion est belle de se venger. En rageant il arrache un bras qu'il jette sur la route.

—Non! Fais pas ça.

Pour une fois qu'il a le dessus avec elle.

—Tiens, tiens, tiens.

Il arrache les autres membres et les lance, puis devant les yeux horrifiés de la fille, sépare le corps de la tête, l'envoie dans le fossé. Comme il va se débarrasser de la tête, Robert l'arrête.

—Garde ça en souvenir.

—Oui, t'as raison. Salut, mademoiselle Martel.

—Toé, tu vas me le payer, Rémi Simard. Vous allez me le payer tous les deux.

Ils se retournent souvent pour faire des grimaces à la fille qui est restée au même endroit, puis les épinettes les dérobent aux regards haineux. Ils s'engouffrent dans le couloir du rang en longeant le côté sud pour profiter de l'ombrage. Au bout d'un moment Robert s'arrête.

—J'en peux plus, la tête me tourne.

—C'est normal, la boisson, le soleil.

—Si... si on ouvrait la bouteille de vin?

—Non. Te vois-tu arriver saoul à la maison?

—Pourtant ça me tenterait d'être encore comme tantôt. Tout était drôle. Pis j'ai soif.

—Y a le petit ruisseau pas loin. On va arrêter.

Robert sifflote et, les mains dans les poches, zigzague à la poursuite des cailloux qu'il botte devant lui. Rémi repense aux larmes de Sonia. A ce moment-là, dans la chambre, elle a été transfigurée, cessant d'être la femme quotidienne et ordinaire de Réginald, complaisante aux travers de son mari, subissant en silence le fardeau des tâches, pour devenir un être lointain et supérieur, du même sang que la princesse dont Rémi est le chevalier. Sa princesse encore inconnue, il lui voudrait le corps de Sonia. Il l'imagine, courte et menue, parlant une langue qu'il ne connaîtrait pas mais devinerait comme on devine le sens des larmes. Avec elle, le preux chevalier de la nuit ne luttera pas, mais se laissera emporter par les tourbillons de la volupté, mieux, s'y lancera de toutes ses forces. Le corps de Sonia pour la princesse, des jambes bien galbées, des cuisses blanches, des hanches arrondies, la taille déliée, la poitrine en proportion et un cou tiède et des baisers sucrés. Le corps de Sonia, mais pas son visage. La princesse aura un visage singulier ne pouvant être confondu à aucun autre.

Pas très loin, le ruisseau s'ébroue. On ne peut encore en sentir la fraîcheur, mais le parfum des populages, la vibration d'une branche de hart rouge à demi submergée, les pépiements d'un couple de jaseurs des cèdres l'annoncent.

S'il avait choisi Sonia comme Dame, au lieu d'une hypothétique princesse, comme Robert avait choisi Carmen Martel? Non, d'abord il n'avait pas le droit de douter de l'existence de la Dame du château hanté; puis, Sonia manquait de mystère. Si, en pleurs, elle s'était révélée différente, c'était peut-être seulement parce que Rémi était ému. Plus jeune, avant qu'elle ne vive avec Réginald, Sonia aurait sans doute pu être une Dame; plus maintenant que la vie avait éteint le rêve en elle.

Une perdrix gloussait sur la route, un tétras de savane, presque noir, le sourcil d'un rouge vif au-dessus de l'oeil. Il avait peur, mais le cachait bien et paradait, haut juché sur ses doigts, le cou gonflé, la queue étalée. Il essayait d'impressionner. Robert ramassa un caillou.

—Laisse-le tranquille, ordonna Rémi.

Le coq, la tête haute et qui hochait à chaque pas, l'oeil menaçant, avançait majestueusement. Sous son plumage hérissé il tremblait de peur et dès qu'il fut près des arbres, il s'écrasa sur ses pattes, s'enfonça le cou dans le jabot et disparut en trottant sous les branches.

—J'aurais pu l'avoir, dit Robert dépité.

—Pourquoi faire? Il était amusant à regarder, me faisait penser à toi.

—Bah!

Ils s'agenouillèrent sur la mousse détrempée au milieu de laquelle le filet d'eau disparaissait, resurgissait, s'accumulait en flaque, sautait un tronc vermoulu et repartait. Ils burent à quatre pattes.

—J't'ai pas demandé encore: l'aimes-tu, la cousine?

Rémi fut surpris.

—Ben non!

—Pourtant...

—Je l'aime pas, je la trouve fine. C'est tout.

—Dans la chambre?

—Y s'est rien passé dans la chambre. Elle pleurait, je l'ai consolée.

—T'as déjà consolé des femmes, toi? demanda Robert mi-incrédule, mi-narquois. Comment tu fais?

—Tu parles. Ça vient tout seul.

—Qu'est-ce que tu lui as dit?

—J'sais plus. Des tas de choses.

Il voulu changer de sujet.

—Toi avec la petite Martel?

—Rien. Réginald non plus, pis c'est pas parce qu'il a pas essayé. Elle est pas farouche, mais a patine vite.

—Moi je la déteste. C'est vrai, regarde.

Rémi brandit la tête de poupée en la tenant par ses cheveux crépus.

—Un trophée de guerre !

—Tu sais quoi, Rémi ? On va la garder dans notre caverne. On y va ce soir à notre repaire ?

—On risque d'être fatigués.

—Et t'avais dit qu'on espionnerait les gens.

—Ça veut dire encore de la marche. T'en sens-tu la force ?

—On se reposera demain. C'est comme une fête aujourd'hui ; je me suis battu, on a bu ; à soir on pourrait boire la bouteille de vin, pis j'ai volé le tabac à Réginald.

—D'accord. On va courir toute la nuit, faire notre métier de chevalier. J'aimerais voir ce qui se passe chez Godbout.

—Chez Martel surtout. C'est merveilleux d'être chevalier.

—Et ça va le devenir encore plus. On va conquérir nos Dames.

—Ça ! Je me demande bien comment.

—Chaque chose en son temps.

Ils sont étendus le dos contre le sol, mains derrière la tête, à regarder le ciel filtrer entre les aiguilles acérées. La lumière verte est tout odorante du parfum épais des épinettes, de celui soyeux qui monte des fougères écrasées. A peine perceptible, le relent terreux d'un champignon brisé. Les épinettes sont complaisantes, leurs branches étalées comme des toits coniques. Rémi se sent rassuré par leur présence et découvre, à les observer, que chacune est différente des autres. Robert s'est endormi depuis un moment et son frère en fait autant.

C'est un gloussement de perdrix qui les éveille, le coq de tantôt qui rôde dans les parages, mécontent que son territoire soit envahi. L'ombre des arbres a tourné un peu. La bouteille plongée dans l'eau glacée attendra le bon plaisir des garçons. Ils regagnent la route. Une voiture vient : on perçoit le claquement du gravier sur la tôle. C'est leur père. Il les embarque, et la petite soeur dont la robe est tachée de crème glacée leur fait une fête. Le père s'inquiète de leur aspect débraillé et ils lui disent qu'ils ont travaillé tout le jour pour le curé. L'homme s'emmure ensuite dans son silence habituel. Il semble préoccupé.

La mère est de mauvaise humeur. Elle a été seule à s'ennuyer, le moteur à essence de la laveuse n'a pas voulu démarrer, la pompe s'est désamorcée, bref, rien n'a été à son goût. Elle n'a ni parlé, ni entendu de voix humaine depuis le matin et s'est heurtée à l'écran mort du téléviseur. Y a-t-il chose plus dérisoire qu'un appareil de télévision dans une maison qui ne possède pas l'électricité? La mère déclare qu'elle en a par-dessus la tête de cette vie de sauvage. Durant le souper le climat est tendu et les garçons ne se font pas prier pour emmener ensuite Françoise jouer dehors.

On les envoya au lit très tôt, avant que le soleil ne fût couché. Fraççoise s'endormit sans attendre la fin de l'histoire que lui racontait Robert. Un bruit confus de conversation, parfois des mots compréhensibles, montaient de la chambre des parents. Le ton semblait acerbe. Robert ronflait. Rémi ouvrit la fenêtre, s'agenouilla, s'accouda à la tablette, passa la tête dehors. Les feux du couchant caressaient les bardeaux de la maison abandonnée. Partout le soir suintait du sol. Déjà il était dense dans les baisseurs. Sur la colline, au-delà du Ruisseau-Maudit, les épinettes étaient de bronze et juste au-dessus, un nuage effilé devint violet. La brise légère haletait, essoufflée peut-être par les bruits qu'elle portait: trilles de l'écureuil roux, martèlement du pic, cris des oiseaux de nuit qui s'éveillent et tous les sons impossibles à identifier, chants, plaintes, murmures des végétaux, crissements des horizons où le ciel pèse de tout son poids, étirements millénaires de la terre.

La nuit venait, sa nuit de chevalier, et c'était tellement plus vrai, plus important que les problèmes des humains! Rémi observa longtemps un renard roux qui trottait sur la route, les oreilles prudemment pointées. La bête s'arrêta, sembla fixer le garçon, puis fila dans l'herbe haute et se glissa furtivement entre les sapins. Rémi rentra la tête. Montaient toujours les murmures où des mots sonnaient, qu'il s'efforçait de ne pas entendre: octrois, colonisation, difficultés, solitude, isolement.

C'en était trop! Qu'ils aient la décence de parler tout bas. Le garçon ne voulait rien savoir des affaires familiales, même pas savoir que ça existait. Et entendre pleurer sa mère! Cela la rendait femme. En ce moment, elle devait ressembler un peu à Sonia. Non! Elle était sa mère, seulement sa mère.

Il s'ouvrit tout grand au dehors, se fermant à la vie de la maison. Un hibou ébloui se posa maladroitement sur le faîtage du toit de la maison voisine et ses serres raclèrent les bardeaux. Il lissa ses plumes, fit quelques pas majestueux, se tourna pour guetter l'orient, montra de grands yeux où se lisait l'impatience de partir en chasse. Sa gorge tremblota et les hou-hou remplirent le ciel piqué d'étoiles pâlottes n'ayant même pas encore l'éclat des lucioles dans l'herbe. Le hibou s'en alla sur ses ailes ouatées et une ribambelle de chauves-souris quittèrent les combles de la maison, s'égaillèrent pour se fondre dans l'air gris.

Les colombes de la princesse, ses messagers! Non pas de blancs oiseaux annonciateurs de paix, ni de fiers et diurnes oiseaux de haut vol, mais de grises bestioles au vol erratique et nocturne. Des mammifères, pensait Rémi, des monstruosités ailées, aux dents acérées, aux oreilles disproportionnées, des bêtes de nuit, seules capables de trouver le chevalier dans ses courses, de lui porter une adresse. Rémi se voyait, chevauchant sans peur dans le noir et tenant au poing une chauve-souris. Il aurait belle allure. Il cria intérieurement vers la demeure des ombres.

« J'ai entendu, princesse. C'est moi, Rémi, ton chevalier. Je viendrai, je viendrai. Patience, je te libérerai et tu seras à moi, ô douce princesse. »

Une chauve-souris vint voleter au-dessus du hangar, devant le visage du garçon, et disparut avec son bruit de livre qu'on feuillette. La princesse avait entendu et compris!

Rien ne venait plus d'en bas. Rémi colla son oreille au parquet: les ronflements de son père. Sa mère devait dormir. Faire comme eux tous? Il était fatigué, mais son excitation était plus forte que sa lassitude. Il secoua Robert, lui mettant la main sur la bouche.

—Silence! Lève-toi, c'est l'heure.

—Hein, quoi?

—C'est la nuit, habille-toi et suis-moi.

—Sais-tu, je suis fatigué.

—Debout, paresseux. La nuit nous attend.

—Demain.

—Tout de suite, Chevalier-de-la-Dame-aux-Gros-Tétons. L'aventure appelle. Ecoute.

—C'est un hibou.

—Le coq qui chante les aurores boréales. Viens, on va voir ta Dame.

—Bon, bon, je me lève. Cesse de me bousculer.

Ils se retrouvent dans l'herbe mouillée de serein, récupèrent bâtons et besace et partent vers l'ouest. Vénus jette des feux immobiles et, à droite, la Grande Ourse déjà de travers continue à chavirer. Le sol est frais, l'air tiède, brûlant parfois comme l'haleine de quelque monstre. Le grand corps souple de la nuit écrase la route de ses replis, et en son flanc la vie grouille, tapageuse, pressée de se perpétuer avant le matin. Au milieu de ce vacarme, le passage des humains ne se remarque pas. Les épinettes s'écartent devant la route. Rémi se met à parler tout haut.

—Tremblez, bêtes du noir, craignez pour vos secrets, génies, car voici qu'arrivent les Chevaliers de la nuit. La terre s'ouvrira sur les trésors de ses entrailles, l'air se déchirera comme un voile. Espère un peu, douce princesse, les portes du château céderont devant mon courage. Courbe l'échine, ô nuit, docile et soumise : les chevaliers sont-là, silencieux mais conquérants.

—Silencieux, tu dis ? Tu parles tout le temps.

—Y a des mots qui sont comme du silence. As-tu peur ?

—Non. Et pas seulement parce qu'on est deux et qu'on a des bâtons.

La clairière de Méo. La maison n'est qu'une masse obscure et sans vie. Les habitants dorment ou plus vraisemblablement sont absents. Tout à coup, un vacarme incroyable se répercute sur les haies de conifères. Craquements, bris de ramilles, chuintement de soie froissée : une forme apparaît. Les garçons se figent ; leurs mains se crispent sur le bâton. C'est une bête immense qui vient. Cheval ? Un âne plutôt. Un orignal ! D'un coup de reins, l'animal grimpe sur la route où la pierraille cliquette sous les sabots. Il s'arrête, empêtré dans le réseau d'odeurs exhalées par les garçons. Des étoiles dans les yeux très grands, de la lumière bleuâtre qui déborde dans les larmiers. Le coeur déjà affolé, Rémi sursaute quand son frère lui touche le bras. Le visage de Robert est si blême qu'il luit. L'orignal souffle pour nettoyer ses naseaux de l'odeur humaine, et Rémi a peur. Il faut réagir.

—On attaque. Viens, Robert.

Les bâtons vrombissent en tournoyant au-dessus des têtes, l'animal est tendu et un muscle de sa cuisse frémit. Les chevaliers se précipitent en hurlant et l'orignal détale dans un crépitement de gravier. En deux bonds, il rejoint les fourrés, et là, dans son élément, disparaît sans presque faire de bruit. Les garçons se trouvent à la place exacte où se tenait la bête. L'air garde encore trace du passage, une subtile odeur qui rappelle le jardin zoologique. Rémi s'appuie sur son compagnon car ses genoux flageolent. Robert crâne, mais sa respiration est haletante.

—T'as vu, on est plus forts que tout !

—J'ai pas eu peur, la surprise. Pis l'orignal a été surpris lui aussi ; et il a eu peur, même s'il est puissant.

—Attends que je raconte ça! Voir un orignal de si près. Quinze pieds, au plus.

—Raconter quoi? A qui? Tu peux pas. Les secrets de la nuit on peut pas les révéler aux autres.

—C'est vrai! Ensuite on pourrait plus sortir le soir.

—Fais-toi-z-en pas. Tu vas voir, c'est bien plus plaisant de savoir et de rien dire, que de tout raconter pour se vanter. Et le plaisir dure plus longtemps.

—Y a des choses comme ça que tu caches? Même à moi?

—Heu... non, à toi je dis tout.

Une seule lampe à l'huile brûle en veilleuse dans la cuisine des Martel, mais chez Réginald, ce sont des rayons d'un blanc intense qui jaillissent à pleines fenêtres et s'étirent longtemps avant d'être complètement élimés par l'obscurité. Ça bouge dans la maison du cousin, et c'est là que les garçons se rendent. A quatre pattes ils se faufilent jusqu'à une fenêtre de la cuisine. Comme c'était à prévoir, on joue aux cartes. Réginald, Sonia, Carmen Martel et Maudit-Treupe disputent une partie. Un peu à l'écart, Méo et Blanche attendent pour remplacer l'équipe perdante. Le rite habituel: les exclamations, la donne, les verres d'alcool, la fumée épaisse qui grimpe jusqu'au fanal à naphte. Une veillée de semaine, moins animée que celles du samedi. Rien de tellement amusant à regarder. Rémi se retire en entraînant son frère.

—Pourquoi? Je veux rester.

—On reviendra.

Ils traversent les labours où les racines de chiendent ont l'air de vers minces et luisants, et ils arrivent chez Godbout. Un râteau à foin abandonné à la rouille leur offre une cachette. De l'autre côté de la route une flamme vacille: la bougie qui veille avec Mme Maudit-Treupe. Invisible, le chien noir se promène et jappe, car il a senti les intrus. Ils avancent courbés en se collant au mur. Il s'agit d'être silencieux, car seule une moustiquaire bouche l'embrasure de la fenêtre. Ils risquent un regard. L'homme se lève de sa berçante qui continue à se balancer en grinçant, et il menace du poing le chien qui jappe toujours.

—Maudit chien! Un jour j'te fermerai la gueule pour de bon.

Il cogne sa pipe contre le poêle de fonte et la cendre neige, noire sur la poussière grise du plancher. Il charge, allume et marche de long en large.

—Ça va être l'heure. Ferme-toi, maudit chien!

Il manipule les boutons de la radio: grésillements, craquements, bip, plaintes modulées, parfois stridentes, enfin une voix chevrotante et lointaine qui débite des nouvelles dans un français bizarre. L'homme s'assoit, écoute avec attention, ponctuant l'énoncé des événements mondiaux de coups de poing sur l'accoudoir de la berçante ou d'un crachat par terre. De la musique remplace la voix. Godbout se remet à arpenter la cuisine en jurant. Il va jusqu'à la porte, revient vers l'escalier, s'arrête juste où une planche craque, retourne à la porte : un ours en cage, quelque prisonnier dans une cour minuscule. Ses pas marquent un chemin dans la poussière, comme l'hiver on se tape un sentier dans la neige. Les garçons apprennent à s'adapter au manège. Ils se cachent quand l'homme leur fait face en venant de la porte, se relèvent quand la planche geint, l'observent dès qu'il s'éloigne, s'écrasent encore quand il s'en revient.

Godbout n'écoute pas la musique. Il redit les bribes qu'il a retenues, les récite comme une légende aux rebondissements innombrables, les entrecoupe de réflexions et de jurons, mélange toutes les informations, créant ainsi de nouveaux événements plus terribles que la réalité.

—Un spoutenique! Ils ont lancé un autre ballon dans l'espace, une nouvelle étoile en acier. Déjà hier on en parlait. C'est le bout de tout, les trompettes vont sonner la fin du monde, le rideau de fer va voiler le soleil. La fin, la fin! Terrible, terrible. Ha! Ha! Merveilleux! Jéhovah tout-puissant va sauver ses justes. Je vais être sauvé et Ricard va périr avec ses serins et ses poissons. Ha! Ha! Toé aussi, ma maudite, tu vas crever comme une chienne que t'es. Tu vas crever, tes entrailles vont pourrir. Morte parmi les morts.

Il s'est arrêté face au mur, devant une photographie que le verre, réduit à quelques éclats retenus au cadre, ne protège plus, et il crache sur le visage de femme déjà passablement maculé de jus de tabac. L'homme marche encore longtemps en vociférant, lançant des imprécations, prenant les meubles à témoin de ses dires, se fâchant, criant, menaçant le pape et ses évêques, damnant ministres et députés. Enfin, essoufflé, il s'arrête à contempler la photographie de son ancienne femme.

—Ma maudite! J't'avais donné le meilleur, t'as tout gaspillé. T'as voulu me détruire, t'as manigancé avec ceux de la Voirie pour que je perde mes contrats et mon bulldozer. Et j'ai perdu. T'as eu beau dire que c'était à cause des élections, du changement de couleur, ça prenait pas. Je le savais que tu me jouais dans le dos avec ceux de la Voirie. Des jaloux! Vous étiez des jaloux malades de mon succès! J'aurais dû te tuer cette fois-là, j'étais trop bon, je voulais te donner une chance de te racheter. J'étais un niaiseux manipulé par les curés. Donne du son à un cochon, y chie sur ton perron. Guidoune de christ, c'est encore de ta faute si par après j'ai fait patate avec mon chantier. Tu tournais la tête aux hommes en cachette, faisais l'innocente devant moi. Tu dois avoir ri quand t'as réussi à m'abattre avec l'aide de tes maquereaux. Jalouse, envieuse! Tu te sentais coupable et tu voulais me rabaisser à ton niveau. C'est sûrement toi qui as mis le feu aux bâtisses.

Il crache encore un coup avant de poursuivre.

—Ah! L'hostie de volée que je t'ai donnée! Mais j'ai pas frappé assez fort, je me suis laissé prendre à tes larmes. J'étais trop bon et j'ai écouté tes arguments. Ha! J'étais jaloux, malade? Je me faisais des idées? J'avais tort de douter de ta fidélité et de ton amour? L'avenir m'a donné raison! Je voulais être charitable à cause des enseignements du faux dieu. Je t'ai amenée ici, avec moi, pour t'aider, t'éviter les tentations, te guérir. Sur ce lot, on aurait pu être heureux mais toé tu m'as roulé une fois de plus, t'es partie avec cet épais d'inspecteur, le seul homme qu'on voyait. Y doit avoir déchanté quand y s'est aperçu avec quel tas de fumier y se retrouvait. Tu pensais me faire mal en partant, me rachever? Ha! Ha! Finalement, c'est moi qui ai gagné, les assurances ont payé. Pis j'ai trouvé le vrai dieu et j'ai compris tout ce qui était arrivé. T'étais l'instrument du diable qui voulait ma ruine; j'étais Job et t'étais ma lèpre. Tes manigances ont fouèré: je suis sauvé et tu vas périr, charogne, putain, viande à curés!

Godbout revient à la radio et fouille les longueurs d'ondes jusqu'à ce qu'il trouve une voix. Elle parle dans une langue chantante, pleine de voyelles. Il écoute comme s'il comprenait, s'applique à trouver le sens des mots. Tout à coup son visage s'illumine. « Roma ». Il a saisi ce nom.

—Roma! Roma! Le Vatican, le stupre, la corruption. Repaire des apôtres de Satan. Que Jéhovah les écrase tous dans une juste colère. Qu'il les fasse périr et les damne avec les Russes, avec les Allemands, avec les fonctionnaires, avec les Anglais. Pis les Chinois, pis les autres, pis les colons à Ricard. Pis toé itou, maudite vache!

Il allume sa pipe pour la dixième fois, l'oreille tendue vers le haut-parleur. Durant longtemps encore il continue d'écouter aux bulletins de nouvelles les péripéties de l'autodestruction du monde. Robert tire Rémi par la manche et ils partent vers le champ de labours.

—Un fou ça! murmure Robert.

—Y a pas l'air brillant. Ça me tente même pas de lui faire peur.

—C'est lui plutôt qui fait peur.

Une porte claque chez Réginald et une silhouette apparaît sur la route: Maudit-Treupe qui revient. Ils se plaquent au sol et l'homme passe de son pas lent. Le chien se met à brailler tout bas et se tait quand son maître lui parle. Lorsqu'un bruit leur apprend que Maudit-Treupe et sa bête sont rentrés, les garçons se glissent jusqu'à la demeure de Réginald. Rémi regarde la nuit merveilleusement belle avec ses étoiles plus grosses qu'à l'accoutumée qui palpitent tout près du sol. Un grand oiseau s'éveille, bat des ailes, se rendort: c'est le tremble de la cour. Dans l'écurie, le cheval hennit. Lui aussi, il a entendu l'arbre-oiseau. A nouveau la porte résonne contre le chambranle et des voix s'élèvent. Rémi étire le cou. Mme Martel, seule, s'en retourne chez elle par le petit sentier. L'arbre sursaute à son passage, sans toutefois s'éveiller complètement. Elle n'est pas vraiment seule. Sur la route, des pas font écho aux siens. Elle dit « Bonsoir » avant de disparaître chez elle et, du chemin, Méo et Blanche répondent. On les entend encore qui se parlent tout en s'éloignant, qui se parlent pour se tenir compagnie, pour ne pas penser au noir autour d'eux. Eau retrouvant peu à peu son calme après la chute du caillou, la nuit se refait. « Tous les autres la déchirent quand ils passent avec leur odeur, leur bruit et souvent la lumière de leur fanal. Passent, c'est le mot juste, se dit Rémi. Ils ont peur de la nuit, n'y vivent pas mais la traversent en vitesse. Seuls, Robert et moi on l'habite. Et nous on fait pas de remous. »

La lumière s'éteint chez Réginald. Robert part et son frère le suit. Par un large crochet qui frôle l'étable, ils se dirigent vers la maison des Martel, la seule qui soit encore illuminée. Le camion n'est pas dans la cour. Carmen met de l'eau à chauffer et s'installe juste à côté de la lampe pour repriser des bas de laine. De grandes ombres rendent encore plus saillante sa poitrine. Rémi rejoint son frère, près de la fenêtre de la chambre.

—Elle est dans la cuisine.

—Son mari doit être parti travailler avec le camion.

—Rémi, je veux la voir quand a va se coucher. La toile est pas baissée complètement, mais la fenêtre est trop haute. Tantôt j'ai sauté et je me suis retenu au rebord. On peut pas longtemps, les doigts glissent. Il faudrait que tu te mettes à quatre pattes pour que je grimpe sur ton dos.

—Moi, je verrai pas !

—L'important c'est que moi je la voie. C'est ma Dame à moi.

— C'est vrai. On fera comme t'as dit.

Il faut attendre. Robert surveille les mouvements possibles à l'intérieur de la maison, guette l'ombre que la femme projettera en se levant. Rémi, se sentant exclu de ce qui va survenir, s'est tourné vers le large. Douceur du monde baigné de nuit! L'âme des choses exsude à travers leur surface et dissipe les apparences; et les choses prennent leur vrai visage, tellement différent de celui du jour.

— A bouge, souffle Robert.

La femme va observer le sommeil de ses enfants, redescend et porte la lampe dans sa chambre.

— A quatre pattes! ordonne Robert d'une voix sèche.

Robert grimpe sur le dos de son frère et ses yeux arrivent juste à la hauteur de l'espace libre entre la toile et le cadre. La lampe est sur une commode devant le miroir. Une grande serviette au bras, la femme arrive en portant un broc fumant et un bassin. Elle pose le tout à côté de la lampe et va fermer la porte de sa chambre. Elle revient, mains dans le dos qui tâtonnent pour trouver la fermeture éclair. Robert trépigne : elle va se mettre nue pour se laver et il pourra la regarder à loisir.

— Bouge pas tant, tu me brises le dos, se plaint Rémi.

— Chut!

— Est-ce qu'est couchée déjà?

— Ferme ta gueule. Je te le dirai tantôt.

Carmen fait face au miroir. Il la voit en demi-profil, et sur le tain, presque de face. Elle descend prestement sa robe et la jette sur le lit. Elle est en soutien-gorge et en jupon dont le blanc éclate dans la pénombre jaunâtre. Elle défait ses cheveux, qui déboulent sur les épaules rondes, et d'un coup de tête les envoie dans son dos. Elle savonne son visage et son cou, lève un bras et le noir bouquet de poils de son aisselle s'ouvre et s'épanouit. Robert n'a pas assez d'yeux pour tout voir en même temps, le corps et le reflet, la ligne gracieuse du dos, la taille étranglée avec à peine un mince bourrelet au-dessus de l'élastique du jupon, le ventre qu'on devine plat, les fesses rebondies. Et les mollets et les yeux. Et surtout les seins qui remplissent les bonnets aux coutures piquées en cercles concentriques. Ils se balancent à chaque mouvement de la femme et c'est tout l'intérieur de Robert qui tressaille.

— Cesse de me donner des coups de pieds ou je te laisse tomber.

— Fais ça et je t'étrangle, grince Robert entre ses dents.

— Qu'est-ce qui se passe?

— Plus tard, plus tard.

Carmen Martel dégrafe son soutien-gorge. Robert ne respire plus et son coeur bat à tout rompre. Ses doigts se crispent sur le bois rugueux. Dans le miroir, les aréoles le regardent comme des yeux démesurés de hibou. En serrant les dents, Rémi subit les soubresauts de son frère. Durant les brefs répits il se demande ce que Robert peut bien voir. Que fait-elle qui le passionne à ce point? Rémi veut bien être complaisant mais sa résistance s'amenuise. Déjà ses épaules et ses reins sont comme lacérés, son cou se raidit et les tendons de ses muscles vibrent. Enfin, après un temps interminable, Robert saute dans l'herbe et s'enfuit en couinant comme un animal blessé.

Rémi se relève avec peine, remue ses articulations figées, étire ses muscles et clopine sur la piste de son frère. Il lui faut du temps avant de pouvoir lancer de belles enjambées, et il ne retrouve Robert qu'à l'orée du bois où des arbustes l'ont fait trébucher. Il reste prostré et pleure.

—Robert! Robert!

—Oh! J'ai mal, j'ai mal. Ah! si t'avais vu comme est belle, belle ça se dit pas.

—Comment tu l'as vue?

—Nue, toute nue. Sa peau blanche, ses poils noirs. J'pourrai jamais oublier.

—Raconte.

—Je veux pas en parler. C'est ma Dame à moi.

—T'as raison. C'était mieux que juste toi la voies.

Ils restent longtemps silencieux, chacun perdu dans ses rêveries, puis retournent à la route. Ils sont vis-à-vis la maison de Méo et, par les fenêtres sans rideaux, ils aperçoivent deux ombres à la table, occupées à boire sans doute.

—On va s'amuser à leurs dépens?

—Non, Rémi, j'ai soif avant.

—T'es bien comme eux deux.

Sur le chemin bordé d'arbres, l'air semble se réchauffer, devenir étouffant, plein qu'il est du bruit agaçant des maringouins. Robert parle tout bas de Mme Martel et sa voix est lasse.

—Ben quoi, lui dit Rémi, tu l'as vue toute nue. T'es pas content?

—C'était beau, ah oui! Mais plus j'y pense, moins je vois comment a pourrait s'intéresser à moi. Pour elle, je suis quoi? Un petit garçon, un enfant comme les siens.

—Tu la conquerras, tu verras.

—Conquérir, c'est prendre de force et je peux pas!

—Non, c'est séduire.

—Etre le maître victorieux.

—Non, Robert. Gagner par des efforts le droit de séduire, séduire juste parce qu'on a fait les efforts qu'il fallait.

—Toi tu sais tout! Pourtant je me demande bien qui t'a déjà séduit. Tu penses à des moyens hypocrites. Ça te ressemble. On devient le maître parce qu'on domine.

—Imagine, Robert, qu'elle te regarde arriver avec des yeux pleins d'envies, qu'elle t'embrasse, qu'elle te fait sentir que tu es précieux, qu'elle s'offre à toi, ton plaisir serait pas immense?

—Oui, Rémi. Seulement, ça arrivera jamais, c'est un rêve. A peine si j'existe pour elle. Avec la force, je serais certain d'avoir quelque chose.

—Le problème, c'est que tu manques de foi.

—J'ai les pieds sur terre.

—Tu crois? Regarde-les tes pieds, tu les vois? Non. Le vois-tu le sol? Non.

—C'est parce qu'il fait noir. Je le sens, ça me suffit.

—Tu penses que c'est le sol. Une puce pense la même chose sur le dos d'un chien. T'es prêt à croire que ce que t'as dessous les pieds et que tu vois pas, c'est le sol et pas le dos d'une bête, mais tu veux pas croire à des rêves. Laisse-moi te dire, Robert, que la nuit, les rêves sont aussi vrais que le dur sous tes pieds.

—La force...

—Ta force! Ta force! C'est plus faible que la patience. Parlons-en de ta force puisque c'est la seule chose à laquelle tu crois: avec sa carrure, la mère Martel te moucherait, te casserait en deux et te jetterait dans un coin comme un tas d'ordures. Pis a serait même pas essoufflée, rien que morte de rire. T'aimerais pas ça faire rire de toi, hein? Ton seul moyen de l'avoir, c'est de faire comme je te dis. La vraie force se voit pas et fait pas de bruit. Elle est dans le coeur et dans la tête.

—C'est quoi tes moyens?

—J'sais pas encore. On a le temps pour nous, le temps et la nuit.

—J'entends le ruisseau. Cours.

—C'est ça, Robert, cours plutôt que de penser.

Ils se désaltèrent. L'eau a un goût de mousse, d'humus, de racine. Ils récupèrent la bouteille de vin, et Robert arrache le bouchon avec ses dents. Comme les moustiques pullulent en sous-bois, ils retournent sur le gravier du chemin et boivent à tour de rôle, à même le goulot, de longs traits du nectar glacé.

—Robert! On va chez Méo et on leur fait peur.

—Oh oui.

Ils font la route sans se presser et quand ils atteignent la clairière la bouteille n'est plus qu'à moitié.

—Regarde les mouches à feu... Ça me donne une idée. Faut en attraper.

—Je cache la bouteille et mon bâton ici. Tu te rappelleras l'endroit?

Dans l'herbe, ils ont tôt fait de capturer un bon nombre de lucioles qui luisent entre leurs doigts serrés. Ils se glissent furtivement autour de la maison et vont s'abriter derrière la petite écurie de bois rond. Ça sent fort l'alcool et la mélasse. L'alambic doit avoir distillé ces derniers jours. Les garçons écrasent dans leurs paumes les mouches dont la substance devient une pâte phosphorescente. Rémi maquille son frère: des sourcils luisants, deux petites cornes de chaque côté du front, une ligne lumineuse sur l'arête du nez, une barbiche sur le menton.

—Ouvre la bouche, montre tes dents.

Il dépose de la lumière sur le bout des incisives.

—Ouah! Tu ferais peur à Frankenstein. Va devant, près de la fenêtre où ils sont; je lance une roche sur le toit, ensuite tu cognes dans la vitre, tu te montres la face; je fais du vacarme de ce côté-ci et t'en profites pour te sauver. Après, c'est chacun pour soi. On se retrouve près de la bouteille.

La pierre heurte la toiture tout près de la cheminée et rebondit à plusieurs reprises sur les bardeaux qui résonnent. Rémi se précipite vers la porte de la maison, Robert cogne dans la vitre et des hurlements viennent de l'intérieur de la maison. Rémi secoue la porte avec force et détale vers l'écurie. Une nouvelle pierre frappe le toit et un bardeau qu'elle détache glisse jusqu'à terre. Robert explose en un ricanement. Rémi l'accompagne et la clairière en retentit. Le silence s'est fait dans la maison. Les garçons se rejoignent devant la façade.

—Allons-nous-en, j'en peux plus, supplie Robert en se tenant les côtes.

—Minute, le bouquet.

Mettant ses mains en porte-voix, il crie:

—Je suis le maître des ombres, je reviendrai. J'aime l'odeur de l'alcool et du péché.

Puis c'est la débandade, la course folle afin d'être loin quand il ne sera plus possible de retenir les rires qui nouent l'estomac. Robert s'affale sur la route, Rémi s'accroche aux branches d'une épinette. Ils rient jusqu'à épuisement, jusqu'à ce que chaque nouveau spasme fasse naître des douleurs entre les côtes. Se calmant peu à peu, ils se mettent en marche, scandant une chanson :

En avant marchons, en avant marchons,
Soldats du Christ à l'avant-garde,
En avant marchons, en avant marchons,
Le Seigneur nous regarde,
En avant bataillons.

Ils boivent encore du vin et Rémi reprend la chanson :

En avant marchons, en avant marchons,
Chevaliers de la nuit en garde,
En avant cherchons, en avant cherchons,
La nuit est là qui nous regarde,
En avant conquérons.

Ils recommencent le couplet, y ajoutant une note comique ou un accent irrévérencieux, le modifiant pour chanter les grâces de Carmen Martel ou rappeler la peur de Méo et de Blanche. La sueur leur colle la chemise au dos, et la moiteur attire les mouches noires. Les garçons courent pour leur échapper, mais c'est peine perdue car ils les retrouvent en masses bruyantes dès qu'ils reprennent le pas. Ils boivent, et à cause de la chaleur et de la fatigue, une douce euphorie leur vient. Quand ils atteignent la lisière de la forêt, là où les arbres s'effacent pour faire place au grand désert d'herbe qui se gonfle en colline, les deux frères ont une démarche incertaine. La lune trône bien au-dessus de l'horizon et c'est dans sa lumière veloutée qu'ils avancent comme sur quelque tapis épais. Avec mille précautions, en refrénant l'envie de montrer leur joie, ils passent devant chez eux. Après la maison abandonnée, que Rémi salue d'une large révérence, ils gambadent jusqu'au pont du Ruisseau-Maudit. Entre des rives luisantes, la lumière coule effilée et tourbillonnante comme de l'eau. Tandis qu'ils suivent le ruisseau, Rémi invoque les génies avec effronterie.

— Debout, tas de lâches ! Venez, les génies morts, les génies cachés, les génies de l'or. Je vous commande de venir vous coucher à nos pieds.

— Y viendront pas. Attends, je vais en déterrer un.

Robert a perdu toute crainte. Il descend le flanc d'argile vis-
queuse, tâte avec ses mains aveugles, trouve finalement une
forme ronde et dure.

—J'en tiens un.

—Amène-le.

Rémi le prend, nettoie sa surface avec les doigts, le lève à
hauteur des yeux pour fouiller l'entrelacs des signes.

—Charogne, tes maîtres vont te faire un honneur dont tu
n'es pas digne.

—On le brise ?

—Non, Robert, on l'installe dans notre caverne.

Bientôt ils sont près de l'étang, à côté de la bouche ronde de
leur grotte. Ils s'engrouffrent dans le sein de la terre, non, elle les
avale. Le bout de la chandelle qui reste de la veille éclaire l'antre
et ils font l'inventaire de leurs possessions : la bouteille de vin
presque vide, les deux lampions dérobés à l'église, le génie dans
son cercueil de pierre, le paquet de tabac et la tête de poupée.
Chaque objet rappelle un acte, un moment.

—Ça va nous embarrasser.

—Vidons la bouteille, ça fera toujours ça de moins.

—Robert, on va creuser une armoire.

Rémi sort et revient avec une boîte de conserve. L'armoire
ressemble finalement à une niche.

—Comme à l'église, là où ils mettent des statues.

—Je vois pas la Vierge de Ricard ici.

—T'as raison, Robert. Il faut une Vierge à nous, différente
des autres. On va s'en faire une en glaise, comme t'as fait des tétons.

Ils ramassent de l'argile dans le ruisseau et, à la lueur vacillante de la chandelle, façonnent patiemment un corps de femme.
Les saintes ont des robes drapées, celle-là sera nue; les saintes
n'ont que le visage de féminin, la statue aura un corps aux charmes exagérés: hanches larges, fesses énormes, vulve qui monte
trop haut sur le ventre, seins lourds et pointus. Mû par la paresse
autant que par l'inspiration, Rémi décide de placer la tête de la
poupée sur les épaules de leur statue. L'effet est saisissant: un visage d'ange sur un corps de démon.

—Fantastique! s'exclame Rémi.

—La pierre ronde marquée de signes est encastrée dans le
plancher de la niche. « Une pierre d'autel », songe Rémi. La statue est installée, les jambes largement écartées, les pieds de part
et d'autre de la pierre qui porte le lampion. On l'allume en
grande pompe. Il jette des feux rougeoyants autour et un fais-
ceau clair vers le haut. La flamme tremble du souffle des gar-

çons, et des ombres animent le corps d'argile, lui donnant vie et mouvement.

— On dirait qu'elle danse.

La déesse ondule et se tord. Seule la tête reste immobile.

— Je l'aime, murmure Rémi.

— Elle bouge pour nous. Elle nous aime.

Ils finissent la bouteille en deux gorgées et s'allument une cigarette. La caverne s'emplit rapidement de fumée. Robert rit sans raison précise en fixant à travers l'âcre brume le corps mouvant de la vierge noire. Il se penche et, malgré la flamme du lampion qui lui chauffe le cou, dépose un baiser sur le ventre encore humide.

— C'est beau ça, Robert! Je suis sûr que ça l'a émue.

Il tousse.

— Faite de la chair de la terre et du sang du ruisseau, ô grande déesse, protège les Chevaliers de la nuit.

— Protège les chevaliers, répète Robert.

— Fais-leur découvrir les mystères. Donne-leur force et courage. Guide-les à la conquête de la Dame. Ecrase leurs ennemis.

— Amen.

Ils se recueillent un instant.

— J'vais lui chercher une fleur, dit Robert. Faut que je sorte, j'étouffe.

Ils se glissent au dehors. Robert se défait de ses vêtements et saute dans le petit étang. Il patauge, effraie les grenouilles, écrase les masses d'oeufs agglomérés en gélatine. Il arrache un nénuphar, rince la bouteille qui a contenu le vin et y met la fleur.

— Tiens, Rémi, va porter ça à notre Vierge. Moi je retourne dans l'eau.

Rémi revient, se dévêt lui aussi et saute dans l'eau en criant:

— Tasse-toi, saoulon.

Ils luttent, se bousculent, pillant le repaire des grenouilles.

— Attrape-moi si tu peux.

Robert s'enfuit au milieu des buissons d'aulnes et de cornouillers, Rémi à ses trousses. C'est exaltant de courir nu en pleine nuit. Tous deux émettent des cris gutturaux, des gémissements de bêtes, s'appellent, se narguent. Malgré la pierre qui meurtrit le pied, les brindilles qui égratignent la cuisse, les branches sèches qui mordent le bras ou la joue, ils se rendent jusqu'au pied de la colline où commencent les rangées de conifères. Les premières branches s'ouvrent sous la poussée des corps et sifflent dans l'air après leur passage. En courant dans le sousbois capitonné de mousses moelleuses et de lichens rêches, les garçons apprennent à aimer l'épinette, découvrent à quel point c'est un arbre complaisant. Un feuillu, c'est entêté et ça résiste avec obstination. L'épinette, au contraire, s'écarte prestement, se referme ensuite en murmurant. Dès qu'on en a dépassé deux ou trois, on est à l'abri: elles vous dissimulent, cachent votre voie en prenant l'air innocent de celui qui n'a rien vu. Leurs branches sont souples, même leurs aiguilles. D'abord on croit qu'elles piquent, mais non, elles se courbent et se contentent de laisser une caresse sur la peau. C'est comme une main sur le ventre, la hanche ou le dos, comme des doigts sur la cuisse, le bras ou la joue.

Au sommet de la colline, les garçons reprennent l'allure endiablée qu'ils ont perdue dans la montée. Ils courent en titubant, et les épinettes les poussent d'un côté et de l'autre avec de grands gestes. Riant et hoquetant, ils débouchent sur la route et s'arrêtent net sur les cailloux tranchants. En face, la lune impassible et, sous elle, tout un morceau de forêt qui joue à la chorale: dans la mer des épinettes, une trouée, sans doute due à l'homme, que des trembles ont comblée. Au bruissement des feuilles se mêle une chanson d'eau.

—On continue?

—On continue.

Ils traversent la route en sautillant sur la pointe des pieds, franchissent le rideau d'aulnes, les griffes des framboisiers, et se retrouvent au milieu des trembles. Des arbres femelles. Une cour d'école pleine de jeunes filles enjouées, criardes et excitées et, par-ci, par-là, une adulte grande, sage et grondante. Les arbres se taisent devant les garçons, chuchotent dans leur dos. Hostiles, ils ne veulent pas céder le passage et il faut les contourner en se méfiant de leurs branches hypocrites. Rémi donne une claque à un tronc. L'arbre glousse d'un petit bruit de feuille où un peu de plaisir se mêle à beaucoup de dédain.

—Imagine-toé, Robert, tomber là-dedans avec une hache!

C'est la stupeur suivie de crainte. Les garçons rient tout haut.

—Ecoute, Robert, écoute.

C'est le son aigrelet d'une cascade lointaine; une chanson agréable quand on a le corps couvert de sueur et de moustiques englués.

—Viens, on va voir.

Ils ont une course louvoyante, bousculant des arbres qui résistent, s'accrochant à un jeune tronc qui ploie avec mauvaise grâce. Après leur départ, la classe des trembles susurre son mé-contentement. Les garçons s'en moquent bien, occupés qu'ils sont à chercher un ruisseau. C'est de l'eau dormante qu'ils trouvent. Elle est sur la mousse, baigne le pied des arbres et, à mesure qu'ils avancent en pataugeant, elle s'approfondit. La forêt s'éclaircit, des souches au bois clair pointent un peu partout. De l'autre côté d'un arbre abattu, aux feuilles encore vertes, une large nappe d'eau s'étale.

—Qu'est-ce que c'est ça ?

—Un étang de castors, je pense. Oui, là, on dirait un barrage.

Ils contournent le petit lac et traversent l'étroite chaussée de boue. Au milieu, un mince filet saute le déversoir pour s'écraser plus bas dans des bouquets de fleurs dont la nuit a volé la couleur. Ils croyaient découvrir une grande cascade : l'écho dans le bois et l'obscurité ont fait illusion.

Rémi arrache du barrage un fragment de branche dont l'écorce a été rongée. Les bouts en sont taillés en biseaux.

—Ça doit se jeter dans le Ruisseau-Maudit. On va suivre.

Ils errent un bon moment puis atteignent leur ruisseau bien en amont du pont. C'est sur le lit glissant qu'ils reviennent, tantôt marchant, tantôt à l'écorche cul, se laissant drosser par le courant plein de muscles. Les grenouilles, qui ont réintégré leur domaine en l'absence des hommes, se taisent prudemment à leur retour. L'euphorie a disparu et une grande lassitude s'installe. Ils vont une dernière fois voir la Déesse. Rémi lui touche le ventre que la flamme dessèche peu à peu. La statue se craquèle. Il se dit qu'elle est fragile, qu'il faudra l'entretenir, la recommencer souvent.

—Robert, raconte à notre Vierge ce que t'as vu dans la chambre de Mme Martel.

Le garçon récite comme une litanie les gestes et les formes de la femme ; ses mains modèlent dans la lumière les détails que les mots ne peuvent cerner. Il s'excite. Pour mieux montrer, pour mieux se rappeler et ne jamais risquer d'oublier, avec le bâton pris aux castors, il grave sur le plafond les lignes du corps de sa Dame. Aux barbures bordant les sillons s'accrochent des fils d'ombre qui donnent du relief à l'ouvrage.

Ils sortirent. La lune baissait rapidement. La maison hantée était silencieuse malgré la brise qui forcissait : pas de craquement de planche, pas de grincement de bardeau, ni de sifflement dans les fissures des combles. Comme si la maison sentait quelque menace. Rémi en conçut de la tristesse. Il aurait voulu s'approcher et rassurer la princesse mais Robert l'entraînait vers leur demeure. C'est en grimpant l'échelle de clous qu'ils prirent conscience de leur fatigue ; il leur fut difficile de faire le rétablissement au bord du toit. Robert ouvrit la fenêtre, écouta un instant et pénétra sans bruit.

—Rémi ?

—Passe-moi ma veste de daim.

—T'en as pas assez ? Moi, j'suis crevé, je m'endors et pis j'ai mal à tête. Y est tard sans bon sens.

Rémi s'emmitoufla et s'adossa pour regarder la maison muette sous la lumière diagonale. Rien ni personne n'y veillait, on l'aurait dite morte. La princesse alors ? Il l'appela doucement en lui, attendit longtemps mais elle ne répondit pas. Peu à peu son corps s'engourdissait et il sentait avec acuité la présence de chacun de ses muscles endoloris : ici c'était une crampe, là un pincement douloureux, un tremblement comme un tic nerveux, un noeud sensible ; ailleurs, c'était comme un étirement, à un autre endroit comme des tendons raidis. La brise se faisait plus insistante de minute en minute. Les épinettes lointaines s'étaient mises à siffler, l'herbe à bruire, la maison de la princesse à gémir. Un grand vent balayait la colline, lourd de poussière, de brindilles et de feuilles. La nuit se fit plus dense, s'éclaircit, s'assombrit à nouveau. Des nuages défilaient à vitesse folle devant la lune, et c'est elle qui paraissait fuir. Elle fut submergée. Au nord une dernière étoile lança un signal et tout le ciel fut couvert. Le vent prenait de l'ampleur, les franges de la veste s'agitaient. Le château pleura.

Et, blessant chaque être au plus sensible, un cri violent arriva. D'un bond, Rémi fut debout. Il avait beau regarder, il ne voyait rien dans la nuit noire. Quelle bête pouvait être assez puissante pour pousser pareil cri ? Et cela revint, bestial, rauque, prolongé par un hurlement strident. Rémi trembla. La maison était redevenue silencieuse, bien que le vent n'ait pas calmi. La princesse et son château avaient peur. Une troisième fois la clameur animale écrasa celle du vent et Rémi la reçut comme une gifle. Il avait le sentiment que ces cris lui étaient adressés ; quelque être gigantesque lui jetait le gant. Il eut peur et surveilla avec appréhension la crête de la colline, s'attendant à voir dépasser la tête d'un monstre ou d'un géant. N'avait-il pas indisposé les génies, provoqué les forces inconnues de la nuit ? Dans le grondement constant du vent il cherchait l'écho d'un pas. Rien ne venait. L'adversaire avait lancé le défi et attendait quelque part au profond de la nuit. Un instant, Rémi regretta d'avoir inventé cette confrérie des chevaliers, de s'être aventuré en terrain inconnu. S'il allait se coucher, comme si de rien n'était ? Robert ignorerait cette défaillance. Mais lui, il saurait, et cela suffirait pour que la chevalerie devienne un jeu, sans plus. Son serment ? Un bardeau de la maison hantée s'arracha. La Princesse ! Elle comptait sur lui et, à la première menace, il avait envie de fuir. C'était elle que le monstre visait. S'il défiait le chevalier, c'était parce que lui seul pouvait s'interposer entre le monstre et sa proie.

Malgré la peur qui lui noue les entrailles, avec elle, un peu à cause d'elle, Rémi descend de son observatoire. Sur le sol il trouve son bâton, une arme dérisoire sans doute. Il luttera, devrait-il y laisser la vie, et la princesse pourra être fière de lui. Il contourne la maison et s'arrête pour essayer d'entrevoir quelque chose. Rien. Il attend, et la voix se fait à nouveau entendre, pleine de menaces et d'insultes. Rémi s'avance dans l'herbe agitée qui lui fouette les jambes. Au-dessus de sa tête, les nuages déchiquetés qu'une main lance avec vigueur. Le vent est sournois, tout plein de poussières rugueuses; du sable craque sous les dents du garçon. L'air épais l'empêche de respirer et un bras invisible le ceinture. On dirait les éléments ligués contre lui. Il approche quand même du sommet. A sa gauche les files d'épinettes courbent l'échine sous les rafales et chuintent des appels à la prudence. La prudence ! Ce n'est plus le temps de la prudence, mais celui de l'audace, de la témérité. Et puis quelque chose le pousse à rencontrer l'ennemi. Peut-être seulement l'orgueil. Les chevaliers étaient, paraît-il, fort chatouilleux sur les questions d'honneur. Le cerveau du garçon s'obscurcit parfois de relents d'ivresse, son estomac a des soubresauts. Le bâton tenu horizontalement devant lui pour briser la force de la bourrasque, il se concentre sur l'idée de combat. Ne penser qu'à lutter, se battre, vaincre !

Il atteint le sommet, s'arrête, fouille l'obscurité. Et en bas, à cinq cents pas, il voit. Le monstre se dresse, déguisé en peuplier d'une hauteur vertigineuse. Il n'y a pas à se tromper, c'est bien elle la bête malfaisante : elle s'est travestie en arbre, mais on l'entend haleter tout bas. Rémi est oppressé. L'ennemi se tient sur la tête, jambes en l'air. Du ventre d'un nuage noir un membre titanesque descend pour déflorer, en un stupre monstrueux, les cuisses écartées du peuplier. Accouplement sacrilège qui décharge des flots de vent ! Que peut donc un pauvre petit chevalier, seul avec un bâton, pour endiguer la luxure des éléments ? Rémi s'avance quand même.

De plus près, l'illusion ne tient plus. Sans écorce, comme un ancien tronc étêté qui serait mort, une bille de bois luisante et roide est plongée dans l'enfourchure de l'arbre, soulevant des bourrelets d'écorce. La bête rugit devant le garçon qui l'a démasquée, et le pénis de bois se transforme en une tête allongée où les pics ont sculpté d'innombrables yeux. Les cuisses sont devenues ce qu'elles n'ont jamais cessé d'être : des bras levés, armés de centaines de doigts crochus. La bête lance un horrible cri destiné à effrayer son ennemi. Voilà donc avec quoi Rémi aura à se battre. Et il faudra être prudent, se méfier, car la bête n'est qu'illusions et tromperies. Maintenant elle a beau jouer à l'arbre, se prétendre peuplier à écorce de diamants, Rémi ne donnera pas dans le piège.

Il est tout près, et le monstre reste immobile, confiant en lui-même. Que faire? Le déchirer avec les ongles, le mordre, le frapper à poings nus? Il prend un élan et par deux fois le bâton s'abat sur le tronc qui sonne creux. En sifflant, une branche tombe et vient s'écraser à côté de Rémi. D'autres suivent et le garçon se plaque tout contre le tronc, là où il ne pourra être atteint. Le monstre se défend; donc la bastonnade ne lui plaît pas. Sans doute n'est-ce que son orgueil qui est blessé, car sa cuirasse semble à l'épreuve de tout. Rémi est épuisé, il a froid. Il va se reposer un moment. Non! Il faut combattre. Cette idée de repos, c'est l'ennemi qui l'insuffle. Une autre de ses ruses. Frapper avec le bâton fait mal aux mains, alors Rémi enserre le tronc de ses bras, sans pouvoir le ceinturer complètement. Il pousse, force, serre, tire. Rien n'y fait. Ses muscles risquent de péter comme des cordes trop tendues et le peuplier, lui, n'a qu'un léger frémissement. Rémi ahane. Il s'essaie à nouveau à terrasser l'adversaire. En vain. Les bras du garçon sont devenus mous, un goût d'ancien vin lui remonte à la gorge et sa vision se trouble. Une pause. Il appuie sa joue contre les écailles ravinées. L'arbre crie encore et le sang se glace dans les veines du garçon. Il faudrait se ressaisir, lutter, mais l'épuisement est total. Rémi lève la tête pour voir toute la masse du tronc et, d'un coup, la magie végétale est sur lui. Avant qu'il puisse réagir, les images l'assaillent, puissantes, violentes et obscènes. Il les repousse, croit qu'il va y arriver, mais faiblit rapidement, et sous ses yeux le monstre devient de chair. Aux aisselles des branches, des touffes de lichens s'agitent. Des moignons de rameaux se dressent, phallus dont le vent lèche l'érection. Des fourches ouvertes pulsent lascivement. Le tronc n'est plus qu'un empilement gigantesque de corps, pêle-mêle, mât totémique de tous les fantasmes du garçon: louches en forme de seins où la souche d'un surgeon fait tétine, rondeurs de fesses dans les forcines, broussins mamelliformes, galbe d'une cuisse, bras invitant, regard vicieux d'un noeud, lèvres épaisses. Gouttières, chancres, gélivures, l'écorce s'orne de mille vulves où les doigts de Rémi se promènent. Contre son ventre une fente s'ouvre, adoucie d'un peu de mousse. Les doigts pénètrent jusque dans le coeur de l'arbre où palpitent des fibres molles. Sans réfléchir, il y plante son pénis, s'agrippe aux saillies de l'écorce et pousse avec les reins. Malgré la douleur irritante, malgré les éclisses qui égratignent la peau sensible, il saillit le végétal. La bête s'excite, le tronc vient à la rencontre du ventre, participe à l'accouplement et, tandis que le garçon gémit dans un orgasme d'agonie, le peuplier lance un cri interminable qui fait vibrer le sol et l'air.

Rémi roule par terre. Il est vaincu. Puis il s'en va, ployant sous le poids de la honte, accablé par l'échec. Le bâton traîne, le vent le pousse dans le dos avec des ricanements, les herbes l'enfargent et quand il franchit la crête de la colline, l'arbre-monstre lance son hurlement de victoire. Rémi s'effondre le nez dans l'herbe rêche, rampe quelques pieds afin de ne plus être vu par l'ennemi triomphant. Il pleure un bon moment. Le ciel s'épaissit encore en baissant, les rafales deviennent violentes et Rémi frissonne. Il se remet en route et regagne sa chambre en évitant de regarder le château de la princesse. Il se glisse dans son lit. Ah, dormir, oublier! La princesse est sûrement déçue de son soi-disant chevalier. Maintenant, elle est à la merci du monstre. L'aube doit être toute proche, pourtant les oiseaux ne l'annoncent pas encore. Il n'y a que ce suroît geignard qui ne prend aucun repos, et le cri de toutes les choses qui se plaignent. S'anéantir dans un sommeil plus profond que la mort et ne se réveiller que dans plusieurs jours, ayant oublié l'incident, ayant oublié même les chevaliers, la nuit et la princesse. Se retrouver petit garçon insouciant sans un serment surhumain à respecter.

Le sommeil vint finalement, peuplé de cauchemars. Des arbres, des arbres, des arbres toujours. Les trembles outrés de la cour de récréation, jeunes filles aux petits seins pointus et aux joues lisses, surveillantes aux poitrines opulentes malgré leur virginité de religieuses, toutes le désignaient d'une branche menaçante, lui, l'impie, le provocateur, l'instrument du mal. Elles criaient vengeance. Il les faisait déguerpir d'un geste et elles s'égayaient dans le froufrroutis des jupes plissées, mais à leurs appels répondait le peuplier vertigineux qui accourait à pas de géant. Les épinettes prévenaient Rémi, et il fuyait. Ses pieds glissaient, et il n'avançait pas. L'arbre vengeur arrivait. Les épinettes avaient beau se lamenter, supplier, protester, le peuplier restait sourd, se penchait, enlevait le garçon dans ses branches aux doigts griffus, l'élevait à des hauteurs où les nuages se froissaient les uns aux autres. Les trembles revenaient et réclamaient un châtiment. Tenant le garçon impuissant par un pied, le balançant, le secouant, le monstre végétal paradait, piétinait le château de la princesse, puis, debout dans les décombres, arrachait un à un les membres de Rémi et les jetait au pied des trembles réjouis. Le tronc toujours vivant du garçon servait à l'arbre de godemiché avec lequel il pénétrait ses gélivures suintantes ; la tête s'engouffrait entre des lèvres gonflées et craquelées par quelque maladie honteuse, le visage heurtait le bois pourri et il avait le nez plein de l'odeur de moisissure. Finalement, en hurlant sa joie, l'arbre lançait le corps gluant de sève dans l'air rempli des rires et des hourras des trembles. Rémi tombait durant un temps interminable. Les épinettes tendaient leurs bras souples pour le recueillir. Elles le manquaient et il s'enfonçait dans le sol, finissant dans la caverne sur la Vierge noire qu'il brisait en miettes. Paralysé, Rémi voyait un arbre s'avancer : les branches emmêlées dessinaient les traits de Diane. Elle venait pour la curée, suivie par les autres arbres-femelles. Elle levait un pied barbu de racines, c'était la fin. Le pied écrasait Rémi, les radicelles l'étouffaient, emplissaient ses yeux, sa bouche et son nez, il suffoquait et progressivement le poids lui défonçait la poitrine

Rémi s'éveilla en sursaut, le coeur emballé, respirant avec difficulté. Il lui semblait avoir encore un goût terreux dans la bouche. Il alla à la fenêtre, il n'y avait plus rien du tout : une pluie épaisse bouchait l'horizon. Même la maison voisine était invisible. Elle avait peut-être disparu avec sa princesse, par sa faute à lui, et à cause de sa faiblesse. Il dormit mal, et durant un temps impossible à évaluer.

Sa mère l'éveilla. Il pleuvait toujours.

— Il est dix heures. Es-tu malade, Rémi ?

— Non, je me repose. Avec ce temps...

— Tu as raison. Rendors-toi jusqu'au dîner.

Quand il fut seul, il jeta un coup d'oeil par la fenêtre. Ç'aurait dû être le jour, mais ce n'était qu'une terne grisaille : ni couleur, ni lumière, ni relief. Et les dégoulinures de pluie sur la vitre déformaient la vision du dehors. Il n'y avait peut-être plus de dehors. Rémi fila jusqu'à midi et ce sommeil, parfois presque brisé par les bruits de la maisonnée, lui fut reposant. Robert vint s'asseoir sur le bord du lit et parla à voix basse.

— Aïe! On a eu tout une nuit!

— Ouais.

— C'était magnifique. J'y repense comme à un rêve.

— Ouais.

— T'as pas l'air enchanté. T'as pas aimé ta soirée?

— Oui, oui. J'suis encore fatigué.

— Tu t'es couché plus tard que moi?

— Quasiment pas.

Robert n'insiste pas et redescend. A travers les brèves accalmies de l'orage, Rémi est soulagé d'entrevoir la silhouette du château, reflet presque immatériel vite dissimulé par la pluie. La princesse est toujours là! Mais la bête aussi, qui guette le moment propice.

Le garçon mange peu. Maussade, il reste ensuite longtemps à se bercer sans pouvoir chasser l'arbre-monstre de son esprit. Forniquer avec un arbre! Comment a-t-il pu succomber, se laisser envoûter par l'écorce? Il est coupable d'un grand crime et il ne peut le confesser à personne. Même Robert ne comprendrait pas. La princesse, pardonnera-t-elle? L'ennemi est retors, plein de maléfices et de magies, mais ce n'est pas une excuse suffisante. Rien, non rien ne peut justifier une défaite. Peut-être... peut-être est-il encore temps d'agir? Rémi rassemble son courage, se tient des discours propres à réveiller son agressivité. Une heure plus tard il annonce qu'il va sortir. Sa mère trouve l'idée déraisonnable, mais il insiste déclarant qu'il « virera fou s'il reste encabané ».

Vêtu d'un ciré, chaussé de bottes imperméables, il entre dans la pluie qui cingle. A l'intérieur de la remise, il trouve la hache qu'il cherchait, celle lourde et bien affûtée que son père se réserve en exclusivité. C'est l'arme idéale. Qu'importent les réprimandes futures? L'urgence commande.

Le vent est demeuré entier, comme un animal sauvage. Pour progresser, Rémi doit bousculer les éléments qui le repoussent. Cela ne peut le ralentir, rien ne doit le ralentir. Quand il franchit la colline, il voit la bête à la même place, toujours aussi grande, qui touche le ciel bas. C'est le jour, mais un jour si sombre qu'un peu du mystère de la nuit y subsiste. Loin d'en être effrayé, Rémi s'en fortifie et il invoque la Vierge noire tandis qu'il s'approche. Voyant le garçon, l'arbre chenu frémit de colère. Les cauchemars de la veille assaillent le chevalier mais ne peuvent affaiblir sa détermination. Le combat aura lieu, et la mort est la seule issue possible. Rémi reste un moment à jauger son adversaire, à le dévisager malgré la pluie qui ruisselle dans ses yeux. L'arbre pousse son cri de guerre à deux reprises sans réussir à émouvoir le garçon.

Il s'approche enfin. La bête agite les bras avec frénésie et lance une branche morte, facilement esquivée. Rémi se précipite vers le tronc. La bête siffle dans les nuages ; chacun de ses yeux devient une bouche vociférante ; elle crache du venin. Le garçon s'écarte un peu, soulève la hache, la balance derrière son épaule pour avoir plus de force, lui fait décrire un arc de cercle en visant la vulve qu'il a connue quelques heures plus tôt. La hache rebondit sur les écailles serrées. Tout l'arbre résonne de bas en haut. Plainte ou ricanement ? Au coup suivant le fil mord et brise la peau : des éclats volent. Encore, encore, encore. Bientôt une entaille se creuse d'où partent des copeaux bruns et liégeux. La bête aux abois jette quelques branches pour se défendre, mais le vent les déporte. Rémi est hors d'atteinte, trop près de la souche. Malgré la fatigue, il bûche sans arrêt et les écailles arrachées jonchent le sol. Un grand coup, et le fer sonne sur l'aubier ; l'arbre tressaille, touché dans le sensible de sa chair. Un craquement sinistre, un bruit d'avalanche : l'énorme phallus ligneux, qui sert aussi de tête, se rompt et dégringole, entraînant des branches dans le vide. Rémi se gare et la bille tombe trop loin de lui, se casse en une explosion de bois pourri. Devant l'ampleur de la menace, la bête n'hésite pas à se mutiler pour se défendre.

—Ah ! hurle le garçon. Je vais t'avoir, charogne !

La hache s'abat avec régularité, enlevant des copeaux qui s'éteignent dans l'herbe. La blessure saigne abondamment, mais ce n'est peut-être que la pluie qui lave l'entaille, entraînant la charpie et la poussière de bois. Dans le ventre creux de l'arbre, des choses s'arrachent et déboulent. La mort vient pour le monstre et il le sent : il n'a plus de projectiles et, depuis sa décollation, il est muet. Tout à coup la hache défonce la mince paroi abdominale et pénètre dans le ventre. Avec le retrait du fer, s'écoule un filet de poussière brune et jaune. Rémi passe son bras par la brèche : l'arbre est creux, bien plus qu'il ne l'avait imaginé, et la chair est mince sous la cuirasse. Il vaincra la bête. Avec obstination il fait aller la hache, agrandit la plaie d'où, à chacun des coups donnés, s'échappent les tripes végétales. Le ventre bée mais le monstre est résistant. Rémi s'épuise. Le manche mouillé lui glisse des mains. Il s'adosse à l'arbre sans même ramasser l'outil. Le monstre blessé ne peut plus nuire et il n'aura pas le temps de récupérer des forces d'ici à demain quand Rémi reviendra pour la mise à mort.

Il reprend le chemin de la maison. Déjà l'injure subie est effacée, l'ignominie de la fornication oubliée. La princesse n'a pas à craindre, ni à douter : son chevalier, malgré ses faiblesses, pourra la défendre. La hache essuyée avec soin, huilée légèrement, est remisée à sa place habituelle. Rien ne paraît. Rémi regagne la berçante. Il sourit et, à la petite Françoise qu'il a assise sur ses genoux, il chantonne la complainte du « beau sergent et de la jeune fille de seize ans ». La mère s'affaire à ses chaudrons où mijote le souper, et elle joint sa voix à celle de Rémi. Dans un coin éloigné, Robert feuillette le catalogue de Dupuis Frères. Rémi sait bien quelles pages retiennent son attention.

Ce jour-là encore le père était allé à Amos et on ne l'attendit pas pour souper. Six heures à peine et, à cause du ciel couvert, déjà le soir tombait. Vers sept heures, quand le père arriva, il faisait grand-nuit et la tempête avait tourné à l'orage. De la voiture descendirent aussi Réginald, sa femme et leur fillette. C'était vraiment une bonne idée que cette visite. Pareil temps donnait envie d'être nombreux. La table était desservie, prête à recevoir les cartes. Les arrivants parlaient de la route où des torrents creusaient des rigoles et où des mares s'accumulaient dans les baisseurs. Les grands rires de Réginald empêchaient par instant d'entendre le ciel qui râpait le toit. Les adultes s'attablèrent et, pour la première fois depuis son entrée, Sonia regarda Rémi. Oh ! rien qu'un court moment, à la dérobée, et il ne s'en aperçut pas. La partie commença selon le rite établi, ponctuée, comme toutes les autres, de taquineries, de rires, d'histoires. Rien à faire pour les garçons, sinon attendre l'heure du coucher.

Soudain, à travers les cris du vent, on perçut un grondement lointain et soutenu, qui se rapprocha, dépassa la maison, s'installa tout autour jusqu'à emplir le monde. Comme une cavalcade démoniaque dans les nues. Puis ce fut l'éblouissement d'un éclair suivi de près d'un claquement. On s'arrêta pour écouter. Aux bruits des sabots se mêlaient le tintement des lames, le choc des cuirasses, l'explosion des canons ; une guerre inhumaine secouait tout le rang. Réginald profita du silence.

— Ça me fait penser... non, je vous le dis pas, vous allez me croire saoul.

— Envoie.

— Dis-le toujours, on verra.

— Aujourd'hui... à pied... sous la pluie, j'ai vu Méo et Blanche qui allaient au village.

— Ça devait presser.

— Attendez, charogne monnomme, c'est pas fini. Le beau de l'histoire, c'est le pourquoi de ce voyage.

Il fit une pause de bon aloi, regarda chacun, laissa languir son auditoire pour qu'il soit à point et lâche d'un coup :

— Y sont allés à confesse.

Stupeur, rires discrets, exclamations incrédules. Réginald se tordait, puis :

— Oui, oui, oui, à confesse. Eux autres ! Par un temps pareil ! Charogne monnomme.

— Qu'est-ce qui leur a pris ? demanda le père.

— Ça, mon oncle, c'est encore plus drôle et moins croyable.

— Accouche, Réginald.

Robert lança un clin d'oeil à son frère.

— Figurez-vous que... ah monnomme, c'est trop drôle... Tenez-vous ben. La nuit passée leur maison a été attaquée par les démons ! Tout un tas de diables menés par le maître de la nuit. Rien que ça !

A la grande déception de Réginald, personne ne riait.

— Leurs diables sortaient des bouteilles de boisson, dit finalement Mme Simard.

— C'est sûr ça, ma tante.

— Des histoires d'ivrognes, ajouta le père.

— Imaginez, continua Réginald qui avait cessé de distribuer les cartes, imaginez que le diable courait sur le toit, que des faces de feu avec des cornes apparaissaient aux fenêtres, tabarnac, monnomme ! Et le bouquet, c'est que satan, qui se disait le maître de la nuit, leur a parlé, les a menacés de revenir. Y ont pas fermé l'oeil de la nuit, et à matin, dans la pluie, vite à confesse.

— Le curé en a ben eu pour la journée ! s'exclama le père.

Durant plusieurs minutes chacun s'amusa à plaisanter et à spéculer. Un coup de tonnerre particulièrement violent fit vibrer les vitres et sonner la vaisselle dans l'armoire. On se tut et regarda dehors. C'était plutôt le dehors qui regardait dans la maison. Tout autour de la colline, les éclairs se succédaient sans interruption. La nuit devenait une phosphorescence bleutée qui entrait à la fois par les trois côtés percés de fenêtres, et ternissait l'éclat du fanal. Le tonnerre n'était plus qu'un roulement continu marqué d'explosions sèches. Et la pluie mitraillait, et le vent gémissait sur les murs qu'il secouait. On aurait dit la maison arrachée du sol, en dérive comme une feuille dans la tempête. Les fillettes pleuraient, Rémi alla les rejoindre.

— J'ai jamais vu ça! s'étonna le père.

— L'enfer qui se déchaîne! ricana Réginald.

— Dis pas des choses pareilles. Faut pas rire de ça.

— Sonia a raison, dit la mère. On devrait plutôt faire une petite prière.

— Avez-vous un rameau bénit? demanda Sonia qui était visiblement impressionnée.

La femme fit signe que non. Réginald s'était remis à distribuer les cartes:

— C'est ça, une petite prière, chacun pour soi. Ma tante, priez surtout pour que je vous donne un beau jeu, c'est la décideuse. Oh! pis on pourrait avoir une pensée pour Méo et Blanche. Y doivent être morts de peur. Si jamais le curé leur a donné l'absolution, y sont déjà plus en état de grâce, c'est sûr. Ha! Ha!

De son coin Robert lança:

— Si c'était vrai l'histoire des démons? On sait jamais.

— Whoa! le petit cousin. Faut pas que tu croyes tout ce qu'on te dit. Les diables, c'est des histoires d'ivrognes. Méo et Blanche ont bu chez nous, y ont continué chez eux. Charogne monnomme, saouls comme ils étaient, c'est peut-être ben juste une mouche à feu qu'y ont vue. Hein, mon oncle?

— Ben... y a pas de fumée sans feu.

— Aïe, aïe, aïe, vous-là, détellez! Par curiosité, je suis allé faire le tour de leur maison. Ben quoi? C'était juste pour voir. Je crois pas à ces histoires-là. C'est vrai qu'y avait un bardeau de tombé du toit, mais leur maison est plus jeune. Y avait aussi une trace d'orignal toute fraîche à trente pieds, ça doit être ça qui a fait un peu de bruit. La boisson a fait le reste.

— Ça existe, le diable, Réginald, oublie-lé pas.

— Ma tante, le diable c'est des histoires de bonnes soeurs. Le père chez nous les connaissait toutes: violons enchantés, le diable au bal, la chasse-galerie, les feux follets, les loups-garous, les fantômes, le diable sous l'apparence d'un cheval. Pis il l'a vu lui aussi, mais rien que les soirs où il avait pris un coup solide. C'est à vous à parler, ma tante.

— J'passe.

— Moi aussi.

— Neuf coeur, charogne monnomme!

Réginald ramasse la mise, l'examine et grimace. La foudre tombe non loin. La lueur aveuglante est suivie d'une déflagration et de secousses qui font trembler les murs. Françoise et Sophie effrayées se remettent à pleurer. Rémi les éloigne des fenêtres, s'assoit par terre et se met à jouer avec elles. Il leur invente un salon de coiffure dont les poupées sont les clientes. Sonia lui sourit et, afin qu'il le remarque, elle commet un lapsus volontaire.

—Rémi, j'veux dire Robert, a raison. Y a peut-être du vrai dans l'histoire de Méo.

Rémi croise le regard de Sonia, et il se fait timide pour ne pas effaroucher la femme. Il veut lui montrer par son attitude que rien ne s'est réellement passé dans la chambre.

—On parle plus du diable, dit M. Simard, ça fait peur aux enfants.

—C'est vrai ça, mon oncle. Pis l'tabarnac, qu'y m'emporte si j'fais pas mon neuf cœur.

—Réginald! Parle pas comme ça.

—Toé, Sonia, t'as trop écouté les histoires de mon père. Pis tu rêvasses trop. Vis dans la réalité.

—J'vis dans la réalité. J'peux pas faire autrement.

—On est ici pour s'amuser, dit la mère d'une voix conciliante, surtout avec cet orage.

—Tout un orage, dit le père. J'pensais avoir tout vu, mais ça, c'est la première fois.

—Oh! mais j'y pense, s'exclame Sonia, Carmen Martel est seule avec ses enfants. A doit pas être grosse, la pauvre.

Robert a bondi de sa chaise en entendant la phrase et, pour se donner une contenance, va coller son nez à la fenêtre. Mme Martel est seule au milieu de la tourmente! C'est affreux. Auprès d'elle, Robert aurait su la rassurer, inventer les mots qu'il fallait, trouver les caresses qui apportent l'oubli.

Il entrerait dans la maison, lui dirait : « Suis-moi », et elle sortirait sur ses talons. Il serait face à l'orage, la nuit le grandirait démesurément. Bras étendus, doigts écartés, illuminé par les éclairs, le chevalier Robert lutterait. Sa voix gronderait plus fort que le tonnerre, sommant les éléments de se calmer. De ses mains partiraient des éclairs qui briseraient ceux des nues. Toutes les forces du ciel fondraient sur lui mais, cuirassé de son courage, il résisterait aux assauts. La terre tremblerait durant ce combat titanesque. Finalement, ses mots et ses gestes pleins de la puissance de la nuit, ouvrant les portes secrètes de l'air, Robert terrasserait la tempête et le vent viendrait se coucher à ses pieds comme un chien obéissant.

La femme que le combat a terrorisée regarde avec des yeux pleins d'admiration et de gratitude le chevalier qui revient à elle.

Elle tombe à genoux, déchire son corsage et offre sa poitrine au vainqueur. En un dernier râle, l'ennemi souffle sa lumière sur les seins inestimables. Robert relève la femme, la couvre de son ombre et l'emporte dans les bois pleins de lits.

La fenêtre se peuple de fantasques visages. Robert recule sous le fouet des photons. Aller la rejoindre pour la défendre ? Il ne saurait combattre l'orage et elle ne serait pas rassurée par la présence d'un jeune garçon. Il faudrait d'abord faire le chemin, plus de trois milles dans la tempête. On ne le laisserait pas sortir et, surtout, jamais il ne trouverait le courage nécessaire. Courir la campagne sous une belle étoilée avec un compagnon, c'est une chose, mais partir seul par ce temps de fin du monde, sur une route ravinée, au milieu de ces démons qu'on vient d'évoquer, il ne le pourrait jamais. Il a beau se raisonner, se dire que le tonnerre n'est jamais que le tonnerre, que même détrempée une route est une route, qu'il connaît les arbres et que les démons c'est lui et Rémi qui les ont incarnés, une peur viscérale le paralyse.

Honte ! Sa Dame a besoin d'aide et il la lui refuse. Il veut la conquérir, encore qu'il ne croit qu'à moitié à la promesse de ce rêveur de Rémi, et à la première occasion d'être utile, de s'illustrer, il recule. Par peur. N'a-t-il pas pourtant fait une sorte de serment ? Cette mauvaise habitude qu'il a de se laisser entraîner par Rémi dans toutes sortes d'aventures abracadabrantes... Chevalier Robert, la belle affaire ! Rémi se doute-t-il des pensées de son frère ? Pour bien les cacher, Robert se force à regarder dehors malgré les arcs qui lui brûlent la rétine. On voit presque jusqu'à l'horizon. La nature dépense follement ses énergies pour accoucher d'un ersatz d'aube, bâtard de nuit et de jour, aurore d'épouvante. La route s'en va, bleu pâle dans le champ plus foncé, vers la lisière bleu marine du bois. Par-dessus, un ciel lavande, avec des taches jaunes. Parfois tout s'éteint durant une fraction de seconde, pour reprendre avec encore plus d'intensité. Des éclairs ramifiés qui laissent un sillage luminescent, d'autres presque rectilignes, mais surtout des éclairs informes étalés sur de grands morceaux du monde.

Le père sert de la bière, une bière qui arrive juste de la ville, encore froide, chose rare dans le rang dépourvu de réfrigérateurs. Rémi a réussi à occuper les fillettes et à leur faire oublier la fureur des éléments. Il a donné l'élan et leur imagination fait le reste. Il écoute l'orage qui bat les murs. La princesse barricadée dans son château, tremble-t-elle de peur? Sait-elle seulement que son chevalier a combattu l'arbre et que ce soir il s'inquiète d'elle? Elle n'est pas une femme ordinaire, mais sans doute éprouve-t-elle les sentiments communs à toutes les femmes. Et ici, dans la cuisine des Simard, les deux femmes n'en mènent pas large, même si elles se trouvent en compagnie.

On couche les petites dans la chambre des parents et, même si près des adultes, elles ont peur des bêtes qui crient de l'autre côté de la fenêtre. Robert, taciturne et maussade, va s'étendre à côté des fillettes pour les rassurer. Il s'endort le premier, ses ronflements accompagnant leurs babils. Rémi se fait du thé et s'installe dans la berçante, les yeux sur le dos de sa cousine. Personne ne s'occupe de lui, il peut être seul avec ses pensées. Il voit la nuque, les épaules, les bras, la taille de la femme, ses fesses écrasées sur la chaise. Il lui prête d'autres visages, imagine plutôt qu'elle n'a pas de visage. Pas encore. Mais cette silhouette, cette stature, c'est bien celle qu'il veut pour sa princesse.

La soirée s'étire, ennuyeuse comme toutes les veillées consacrées aux cartes. Heureusement que la tête du garçon est plus vaste qu'aucune cuisine, et peuplée d'êtres pleins de vie. Obéissant à son corps, Rémi se retire finalement à l'étage. Un dernier regard dehors, vers ce spectacle qui sort de l'ordinaire. La vitre vibre avec un bruit de fêlure. L'orage est au-dessus du château de la princesse. Le bâtiment résiste, oppose ses planches noircies de pluie aux fulgurances des météores. Dans la clarté électrique on distingue les choses aussi nettement qu'à l'aurore: les sapineaux, la dépression du Ruisseau-Maudit, les cohortes d'épinettes. Rémi pense au prospecteur qui doit croire à une malédiction de génies; à l'étang aux castors qui déborde sûrement; au ruisseau en crue qui arrache des pierres plates de ses berges. Il se demande si la pluie pénètre dans la caverne. Elle risquerait de détremper la Déesse noire. Le tabac peut-être, le papier à cigarette certainement seraient inutilisables.

L'orage roule un peu plus loin, son coeur palpite au-dessus du ruisseau et de la colline. La princesse peut être tranquille, le danger passe. Les détonations et les explosions diminuent d'intensité, le vent les chasse. Déjà tout un coin du monde est plongé dans les ténèbres. Bientôt, il n'y a plus qu'une illumination intermittente à l'horizon et des bruits assourdis. C'est à d'autres de trembler d'effroi. Brusquement, l'averse cesse. Le vent persiste, régulier et monotone. Rémi ouvre la fenêtre.

Une rumeur lointaine approche rapidement sur le chemin qu'a ouvert l'orage dans le ciel: un grondement qui s'amplifie comme celui d'un avion à réaction en rase-mottes. C'est une rafale violente qui charroie une plainte atroce faite du cri des choses blessées. C'est toute la terre qui geint, les pierres, l'herbe, les arbres, les habitations, les animaux aussi sans doute. Comme un cri de délivrance. Le toit tremble sous les sabots de ce vent d'ouest, les rideaux volent autour du garçon, la maison abandonnée fait entendre sa voix. Et soudain, un craquement terrible, un hiement qui s'étire à n'en plus finir et s'achève par un coup sourd. Le vent en est secoué. Ça vient de derrière la colline, Rémi comprend, serre les poings et agite les bras. Le monstre, l'ennemi, déjà affaibli par la hache vient de s'abattre.

Victoire! Victoire! Victoire! La volonté du chevalier a vaincu la bête immonde. Rémi exulte. Il voudrait hurler sa joie, au moins la dire, mais il ne peut pas. Il ne pourra pas. Personne ne saura jusqu'à quelles profondeurs il a creusé son courage, quelles frontières il a traversées! Non. La princesse sait. Et elle entend la clameur muette du triomphe de son chevalier.

Le vent s'en va poursuivre la tempête par delà l'horizon et un calme étrange s'installe. Après le tintamarre qu'ils ont subi, et les choses et les bêtes boivent avec volupté le silence que rien ni personne n'ose briser. Le monde retient son souffle. Même après de longues minutes il n'y a de perceptible que le frisson des dernières gouttes, que le chuintement des foins qui se défripent. Les nuages craquent, une étoile apparaît et un oiseau timide fait entendre sa voix. Les arbres s'ébrouent.

Rémi s'étend, et ses muscles s'endorment avant lui. Dans son esprit, une pensée virevolte : « J'ai gagné, j'ai gagné. »

Au fond du défriché, derrière la maison de Méo, un sentier, ancien chemin des hommes adopté par les animaux et entretenu par eux, serpente à travers les aulnes. Le sol marécageux y est criblé d'empreintes de sabots. Sous l'oeil de Méo, de Robert et de Rémi, aidé de son oncle, Réginald installe à bonne hauteur et selon les normes communes à la confrérie des braconniers, un collet de fil d'acier. Robert tire son frère par la manche et ils partent devant les autres, débouchent dans les champs remplis de vieux abatis et de friches.

— J'voulais d'abord pas t'en parler, mais y faut. Hier...
— Ben quoi, Robert, dis-le.
— Hier soir... j'ai péché.
— Ha! Ha! Cours vite voir le curé Ricard. Y va te nettoyer la conscience.
— Ris pas, c'est grave.
— Quel air! Ça doit être terrible?
— J'ai manqué à mon serment de chevalier.
Rémi siffle de surprise et s'arrête.
— Oh! Comment c'est arrivé?
— Durant l'orage, quand j'ai appris que Mme Martel était seule et avait peur, j'aurais dû y aller.
— Ouais... c'était compliqué de le faire. Les parents t'auraient pas laissé partir.
— Les parents, c'est plus fort que le devoir?
— Non.
— Y aurait toujours eu moyen d'y aller en cachette. Si j'y suis pas allé, Rémi, c'est par peur.
— Ça c'est grave.
— Si j'avais été là à côté d'elle, même si ç'a l'air niaiseux à dire, me semble que j'aurais trouvé les mots qu'y fallait, me sem-

ble même que j'aurais eu la force de lutter contre l'orage. Mais c'était la route qui m'effrayait, le chemin à faire jusque-là. J'y suis allé en imagination, je l'ai sortie avec moi sous la pluie et devant elle je me suis battu. Ah! c'était beau; le bruit, la violence, la lumière. La plus belle bataille de ma vie. J'étais grand, fort. J'ai gagné, écrasé le vent, éteint les éclairs. Carmen Martel m'admirait.

—T'as rêvé ça durant la nuit?

—Non, debout à la fenêtre dans la cuisine. Pis ensuite je suis allé me coucher comme un lâche.

—Mais Robert, c'est fantastique!

—Tu trouves?

—Quand t'as été te coucher, tout était fait.

—Je t'ai dit que j'avais rêvé tout éveillé.

—Penses-tu que c'est avec tes bras et tes mains que tu luttes? Contre un autre garçon, oui, mais pas contre les éléments. Les forces magiques de la nuit, tu peux pas les tenir dans tes mains comme des armes. Tout se passe dans la tête. Mais le résultat est là.

—J'comprends pas.

—Vois-tu, ton corps est resté dans la cuisine, pendant ce temps-là ton esprit de chevalier est allé rejoindre celui de ta Dame, l'a conduite au coeur de la tempête et là, a lutté, vaincu. Ecoute bien, Robert: juste après que t'as été te coucher, la tempête a cessé net. A ce moment-là, je comprenais pas pourquoi, je me demandais comment ça se faisait. Aïe, le calme était venu d'un coup. Je sais pourquoi astheure . T'avais battu l'ennemi.

—Moi, tu crois?

—J'en suis sûr.

Robert étire ses bras dans l'air, écarte ses doigts.

—Moi, plus fort que le tonnerre.

—Toi... et la nuit.

—Moi qui calme le vent. Comme Jésus.

—Y a plus de Jésus. Ici dans le rang, y a que nous deux, les chevaliers, plus forts que tout.

—Le malheur, c'est que Carmen Martel ne sait pas.

—Voyons! Une Dame c'est pas une femme ordinaire. Son esprit est allé avec le tien.

—Elle sait pour mon combat?

—Sûrement. Peut-être qu'elle s'en souvient pas, mais c'est en elle et un beau jour ça va lui revenir comme ça, sans raison.

—Ah, que je suis heureux! J'avais tellement peur de plus être un chevalier. Mais toi, Rémi, comment t'as appris ces choses?

—Apprendre, apprendre! Pas toujours besoin d'apprendre pour savoir. T'inventes, parce que t'as ce qu'on appelle une révélation. Ce qu'on apprend à l'école, ça vient pas des nuages. Y en a un qui l'a inventé un jour. Savoir si c'est toujours vrai? Moi, ce que j'invente, je sais que c'est vrai parce que c'est venu tout seul de ma tête et que ça explique tout et que c'est logique et que chaque fois les événements me donnent raison.

—Mais si tu te trompais? Rémi, si tu te trompais pour l'histoire des Chevaliers.

—J'peux pas! T'as pas le droit de douter! On serait plus rien nous deux sans ça.

—Voyons, pousse pas!

—Tu peux pas comprendre. Je veux pas être comme les autres, vivre les mêmes affaires qu'eux. J'veux qu'il m'arrive des choses extraordinaires, toujours plus extraordinaires. J'veux pas d'une vie plate comme celle de nos parents.

—Dis pas ça!

—C'est vrai. C'est quoi leur vie? Travailler, manger, élever des enfants, jouer aux cartes. Ousqu'y est le mystère, hein? J'aimerais mieux vivre comme le vieux fou de prospecteur. Savoir qu'un jour je deviendrais comme Réginald, je me tuerais tout de suite.

—Les adultes, on est peut-être mal placé pour les juger.

—Voyons, Robert, voyons. Qu'est-ce qu'y peuvent encore avoir à t'apprendre? Regarde-les, y sont pas mieux ni plus fins que nous autres. Pis leur vie, c'est de la routine. Nous autres, Robert, c'est jamais pareil d'une journée à l'autre. Tiens, moi hier j'ai livré un grand combat, comme toi.

—Quel combat?

—Ah... un combat fantastique! Comme ceux des anciens chevaliers. Si t'avais vu ça! L'autre nuit quand tu dormais, je suis allé lutter contre un monstre qui menaçait le château de ma princesse. Ç'a été terrible, il a gagné, y aurait pu me tuer, je l'ai échappé de justesse. Hier après-midi, j'ai pris la belle hache à papa et cette fois j'ai blessé le monstre à mort. Le soir durant la tempête je l'ai entendu expirer.

—Il était comment? demande Robert fasciné.

—Énorme. Effrayant. Haut comme une maison de cinq étages, avec des bras gros comme des arbres.

Comme ils arrivent à la maison de Méo, les hommes les rejoignent. Ils entrent tous et s'installent. Il y a déjà des bouteilles sur la table.

Réginald s'amuse.

—J'vois que la boisson est plus forte que le diable.

Roméo bondit de sa chaise et cogne son poing sur la table.

—Christ! J'ai pas peur du yable.

—Ha! Tu fais le jars en plein soleil mais le soir... lance Blanche qui continue à se coiffer.

—Le yable peut pas m'en vouloir!

—Le curé va venir exorciser la maison et en attendant y m'a donné un rameau bénit.

—J't'ai dit de crisser ça dehors, faut pas se mettre le yable à dos. Pis si le curé vient ici faire ses simagrées, je l'assomme. C'est nous autres qui en pâtiraient après.

M. Simard sourit, Réginald dit d'un air faussement sérieux:

—J'espère que t'es pas allé à confesse, Méo? Le diable aime pas ça.

—J'ai faite une mauvaise confession, si tu veux savoir.

—T'aurais pas dû: c'est vrai qu'on mène une mauvaise vie, mon Méo, minaude Blanche.

—Oh, parle pour toé!

Roméo se tourne vers Réginald, sans plus s'occuper de Blanche. Mais elle vient à côté de son homme, lui pose la main sur l'épaule et parle d'une voix qu'une rage à moitié contenue fait trembler.

—Moé, j'suis tannée de vivre entourée d'arbres, comme une sauvage. Ma fille avait raison. J'veux qu'on sacre notre camp d'i- citte. Pis j'suis tannée de toé aussi, maudit saoulon, tu me rends pareille à toé. J'suis une catholique, j'veux pas avoir affaire au diable.

L'homme se fait arrogant, cherche à provoquer Blanche, à lui faire perdre ce calme qu'elle affecte depuis qu'elle s'est confessée.

—Crisse ton camp d'abord. Va-t'en, va-t'en, je te retiens pas. Va la rejoindre, ta fille. Le curé paiera bien ton passage de train. Va faire le trottoir comme tu faisais avant. *Blanche rides again!* Mais non! Tu vas rester ici, parce qu'y a mon chèque de vétéran qui arrive chaque mois; parce que t'aimes ça être avec moi, boire, rien avoir à faire que boire. T'es une robineuse comme moé.

Il guette l'effet de ses paroles. Blanche souffle fort durant plusieurs minutes.

—J'vais aller voir Sonia.

Elle sort sans rien ajouter, mais sa main tremble quand elle enserre la poignée de la porte. Roméo rit aux éclats. Robert et Rémi se sourient de l'oeil tandis que leur père et leur cousin, un peu mal à l'aise, se dépêchent de parler d'autre chose.

—Je descends en ville demain, si quelqu'un veut profiter de l'occasion.

—Encore? Vous y allez donc souvent, mon oncle! Y aurait une femme en dessous de ça que ça me surprendrait pas.

Rémi ne trouve pas la plaisanterie très drôle.

—Ben... vois-tu, Réginald, j'ai peut-être fait une erreur.

—Comment? Quelle erreur, monnomme?

Rémi et Robert sont tout oreilles. Méo sort pour aller uriner.

—Venir ici, je veux dire.

—Mon oncle! Charogne monnomme, on commence juste! Ça fait même pas un mois.

—C'est vrai. Regarde la terre que j'ai: c'est envahi par la mauvaise herbe, avant que ça produise, ça va prendre des années. Faudrait que je construise des bâtiments, achète du bétail, du roulant. C'est pas avec les pauvres octrois de la Colonisation que je vais pouvoir. Pis avant que ça rapporte, faut vivre; j'ai une famille, des enfants. Le peu que j'avais en arrivant fond vite. Sur mon lot y a pas assez de bois pour que ça vaille la peine de bûcher. Où ç'a pas été rasé à net, ç'a été pillé, y reste rien que des chicots et des saint-michel gros comme ça.

Rémi est suspendu aux lèvres de son père; Robert a les yeux écarquillés. Méo revient et commence un dialogue muet avec une bouteille.

—Qu'est-ce que vous allez faire, mon oncle?

—C'est fait. Je me suis trouvé une job sur la construction à Amos.

—Ben... c'est pas si pire. Comme ça vous pouvez vivre en attendant.

—C'est comme ça. C'est beau de rêver, faut vivre aussi.

Rémi se sent tout drôle. Il cherche des arguments à opposer au projet de son père. La seule chose qu'il trouve ferait sans doute sourire d'incompréhension: c'est beau de vivre, faut bien rêver.

—J'vous comprends, mon oncle. Moi-même...

—Ben toé c'est pas pareil, Réginald. T'as du labour de fait, une petite étable, une vache. T'as du beau bois deboute, pis un cheval pour le sortir.

Réginald hésite, vide son verre.

—Même là... vous savez que je suis arrivé ici avec des dettes; mon noir pis ma vache sont pas finis de payer. Ça commence à crier au meurtre, je reçois des lettres. J'vis avec les octrois, j'pourrais me faire prendre.

—Qu'est-ce que tu vas faire?

—Comme vous, me trouver une job. Pis cet hiver je me mettrai sur le chômage, je ferai du bois sur mon lot. Ça va me rapporter assez pour payer mes dettes et avoir de l'argent pour l'année prochaine.

—Moi, cet hiver... on va déménager en ville. Voyager soir et matin ça aurait pas de bon sens. Rester ici, ça serait pas drôle pour ma femme... isolée, pas d'électricité. A virerait folle.

Rémi chavire. La chaise, le plancher, les murs, tout devient informe et sans consistance. Partir! Il ne sent même pas la main de son frère sur son bras, ne voit pas ces yeux qui l'interrogent avec anxiété. Partir, quitter le rang. Non, non! Impossible, insensé. Il a encore à faire ici. Non, c'était un mauvais rêve.

Pourtant le père continuait de parler.

—Je commence à travailler dans une semaine. D'ici là, je me cherche un loyer à Amos. Mais c'est pas facile à trouver, surtout en été.

Tous les projets de Rémi s'évanouissaient devant ce petit mot: partir.

—Ah ben, charogne monnomme!

—Partez tous, moé je m'en crisse, dit Méo. Je reste. Pas de loyer à payer, presque pas de dépenses, mon chèque sert juste à manger, à fumer pis à boire. La belle vie.

—Mais si tu fais pas de terre neuve, Méo, la Colonisation va t'enlever ton lot.

—J'm'en sacre. En attendant j'suis ben. Après, on verra.

Rémi n'écoutait plus, ne répondait pas à l'attente muette de son frère. Un mot tourbillonnait dans sa tête, trop vite pour qu'il puisse l'analyser et en saisir toutes les implications. Ce fut un jour de deuil. Jour doublement maudit. En descendant de voiture, Rémi reçut un autre choc: un homme arrachait les planches qui barricadaient portes et châssis de la maison voisine. C'était absurde! Ce geste libérateur, il devait venir de Rémi seul, et uniquement après avoir été précédé d'épreuves difficiles.

La mère leur apprit que cet homme était le propriétaire de la maison, un professeur qui avait rêvé durant quelques années de colonisation et qui était retourné enseigner à Montréal. Chaque été il venait dans sa maison, la faisait revivre quelques semaines, bûchait un peu, préparait de l'abatis. A sa retraite il s'installerait définitivement. Elle tenait tout ça de Martel qui était venu reconduire l'homme.

Rémi se précipita à travers champs vers le sommet de la colline. Dès qu'il fut hors de vue, il se jeta par terre pour laisser libre cours à son désespoir. Couché dans l'herbe encore mouillée, il frappait le sol de ses poings et sanglotait. Tout son univers s'écroulait. Même la terre à laquelle il se cramponnait semblait culbuter. Le château de sa princesse! La maison des ombres ne pouvait avoir de propriétaire. On ne possède pas de telles choses et même quand on croit s'en être rendu digne, on les viole, on les vole, elles ne sont jamais à vous. Cet homme, en arrachant les planches, ferait entrer la lumière fatale aux ombres, chasserait le mystère avec l'odeur de renfermé. Cet homme était un imposteur. Aucun papier ne peut donner de tels droits. Aller le battre, le tuer? Trop tard déjà, la princesse errait sans doute, égarée dans la lumière. Et Rémi allait partir. Tous les rêves se consumaient au grand jour, s'évaporaient comme rosée au soleil. Pourtant Rémi n'avait pas failli, il avait suivi les préceptes, mené le combat. Robert aussi. Pourquoi une telle infortune?

Rémi se lève et va vers l'ennemi mort dans la folle avoine et les ronces. L'arbre a explosé dans sa chute, le tronc est écuissé à la base, les branches sont rompues à plusieurs endroits. Le garçon marche sur le fût. C'est un arbre, rien de plus, un peuplier dont l'écorce ravinée et pleine de cadrans près du pied se couvre vers la cime de diamants taillés en pointes. Rien qu'un arbre renversé par le vent. Pas plus de monstre ici que de princesse dans la maison abandonnée. Des illusions nées de la nuit et du cerveau de Rémi, de sa soif de merveilleux.

Il revient sur la colline où, en tournant sur lui-même, il peut embrasser d'un regard circulaire tous les horizons. Aucun coin, même plus le coeur du garçon, où puisse se terrer le mystère, aucune chose qu'un mot ne puisse nommer. Le monde environnant se révèle sous son vrai visage, l'apparence réelle des choses que la nuit falsifie. Et pourtant non! La nuit est si vraie, ce qui y vit si puissant! Ce doit être le soleil qui fausse tout. Dans la nuit, le monde est un grand corps; le jour, sous la lumière, la chair pourrit, on distingue le squelette aux os brûlés et tout est simple, visible au premier coup d'oeil. Rémi se rappelle ce qu'il sait de la nuit: dès que tombe le crépuscule, de beaux muscles d'ombre s'arrondissent, l'os se recharne et on se promène parmi un réseau de nerfs, un labyrinthe de veines et d'artères, entre des faisceaux de fibres et de tendons. Et alors, rien n'est plus simple.

Partir! Où pourrait-il trouver une nuit pareille à celle du rang? Partir, quitter ces lieux avant même de tout connaître, habiter dans un village bourgeois et gros, une maison quelconque, côtoyer des garçons ordinaires, redevenir comme eux, n'avoir jamais été chevalier que dans sa tête, n'avoir jamais aimé que des chimères et lutté contre d'autres chimères. Partir, ne plus avoir cet univers à soi, taillé à la mesure de ses rêves, ne plus vivre dans cette marge si mince entre l'enfance et l'âge adulte. Devoir choisir. Subir.

« Si les hommes pouvaient autant qu'ils veulent », se dit Rémi. Tout le monde rêve. Venir s'établir où tant d'autres avaient échoué, faire prospérer une grosse ferme sur cette terre sauvage, c'était un rêve. Pourquoi les adultes abandonnent-ils leurs rêves à la première difficulté, pourquoi n'ont-ils pas le courage de les défendre, la volonté de les réaliser coûte que coûte ? « Robert et moi, on n'aurait pas lâché si facilement. »

La vie reprit, ordinaire et réelle. Le père cherchait un logement à Amos, Robert et Rémi se boudaient. La nuit, ils dormaient sagement. Ils vécurent comme les garçons qu'ils étaient, aidèrent Maudit-Treupe à faire les foins, foulèrent le mil dans la charrette comme partout ailleurs d'autres garçons le faisaient. Ils fendirent et rentrèrent du bois de chauffage, amusèrent la petite soeur, accompagnèrent les parents à la messe. Mais ils n'avaient plus la joie au coeur, rien qu'un peu sur le visage, parce qu'il le fallait bien. La maison voisine vivait de la vie du professeur Savard qu'ils ne connaissaient pas car il restait chez lui en ermite. Les veillées chez Réginald ne furent que de monotones séances durant lesquelles les garçons observaient les adultes sans rien voir d'autre que de grands enfants s'amusant. Le corps de Sonia et la poitrine de Carmen Martel avaient perdu leurs pouvoirs. Des femmes, n'émanaient plus que de vulgaires parfums commerciaux. Les garçons ne retournèrent pas à la caverne d'argile. Et deux semaines passèrent.

L'événement eut lieu dans la nuit du vendredi au samedi. Robert et Rémi furent éveillés par leur père qui était excité, parlait bas et vite : l'orignal avait donné dans le piège et Roméo l'avait achevé d'un coup de carabine. Leur mère leur fit avaler du chocolat chaud en même temps qu'ils s'habillaient. Tout de suite on partit. La voiture roulait à vive allure et des branches fantomatiques défilaient de part et d'autre de la route.

Les Simard rejoignent Méo et Maudit-Treupe qu'accompagne le chien noir. La troupe suit le fanal, le chien gambade autour de son maître. On arrive enfin au collet. Dans les brous-sailles, à la lueur d'un autre fanal, Martel et Réginald tournent alentour de la bête gigantesque qui gît sur le flanc. Rémi l'exa-mine de près, tâte le poil sous lequel la peau est encore tiède, touche les muscles mous. Les yeux globuleux ont des reflets bleus et verts. On met l'orignal sur le dos, et tandis que les autres maintiennent les pattes écartées, Simard et Maudit-Treupe cou-pent le cuir sur le thorax, pratiquent une incision qui va jus-qu'entre les cuisses ; la hache fait sauter les côtes. On ramène l'a-nimal sur le côté. Par le ventre ouvert l'odeur fume et les boyaux gargouillent. Des ombres s'agitent derrière les hommes et le jaune des fanaux burine les visages. Maudit-Treupe fouille à pleines mains les entrailles. Sorcier de quelque rite sanglant, il tire à lui les viscères qui croulent par terre en glougloutant : ron-deurs du coeur, masse coulante du foie, outres roses des pou-mons.

C'est beau et c'est laid, terrifiant. Un mystère que les gar-çons côtoient. Un mystère enfin, après le terne des derniers jours ! Le crâne éclate : éclisses d'os, giclures de sang dans la lumière. Maudit-Treupe officie, retire la cervelle graisseuse, coupe et arrache la langue ; il fouille dans le monceau d'organes et recueille le coeur, le foie, la rate, les reins qu'il enfourne pêle-mêle dans des poches de jute. Les garçons les porteront immé-diatement à Blanche qui les attend. Ils vont partir vers le pro-fond de la nuit.

—Attendez !

Maudit-Treupe dégage les testicules de l'animal et les ajoute au fardeau de Robert.

—Amourettes. Pour moi.

Il rit. Tous les hommes rient. M. Simard redevient sérieux :

—Pas si fort ! On pourrait nous entendre.

—Pensez-vous, mon oncle ! Ici ? A cette heure de la nuit ? Bah !

—C'est vrai, hostie de christ ! dit Méo. On a rien à cacher.

—Rien à cacher ? s'esclaffe Réginald. Rien qu'un orignal braconné hors saison, rien qu'un alambic qui crache de la ba-gosse.

—Pis, pis, pis ! J'suis roi et maître ici. J'voudrais ben voir le sacrement qui viendrait m'écoeurer.

—Qu'est-ce que tu ferais, Méo, tu souquerais Blanche après lui ?

On rit de la plaisanterie de Réginald, même Maudit-Treupe pourtant si discret d'habitude.

—Vous me faites rire vous autres itou. Toujours demander

la permission pour tout, avoir peur de tout le monde. Quand j'ai faite la guerre, christ, on demandait pas la permission avant de tuer. Personne me fait peur. D'sous mon lit j'ai ma Lee Enfield que j'ai gardée de la guerre. A tué cet orignal-là. Imagine un homme!

—La guerre, la guerre. Méo, ça fait quatorze ans que tu nous casses les oreilles avec ta guerre.

Roméo devient subitement sérieux:

—Vous pouvez pas savoir. Vous pouvez pas.

Et il se fige, rêveur, absent du lieu et de l'heure. Le père pousse les garçons vers le sentier:

—En tout cas, les garçons, soyez prudents. Si vous voyez une voiture sur la route, cachez-vous. Si vous rencontrez quelqu'un, sauvez-vous et venez nous prévenir.

—Vous vous en faites pour rien, mon oncle.

—On sait jamais. Vous vous écarterez pas? Vous avez pas peur? Voulez-vous un fanal?

Les garçons se contentent de rire des questions de leur père.

Rémi prend les devants. La nuit est noire comme la lune nouvelle qui là-haut, quelque part, ne brille pas. Les étoiles ont le ciel pour elles seules et en profitent. Robert suit son frère, attentif à ne pas trébucher. Une chaleur mouillée filtre à travers le jute, traverse la chemise et ruisselle le long de l'échine. Rémi appuie sa joue contre le sac perméable. Peu lui importe d'être taché, il a besoin de ce contact, de ce sang sur lui. Une grande exaltation le gagne, comme quand il était chevalier. Loin du fanal, la nuit s'éclaircit peu à peu aux yeux attentifs. L'ombre l'enveloppe, amie, complice. Il respire de la nuit et à chaque bouffée ses forces grandissent. La joie n'est pas encore installée en Rémi, mais il la sent proche, possible: la nuit reste toujours aussi vraie. Il pense à toute allure, les idées se bousculent, cherchant une cohérence qui tarde à venir. Faut faire vite, car la lumière de la maison se rapproche. Et c'est comme une explosion en lui. Tout est simple, si simple qu'il n'a pas compris. Le départ pour la ville, la profanation du château par le professeur: des épreuves! Epreuves terribles dont il faut triompher. Il existe certainement un moyen, il existe toujours un moyen. Il s'agit de le trouver, l'inventer peut-être. Oui, conjurer le sort, briser la réalité qui étouffe le rêve. Debout, chevalier!

Ils contournent la petite écurie de rondins vermoulus dans laquelle l'alambic fait un bruit de dormeur paisible.

—Continue, Robert. J'ai envie.

La porte de la maison claque, la voix de Blanche se fait entendre, indistincte. Rémi est seul. Il pose son fardeau. Un moyen, trouver un moyen! C'est une épreuve surhumaine à laquelle ils sont confrontés. Briser et vaincre l'arbre-bête : facile. Dominer et faire taire la tempête, facile encore. Mais comment modifier le cours des événements, entrer dans la tête des gens pour changer leurs pensées et leurs désirs ? Le courage serait impuissant à empêcher le départ et à chasser l'intrus, impuissant donc inutile. Pour un combat différent des précédents, il faudrait des moyens nouveaux. Rémi s'agenouille et impulsivement plonge les mains dans la poche, triture, manipule, brasse les organes. Cet orignal est certainement un signe, un message envoyé par la nuit et qu'il faut déchiffrer.

— Rémi! Es-tu mort ?

— J'arrive.

Jamais moyen de penser en paix! Si près de la solution...

Dans la clarté de la maison, Rémi se voit, tout ensanglanté, les mains couvertes de mucus. Blanche lave et découpe des chairs molles, poussant des exclamations gourmandes.

— Miam! Frit avec des oignons! Et ça, en tranches minces arrosées de sauce brune. Oh, si j'avais des champignons!

Les garçons rejoignent les hommes qui achèvent de débiter la carcasse. Chaque quartier est nettoyé à la guenille et enroulé dans du coton à fromage qui le préservera des mouches. On enterre la panse, et la peau est abandonnée. Méo viendra demain la gratter, la saler et l'étendre. En procession, fanaux éteints par prudence, ils reviennent lentement vers la maison. Le chien noir sautille partout, reniflant avec avidité. Il faudra trois voyages.

Les quartiers sont suspendus au-dessus de l'eau dans le puits large et profond qui alimente l'étable de Réginald. La viande y vieillira au frais et à l'abri des bêtes jusqu'à ce qu'elle soit à point. Alors, on fera le partage et chacun mangera, mettra en conserve ou salera selon ses goûts. Aidée par les garçons, Blanche a apporté les abats chez Réginald où l'on fait une attisée dans le poêle. Mme Martel arrive, Mme Maudit-Treupe aussi, les bras chargés d'herbes, d'épices et de plusieurs bouteilles de son vin. On ouvre les fenêtres à cause de la chaleur et la pompe grince longtemps au-dessus des bras et des mains qu'on débarbouille du sang séché.

Il faut fêter ce cadeau inespéré! Les quatre femmes s'affairent: Sonia prépare un ragoût, Blanche et Carmen tranchent le lard, les oignons et les pommes de terre, la femme de Maudit-Treupe concocte des mélanges de condiments et délaie des sauces. Il fait vraiment trop chaud ; les hommes sortent, emportant des bouteilles et des verres. A côté de la maison, là où se débite le bois de chauffage, ils s'improvisent un salon : bûches et billots comme sièges.

— Christ qu'on est ben à soir ! dit Réginald. On se fait un feu de camp !

Sitôt dit, sitôt fait. On arrache de l'écorce de bouleau, ramasse des copeaux et du bran de scie, empile des bûches déjà fendues et, en un rien de temps, un beau feu flambe qui éclaire des visages rieurs. On débouche des bouteilles. En pleine nuit, comme ça autour d'un feu, Robert et Rémi ne sont plus différents des autres et ont droit au verre rempli de flammes ambrées.

— Ahh ! C'est un bon whisky.

— Pour ça oui, monnomme.

— Après, vous goûterez à ce que j'ai bouilli.

Chacun, en son temps et à son aise, hale la bouteille à lui, s'en verse à volonté. Il n'y a plus ni propriété, ni retenue : des hommes assis par terre autour d'un feu cessent d'être civilisés. Rémi se ménage ; il savoure lentement la brûlure capiteuse sur sa langue, laisse couler la chaleur dans sa gorge et jusque dans son ventre. Il ne cherche pas l'ivresse comme Robert qui, lui, en est à son troisième verre déjà. On parle fort, pour ne rien dire, on rit sans savoir pourquoi. Une grande joie possède chacun.

Sonia appelle les hommes à table mais ils suggèrent qu'on mange plutôt dehors. On apporte poêlons, chaudrons et couverts. Les femmes s'installent à l'écart afin que les tisons et la cendre ne souillent pas les mets.

— Un peu de tout pour tout le monde. Dehors faut pas faire les difficiles.

Les assiettes circulent, débordantes de sauce où nagent des viandes noires, brunes et rouges. Une main s'avance avec un plat. Elle effleure le visage de Rémi. Fumets forts et sauvages, senteurs de bois ; les narines du garçon se dilatent, captent en plus l'odeur de la femme. Il ne veut pas savoir qui lui tend son repas, ni voir le visage : c'est peut-être la nuit qui le sert. Il pose l'assiette sur ses genoux ; il n'a pas faim. Mme Martel donne sa part à Robert et lui frotte la joue pour faire tomber une tache de sang encroûtée. Le garçon vide son verre d'un trait et jette un regard chaviré à son frère qui acquiesce d'un signe : « Oui, Robert, ta Dame sait pour l'orage ».

Tous sont servis. On couvre les chaudrons et on les place près des braises pour qu'ils restent chauds. Chacun y reviendra à sa guise. Les femmes s'égaillent au milieu des hommes et on mange, on s'empiffre plutôt, on bâfre en grognant de plaisir, en parlant la bouche pleine, sans se soucier de la sauce qui coule sur le menton, sans égard aux bonnes manières. Et on tasse chaque bouchée d'une rasade de vin ou d'une lampée d'alcool, c'est selon.

Bizarre. Rémi ne reconnaît plus les visages familiers : la nuit, la lueur du brasier, le moment même, transfigurent les êtres. Il n'a pas faim, mais sent qu'il doit manger. Viandes tendres, chairs molles ou fibreuses, herbes secrètes qui craquent sous la dent, légumes huileux, chaque bouchée a un goût différent et avec la chair de l'animal c'est de la fumée, le souffle des autres, un peu de la nuit qu'il mâche. Même sans appétit, il mange parce qu'il doit respecter une prescription. Un cérémonial se déroule dans cette atmosphère étrange ; chacune de ces personnes si routinières célèbre à son insu un rite. Ils n'ont jamais tant dérogé à leurs habitudes : manger dehors, en pleine nuit, autour d'un feu, une viande insolite. Ils ont quitté leurs personnages de civilisés, sacrifié leur sommeil pour ce festin improvisé. Improvisé ? Rémi en doute, qui se dit que c'est voulu et que ç'a un sens. L'orignal s'est pris dans le collet qui sentait l'homme à vingt pas. Il aurait pu l'éviter. Quelle force le poussait donc à s'immoler ? Une victime propitiatoire que la nuit offre aux hommes afin qu'ils lui laissent ses chevaliers ? Elle aurait d'autres moyens de les retenir. Il s'agit plutôt d'un signe à l'adresse des chevaliers : réveiller les garçons qui ont reculé devant l'épreuve et peut-être en même temps leur indiquer le moyen à utiliser. Rémi sent en lui la joie bouillonner. Il est sur la bonne piste. Trop de coïncidences pour parler de hasard.

La mort de l'orignal d'abord, le fait qu'on réveille les garçons, cette marche dans le noir avec le sac d'organes encore vivants sur l'épaule, cette cérémonie sous les étoiles. Une pâque ! Une alliance ! Rémi doit communier à la chair de l'orignal afin que le sacrifice ne soit pas inutile, afin surtout d'y puiser force et sagesse. Il termine son repas en l'arrosant de vin. Avant, d'un geste qu'il voulait anodin, il a élevé son verre dans la lumière. Les convives de cette cène en sont, qui au digestif, qui au deuxième service. Les histoires et les blagues se succèdent. On rit, on crie. C'est la fête, une fête spontanée qui surpasse tous les Noëls, tirant l'esprit et l'imagination hors de l'ordinaire. Le monde peut aussi bien ne plus exister autour, il n'y a de vrai que ce feu ronflant que coiffe un panache d'étincelles, que la joie des humains groupés coude à coude dans le cocon de lumière.

Un chant monte. C'est Roméo qui de sa voix brisée pousse une chanson dont les mots devraient choquer les femmes, mais ne les font que rire et se presser contre leurs compagnons. Réginald se lève et improvise une gigue pour laisser s'échapper le trop-plein de son inexplicable bonheur. Pour l'encourager, on claque des mains et les étoiles tremblent. Sonia enlève ses souliers, rejoint son mari et tournoie sur elle-même, laissant voler sa robe qui attise le feu comme un soufflet. Les danseurs deviennent frénétiques, se poursuivent autour et par-dessus les flammes. Par instants, en un tourbillon, l'étoffe dénude les cuisses jusqu'aux hanches, peau blanche où luisent des crépuscules.

Godbout, réveillé par le tintamarre, est sur son perron et vocifère en réclamant la paix. Il ne réussit qu'à provoquer des cris de colère, des moqueries, des injures et des blasphèmes, un tapage plus grand encore. Il ne réplique pas à l'invitation de «venir se faire moucher», et rentre. On s'amuse de l'incident. Les yeux brillants, on étire le temps, on fait durer la nuit. L'alcool et le vin coulent à profusion, les voix déjà s'éraillent, les bouches s'empâtent, les gestes deviennent incertains. Les femmes sont alanguies et leurs formes semblent s'arrondir. Rémi boit très lentement mais sans arrêter. Il a atteint un état de bien-être, un degré où il veut stagner. Il ne pense plus à l'épreuve, sachant que demain il cherchera et trouvera le sens de cette fête nocturne. Robert s'est couché à même le sol, ivre mort, aussi immobile qu'une bûche.

Mme Maudit-Treupe chante en sa langue une complainte aux interminables refrains. Personne ne comprend, mais on devine que c'est triste en même temps qu'heureux. Les mots font le bruit des feuilles dans le vent. Ensuite, on a besoin d'un temps pour récupérer, pour laisser en soi s'apaiser les remous. Puis, tous en chœur ils épuisent le répertoire de vieilles chansons, se rabattent finalement sur des cantiques et des hymnes. Tandis que ses lèvres font machinalement les mots, Rémi vit dans le feu, danse avec les corps qui s'y tordent, formes diaphanes, toujours défaites, toujours recommencées, chaque fois différentes et plus belles.

Voix enrouées par la boisson et la fumée, les hommes se taisent l'un après l'autre. Bientôt il n'y a plus que Sonia et Carmen qui font duo. Elles fredonnent les chansonnettes et les rengaines d'amour qui étaient à la mode quand elles ont quitté la civilisation. A ces mots qu'elles disent, à l'évocation d'un passé si proche, leurs visages fatigués retrouvent brillance et vivacité. Elles ont des yeux qui caressent. Blanche les observe, rêveuse et souriante. La tête de Méo endormi est posée sur son giron et on dirait, oui, que Blanche esquisse une caresse. Mais le geste est vite réprimé, la femme boit et ses traits retrouvent leur dureté. Réginald hoquette et marmonne; M. Simard dodeline de la tête, cogne des clous, somnole le temps que sa tête chute, se réveille en sursaut, relève le front, sourit et se rendort. Martel fixe le feu. Son seul geste est mécanique: porter le verre de son genou à ses lèvres.

Maudit-Treupe et sa femme partent sans rien dire. Elle appuie sa tête sur la vieille épaule de son homme qui la tient par la taille. De l'autre côté du feu, face à Rémi qui regarde discrètement, les deux femmes chantent toujours. Leur voix mollit et leur bouche se ferme en même temps sur le mot amour. Sonia se presse contre Réginald qui ne réagit pas. Elle se met à boire. Carmen chatouille les côtes de son mari, l'agace avec des gestes effleurants mais délibérés. Elle lui souffle des choses à l'oreille et réussit à l'entraîner derrière la corde de bois, à vingt pas du feu. Bientôt on entend de petits cris, saccadés comme les plaintes de celui qui suffoque et cherche son souffle. Réginald ricane cyniquement. Rémi se trouble, ne sachant s'il doit partir ou faire celui qui ne s'aperçoit de rien. Heureusement que son père n'en a pas connaissance, ce serait plus embarrassant encore; heureusement, surtout, que Robert dort en paix et n'entend pas la plainte amoureuse de la femme. Sonia pleure sans bruit dans son verre. Mais ce n'est peut-être que le reflet du feu que cette lueur en son oeil, une illusion que cette lumière qui goutte. Rémi est mal, a mal. Il déteste Réginald. Qu'il bouge! Qu'il s'occupe de sa femme dont la passion enflamme les joues. Rémi se souvient... sa bouche dans le cou de Sonia. Il la regarde avec intensité jusqu'à ce qu'elle lève les yeux. Qu'elle sache qu'il comprend, qu'il souffre pour elle, avec elle; qu'elle sache aussi qu'il ne peut rien d'autre. Et alors, magie de la nuit, leurs regards se touchent un moment au-dessus des flammes et il sent qu'elle a tout saisi.

Réginald secoue son oncle et l'entraîne. On entend claquer la porte de la maison et celle de l'automobile. Blanche se met debout, chancelante, soulève Méo, et moitié le portant, moitié le traînant, s'en va. Les gens partent sans prendre congé des autres, sans saluer. Il n'y a rien à dire. Un cri étouffé vient de la corde de bois. Le feu crépite de l'éclatement des braises. Martel passe comme un somnambule. Carmen traverse à son tour la scène éclairée et s'en va en appelant doucement. Il ne reste plus autour du brasier mourant que Sonia et Rémi qui évitent de se regarder, que Robert qui ronfle et hoquette. La femme se lève et Rémi la regarde se fondre dans la nuit. La porte à moustiquaire fait son bruit habituel. Le garçon vide ce qui lui reste de vin. La cousine est de retour:

—Mon oncle dort dans l'auto. J'pense pas qu'y puisse chauffer. Si tu veux m'aider, on va coucher Robert.

Rémi se met debout, sa tête tourne, ses jambes sont incertaines. Il soulève son frère par les épaules, Sonia prend les jambes et ils le portent vers la maison. Ils vont lentement à cause de l'ombre qui croupit sur le sol et masque les possibles obstacles. Rémi garde les yeux baissés et son esprit bat la chamade. Les témoins disparus, l'inévitable ne va-t-il pas survenir? Sa cousine ne l'acculera-t-elle pas à des actes, un peu contre son gré? Ne va-t-il pas être victime de sa propre faiblesse alors que les circonstances actuelles exigent qu'il se conduise en fidèle chevalier? Il a peur et tout prend des proportions effrayantes: l'essoufflement de Sonia n'est pas dû qu'au poids de Robert, ce soubresaut qu'elle a imprimé au fardeau, c'était peut-être un signe, une manière d'attirer l'attention.

Du pied il pousse la porte et le ressort chante en s'étirant. La cuisine est à peine éclairée par une bougie. Dans la chambre ils déposent Robert à côté de la petite Sophie.

—C'est un lit double, tu pourrais te tasser avec eux. Il n'y a rien d'autre, ni divan ni fauteuil.

—J'vais aller dehors, je m'endors pas.

Elle l'arrête dans l'embrasure de la porte, lui touche le bras. Il devine qu'elle a la bouche ouverte, mais aucun mot ne vient. Tant mieux! Elle retire sa main et il se dépêtre du rideau, se hâte de sortir. Son père dort sur la banquette avant de la voiture, ses pieds dépassant de la vitre ouverte.

Rémi se retrouve seul dans la boule de lumière qui pulse faiblement autour des braises. L'air a fraîchi et le sol est glacé. Un moment, il guette avec inquiétude, espère un peu le retour possible de Sonia. La porte ne ferait pas de bruit si elle la retenait, elle pourrait avancer à pas précautionneux en empêchant de ses mains sa robe de bruire. Mais, les herbes sont raidies et elles grinceraient sous la semelle. Autant à cause du froid que pour ne pas être isolé dans la pénombre, Rémi touille la cendre, dénude les tisons et y jette du bois. Le feu éclaire avec vivacité et le garçon se recroqueville en chien de fusil, le dos protégé par une bille de sapin. Toutes les odeurs sont mortes dans les assiettes éparpillées. Il n'a plus envie de vin, content d'être avec la nuit, en dialogue. L'air, parfois lourd, tombe sur le feu qui s'écrase. Les flammes refont leurs forces, se libèrent et montent haut, pleines d'étincelles.

Rémi cherche toujours le sens de cette fête. La nuit a voulu raviver son courage et sa foi, c'est une chose certaine, et faite. Lui indiquer un moyen de s'en sortir? Lequel? Vingt fois il revoit la soirée et en décompose les divers éléments, les analyse, essaie de les replacer en cent combinaisons différentes. La tête lourde et les paupières lasses, il tourne en rond : un sacrifice, l'immolation de l'orignal, une fête, une pâque, une communion, une alliance. Une seule piste de sortie. De tous les participants, lui seul a su qu'il s'agissait d'une célébration. Et c'est là le point important. Si la nuit a pu changer si brusquement le comportement des humains à leur insu, leur faire quitter sans qu'il y paraisse le sentier habituel, elle saura aussi modifier le cours des événements, influer sur la volonté des hommes, toujours à leur insu. Ni Robert, ni Rémi ne sauraient traverser l'épreuve, la nuit, oui. Au lieu de leur courage, ses forces secrètes. Il ne reste plus qu'à savoir comment utiliser ces forces, et avant, où les trouver. Sacrifice et fête, c'est dans cette direction qu'il faut chercher.

Tout à la joie que lui donne la certitude d'un triomphe possible, Rémi se tourne sur le dos, face aux étoiles, sans plus s'occuper de chercher, négligeant le brasier qui se consume et n'est bientôt qu'un tas de charbons ternis. La nuit se referme, cicatrise la blessure de lumière. Rémi se laisse sombrer dans des sommeils brefs et serre le poing pour que ne lui échappe pas le bout de quelque fil d'Ariane. Il dort par à-coups et se réveille de moins en moins souvent, rien qu'à l'occasion d'une crampe ou d'un frisson particulièrement fort. Même alors, il n'entrouvre les yeux que ce qu'il faut pour se rendre compte que la nuit pâlit là-haut tandis qu'elle épaissit au sol, comme le limon se dépose au fond d'une eau troublée. Un peu de rose, un peu de lait, du jaune sur la crête des arbres, les premiers chants d'oiseaux dans la forêt voisine, la rosée invisible, puis le tremble glousse, s'étire, bâille et se met à roucouler. La brise secoue la cendre et révèle le coeur encore rouge des braises qui pétassent.

Le jour se leva sur les chaudrons et les assiettes dispersés au milieu des bûches disposées en vague demi-cercle, se leva aussi sur un petit garçon gelé, trop fatigué même pour seulement grelotter. Peu à peu le soleil prit de l'ardeur mais la fraîche continuait à s'exhaler du sol. Rémi se réveilla et alla rejoindre son père dans la voiture. Chemin faisant, son pied roula sur une bouteille, un dix onces de cognac au bouchon encore scellé. Il le ramassa, le dissimula sous son aisselle puis s'installa sur la banquette arrière où il s'endormit le nez dans le velours poussiéreux. C'est à peine si, plus tard, il s'aperçut que la voiture roulait. Robert le secoua. Ils arrivaient chez eux.

Il était midi passé. Ils devaient paraître étranges car Françoise les fixait avec un étonnement amusé. La mère allait pousser les hauts cris mais se retint devant les enfants. Elle entraîna le père dans la chambre afin de mettre les choses au point avec lui. Rémi grimpa à l'étage, se jeta sur le lit en se bouchant les oreilles. Il ne voulait rien entendre de la dispute. Refusant obstinément de les considérer comme des humains à part entière, avec tout ce que cela suppose de faiblesses, de désirs et de particularités, Rémi concevait mal qu'ils se chamaillent. Il savait bien que cette attitude était irrationnelle, mais il persistait à ne voir son père et sa mère que comme parents, acceptant pour cela d'être illogique et de leur aliéner une partie de leur personnalité. Finalement, puisqu'il était inévitable qu'ils se comportent comme tous les autres humains, malgré la volonté de Rémi, ils devraient au moins avoir la décence de s'en cacher, comme ils l'avaient toujours fait.

Il s'étendit donc sur son lit, espérant s'endormir et n'avoir connaissance de rien. Mais la maison était vieille et les cloisons minces. Malgré les blocages mentaux qu'il dressait, il percevait des bribes de phrases, des « on découche pas comme ça, j'étais inquiète » ou des « c'est pas un exemple à donner à tes gars » ou bien des « les entraîne dans des mauvaises situations ». Le père se défendait mollement, parlait de l'orignal, de la boucherie, de l'imprévu de l'événement. Il dit encore que de toute façon les enfants c'est résistant et qu'une nuit dehors ce n'est pas la fin du monde. Une expérience amusante plutôt. La mère ne s'inquiétait pas pour leur santé physique, c'est la morale qui lui importait : le père avait bu devant ses garçons, leur donnant un exemple déplorable. Elle ajouta que les adultes d'ici n'étaient pas des fréquentations recommandables.

La mère se plaignit, pleura. Elle avait été seule ici avec la petite à avoir peur au point de n'en pas dormir tandis que les autres s'amusaient. C'était toujours ainsi. Il ne pensait pas à elle, il n'était qu'un égoïste. Cette maison était triste et elle en sortait rarement. S'il recommençait comme à Montréal... Rémi se boucha les oreilles avec l'oreiller et se mit à compter les planches bouvetées du plafond pour s'occuper. De chaque côté, où le plafond suivait la pente du toit, il y en avait vingt et une; au centre, là où il devenait horizontal sous un petit grenier, il en comptait quatorze. Puis il essaya de localiser les clous sous la mince couche de peinture. En bas la conversation quitta la chambre et, dans la cuisine, redevint banale.

On l'appela pour manger. Robert revenait de promener Françoise. A table, Rémi observa chaque détail de la grande pièce, et le paysage par les fenêtres. Quitter tout ça maintenant? D'ici on avait l'impression de dominer le monde entier ou de naviguer, la terre s'arrondissant autour de la maison comme, dans les images des livres, la mer le fait autour des navires. Ici, c'était l'arche posée sur la montagne après le déluge. Venir tout juste d'aborder ce pays nouveau et devoir repartir avant même d'en avoir percé les arcanes, partir et garder pour toujours l'impression d'une chose faite à moitié: non, il ne fallait pas!

Après le repas, Robert alla se coucher, Rémi se refusa le sommeil car le temps pressait. Il s'assit dehors, face au grand champ d'herbe qui montait jusqu'au ciel. Il savait que cette ligne où le mil et les nuages se touchent n'est pas le bout du monde, rien qu'une apparence. Après, la terre redescend vers des forêts et sans doute aussi, plus loin, d'autres maisons. Et derrière la colline, vers le bas, juste où l'humidité remplace le foin par la mousse, là où la repousse en arrive dans sa reconquête du sol, gisaient les restes du grand peuplier. Ce n'était pas qu'un arbre voué à la pourriture; l'illusion venait du soleil, mais au clair de lune on verrait nettement dans les blessures l'os percer les muscles de bois.

Il cherchait. Encore une fois le cerveau s'emballait et Rémi lâcha la bride. Les images, les phrases, les mots se succédaient à un rythme fou, se décomposaient, se refaisaient, disparaissaient, revenaient: l'arche, Noé, le vin, la fête, un sacrifice après le déluge, le déluge, le mal, Caïn et son autel, Abraham immolant son fils, tuer le veau gras, Tintin et les Incas, le bûcher du Temple du Soleil, les grands prêtres et leurs costumes chamarrés. Rémi se leva et marcha en faisant des gestes désordonnés. Oui, un sacrifice et des offrandes. Pour invoquer. Une victime immolée comme l'orignal. Le sang. Le feu. Rémi devait devenir un prêtre et officier en une cérémonie magique, présider à un sacrifice en l'honneur de la nuit, afin qu'elle libère ses forces surnaturelles. Conclure un pacte. Rémi eut beau fouiller ses connaissances et ses souvenirs, il arrivait toujours à cette évidence: il n'existait aucune cérémonie appropriée. Il n'était pas question de demander conseil à quiconque. Il faudrait donc inventer en espérant frapper juste, sinon, recommencer, recommencer encore et toujours jusqu'à la réussite ou jusqu'au départ. Rémi se traîna les pieds dans l'herbe où les sauterelles fuyaient avec des bruits de cosses mûres qui explosent. Caïn offrait les fruits de la terre, Abraham, son fils et des moutons, à la messe on offre le pain et le vin. Des choses matérielles, des symboles plutôt que seulement des mots. Il essayerait ce moyen pour commencer.

Une voiture venait qui s'arrêta à la maison. Le curé Ricard en descendit et les parents sortirent. Rémi continuait à s'éloigner d'un pas paisible. On l'appela. Plusieurs voix, à l'unisson. Il revint, et le curé l'entraîna sur la route.

—Il fait si beau, on pourrait marcher un peu.

Ils allaient côte à côte. Rémi tentait de maintenir la distance entre eux, mais à chaque pas le curé se rapprochait. Le professeur les regarda passer. Le prêtre était maintenant tout près du garçon, et il lui mit la main sur l'épaule. Il persifla:

—Celui-là!

—Le professeur? demanda Rémi à voix basse.

—Oui, Savard. C'est un impie. Depuis six ans que je suis dans cette paroisse il vient chaque été et n'a jamais mis les pieds à l'église. Un autre qui se croit assez finaud pour se passer de Dieu. Ha! Ils se préparent tous une jolie surprise!

—Et s'ils avaient raison?

—Rémi! Tu ne crois pas ce que tu dis, tu ne le penses pas?

—Non. Un peu.

—Regarde durant la nuit le firmament et toutes ses étoiles, il te parlera de Dieu avec éloquence. Et toute la nature témoigne du passage de Dieu, comme l'empreinte du pied qui l'a faite.

—Je regarde les étoiles toutes les nuits, celles où il n'y a pas de nuages, et je connais la nature autour.

—Alors?

—Alors rien.

—Tu es terrible! Mais je reconnais chez toi l'âme inquiète qui cherche, l'intelligence supérieure qui questionne. C'est bien, il ne faut pas tout prendre pour acquis. Rien ne va de soi. Cependant il faut se garder de devenir sceptique. Il y a certaines limites aux doutes permis.

Ils atteignirent le ruisseau.

—Oh! Cette côte a l'air raide. Plutôt que continuer à marcher on pourrait s'asseoir dans le sous-bois, à l'ombre.

—Non, y a des mouches noires. Sur le pont, au soleil. La brise éloigne les mouches, les empêche d'être trop collantes.

Le curé comprit peut-être l'allusion car il ne s'assit pas tout de suite à côté de Rémi, mais marcha un peu au hasard.

—Si je voulais te voir... te parler, je veux dire, c'est que l'autre fois dans la sacristie nous avons été brusquement interrompus. Tu m'écoutes?

—Oui, oui.

—Tu sais, mon désir d'embellir les abords de l'église, comme sur la maquette que tu as vue, n'est pas motivé par une idée matérialiste. Les gens du village voient ça comme un investissement qui accroît la valeur immobilière. Et toi, tu as sans doute jugé cette préoccupation bien puérile.

—Non.

—Ah! Je t'avais bien jugé: une âme d'élite! Ce projet de rénovation n'est pas uniquement dicté par le souci du beau. Si tu veux savoir, j'ai des arrière-pensées. Ce n'est que la première partie d'un grand plan d'ensemble que j'ai pour changer le monde. Le monde, c'est-à-dire le village. C'est un premier pas tout simple, facile à comprendre pour mes ouailles. Je veux leur enseigner la beauté, puis leur donner le goût d'en avoir plus, le goût d'apprendre à créer la beauté. Par conséquent ils acquerront le goût d'apprendre tout court. A ce moment-là, mon plan est bien en marche. L'hiver, tous ou à peu près sont désoeuvrés. Ce sera le bon moment de les instruire. D'abord les instruire du Christ et de sa loi d'amour, leur faire approfondir leur foi. C'est ma vocation, mon métier. Mais je veux aller plus loin que ce qu'exige mon ministère: les instruire grâce à l'histoire, au français, aux mathématiques, à l'agronomie, à l'économie et même, pourquoi pas, aux sciences sociales. Eveiller leurs esprits, agrandir leurs horizons.

—Ça va leur donner quoi en fin de compte?

—Les grandir, les rendre aptes à franchir le pas suivant. Ensuite je vais développer leur civisme et leur esprit communautaire, faire naître le goût du risque calculé et canaliser tout ça vers un but: changer le village et le changer en profondeur, y changer le mode de vie, y instaurer le bonheur pour tous. Mes villageois peuvent aller loin si on leur donne un coup de pouce au départ. Le village, de par sa faible étendue et son isolement, se prête admirablement à mon projet. C'est une oeuvre de longue haleine, mais j'ai le temps et la patience. Ce projet, je l'ai conçu et mûri au séminaire, il y a bien longtemps. A cause de lui, j'ai accepté cette cure en pays de colonisation. Je suis prêt à y consacrer le reste de mes jours. J'ai appris à bien connaître mes gens et j'ai trouvé chez eux les germes d'un possible monde nouveau. Je pécherais de ne pas faire éclore ces germes, je serais un mauvais prêtre. C'est presque une révolution que je veux faire; une révolution sociale et économique, une révolution par l'amour.

Le prêtre regardait la route, l'air rêveur. Rémi se levait.

—Reste assis! Tu ne te demandes pas comment je compte procéder?

Le garçon soupira et demanda d'un ton las:

—Bon, comment allez-vous faire?

—Ça t'intéresse, hein? Tu vas voir que c'est bien pensé. Tous les moyens que je vais utiliser pour développer la vie communautaire vont aboutir à un village coopératif : chacun possède tout, et tout est à tout le monde. On prend notre destinée en main, on réaménage notre vie selon nos besoins. Je vois clair en ce qui se passe ailleurs. Nous allons vers une sécularisation du monde. Je voudrais éviter que plus tard mes fidèles soient déchirés par le choix entre les exigences du temporel et celles de l'éternel. Je veux qu'ici tout soit intégré et harmonieux. Un temps pour la prière, un temps pour l'étude, un temps pour le travail.

— Comme dans un couvent !

— Oui, tu l'as, Rémi ! C'est ça, comme dans ces monastères du moyen âge qui étaient autosuffisants et rayonnaient autour d'eux. Ce village coopératif est facilement réalisable. L'expérience est en cours ailleurs mais il y manque la dimension spirituelle. Il s'agit de réaliser un premier projet collectif et les gens, voyant les avantages, en inventent de nouveaux d'eux-mêmes. D'abord, on exploite en commun et pour notre profit les forêts avoisinantes ; on installe un moulin à scie bien à nous, on coupe, vend et transporte notre bois nous-mêmes. Ensuite on possède un magasin, on planifie la production des cultivateurs, la diversifie afin qu'ils fournissent l'essentiel aux villageois ; des artisans apparaissent spontanément, réinventent des techniques selon nos besoins ; on exporte, l'épargne et le capital travaillent pour tous, il n'y a plus ni pauvres ni riches, rien que des hommes égaux.

Le curé s'emportait, s'excitait, se grisait de ses propres paroles. Il faisait de grands gestes, et devant ses yeux défilaient des images de prospérité et de bonheur.

— Cette existence communautaire est en contradiction avec ce que la vie nous a toujours enseigné, mais malgré cela, je suis persuadé que la réussite de notre village essaimera. On verra les résultats, et l'idée fera son chemin. C'est comme ça qu'en changeant le village je changerai le monde entier.

Le curé se calma et regarda le ruisseau. Il réfléchissait. Puis ses mains recommencèrent à s'agiter, il ouvrit la bouche ; il allait se remettre à rêver tout haut. Rémi demanda d'une voix qu'il voulait neutre :

— Pourquoi vous me racontez tout ça ?

— Tu es le premier à qui je m'ouvre de mon projet et le seul sur qui je compte car je sens que tu comprends mes aspirations. Tu n'as pas oublié que je t'ai déjà demandé ton aide ?

— Non.

C'était un non fatigué.

— Avant que tu décides de m'accorder ton assistance, il faut que tu saches que ce ne sera pas facile. Rien de ce qui est important n'est jamais facile. De mon côté, j'aurai à secouer la léthargie héréditaire de mes compatriotes, à lutter contre leur apathie et leur défaitisme, leur manque d'idéal et leur paresse. Il y aura aussi les embûches et les traquenards posés par ceux de l'extérieur qui ont intérêt à ce que rien ne change. Il y en a tellement qui profitent de la situation. Ils ne lâcheront pas facilement le morceau. Toi, si tu décides de m'aider, comme j'y compte, il te faudra te faire accepter au village, et c'est plus difficile qu'il n'y paraît. Avec ton frère, tu as déjà senti cette méfiance vis-à-vis des étrangers.

— Moi, les villages...

— Tut ! Tut ! Ne fais pas ton petit snob de la ville, Rémi Simard. La vie de village n'est pas si étriquée et ralentie qu'on le croit parfois. Le fait qu'on y soit moins libre que dans une grande ville a ses avantages. Chacun surveille les faits et gestes des autres, chacun connaît tous les autres. Cela crée certaines barrières qui obligent à une conduite exemplaire, certaines contraintes qui diminuent l'égoïsme. Le climat moral dans un village est sain, bien plus qu'ailleurs. Moins d'abus, pas de drames. La fraternité y existe déjà à l'état larvaire. Les obstacles que je rencontrerai ne viendront pas du village, mais plutôt des rangs. Ha ! ces rangs ! C'est le repaire des individualistes, le pays de l'égoïsme. Les gens y vivent éloignés les uns des autres, chacun pour soi. Chaque maison y devient le nombril du monde. L'oisiveté est la mère de tous les vices ? La solitude encore plus. Les drames et les ignominies qui peuvent survenir dans nos campagnes, c'est dans les rangs qu'on les trouve, loin du clocher paroissial. Chacun s'y croit roi et maître. Le monde n'existe pas au-delà des clôtures.

Rémi jetait des cailloux dans l'eau, et les cercles provoqués s'étiraient dans le courant. Le garçon était las d'entendre le curé discourir ainsi. Il avait lui aussi un grand projet à réaliser, à réaliser très vite et cela demandait de la préparation.

— Rémi, tu m'écoutes toujours ?

— Oui.

— Ce rang-ci, c'est le pire ; l'épine dans le pied qui me fait boiter, mon purgatoire sur terre. Et j'ai su par mon prédécesseur que ce n'est pas une chose nouvelle. Il était presque vide, à mon grand soulagement, mais voici qu'il se repeuple. Godbout est venu il y a quatre ans, ensuite ç'a été Martel il y a deux ans, et cette année c'est toute votre clique.

Le curé leva les yeux au ciel.

—Quels paroissiens j'ai ici! Tu veux le savoir? Il y a Godbout: c'est un apostat, un infidèle, un incroyant qui risque de devenir un antireligieux. Quant à Petit-Pas, sa maison...

—Qui?

—Petit-Pas. C'est le surnom qu'on donne aux Russes qui demeurent en face de chez Godbout. C'est un surnom pas méchant du tout. Tu n'as jamais remarqué sa démarche? Ce que je voulais dire, c'est que sa maison est un temple. Oh! lui et sa femme sont du bon monde, la bonté incarnée, mais ils vivent dans l'erreur. Ce sont des païens qui délaissent le Christ pour les saints: des images, des statues, des icônes, voilà ce qu'ils adorent. Et ton cousin? Un blasphémateur moitié irreligieux, moitié incrédule. Martel, un tiède, un froid même. Et sa femme, sous prétexte des enfants à garder, a délaissé la pratique, est devenue une indifférente. Roméo et sa Juliette, Blanche qu'elle s'appelle! Elle n'a de blanc que le nom. Quelle belle paire de superstitieux! Ils vivent dans le blasphème et le péché, la débauche, l'alcool, l'infamie. J'en ai entendu des belles de leur part. Moi qui croyais tout savoir, j'ai sursauté. Mais mon ministère commande le secret. Et nous arrivons à vous, les Simard. Qu'est-ce qu'on trouve chez vous? Des catholiques par habitude, des religieux sans conviction. Non, non, ne proteste pas. Heureusement que la distance vous soustrait à la mauvaise influence des autres, votre si faible foi ne serait pas une arme de défense. A toute cette belle brochette de chrétiens, il faut rajouter le professeur Savard. Du même calibre que les autres sans doute.

—Ouais, ça ressemble au rang.

—C'est le rang, Rémi. Le mal est installé ici. A preuve, le démon ne se gêne pas pour se manifester. Je crois qu'il se commet plus de péchés dans ces six maisons que dans tout le reste de la paroisse.

—Et vous n'êtes pas au courant de tout, monsieur le curé.

—Je m'en doute bien, mon petit Rémi, je m'en doute bien! Pauvre âme innocente que la vie confronte au Mal.

Il passait sa main dans les cheveux de Rémi.

—Mais n'oublie pas ta confirmation et ta communion solennelle: tu es un soldat du Christ. Avec ton frère, il faut que tu pries pour la conversion des pécheurs. Vous allez m'aider à évangéliser ce rang. Il faut que tu saches, Rémi, qu'ici c'est un véritable pays de mission. Comme en Afrique. Je vais me faire missionnaire et tu m'assisteras.

Agacé par la main de l'homme sur sa tête, Rémi se leva avec brusquerie. D'un regard il embrassa la colline piquée d'épinettes, le ruisseau à l'eau boueuse et, sur l'autre colline, les deux toits qui se profilaient contre le bleu profond. Dans son dos, il savait la caverne d'argile qui abritait une déesse noire se moquant bien du prêtre. Cela lui donnait toutes les audaces. Il désigna l'horizon d'un geste large du bras et chercha des mots solennels. Il ne trouva rien mais cria presque :

— Je suis d'ici !

— Rémi !

— Je suis avec le rang, contre le reste.

Il s'enfuit en courant sur la route et ajouta à tue-tête, sans se retourner :

— J'suis un païen !

Il trouva Robert dans la cuisine.

— Le curé est parti ?

— Non, y s'en vient. Maman ?

— Allée faire des commissions avec papa, pis Françoise.

— Barre la porte, Robert, on va se cacher en haut.

Ils s'étendirent sur leurs lits et Rémi rapporta brièvement la conversation du curé. Ricard arriva, frappa à la porte arrière, appela, frappa plus fort, fit le tour de la maison en étirant le cou pour regarder par les fenêtres, secoua la porte avant et revint à la porte arrière dans laquelle il bûcha à coups de pied.

— Rémi ! Rémi ! Ouvre-moi. Rémi, réponds, je sais que tu es là. Ouvre ! Rémi ! Rémi !

Les garçons riaient en silence. De guerre lasse le curé s'en fut.

— Il est parti, Robert. On va dehors ?

— Oh non ! Moi je me suis levé seulement pour manger. Je me recouche.

Rémi sortit. Il lui fallait faire le silence en lui, effacer les mots du curé, retrouver ses préoccupations. Il battit la campagne, remplit son sac de tout ce qui pourrait avoir une signification ou une importance quelconque dans une cérémonie encore à inventer : bois pourri du peuplier-monstre, insectes, une couleuvre, des plantes, des fleurs, quelques branches d'arbustes. Les fruits de cette chasse s'entassèrent dans la caverne. Devant l'entrée, il égalisa le tas de terre excavée et sur cette aire, il échafauda un bûcher de bois sec, un grand bûcher qui brûlerait haut. Il travailla ferme pour transformer les abords de l'étang en un lieu digne des grandes solennités à venir et, tandis qu'il s'en retournait vers la table du souper, il essaya d'imaginer des rites pour la cérémonie du soir. On ne sacrifie pas bêtement, comme ça de but en blanc, sans un certain décorum. L'officiant doit réciter des formules, des prières. Prier, certainement pas comme à l'église. Ce n'était pas le Jésus de lumière que Rémi invoquerait, mais un dieu inconnu, qui n'a pas de nom, un dieu multiple peut-être ou sans forme définie. Le dieu qui est nuit.

Après le repas, Robert, qui avait dormi presque tout le jour, voulait jouer. Il ne comprenait pas l'attitude sérieuse et réservée de son frère, ses airs mystérieux. Rémi l'invita à se promener tranquillement sur la route.

—T'as l'air drôle, Rémi.

—Cette nuit, les chevaliers vont sortir.

—Aller où ?

—M'en demande pas trop, tu sauras en temps voulu.

—Ecoute, toi et moi on se dit tout. C'est ce qui est convenu. Sinon, c'est plus le jeu.

—Je joue pas, Robert. C'est très important, et grave. Cette nuit, il va y avoir une cérémonie au bord du Ruisseau-Maudit. Je ne peux t'en dire plus. Tu verras par toi-même.

—Comment tu sais ?

—Je l'ai décidée, cette cérémonie. C'est pour empêcher qu'on déménage à Amos.

—Voyons, c'est niaiseux. Tu penses pas qu'une cérémonie...

—Il s'agit de la survie des chevaliers ! Il faut aussi que le professeur disparaisse du château de la princesse.

—Et c'est une cérémonie qui...

—Oui, une sorte de messe. J'ai été inspiré. Ça va marcher, aie confiance. Comme l'autre soir quand tu as calmé la tempête.

—Une sorte de messe ?

—Une cérémonie terrible, effrayante. Peut-être qu'on n'en reviendra pas vivants.

—Aïe là, essaie pas de me faire peur.

—Je fais juste te prévenir.

—On restera ensemble ?

—Oui.

Le soir est venu enfin, les parents se sont endormis et les garçons ont pu se rendre à leur repaire.

—On va faire un feu ? demande Robert avec surprise.

—Oui. Aide-moi.

De la caverne, ils sortent les pierres, les végétaux et les bocaux, celui où crépitent des insectes, l'autre où une couleuvre s'est lovée sur elle-même, les choses que Rémi a recueillies plus tôt. Robert comprend de moins en moins.

— Pose pas de questions, attends. Je vais te passer la statue, accote-la au talus. Fais-y attention.

Ils installent la déesse face au bûcher, les offrandes disposées à ses pieds. Rémi allume le lampion et ils se roulent des cigarettes. Rémi débouche le flacon de cognac volé le matin même.

— Vas-y doucement.

Rémi fume et se force à paraître paisible, mais il bout d'impatience et décompte le temps qui passe, trop lentement à son gré. Il attend minuit, heure qu'il imagine propice à ses oeuvres. De plus, on sera dimanche, jour des cultes. Il n'aurait pas plu à Rémi d'officier un vendredi ou un lundi. Le garçon est ému en même temps que craintif. Lorsqu'il juge l'heure venue, il tire un autre trait du flacon et se lève.

— Robert, tu vas me suivre, faire ce que je te dis sans poser de questions.

Ils se mettent nus. Rémi allume une torche qu'il a fabriquée quelques heures plus tôt en insérant un rouleau d'écorce de bouleau dans l'extrémité fendue d'une branche de sureau. Le flambeau grésillant à bout de bras, il conduit son frère au ruisseau, pique le manche de son luminaire dans la berge, descend dans l'eau et s'immerge complètement. Robert l'imite.

— Approche que je te baptise.

— Aïe, fais pas le fou !

— Faut se faire baptiser ce soir.

— J'pense, Rémi, qu'y faut pas rire de ces choses-là.

— C'est pas pour rire.

Rémi plonge les mains en coupe dans le ruisseau et les élève au-dessus de la tête de son frère. L'eau filtre entre les doigts mal joints et goutte sur les cheveux.

— Robert, je te baptise au nom de la nuit et de la Vierge noire.

— Qu'est-ce que je dis, moi ?

— Ainsi soit-il.

Et Robert répète :

— Ainsi soit-il.

C'est ensuite à son tour d'être le baptiste et il n'a pas envie de rire comme il l'avait craint. La lumière dansante sur le ruisseau, l'ombre qui s'épaissit autour, même le geste de ses mains levées, tout l'emplit d'une frayeur respectueuse que seule peut inspirer la proximité du sacré. Sur la rive, ils cueillent de l'argile, la délayent en crème et s'en enduisent le corps.

— Partout, ordonne Rémi.

Ils deviennent noirs du côté de l'ombre, presque argentés face à la lumière, luisants et terreux comme des vers. Le goût de la glèbe est dans leur bouche. La nature se fait silencieuse, attentive à la procession des hommes d'argile dont la peau craquelle aux articulations. Pas un nuage au ciel sans lune, rien que des étoiles comme autant de lampions dans un temple à la voûte démesurée. Rémi s'agenouille, torche à la main, devant la Vierge au visage enfantin. Il incline la tête.

— O Déesse noire, daigne présider à notre sacrifice. Sainte mère de terre, intercède pour nous afin que les Puissances reçoivent nos offrandes et exaucent nos voeux.

Et il s'incline plus profondément encore, jusqu'à baiser le sol. La torche, où il ne reste presque plus d'écorce à consumer, enflamme le bûcher. Le bois sec flambe et tout de suite la flamme est puissante. Elle monte haut dans l'air immobile, colonne que la perspective affûte. Un remous, et c'est un arbre aux racines rouges et bleues, au tronc torsadé comme un cèdre malade, qui épanouit un feuillage voluteux et transparent, couvert de fleurs brillantes d'où s'envole un pollen éphémère.

— A genoux, Robert.

Tandis que son frère tombe sur le sol, Rémi s'étire, tend les bras, fiche ses doigts écartés le plus haut possible dans l'air, s'y agrippe. L'ombre qu'il projette recouvre les arbustes et la mousse, s'allonge. Ses yeux fouillent les étoiles qui dansent dans la fumée comme des flammèches. Il se sent grandir, jusqu'à devenir gigantesque. C'est comme si des forces l'irriguaient : les forces de l'air captées par les bras-antennes, qui descendent le long des muscles et circulent, mêlées au sang. D'autres, qui sourdent du sol, passent par les plantes des pieds nus, montent dans les jambes. Et au niveau du ventre ces forces diverses se heurtent avec fracas, s'emmêlent furieusement. Rémi est devenu trait d'union entre l'air et la terre, organe de leur accouplement. Il se sent plein d'une puissance qui l'effraie et d'un coup, il constate que ce qu'il provoque le dépasse. Il ne peut plus reculer. Les gestes, le moindre mouvement d'une main, une paume qui se tourne vers le ciel, ne sont plus ordinaires mais prennent une beauté et une grandeur solennelles. Robert ne reconnaît pas son aîné à qui le feu fait un masque effrayant.

— O Puissances de la nuit, nous voici devant vous, humbles

et suppliants. Nous, vos chevaliers, avons besoin de vos magies. Recevez nos offrandes.

Rémi va chercher des oblations.

—Nous sommes tes chevaliers, ô nuit. Voici une plume arrachée à l'oiseau par la tempête que Robert a apaisée; voici un peu des entrailles du monstre que j'ai terrassé. Reçois-les dans la fumée du feu, comme preuves de notre identité. Nous sommes bien ceux que nous prétendons être.

Ayant élevé la plume et le bois, il les jette dans les flammes. Va-et-vient de la statue au bûcher: chaque fois, des objets sont présentés par des phrases que Rémi veut rendre cérémonielles.

—Nous te sacrifions la branche encore verte du tremble frileux, la branche parfumée de l'épinette noire.

—Nous te sacrifions la fleur qui ne donnera pas de fruit, et la racine qui regrette l'humus.

—Nous te sacrifions l'herbe qui chantait, et la chenille qui ne sera pas papillon.

—Nous te sacrifions le champignon né de la terre en une nuit, et la libellule aux ailes d'arc-en-ciel.

—Nous te sacrifions ce pain que nul ne mangera et cette couleuvre qui se tord de peur. Qu'ils te nourrissent!

Rémi est devenu excité, il officie d'une voix où l'anxiété grandit. Et quand il a épuisé ses objets, il cherche autour de lui, l'oeil un peu hagard, sans rien trouver. Sa célébration n'est pas complète. Ce qu'il a préparé à l'avance ne suffit pas. Il faut aller plus loin. Il prend le flacon de cognac.

—Nous allons communier à l'alcool.

Il fait boire son frère, boit lui-même et verse le reste de la bouteille sur le feu d'où monte une bruyante flamme bleutée.

—Bois avec nous, ô nuit, et sois clémente. Prête l'oreille à notre voix.

Une chauve-souris venue de nulle part volète en zigzag, traverse le feu, crie et s'abat en grésillant sur les braises.

Rémi exulte.

—Robert! T'as vu? C'est un signe. Ça marche. Viens.

Ils se mettent à danser tout autour du bûcher d'un pas chancelant. De leur gorge monte une mélopée gutturale, et leurs pieds marquent le rythme. L'ivresse sert d'inspiration. Ils battent des bras, sautillent, se tordent, et leurs mouvements attisent les flammes. Au bout d'un temps, Robert retourne s'asseoir. Rémi est devenu fébrile. Il faut trouver autre chose, aller plus loin, faire vite avant que les Puissances ne se lassent et partent. A court de moyens, le prêtre s'exaspère, tourne le dos au feu, fait face à la nuit qui par contraste est d'une telle densité que l'oeil ne peut la percer. Face à ce mur, Rémi s'époumone :

— Belzébuth, Satan, démons de l'ombre, sortez ! Je vous ordonne de venir ici, tout près et d'écouter.

Continuer, inventer. Mais Rémi ne sait rien de la sorcellerie, ni les formules, ni le rituel. Les seuls mots qu'il connaisse qui ne soient pas quotidiens sont ceux de l'Eglise, de la religion de Ricard. Il hurle donc une interminable litanie de blasphèmes.

— Arrête ! T'es devenu fou, crie Robert.

Rémi est essoufflé mais frénétique et n'écoute que les mots qu'il vomit. Il pleure.

— Saintes puissances des enfers, accourez à mon secours, venez participer au sacrifice. Et vous, les morts pourris dans la terre, levez-vous, venez prier avec nous.

Il se précipite sur sa besace et en sort un chapelet ainsi qu'une médaille de saint Christophe arrachée du tableau de bord de la voiture familiale. Il les brandit en ricanant.

— Voyez, forces du mal, voyez ce que je vous offre.

Robert supplie en vain son frère d'arrêter. Il a peur et tremble.

— Ferme-toi, Robert, ou je te maudis. Le feu et le diable te dévoreront ici même.

Il balance les objets de piété au-dessus des flammes.

— Démons de la nuit, recevez ces pauvres offrandes : un chapelet avec son crucifié, un saint barbu.

Il les jette au feu avec de nouveaux blasphèmes. Il enlève la pierre ronde de dessous les pieds de la Vierge noire et la lance dans la braise. Gorgée d'humidité, la pierre éclate avec un bruit sec.

— Recevez aussi l'âme damnée de ce génie que je libère.

Rémi se tourne encore vers la nuit, arpente le bord de l'étang :

— Venez, montrez-vous, approchez, vous que je devine cachés là tout près. Je vois vos yeux de braise, vos chairs blanches de cadavres vivants ; je vous entends, monstres écailleux qui sortez de la terre en rampant ; je vous sens, rapaces fantastiques qui volez en rond sur vos ailes feutrées. Je respire votre haleine soufrée. Que voulez-vous de plus en échange de votre aide ? Dites, parlez. Et toi, Belzébuth qui grimace au-dessus du ruisseau, avec ton sexe bandé comme un arbre, que veux-tu de plus, ô grand maître ?

Rémi saute sur place, s'adresse aux arbres, sa folie fait apparaître des faces hideuses dans l'entrelacs des branches, des formes qui sarabandent à la frontière de la nuit et de la lumière du feu. Terrorisé, paralysé par la panique, Robert a caché son visage contre le sol et sanglote. Il ne veut plus voir la nuit, ne veut plus entendre les insanités du prêtre. Rémi racle le limon sur sa poitrine, le pétrit en une boule qu'il aplatit en galette entre ses paumes. Il retourne au feu, élève le disque au contour imparfait.

— Je consacre l'hostie noire, fruit de l'alliance de l'eau et de la terre. *Per ómnia saécula saeculórum.*

Une bouche s'ouvre dans le brasier et communie.

Fiévreux, Rémi tombe à genoux et pleure, tant d'épuisement que d'impuissance. Et tout à coup la nuit s'éclaire. Accourant des horizons, une multitude d'aurores polaires se joignent au zénith où elles se fondent en une tache opaque. La nuit en blêmit. Cette sphère de lumières tournoyantes, c'est un signe : les sacrifices ont été agréés.

Il était huit heures. La mère eut beaucoup de peine à réveiller ses fils. En se lavant les mains, Rémi remarqua que ses ongles étaient encore sales de boue. Le bain dans le ruisseau n'avait pas tout nettoyé et sans doute qu'ailleurs, sous les vêtements, subsistaient d'autres taches d'argile. Le soleil inondait la cuisine et il venait de l'herbe mûrissante des chants d'oiseaux. Ce serait une belle journée. On déjeuna dans une ambiance de fête que ne partageaient pas les garçons. Toute à sa joie, la mère ne comprenait pas leur attitude.

— Vous vous êtes chicanés ?

Ils firent signe que non.

— Regardez-moé ce beau soleil. Même ça... non ?

Elle riait un peu de leurs airs renfrognés. Elle devait être heureuse.

— Ça tombe bien, ce beau temps. Vous vous rappelez qu'on va à Val-d'Or aujourd'hui ?

Cela semblait les laisser indifférents.

— Vous n'êtes pas contents ? Vous êtes difficiles. Mais, j'ai une autre bonne nouvelle pour vous. Je ne vous l'ai pas dit hier, mais votre père a trouvé un logement à Amos. On va déménager !

Malgré son air impassible, Rémi était désemparé. Robert le

regardait avec des yeux pleins de courroux qui semblaient dire:
« Tu vois, tes manigances d'hier ont rien donné; au contraire, ç'a
peut-être nui. »

Le père riait.

— Tu t'y prends mal pour leur faire plaisir. Ils le savent déjà
qu'on va déménager, et j'pense pas que ça les rende heureux. Si
tu veux que leurs visages changent, dis-leur quand on déménage.

— Tu crois? Ça ne sera pas tout de suite; la maison va être
libre seulement vers le milieu de septembre. En attendant, on va
rester ici. Votre père va voyager au travail chaque jour.

Rémi n'en croyait pas ses oreilles. Il se répétait intérieurement, afin de se convaincre, « milieu de septembre, milieu de
septembre ». Son coeur frappait avec violence contre la cage
d'os. Mi-septembre, un délai. Tout le reste de l'été ici. Il avait
envie de crier. Il se contenta de sourire. Robert parla:

— J'sus ben content.

Il regardait Rémi à la dérobée, regards chargés d'admiration. Il ne lui en voulait plus des folies de la veille, le but était atteint. Mais Rémi ne faisait pas attention à Robert; il savourait
sa joie avec égoïsme et recueillement.

On devait assister à la messe de neuf heures, et ensuite
prendre Réginald, Sonia et Sophie, pour se rendre à Val-d'Or,
chez un frère de Réginald. Cela ne plaisait pas tellement aux
garçons. Ils insistèrent pour ne pas y aller et profiter plutôt de
cette journée qui s'annonçait magnifique. Les parents hésitaient,
ne sachant trop s'ils pouvaient laisser leurs fils seuls. Rémi fit
pencher la balance d'une manière décisive quand il remarqua
qu'eux deux absents, il y aurait plus de place dans la voiture. Autrement, on devrait s'y entasser à huit, et la route était longue.
Les garçons durent promettre de ne pas jouer avec le feu et
d'être prudents au bord de l'eau, de ne pas trop s'éloigner, de ne
pas pénétrer trop profondément en forêt, de se méfier des étrangers et de bien fermer la porte à clef. Ils promirent; ils auraient
promis n'importe quoi. Après quelques palabres supplémentai-
res, ils obtinrent également de ne pas accompagner la famille à
la messe de neuf heures. Plutôt, ils iraient à pied à celle de onze
heures; la marche ne leur faisait pas peur et ils apporteraient un
goûter qu'ils mangeraient au retour, le long de la route. Rémi
n'avait pas l'intention de faire tous ces milles; ce qu'il voulait: ne
pas être obligé d'écouter le curé Ricard dire sa messe, ne pas assister à cette cérémonie durant laquelle, par désoeuvrement, il

ne pourrait qu'évoquer celle de la nuit précédente au bord du Ruisseau-Maudit.

Dès qu'ils sont seuls dans la maison, fusent des cris de joie; ils ne trouvent pas les mots pour s'exprimer et se contentent de rire et de se donner des coups de poing. Ils vident dans l'évier leur cacao qu'ils remplacent par du café arrosé d'une goutte de blanc, puis s'assoient dehors.

—Rémi, j'pensais jamais que ça marcherait.

—Ça pouvait pas faire autrement que marcher. Tout est possible à la nuit, et hier j'ai vu les signes de l'alliance.

—Si... c'était juste un adon.

—Robert! Tu vas pas douter?

—Ecoute, c'est hier après-midi qu'y ont trouvé le logement et appris qu'on déménagerait en septembre. Avant la cérémonie. Seulement nous deux on l'a su juste ce matin.

—C'est grâce à la nuit, Robert! Grâce à elle. Parce qu'elle savait qu'on ferait la cérémonie. Pis, hier ils l'avaient peut-être pas trouvé l'appartement. C'est peut-être tout arrivé cette nuit, dans leur tête.

—Alors ça serait pas vrai?

—Oui, ça serait vrai quand même. Le logement, le déménagement, même si y sont pas allés hier. Le passé serait changé.

—Aïe! c'est compliqué ton affaire.

—Même si tu comprends pas, doute pas, t'as pas le droit.

—En tout cas, recommence plus des folies pareilles. C'est effrayant ce que t'as fait, ce que t'as dit.

—Il fallait! Je le referai encore s'il faut.

—J'ai eu peur. J'ai pas honte de le dire, ben peur. Tu t'es pas vu, transformé, épeurant à regarder. Pis les diables, toutes ces choses que tu décrivais, tu les as vus pour vrai?

—Je sais pas si y étaient vrais, mais je les ai vus.

—Moi, je me suis caché la face et je sentais la terre trembler. Même les yeux fermés, des ombres bougeaient.

—Moi aussi j'ai eu peur, Robert, tu peux pas savoir à quel point. Mais ça valait le coup de risquer.

Un long moment ils restent à boire le café à petites gorgées et à regarder jouer le vent, bien haut, trop haut pour être perçu. Un pluvier rase le sol et remonte en criant. Robert se lève.

—Je suis heureux, ça se dit pas. On va passer l'été ici!

—J'te comprends, moé c'est pareil.

Des coups de marteau font résonner les sapins, et le chant crescendo du clou qui enfonce dans le bois fait frissonner l'herbe. La maison hantée! Tout l'éclat du jour se ternit pour Rémi, et sa joie en même temps. Depuis qu'il sait que le charme a opéré sur ses parents, le garçon se demande avec angoisse s'il en est de même pour le professeur. Il a repoussé le moment de savoir, préférant son espoir à une certitude démoralisante. C'est l'intrus qui maintenant le rejoint par le bruit de son activité. L'opération n'a donc été qu'un demi-succès. Il faudrait recommencer les sacrifices, les blasphèmes, monter une nouvelle cérémonie, encore jongler avec des forces dangereuses? Rémi en a un haut-le-coeur et vide son café sur la poussière du sol où Françoise a piqué des fleurs déjà fanées, un jardin où sa poupée reçoit. Il rentre, Robert sur les talons.

— Où tu vas, Rémi?

— Me coucher.

— Ben... me semble que même si on est fatigué, une chose comme c'qui arrive, ça se fête.

— J'ai mal partout, j'suis étourdi.

Robert ne se rend pas compte de la situation et cela ne fait qu'accroître la mauvaise humeur de Rémi. Il se sent seul, incompris de son frère, un autre chevalier pourtant.

— Christ, si j'avais su, j'serais allé à Val-d'Or! Tu me laisses tomber, tu vas te coucher. Quand c'est toi qui as besoin de moi, hein? Je te suis, même dans tes rêves de fou.

Avant de se jeter sur le lit, Rémi s'arrête un moment à la fenêtre, histoire de regarder la maison voisine, de bien la regarder pour se demander ensuite si c'est la peine de s'aventurer encore à célébrer une messe sacrilège. Faut-il attendre un autre signe de la nuit ou tout laisser tomber et profiter des journées d'été dans cette campagne sauvage? Oublier qu'il a été un temps chevalier, qu'il a côtoyé le mystère, vécu dans une nuit plus réelle que le jour? Il n'est pas de chevalier sans Dame à servir et conquérir. Changer de Dame, cela ne se fait sans doute pas.

Le marteau sonne toujours et Rémi ne saisit pas tout de suite la signification de ces planches qui barricadent à nouveau les fenêtres. Dans l'allée qui va de la véranda à la route, deux valises, comme des chiens noirs couchés dans l'herbe haute, attendent. Il faut quelques minutes à l'esprit abasourdi du garçon pour tirer les conclusions qui s'imposent.

— Robert, Robert, Robert.

Celui-ci arrive en coup de vent, trébuche dans l'escalier. Son frère est peut-être malade ou mourant, ou le feu a pris. Une chose du genre. Robert a le visage blême.

— Qu'est-ce qu'y a ? Qu'est-ce qu'y a ?

Rémi sourit largement en désignant la fenêtre.

— Regarde.

Robert s'y précipite et ne voit rien d'anormal. Le ciel, les arbres, la colline, l'herbe, tout est habituel.

— Mon maudit ! C'est pas des tours à faire.

— Des tours ? Regarde la maison hantée, coq-l'oeil !

Robert lui aussi met du temps à comprendre ce qui arrive à côté. Puis c'est une farandole d'apaches déchaînés : les couvertures volent en bas des lits, les oreillers frappent les murs, arrachent le rideau. On remettra de l'ordre. Pour le moment, rien n'a d'importance que la fuite de l'intrus chassé par les forces magiques que les chevaliers ont déclenchées par leur cérémonie nocturne. Un sentiment de puissance infinie envahit les garçons. La princesse pourra réintégrer son château à nouveau plein d'ombre et de silence. Tout redeviendra comme avant. Les quêtes reprendront et le service des Dames, les expéditions, avec des chevaliers grandis par l'épreuve juste surmontée. Rémi tombe à genoux.

— Prions.

— T'es malade ! Qui tu veux prier ?

— La Vierge.

— Après ce que t'as fait hier ? Ça a pas de sens.

— La Vierge noire, notre déesse de glaise. C'est pas tout de demander, faut remercier. Sinon, une prochaine fois on pourrait bien nous laisser tomber.

— Oui, mais... comme ça, en plein jour ?

— T'as sans doute raison. Elle doit dormir dans le jour, n'écouter notre voix que dans le noir.

Il se relève.

— On ira tantôt dans notre repaire, son temple. Là, il y fait toujours nuit. Et puis c'est dimanche, ça nous servira de messe.

— Rémi ! Ris pas de ces choses-là. C'est peut-être des menteries ce que racontent les curés, mais on sait jamais... c'est déjà assez de pas s'en occuper, faut pas en rire. Si c'était la vérité...

— Même si c'était la vérité, Robert ? Pour nous deux ça changerait rien. Y a quelqu'un qui a dit déjà qu'on peut pas servir deux maîtres. T'as déjà choisi le tien.

— J'ai rien choisi !

— Ah oui ! Chaque fois que tu fais une chose, tu choisis, parce qu'en même temps tu dis non aux autres. En priant la déesse noire, tu rejettes les autres dieux.

— De toute façon, c'est sans doute pas vrai tout ce qu'on nous a appris.

—Non, Robert, faut que ça soit vrai. Si le Jésus de Ricard est pas vrai, notre Vierge à nous peut pas l'être non plus.

—Faut choisir? Y a pas moyen?

—Faut choisir sans peur! Ma vérité est aussi vraie que celle de Ricard. Tout ce qu'il sait, c'est par on-dit, moi je l'ai imaginé.

Ils se retrouvent dehors, près du hangar, et de là voient le voisin qui attend quelque chose ou quelqu'un dans l'ombre de la véranda.

—Viens, j'veux voir de quoi il a l'air.

Ils traversent le champ. Depuis son arrivée, ils ne l'ont aperçu que de loin, l'homme ne fréquentant pas les Simard, ni personne d'autre d'ailleurs. Rémi n'avait osé s'approcher de la maison, par respect pour les anciens rêves. Aujourd'hui, c'est différent, tout est différent.

—Bonjour, monsieur.

L'homme, qu'ils distinguent mal, éblouis qu'ils sont par le soleil, les considère un moment et garde son air sévère:

—Vous demeurez à côté?

—Oui. Vous... vous partez?

—Ouais. Cette année je suis des cours d'été, je ne pourrai pas rester. C'est triste, pour une fois que l'été s'annonce beau. Mais, faudrait pas que vous profitiez de mon absence pour venir dans ma maison.

—On ferait jamais ça. On est jamais entré avant.

—Je sais. Et c'est tant mieux, car cette maison-là est pas comme les autres. On pourrait presque dire qu'elle est hantée. Moi, les fantômes me connaissent, me tolèrent. S'il fallait qu'ils tombent sur un inconnu, je donnerais pas cher de sa peau.

—On sait que c'est hanté. Des fois on entend du bruit la nuit.

—Du bruit? Est-ce que... il y a des gens qui viennent rôder autour de ma maison?

—Non. Une fois, un homme. Quand il nous a vus, il s'est sauvé. Depuis y est jamais revenu personne.

—Dans le fond, c'est un moindre mal d'avoir des voisins. Il y a des pilleurs qui écument les rangs, volent portes et fenêtres des maisons inhabitées, prennent les meubles quand il y en a. Ils vont même jusqu'à arracher les armoires et les éviers. Ecoutez, sans vous approcher de la maison à cause des dangers, vous pourriez la surveiller. Et s'il vient des gens, leur faire peur, le dire à vos parents. Hein? Comme des soldats qui montent la garde. Au printemps prochain, si vous avez fait du bon travail, je vous apporterai chacun un cadeau de Montréal. Ça vous va?

—Oui, monsieur.

—Promettez-moi d'être de bons gardiens.

—Je promets, dit Robert.

—Moi aussi, ajoute Rémi.

—Bon, pour vous récompenser un peu tout de suite, je vais vous donner un secret. Vous aimez la pêche?

—Oui, monsieur, répondent ensemble les garçons.

—A peu près à un mille passé le ruisseau, à votre gauche en y allant, vous verrez un énorme bouleau mort; on l'entend de loin car y a toujours des pics dedans. Entre la route pis l'arbre, c'est plein de fardoches, d'aulnes et de framboisiers, mais c'est pas épais, vingt pieds à peine. On traverse. Juste au bouleau, y a une trail qui commence; on grimpe à travers les épinettes et les caps de roche durant un mille pieds, ensuite ça descend pas mal à pic dans les fougères. Et là, on arrive au plus beau petit lac qu'on puisse imaginer. Ah! Une belle place. Tranquille. Y reste plus beaucoup de truites, mais y a des barbottes, des grosses.

—Des barbottes!

Robert se rappelle cet étang près de Laprairie où leur père les emmenait parfois pêcher par-dessus un rideau de quenouilles, de belles petites barbottes à la peau lisse, presque noire sur le dos, blanc crémeux sur le ventre. Il fallait se méfier des trois piquants de ces poissons qui mettaient longtemps à mourir quand on les sortait de l'eau.

—Ce lac-là est peu connu. Gardez le secret.

—On le dira pas.

—Ecoutez! C'est pas une auto qu'on entend?

—J'crois.

—C'est pour moi, dit le professeur Savard en jetant un coup d'oeil à sa montre. Il est exact.

Les garçons le regardent mettre ses valises sur le siège arrière et prendre place à côté du chauffeur. Longtemps la poussière plane dans l'air avant d'aller se déposer sur le regain du champ. Rémi ne parle pas, la gorge serrée par l'émotion.

Il allait être onze heures, le moment de la grand-messe. Les narines et les yeux à fleur d'eau, leur corps vert dissimulé dans le bouillon de culture, les grenouilles contemplaient le monde qui se reflétait dans leurs globes oculaires aux iris d'or. Rémi et Robert rangèrent aux abords de la caverne, enfouirent les cendres où subsistaient des restes d'offrandes, petites choses raccornies et noires, difficilement discernables des tisons éteints. Hier seulement, cette cérémonie! Pourtant cela semblait si loin; chaque fois, sous le soleil, le souvenir de la nuit précédente semblait très vieux, irréel presque; et le soir, il retrouvait sa réalité; c'était alors au jour de devenir comme un rêve qui s'estompe peu à peu au réveil. Rémi avait l'impression de vivre deux vies parallèles.

—A quoi tu penses? demanda Robert.

—Rien d'important.

Rémi captura une grenouille qu'il emporta à l'intérieur de la terre. Le lampion allumé, la déesse s'anima pour ses chevaliers, toujours aussi étrange avec sa tête d'enfant et son corps de femme. Ils se mirent à genoux, et Rémi récita une prière d'action de grâces, ouvrit son couteau de poche et, tenant d'une main la grenouille au-dessus de l'idole, l'éventra d'un geste délibéré. Pas un cri, rien que le rot des organes qui crèvent. Du sang et des jus éclaboussèrent le visage, les épaules et les seins de la statue.

—Pourquoi t'as fait ça? C'est écoeurant!

—Robert, blasphème pas! C'est un sacrifice, la messe pour notre déesse. Pour lui être agréable.

—Comment tu sais qu'elle aime?

—C'est certain. Elle est tout le contraire du dieu de Ricard qui aime la vie. Elle aime la mort. Le dieu du curé, c'est celui de la lumière et du soleil; elle est la déesse de la nuit et de l'ombre. Contrairement à l'autre, c'est le vice et le mal qui lui plaisent.

—Faudrait faire le mal pour elle?

—Enerve-toé pas! Le mal, le mal, c'est rien de grave.

—C'est pas ce qu'on nous apprend.

—Des fois je te trouve poisson: croire tout ce qu'on te dit, à l'école ou ailleurs!

—Mais... c'est nous deux qu'avons fait la statue!

—D'accord, c'est nous qu'avons fait la statue, mais moi je pense que c'est la déesse qui nous a trouvés; même qu'a pourrait nous avoir fait venir de Montréal pour qu'on l'invente.

—C'est impossible.

—T'en doutes? Tu oses douter de la déesse de la nuit?

Robert regarda craintivement l'idole d'argile. Une goutte de sang dessinait un sourire luisant à sa bouche et du lait noir perlait au bout d'un sein.

—Non, j'doute pas.

Des doigts effleurèrent les cheveux du garçon, comme pour une caresse d'approbation. Il engonça le cou et eut peur. Sa main hésitante toucha une racine qui avait percé la coupole et fleurissait les ramures de ses radicelles blanchâtres.

Ils récitèrent de nouvelles prières. Puis Rémi lança au dehors le cadavre de la grenouille qui tremblotait encore dans la mourance des nerfs inconscients. Les garçons décidèrent de creuser d'autres niches à la base de la coupole afin d'y entreposer les provisions qu'ils avaient apportées, profitant du temps où ils étaient seuls à la maison : bougies, allumettes, couteau et boîtes de conserve. Ce travail d'excavation leur donna l'idée de décorer le repaire. Robert contemplait l'image de Mme Martel qu'il avait déjà exécutée et il eut envie d'une vaste fresque qui le dépeindrait, lui Robert, faisant l'amour avec Carmen Martel dans toutes les positions imaginables. Il se mit à l'oeuvre, gravant à la pointe du couteau, donnant ici et là du volume grâce à de petites boulettes d'argile qu'il mouillait de salive avant de les étendre.

— C'est magnifique, approuva Rémi en admirant le plafond.

Lui aussi décida d'imprimer ses fantasmes. Il représenta la cérémonie de la veille. Lui, grand prêtre, jetait au feu un serpent gigantesque qui se tordait et s'enroulait ; Robert à genoux tenait à bout de bras la statue de la déesse ; tout autour, dansaient des monstres cornus aux dents acérées, ainsi que des démons au pénis fourchu comme leurs pieds. Le garçon cisela ensuite toutes les images qui lui traversaient l'esprit : des esquisses d'organes et de membres, des débuts de scènes érotiques. Il représenta également Diane, étendue par terre, écartelée et ligotée ; avec l'épine qui lui servait de burin, il perfora le corps de la fille à plusieurs reprises et finalement la laissa fichée sous un sein, là où devrait battre le coeur. Une goutte d'humidité suintait et coulait le long de l'arme meurtrière. A droite de la niche de la déesse, là où la paroi courbe s'approchait de la verticale, il sculpta en relief le corps qu'il imaginait à Sonia. Il prit grand soin de respecter les proportions, d'exécuter de belles lignes sans bavures. Et il réussit à faire un corps qui donnait envie. Mais, ce n'était pas sa cousine qu'il représentait, aussi omit-il de dessiner une tête. Il attendrait de connaître le visage de la princesse.

Les parents revinrent tout joyeux de Val-d'Or. Enfin la mère avait pu sortir, oublier le rang et le paysage sauvage. Ils avaient passé devant la maison où ils vivraient bientôt. Ce déménagement l'emballait. Ravoir l'eau courante, l'électricité, la radio, la télévision, des voisins et le téléphone. Ah ! Retrouver la civilisation et oublier, tel un mauvais rêve, les derniers mois. Cette pensée la ferait vivre tout le reste de l'été, transformerait même ces semaines en une sorte de vacances, comme si on était à un chalet ou une maison de campagne.

Rémi se coucha très tôt, les paupières lourdes et brûlantes. Durant tout le souper il avait fait des efforts pour rester éveillé, pour ne pas montrer une fatigue qui serait incompréhensible pour les parents. Il ne songeait qu'à s'étendre, à laisser chaque muscle s'endormir, à sentir son corps soutenu par autre chose que sa force. Dormir profondément, sans rêve, satisfait de soi-même. Depuis la mort de l'orignal le sommeil avait été rare et tellement d'événements s'étaient bousculés dans le temps. Avant de perdre conscience il parvint à se relever et à gagner la fenêtre pour voir le château de la princesse s'enfoncer dans la nuit. La maison était vide encore et elle le resterait certainement jusqu'à ce que l'odeur de l'intrus disparaisse. Alors la princesse et sa cour secrète réintégreraient la demeure. Dès qu'il serait certain de son retour, Rémi irait la rencontrer.

Un engoulevent passa en lançant ses « bois-pourris ».

Les jours et les semaines se succédèrent. Pour Robert et Rémi, grâce au rêve et à la nuit, les limites du rang disparurent et il se dilata jusqu'à devenir un univers complet. La distance s'évanouissait et les quêtes des Chevaliers avaient une durée impossible à mesurer, peut-être une seconde ou toute une nuit. Un pas et les garçons étaient à l'autre bout du rang ; trois heures de course et ils n'avaient pas fini d'explorer dix épinettes.

Le château de la princesse se reprit à vivre un peu plus de ses craquements, de ses plaintes, de ses mystères. Rémi résistait à la tentation, teintée d'émoi et de peur, d'investir ce lieu sacré. Il n'était pas prêt, s'imaginait que d'autres épreuves devaient d'abord l'affiner, comme un métal que le feu et le travail débarrassent des scories. L'été s'étirait en des journées torrides, alors que les criquets se désâmaient dans le foin, d'interminables journées qui coinçaient la nuit dans un étau. Epais de pollen, l'air devenait visible. La lumière poudrait ses paillettes, tout le paysage vibrait sous la rude caresse solaire, et les horizons se troublaient. Dans la chaleur, le monde s'arrondissait, mou comme un fruit blet. Le faîte des épinettes s'épointait, les herbes englués demeuraient immobiles, un oiseau essayait de chanter, lançait deux notes et se taisait, déjà épuisé. Pourtant, il n'était pas encore midi.

Il y eut des orages brefs et violents que la terre d'argile n'absorbait pas. La mousse saturée dégorgeait, l'eau suintait, se regroupait en filets qui ciselaient des filigranes dans la poussière, confluaient pour devenir ru labourant le sable, ruisselet minant le gravier, torrent creusant un canyon. Moraines, eskers, méandres limoneux, baies sableuses, plaines alluviales, deltas, toute une géographie en raccourci à travers laquelle le fleuve de boue charroyait des herbes chevelues aux deux extrémités et roulait des cailloux déjà arrondis avant de plonger dans le vide pour s'écraser dans l'eau brouillée du Ruisseau-Maudit. Ce dernier s'enflait de centaines d'apports semblables, et, en crue, remplissait le tuyau sous la route, refluait, formant un lac qui menaçait de déborder et de tout emporter. Le soleil venait avec le vent et pompait goulûment cette humidité. Le soleil, on aurait dit un papillon vorace sur une fleur. Le vent jouait à l'abeille et bourdonnait sur les talus que le ruissellement avait cannelés. Les grandes pluies avaient lavé l'herbe de sa poussière, nettoyé les feuilles et l'air; durant plusieurs jours le monde était renouvelé, avec des odeurs vierges et fortes.

Puis c'étaient des jours durant lesquels la bruine alternait avec une pluie lente et glaciale. L'été semblait n'être plus qu'un souvenir, toute la campagne abitibienne devenant terne et morne comme à l'automne. Ces jours-là, Mme Simard se trouvait loin de Montréal, et la maisonnée se ressentait de son humeur maussade. Il fallait rester encabané à s'inventer des jeux qui tournaient court et c'est vers la fenêtre que les garçons revenaient en fin de compte. N'y tenant plus, ils sortaient et, sous de rigides imperméables, partaient à travers les champs où leurs pas faisaient gicler des gouttes. Malgré les hautes bottes, malgré la toile cirée, ils étaient vite trempés et frissonnaient.

Par beau temps, les garçons se mettaient en chasse le soir venu. Ils devinrent des créatures de l'ombre, apprenant à trouver leur route sans l'aide des yeux, développant un autre sens, un radar de chauve-souris, une ouïe qui palpait au loin autant le mystère que les choses concrètes. Ils surent se diriger à l'aide de l'étoile polaire et estimer l'heure d'après la position de la Grande Ourse presque figée dans sa pirouette céleste. Grâce à un livre que leur donna Blanche, un vieux livre raccorni qui fleurait le moisi, un livre aux illustrations malhabiles et pâlottes, les garçons connurent le nom des choses et des bêtes. Ils purent nommer les plantes, différencier le martinet de l'hirondelle des sables, identifier le grand-duc qui survolait la route au crépuscule et ne pas le confondre avec la chouette épervière qui avait son nid dans un arbre du brûlé. L'oiseau dont le Ruisseau-Maudit était le domaine s'appelait chouette rayée ; celui qui nichait dans l'herbe, près du peuplier-monstre abattu par Rémi, un hibou des marais. On le voyait souvent le matin, dans l'air au-dessus de la colline barbue de mil, qui jetait un dernier coup d'oeil au monde avant de se retirer. Il engueulait le faucon crécelle que rouissait la lumière naissante. Ces fleurs d'un rose phosphorescent devenaient des rhododendrons du Canada, celles près du lac aux barbottes, des sarracénies pourpres. En nommant chaque chose et chaque animal, on en devenait maître, on les possédait presque. C'était grisant et les garçons occupaient une bonne partie de leur temps à inventorier le monde. Le livre reproduisait les constellations. Les étoiles n'étaient plus de simples points semés au hasard ; des lignes les reliaient entre elles selon un agencement savant pour créer des bêtes fabuleuses. Pégase, Dauphin, Chien, Serpent, Lion, Taureau, le livre peuplait le firmament d'une faune que l'oeil seul n'aurait pu découvrir. Et cela plut à Rémi, confirmant certains soupçons qu'il avait. Rien n'était simple, même ce qui le semblait. Les garçons répétaient à haute voix le nom des étoiles, mots pleins de musique: Véga, Arcturus, Déneb, Aldébaran, Cassiopée. Cependant, le livre ignorait plusieurs des habitants de l'ombre, ces bêtes innommables qu'on devinait à leurs bruits ou qu'on entrevoyait parfois, formes fuyantes et blafardes.

La nuit donne la peur. Il suffit, pour le savoir, d'entendre une seule fois, à l'aurore, la folie des oiseaux qui, heureux d'avoir survécu, clament leur vie au soleil. Mais la nuit était le lot des chevaliers et la peur marchait avec eux, pas encore amie, à peine apprivoisée. Souvent ils couraient la campagne et ne rentraient qu'au matin, chassés par la lumière. Ils prirent ainsi possession de tout le pays, en connurent les recoins, surent où coulait le moindre ruisseau, où les cèdres, rares à cette latitude, croissaient en bosquets odorants et ménageaient des demeures secrètes sous leurs branches ; surent aussi en quel lieu le merisier cachait l'odeur de menthe poivrée de sa sève. Ils connurent l'air devenu poisseux de mouches noires, et la chanson lancinante des maringouins, et la piqûre cuisante des brûlots. Il y eut des expéditions avortées à cause des insectes. Cela ne fit que rendre plus agréables les nuits à la brume fraîche alors que les moustiques engourdis cédaient l'air aux halètements des arbres et à ceux des garçons heureux de pouvoir enfin s'ébrouer en toute quiétude.

Leurs courses les menaient parfois très loin du rang, dépassé même la ligne des lots, distante d'un mille. Au-delà, c'était encore et toujours la forêt. Les noirs chicots d'un brûlé, s'alignant en formations serrées ou en rangs hérissés d'armes diverses, barraient le passage. Les chevaliers chargeaient, le bâton à la main et, au cours de combats épiques, abattaient plusieurs ennemis, se retrouvaient toujours vainqueurs. Le moindre événement, un arbre tors, un buisson à la forme bizarre, tout devenait le point de départ d'interminables aventures. Robert et Rémi s'enivraient de la liberté que la nuit leur procurait, malgré les menaces imaginaires et le danger réel des roches coupantes et des branches pointues.

Les chevaliers surveillaient volontiers les humains. Ils aimaient faire peur à Méo et à Blanche ou simplement se cacher et les regarder se faire peur, se quereller, s'enivrer, s'entredéchirer, se battre et finalement tomber dans les bras l'un de l'autre. Non, Méo tomber dans les bras de Blanche, sombrer dans le gouffre de cette chair tout en plis, replis et boursouflures, être absorbé par cette masse écrasante qui tantôt criait des obscénités, tantôt pleurait des mots tendres, tout aussi dérisoires.

La maison des Martel attirait Robert avec une force magnétique, spécialement quand le camion rouge n'était pas dans la cour. Souvent, sur la corde pendait le linge de Carmen, culottes bordées de dentelle, soutiens-gorge qui gardaient la forme des seins, jupons polis par le frottement. Robert posait sa joue contre ces étoffes. Dans l'odeur de lessive humide devaient subsister des effluves de femme pour lui seul perceptibles, car, le nez en l'air, il respirait profondément et devenait comme un animal en rut. Un soulier imprimé dans la boue séchée au bas de l'escalier : ses doigts en exploraient les contours, et dans sa tête explosaient des images qui accéléraient le rythme de son sang. Un rayon de lumière filtrait sous le store, le garçon accourait comme un papillon se précipite à la flamme. Il regardait avec voracité, à s'arracher les yeux ; un corps libre dans la jaquette, la forme d'un pied ou d'une épaule, et il en avait pour tout le jour suivant à rêver. Parfois la vision fugace d'un corps dénudé récompensait ses attentes. Alors, les sens en feu, Robert s'enfuyait en grinçant des dents et disparaissait entre les arbres.

Godbout se donnait en spectacle et chaque fois Robert et Rémi se tordaient de rire derrière l'écran de la vitre. Les imprécations fusaient, les malédictions emplissaient la cuisine, les menaces et les injures pleuvaient. Godbout s'agitait et empoignait le vide dans ses mains crispées. La vue de cet homme prisonnier de ses contradictions devenait vite monotone, navrante même et, chaque fois, les garçons repartaient pleins de rancoeur, peinés de voir tant d'énergies gaspillées en vain. Godbout parlait d'une croisade qu'il allait entreprendre contre Ricard, une guerre sainte pour délivrer le peuple de Saint-Gérard et le conduire au vrai Berger, chasser ce traître à la solde des Anglais et du pouvoir. Les chevaliers se sentaient attirés par cette noble cause, mais ils redoutaient Godbout, et surtout ne croyaient ni en sa clairvoyance, ni en sa persévérance. Il n'aurait jamais que des projets. « Comme Ricard », se disait Rémi.

De l'autre côté de la route, le pays de Maudit-Treupe bruissait de tous ses arbres à feuilles, domaine interdit. Pourtant, ce n'était pas la dérisoire frontière de la clôture de perches, ni les aboiements du chien devenu ami, qui arrêtaient les garçons. Plutôt une puissance occulte, opposée à celle de la nuit. L'étrangeté de l'air parfumé, le rayonnement du lampion près des rameaux bénits? Ou simplement l'aisance morale et la richesse matérielle? Le domaine de Maudit-Treupe avec ses bestiaux gras et sa continuité contrastait tellement avec le reste du rang abitibien, terres pauvres qui avaient vu défiler plusieurs propriétaires successifs. Toujours est-il qu'au pays de Maudit-Treupe les chevaliers perdaient leurs pouvoirs. C'était donc en plein jour, garçons bien ordinaires, que Rémi et Robert allaient dans la maison de bois fleurie se faire gâter par la vieille femme et se faire expliquer les secrets des animaux, des accouplements, des naissances et des morts par Maudit-Treupe. Il parlait avec plaisir, sinon avec aisance, et racontait l'histoire de chaque maison: qui l'avait construite, pourquoi les occupants étaient partis, qui les avaient remplacés. Il énumérait les malheurs qui s'étaient abattus presque partout et Rémi comprenait pourquoi il y avait tellement peu de défrichés. Querelles, brouilles, pauvreté, famine, incendies, suicide, mort suspecte et, surtout, paralysie qui suit la fin de l'espoir. Ricard avait peut-être raison quand il parlait d'un rang maudit.

Quand les lumières s'éteignaient, parfois même avant, s'il n'y avait plus rien d'intéressant à voir, les garçons filaient vers le repaire. Le cheminement sur la route obscure leur fournissait l'occasion d'échanger leurs impressions et de se questionner sur les agissements des adultes. Puis, dans le secret de la caverne aux parois couvertes de gravures, des cultes s'inventaient comme au début de l'humanité quand tout était encore à apprendre. La Vierge noire se faisait complice de leurs ébats, écoutait sans broncher les obscénités blasphématoires. Le doux parfum du mal, que ses chevaliers confessaient avoir commis pour elle, flottait, plus capiteux que tous les encens des églises.

Durant ces semaines, il y eut des veillées consacrées aux cartes, tantôt chez Simard ou chez Martel, le plus souvent dans la maison de Réginald. Ces soirées avaient lieu le samedi et le dimanche, c'était entendu sans jamais avoir été fixé. Et parfois, le hasard des événements, ou une intuition partagée par plusieurs, les réunissait en semaine autour d'une table où l'on battait les cartes. C'était la seule distraction que les adultes pouvaient trouver dans le rang et aucun n'aurait manqué ces fêtes. Les cartes étaient plus qu'un jeu, une passion presque, une lutte âpre où chacun essayait de racheter les échecs de son quotidien, de compenser les frustrations subies dans la vie. On pouvait jouer fort, prendre des risques effrayants, tout remettre en cause sur un coup, perdre avec la grâce d'un grand seigneur ou gagner avec un sentiment de puissance. « Timoré dans la vie, fanfaron aux cartes. » Réginal avait dit cela de Méo, sans soupçonner que les mots s'appliquaient à lui-même autant qu'à tous les autres. En observant les adultes qui gardaient leurs cartes par-devers eux, comme des objets précieux, en les voyant ne penser à rien d'autre, Rémi se disait que ces soirées n'étaient pas de vraies rencontres. On ne venait pas pour se voir et se parler, mais pour tenter de vaincre l'adversaire. Un jeu ces cartes ? Mais, avec quelle ardeur on s'y adonnait ! Jusqu'à oublier tout le reste et ne plus avoir conscience de la présence des autres. Le garçon en conclut que la seule rencontre véritable fut cette fête de nuit lorsqu'on tua l'orignal.

Robert et Rémi couraient eux aussi ces veillées bien qu'on ne leur offrît jamais de se joindre aux parties et qu'ils n'en eussent pas la moindre envie. Ils savaient que malgré les défenses préalables des parents, à cause de l'ambiance et du laisser-aller, on finirait bien par leur donner un verre de vin ou d'alcool et qu'ensuite ils réussiraient sans trop de difficulté à en reprendre discrètement. Le tout était de ne pas montrer son véritable état. Dans la pièce enfumée, les garçons se tenaient à l'affût des femmes, des parfums et de la chaleur qui montaient d'elles. Les yeux faussement innocents ne manquaient aucune vision, même fugitive, des charmes féminins : la ligne d'ombre dans l'échancrure d'un corsage, la lueur d'une cuisse au-dessus d'un bas, les jambes aux contours doux ou plus simplement le tissu qui épouse la forme d'un sein, ondule sur une hanche, se cambre sur une fesse. Et d'autres choses plus subtiles, qu'un goût qui se raffine par l'habitude en vient à apprécier : la glissade de la lumière sur la rondeur de l'oeil, une langue rapidement passée sur une lèvre rouge, le duvet velouteux que le fard rend visible sur la joue, le croulement des cheveux sur la nuque, le geste arrondi d'un bras et les jeux des lampes qui projettent sur le mur une ombre mamelue ou une silhouette callipyge. Il n'en fallait pas plus pour faire cavaler des esprits déjà embrumés par les vapeurs d'alcool.

Un lundi, il y eut pour Rémi et Robert un voyage à Amos. Avec leur père ils se rendirent à l'école des frères maristes pour procéder à l'inscription et, dès les formalités terminées, le père s'en fut au travail. Les garçons devraient attendre jusqu'au soir. Voyant qu'ils allaient s'ennuyer, le père donna à chacun un dollar en leur conseillant de se promener par la ville et de dîner au restaurant tout en n'oubliant pas d'être de retour pour six heures. Ils marchèrent longtemps, parlant peu, pensant tristement à l'école, au déménagement. Il y avait les quartiers anciens d'Amos, avec de vieilles maisons en planches. C'était là que grouillait la vie, autour des restaurants, magasins et hôtels. Derrière la cathédrale, c'était le coin des écoles, pensionnats et séminaire. A l'extrémité opposée de la ville, il y avait de belles demeures avec gazons, arbres et fleurs ; puis des rangées de maisons plus modestes, à deux étages et à plusieurs logements. Ensuite, c'étaient les champs, la route de Val-d'Or, la colline avec son cimetière. La voie ferrée par laquelle on était arrivé au pays nouveau.

Ils trouvèrent la maison où ils emménageraient bientôt, examinèrent les ressources du voisinage, épièrent les gens et les enfants afin de les jauger, mesurèrent le trajet jusqu'à l'école. C'était vraiment une petite ville. Il n'y avait même pas de ruelles où organiser des jeux loin des regards des adultes. Septembre. Ce mot menaçait les rêves de Rémi. Pour Robert, rebelle à l'étude et à la discipline, il évoquait un cauchemar.

Vers deux heures, dans un ancien autobus transformé en restaurant, ils achetèrent des hot-dogs, des frites et de l'orangeade. Pour manger, ils s'installèrent près de la rivière sur une espèce de quai. A droite, le pont des automobiles et à gauche celui des trains, tout en fer ; en face, de l'autre côté de l'eau brune et cirée, après un parc-promenade désolé, des maisons échelaient le flanc d'une longue colline.

Rémi sentait le besoin de faire le point car cette visite l'avait déconcerté. Robert gardait le silence. Lui aussi devait être en peine. Cette ville, qui évoquait leur vie à Pointe-aux-Trembles, sans en offrir les avantages, était tellement éloignée du rang aux épinettes. Cessant d'être de tout-puissants chevaliers ils redeviendraient des garçons ordinaires. Même pas. Ils étaient changés, ayant connu la liberté, apprivoisé la nuit et les épinettes. Transplantée ici, la chevalerie n'aurait plus de sens. Pourtant, la nuit leur avait fait tellement de promesses. Des mirages? Des idées en l'air? Des fadaises inspirées par la solitude et l'éloignement? Et ces Dames qu'ils voulaient conquérir et posséder? Le temps! Le temps qui manquait, le temps qui menaçait de tout briser. Les semaines passaient et le château restait inviolable, Carmen toujours aussi inaccessible. Il fallait un événement pour provoquer le changement.

Comme s'il avait les mêmes pensées, Robert dit d'une voix rauque:

— C'est triste.

— Bien triste.

— Faudrait réagir, Rémi.

— Oui. Mais avant, guetter un signe.

— Quoi?

— J'sais pas. Une chose en apparence insignifiante. On s'est endormi. Se réveiller, être attentif. Tiens, à soir on va lire dans les étoiles.

Durant plusieurs nuits consécutives les garçons se tinrent à l'espère, mais aucun message ne leur parvint. Rémi s'adossait aux planches de la maison hantée, collait son oreille au mur et attendait. Il ne surprenait que la vie du bois et des vieilles choses abandonnées. Il n'osait y pénétrer, surtout qu'au fond de lui il redoutait de n'y rien trouver. Souvent aussi, il s'installait sur le toit du hangar, les yeux tournés vers le ciel. Il n'y avait plus que le ciel, la terre s'effaçait. Le firmament cessait d'être une voûte. Rémi prenait tout à coup conscience de la profondeur de l'espace, de l'éloignement relatif de chaque point de lumière et il se sentait sur une petite planète en voyage. Même le vent était cosmique. Parfois, la lune montait et bousculait de petits nuages ridés. La peau du ciel devenait le flanc palpitant d'un immense cheval. Les sabots piétinaient les arbres, la nuit écumait.

Le temps passait, le soleil raccourcissait sa course vers le zénith et la nuit s'allongeait d'autant, grignotant les jours par les deux bouts. Tout allait rapidement vers septembre. Hier: le foin pelucheux, plein de bourre, la folle avoine aux épis barbeux, la fléole souple, les graines chevelues. Tous ces plumets agités donnaient des chairs de poule aux champs; la graine attirait l'oiseau et l'oiseau prêtait une voix aux prés. Les tiges ployaient quand les pinsons, chardonnerets et carouges s'y accrochaient, gros fruits que l'oeil jouissait à regarder. Août. Le poids de l'air laisse partout son empreinte, un rond comme la couche d'un orignal gigantesque, et le foin écrasé ayant perdu sa souplesse ne se relève plus. Un matin au goût d'automne : est-ce le vent ou l'herbe mourante qui devient rêche et produit ce bruit de lime ?

Réginald ne réussissait pas à dresser son bel étalon, malgré toutes les heures qu'il consacrait à cette tâche. L'homme et la bête, aussi têtus l'un que l'autre, se butaient. Rien n'y fit, ni la douceur, ni les cris, ni les coups. Le rêve de bûchage rentable sur le lot s'évanouit. Mais Réginald ne fut pas désemparé plus de quelques heures. Il avait un don pour retomber sur ses pattes comme un chat, inventer de nouveaux rêves, et par des mots les rendre plus vrais que la réalité. C'est ainsi qu'il avait attiré les Simard et Roméo dans ce rang perdu. Il décida donc de vendre son étalon qui n'était pas complètement payé et de « faire la piastre » en s'associant avec Martel pour camionner du bois de pulpe. Arrangements furent pris avec une compagnie forestière. Ils commenceraient dans la première semaine de septembre. Et Martel, qui avait toujours eu de la difficulté à payer les mensualités de son camion, fut persuadé qu'avant Noël il serait à l'aise, sinon riche.

C'est Maudit-Treupe qui, au rabais, acheta l'étalon noir. Tout le rang fut là le jour où il prit possession de la bête. On voulait voir comment le petit homme s'en tirerait avec l'animal fougueux que la force de Réginald n'avait su mâter. C'était un samedi matin frileux, éclaboussé d'une lumière de miel et de lait. En sortant dehors, Simard avait dit : « Ça sent la chasse à matin. » Et à dix heures on frissonnait encore, surtout qu'on était dans la baisseur où stagnait la fraîche.

Maudit-Treupe pénètre seul dans le bâtiment. Il a refusé toute aide. Dehors, Réginald, les Martel, parents et enfants, Méo et Blanche, Rémi, Robert et leur père, tout le rang presque, écoutent les bruits venus de l'écurie. Renâclements et piaffements de l'étalon ; pas de cris, pas d'injures de la part de l'homme, rien qu'un murmure monotone. On attend avec impatience, un éclat de voix, une plainte ou, pourquoi pas, un appel à l'aide.

Réginald sourit. Il a touché l'argent et ne reviendra pas sur le marché. Il est certain que l'acheteur (oh, il l'a prévenu !) ne parviendra pas à dresser le cheval. Pourtant, voici Maudit-Treupe qui paraît dans l'encadrement de la porte, descend la marche. Au bout du licol, le cheval noir suit dans une brume d'odeurs, souffle un nuage par ses naseaux tremblotants, tend le mufle vers les gens, hume. Un sabot gratte le bois du seuil, la tête encense et de grandes vagues de nervosité parcourent le pelage. Il hennit et refuse d'avancer. Prudemment chacun recule, même Réginald qui sourit encore plus. Si l'étalon prend le mors aux dents, son nouveau maître flottera comme un chiffon au bout de la longe. Le petit homme fait face au cheval, s'en approche, le saisit par le nez, lui parle tout bas jusqu'à ce qu'il se calme. L'assistance fait des oh! et des ah! Réginald perd son sourire. Et quand Maudit-Treupe se met en marche, il n'a pas à tirer sur le licol, l'animal avance de lui-même. On s'émerveille: l'homme parlerait-il cheval? Ils gravissent la pente, les curieux à distance respectueuse des sabots.

Quand il arrive en haut, Rémi voit Diane qui a observé la scène. Elle a son regard narquois auquel il répond par des yeux haineux. Ne pouvant supporter la confrontation bien longtemps, il ramène son attention au cheval qui suit docilement. Diane marche derrière Rémi et sifflote une vague chansonnette afin qu'il sache bien qu'elle le talonne. Il rage. Ah! si elle était un garçon, comme il frapperait dessus avec plaisir. Maintenant il comprend l'amour de Robert pour la bagarre. Comment se venge-t-on d'une fille méchante comme Diane? Elle est tout près, il l'entend respirer dans son dos. Elle lui marche même sur les talons, essayant de le faire trébucher. Une teigne! Alors, il force et pète bruyamment. Le sifflement s'arrête et la fille se laisse distancer. Rémi entend Robert qui ricane à son côté.

Les cailloux sonnent sous les fers des sabots: le cheval s'est mis à danser sur place. Du champ derrière les bâtiments de Maudit-Treupe, vient un long hennissement. L'étalon frémit et répond d'une voix sauvage. Le maître essaie de le calmer, y parvient à moitié. Le cheval se remet en marche en giguant. Son arrière-train se balance et ses pattes avant pataclafent. On dirait qu'il flotte sur la poussière qu'il soulève. Jamais il n'a paru aussi beau, ni aussi fort. Réginald se rembrunit et autour, on chuchote que Maudit-Treupe a un don avec les bêtes. Robert accoste son frère et murmure:

— Qu'est-ce qu'elle te veut la petite christ?

— J'sais pas, mais est tannante. Une vraie gale-de-picotte.

— Maudis-y une claque.

— Ben, c'est une fille.

— Niaiseux!

— Son père est là. Le nôtre aussi.

— Attends ton occasion pis manque-la pas. Occupe-toi pas que ça soye une fille.

Les deux chevaux ne cessent de s'appeler, de se répondre et malgré toute sa science, Maudit-Treupe a peine à freiner l'étalon qui voudrait galoper.

— Ah ben maudit! Pour moé sa jument est en chaleur.

Réginald qui s'est exclamé ainsi regrette maintenant sa vente. Son cheval n'était pas vilain et paraissait vaillant même. Peut-être qu'il ne savait s'y prendre. A voir faire Maudit-Treupe, cela semble si facile. Il aurait dû garder ce cheval: même indomptable et indompté il aurait rapporté. Réginald aurait pu le louer pour saillir des juments. « Mettons vingt piastres la fois, y aurait eu un petit profit à faire. C'est plein de colons aux alentours qui auraient pas demandé mieux que de payer pour utiliser un tel géniteur. Encore une occasion manquée! »

La procession entre dans la cour. L'appel des bêtes est devenu une interminable plainte. Dans le pré encore luisant de rosée, la grosse jument musclée par d'innombrables labours saute avec l'agilité d'un veau. Elle n'a plus son allure lourdaude et placide, on voit rire ses dents jaunes et la terre sonne comme un tambour sous ses larges sabots. Quelqu'un se précipite pour ouvrir la barrière et Maudit-Treupe saute de côté en lâchant la laisse. L'étalon se cabre puis s'élance au galop. Il accroche au passage un piquet qui craque et le voilà dans le regain. Il ne pense pas à manger, rien qu'à courir ventre à terre en hurlant son désir. Les mottes volent derrière lui. Il arrive près de la femelle. Ils se dressent sur leurs pattes arrière, entrechoquent leurs sabots, retombent d'aplomb, se sentent. Il la mord à la nuque et elle détale vers les arbres. Ils se poursuivent longtemps autour du champ, dans les arbustes, sautant les fossés avec grâce. Le mâle répond par des sons lugubres et gutturaux aux invites plaintives de la femelle.

Rémi est fasciné. Tout le monde est fasciné, même Réginald. Maudit-Treupe rayonne et les invite tous à entrer pour fêter. A la fenêtre, sa femme fait signe d'approcher. On s'éparpille dans la vaste cuisine et, tandis que son mari sert des liqueurs, la vieille apporte le café sur la table qu'elle a déjà garnie de galettes, de tartes et de gâteaux. Les garçons espèrent bien qu'une bouteille de vin sera débouchée. Ils doivent se contenter de café d'orge frais torréfié et se consolent en s'empiffrant de galettes.

On demande à Maudit-Treupe ce qu'il compte faire du cheval.

— Rien.
— L'atteler?
— Non.

—Faire de l'élevage? Le louer pour servir des juments? demande Réginald avec inquiétude.

—Non. Maudit treupe! juste le regarder. Beau cheval. *Vojdelennaia strast.*

Personne ne comprend ce désir de posséder le bel étalon noir, s'il ne compte pas l'utiliser. Surtout qu'il faudra bien le nourrir. Un cheval qui ne gagne pas son avoine n'est bon que pour les renards. La vieille pose la main sur l'épaule de son mari et il la lui tapote doucement.

—Maudit treupe! pus besoin travailler moé. Enfants élevés, placés, du foin, du bois, du manger en masse. Rien à faire. Maudit treupe! Rien à vouloir. Beaucoup travaillé icitte (il montre ses mains), maudit treupe, terre pas riche. Vécu, élevé enfants, vieux astheure. Terre se reposer, Maudit-Treupe se reposer. Assire dans balançoire avec femme, regarder beau cheval noir, regarder poulain; ça, reposer Maudit-Treupe.

Il hoche la tête en souriant. Rémi sent qu'il comprend: la passion pour le beau dont parlait Ricard. Réginald retrousse le coin de sa bouche, aspire l'air qui siffle entre la langue et les dents. Il va parler.

—C'est vrai que c'est de la terre pauvre par icitte.

—Et le climat! renchérit Martel d'un air entendu.

—Etre patient icitte, dit Maudit-Treupe. Ben des années, ben travail, avant de rapporter. Avant on pouvait. Pus astheure, achète tout, cher, maudit treupe! avant, tout faire, pouvoir attendre terre rapporte. Pus astheure. Quand j'ai vu vous arriver, non maudit treupe, j'ai dit ma femme, pas marcher. D'autres avant; partis. Peut pus vivre sur lot; faut travailler dehors, gagner argent, cultiver pareil, élever, défricher, labourer. Après du temps, peut vivre avec terre et pas riche.

—C'est vrai ce que vous dites, conclut Martel. Mais l'idée m'est passée de faire ça. J'reste ici parce que ça coûte pas cher. J'ai mon truck pour vivre; mon lot, j'le cultiverai jamais.

—Moé non plus, ajoute Réginald.

Rémi voit que son père garde la tête basse et ne dit rien. Lui aussi, le premier peut-être, s'est rendu à l'évidence. Déjà il travaille en ville, bientôt il déménagera. Un beau rêve s'est évanoui et il restera toute sa vie à la merci des humeurs des patrons. Rémi comprend. Lui aussi a des rêves qui menacent de s'échiffer au contact de la vie. Se pourrait-il qu'il soit si près de son père, si semblable à lui? Tout d'un coup, Rémi découvre que le piédestal sur lequel il avait juché son père s'est effondré depuis un moment déjà sans qu'il y paraisse. Le garçon se trouve devant un fait accompli. Son père se révèle un homme avec des limites et des faiblesses, et Rémi l'aime toujours, peut-être même plus qu'avant.

Rémi sortit et Robert le suivit. Dehors, la musique des chevaux en amour emplissait l'air. Afin d'apercevoir les bêtes, les garçons contournèrent l'étable et allèrent à la clôture près du tas de fumier. Diane y était. Elle n'était pas entrée dans la maison; elle restait à observer les chevaux. Elle était si absorbée qu'elle ne remarqua pas la présence de Robert et de Rémi. Au bout du champ, l'étalon saillait la femelle.

Robert fit sursauter Diane :

— T'aimerais ça être à leur place, hein ?

Elle sourit en haussant les épaules. Robert hennit comme un cheval. La fille railla.

— Toi un étalon ? Si t'es comme ton frère...

Rémi se sentait bouillir de rage :

— Ça te prendrait un boeuf, parce que t'es plutôt le genre vache.

— Ha! Ha! Tu peux me crier des noms, Rémi, ça change rien à l'affaire : t'es un pas bon.

Rémi l'attrapa par un bras qu'il serra et tordit. Elle conservait son air arrogant.

— Tu veux jouer à l'homme fort ? Vas-y, gêne-toé pas. J'ai hâte de voir jusqu'où t'as le courage d'aller.

— Arrêtez! dit Robert. Voilà le curé.

C'était bien la petite voiture blanche de Ricard qui venait en traînant un panache démesuré.

— Je me demande où il va, fit Rémi. Y continue, y arrête pas.

— Peut-être chez Méo, suggéra Robert.

— Peut-être chez vous, ajouta Diane.

Elle se mit à rire. Rémi lui lâcha le bras.

— Oui, il s'en va chez vous. J'suis sûre qu'il aura des choses à dire à votre mère. Vous allez y goûter tous les deux. Ha! Ha! Ha!

— Quoi? Comment? s'étonna Robert.

— Qu'est-ce que t'as manigancé encore, petite morveuse ?

— Ah! je le dis pas. Vous verrez.

Les deux garçons s'avancèrent vers elle, menaçants.

— Tu vas parler.

Juste à ce moment, des voix sortaient de la maison. La fille se sentit en sécurité et reprit son air triomphant. Robert vit rouge, sauta sur elle, la ceintura, la souleva de terre et la jeta à côté du tas de fumier, où avait suinté une mare de purin malodorant. Elle tomba en plein dedans et resta assise, toute éclaboussée et tachée. Elle les regardait sans crier, sans se plaindre, les yeux remplis de haine. Robert partit en riant tout bas. Rémi resta là, penaud, à ne savoir que faire.

—Va-t'en, épais. Ça te tente de venir me rejoindre? Oh! T'as de la peine pour moi? Ça me fait rien d'être dans le fumier. Regarde, je souris. J'suis déjà vengée. Le fumier, c'est rien à côté de ce qui vous attend.

Elle lui tira la langue. Robert appelait, Rémi courut le rejoindre. Il était intrigué par l'attitude stoïque de la fille, surtout terrorisé par ses menaces. Qu'avait-elle pu bien inventer? Et qu'est-ce que le curé venait faire dans cette histoire?

Leur père s'attarda chez Réginald. Rémi restait dehors à penser. Tant de choses qu'on pouvait leur reprocher à Robert et à lui! Pourtant, personne n'était au courant. Les aurait-elle surpris dans leurs activités? Elle les aurait espionnés, en pleine nuit? C'était bien improbable. Seuls par ici, les chevaliers osaient braver l'obscurité sans une lampe ou un fanal. Elle ne savait rien. Elle avait dû inventer.

Quoi? Elle semblait si sûre de sa vengeance. A moins qu'elle n'ait bluffé. Elle passait sur la route, le vit, releva la tête et se mit à siffler. Ce qu'elle était sale! La robe jaune, noircie de la taille aux genoux, le corsage moucheté de taches, ses mains et ses jambes brunes, elle allait d'un pas décidé et s'arrêta dans la cour au bas des marches. Elle se tourna vers Rémi, et lui envoya la main. Puis, elle se mit à pleurer et à appeler «maman, maman», d'une voix plaintive. Mme Martel arriva en trombe et resta interloquée:

—Qui t'a fait ça?

—Personne, sniff, j'ai tombé dans le fumier. J'étais allée voir le cheval.

—Rentre pas, tu pues et tu dégouttes. Reste ici, je reviens.

Rémi détestait la fille, mais il ne pouvait qu'admirer son courage et son cran. Elle n'était pas une plaignarde et ses histoires, elle les réglait toute seule. Il aurait été facile de dénoncer Robert, mais c'était trop simple au goût de la fille. Elle se vengerait elle-même. C'est vrai d'ailleurs qu'elle s'estimait déjà vengée. Et Rémi se reprit à étudier toutes les éventualités sans trouver rien de probable.

Sur le chemin du retour ils croisèrent le curé qui les salua d'un geste. C'est avec crainte que les garçons revenaient chez eux. Ils se seraient volontiers attardés chez le cousin pour gagner un peu de temps. Rien ne se produisit au cours des premières minutes. Leur mère avait son air habituel. Il y eut bien un moment où les parents s'isolèrent dans leur chambre pour discuter mais rien ne filtra du conciliabule. Les garçons auraient pu se croire tirés d'affaire, mais Rémi sentait qu'il se tramait un drame ou une chose du genre. C'est ce qu'il expliqua à Robert, et ils se tinrent loin de la maison durant tout l'après-midi. Le temps passait et la menace s'estompait. Robert doutait des intuitions de son frère : Diane leur avait monté un bateau. Après tout, les parents avaient mille raisons de se retirer pour discuter, et le curé n'était peut-être venu ici que pour une visite de politesse, ou pour voir Rémi, ou encore pour une raison si banale qu'ils ne pouvaient la deviner. Robert n'était pas loin de se croire hors de danger.

Autour de la table du souper régnait une certaine tension. Rémi courbait le dos, s'attendant à tout moment à une douche verbale. Au lieu de l'orage attendu, il n'y eut qu'une phrase anodine dite par le père.

— Monsieur le curé voudrait vous voir tous les deux à la sacristie avant la messe de onze heures demain.

— On ira, se hâta de répondre Rémi.

— Comme le curé n'a pas beaucoup de temps de libre entre la messe de dix heures et celle de onze, faudrait que vous soyez pas en retard. J'irai vous conduire.

— Pas nécessaire, dit Robert. On partira de bonne heure pour être en avance.

— Non, non. On ira en auto.

Rémi n'insista pas de peur de faire naître prématurément quelque malheur encore en gestation. Robert prenait la chose trop à la légère au gré de son frère. Ils en discutaient dans leur chambre où ils s'étaient réfugiés pour échapper aux regards attristés de leur mère et ne plus voir l'air abattu du père.

— Tu t'énerves pour rien, Rémi. A te croire, il y aurait toujours des menaces dans l'air, des choses du genre. Tu rêves trop.

— Pis toé, tu penses pas assez. As-tu vu l'air de nos parents ?

— Qu'est-ce que tu veux qu'y sache sur nous le curé ?

— Ce que Diane lui a dit.

— Ce qu'elle a inventé.

— C'est pareil.

— Quand c'est pas vrai, c'est plus facile de se défendre. Tout ce que Ricard peut nous reprocher, c'est de pas aller à la messe.

— Y aurait remarqué ?

— Si y te trouve de son goût, Rémi, ça se peut ben.

— C'est pas le temps de faire des farces.

— Moé j'suis sûr qu'y va encore parler de ses projets, nous demander de l'aider. Ça doit être une niaiserie comme ça. Tu te fais des montagnes avec des riens. Moé je l'aiderai pas. J'suis pas une poire, je me laisserai pas exploiter, y me fera pas travailler comme un nègre pour rien. Godbout a raison des fois. Mais si c'est rapport qu'on va pas à messe qu'y veut nous voir, qu'est-ce qu'on fait, Rémi ? Nos parents seraient pas contents de savoir.

— On nie. On jure tous les deux qu'on est toujours allé, que c'est lui qui nous a pas vus. On jure sur l'Evangile si y faut. Y vont nous croire.

— Sur l'Evangile ! Tu y penses pas ?

— Bah, c'est un livre ! La religion de Ricard, c'est pas la nôtre, ça nous regarde pas.

Il est onze heures moins le quart quand le père les débarque à côté de l'église, et il ne repart que lorsqu'ils sont entrés. Le curé les conduit à la sacristie et commence à se préparer pour la messe. Robert contemple la maquette avec intérêt.

— Touche pas à ça ! Va t'asseoir.

Le curé les dévisage longtemps en silence tandis qu'il attache son aube.

— Vous devinez pourquoi je vous ai fait venir ?

— Non.

— On dit : non, monsieur le curé.

— Oui, monsieur le curé.

— Puisqu'il faut vous mettre les points sur les i... une âme charitable, prenant à coeur votre salut, m'a appris que vous ne fréquentiez pas l'église, n'assistiez pas à la sainte messe. Donc, vous viviez loin des sacrements.

— Une âme charitable ! s'exclame Robert. Une rapporteuse, oui.

— Tais-toi. Ne fais pas étalage de ton mauvais esprit devant moi et n'essaie pas de te défendre en accusant les autres. Je disais que cette personne...

— On la connaît « cette personne » comme vous dites. Bon, pis après ?

— Malheureux ! Tu n'es donc pas conscient de la portée de tes actions et de tes paroles ? Pauvres petits, si innocents encore.

— Pis on veut le rester, dit Rémi d'une voix peu assurée.

Il lui faut faire bonne figure devant son frère, crâner un peu.

—Et vous êtes agressifs envers moi, le prêtre, le représentant de Dieu!

—Il n'y a pas que votre dieu, insinue Rémi.

Le curé Ricard bondit, s'étouffant de rage. Un bouton de son col se détache. Le prêtre cogne du poing contre la maquette dont les arbustes et les haies volent jusque sur le plancher. Il hurle presque:

—Je crois en Dieu, le Père tout-puissant, créateur du ciel et de la terre, en Jésus-Christ, son fils unique...

Il ne peut aller plus loin, l'émotion lui enlevant la voix. Il se ressaisit, son visage convulsé retrouve sa couleur habituelle puis blêmit pour devenir livide.

—Pauvres petits, le mal est encore plus grand que je ne croyais. Je ne vous en veux pas, je sais bien qui parle par vos lèvres. Mais, n'ayez crainte: je vous sauverai, je vous exorciserai, je rachèterai vos péchés au sacrifice de ma vie s'il le faut. J'ai toujours voulu être un martyr, je rêvais des premiers temps de l'église alors qu'on mourait pour ne pas abjurer sa foi, qu'on marchait au sacrifice en chantant. Je suis un faible, bien peu digne de son idéal; mais le martyre, je le souffrirai s'il le faut. Père, approchez de mes lèvres ce calice. Je n'hésiterai pas.

Ricard s'avance vers eux, les mains jointes, les yeux fixes. Il parle d'une voix exaltée.

—Mes enfants, grâce à vous, grâce aux malheurs qui vous frappent, je me réveille. J'étais endormi dans cette cure trop facile, je rêvais de conduire sans histoire mon troupeau vers le Père en lui faisant construire du matériel. Vous êtes un signe que m'envoie le Seigneur: le siècle des croisades, c'est maintenant! Je vais vous sauver tous les deux d'abord, puis ensuite je reconvertirai les autres; les légions célestes m'assisteront, ce sera une guerre sainte. Je serai sans pitié, et avec les irréductibles, appliquerai le crois ou meurs.

Ricard est tout près des garçons et ses yeux exorbités, son air hagard les épeurent. Robert se lève, mais ne peut s'éloigner, acculé qu'il est au mur. Le curé se calme un peu.

—Ne craignez rien, je m'excite, mais c'est simplement parce que pour la première fois je vois clairement la mission qui m'est confiée, et cela est exaltant. Je suis votre ami. Je vais redonner la pureté à vos petites âmes, qu'elles soient aussi belles que vos petits corps. Priez avec moi, renoncez à Satan, à ses oeuvres et à ses pompes.

—On le connaît pas votre Satan, proteste Robert. On veut rien savoir.

—Tais-toi, je sais le bien et le mal, vous allez écouter. Je reconnais sa voix dans ta voix ; je connais l'origine du mal qui vous possède. C'est Godbout. C'est là que vous alliez le dimanche au lieu d'assister au saint sacrifice. Le damné vous a contaminés avec ses paroles fausses et ensorcelantes.

—Pas vrai ! affirme Rémi.

—Je sais, on m'a dit.

—Ouais ! ricane Robert. Celle qui vous a dit a tout inventé.

—Vous veniez à la messe ?

—Non, reconnaît le garçon.

—Alors, le reste est vrai aussi.

—Non.

—Suffit ! Le temps presse. Je vois bien sa mauvaise influence sur vous. C'est lui qui a enseigné le mal à vos coeurs sans défense, lui qui vous a détournés de votre Sainte Mère l'Eglise. Comment pourrait-il en être autrement ? Ah ! quel malheur ! Je vois ses grosses mains sacrilèges sur vos corps chastes. L'infâme ! Tout ce qu'il a dû vous faire subir. Ça me déchire de l'imaginer. Je vois des scènes indicibles. Oh ! quelle misère !

Ricard rouvre les yeux qu'il avait fermés pour mieux imaginer. Ses mains tremblent.

—On a jamais parlé à Godbout.

—C'est pas vrai, Robert, tu mens sans même t'en rendre compte. Tu es possédé ! Un autre parle par ta bouche. Je ne t'en veux pas. Seul Godbout a pu vous détourner ainsi de Dieu.

Ricard se prend la tête à deux mains et tombe à genoux.

—Ah ! l'ampleur de la tâche qui m'attend ! Seigneur, viens à mon aide.

Le prêtre se recueille, les yeux levés au ciel, et il reste un long moment comme en extase. Robert et Rémi se regardent d'un air ébahi. Un fou ! Ou bien il est saoul. Fuir. Mais l'homme coupe la route du dehors. Il faudrait prendre par l'autre côté, par l'église où l'on entend déjà le bruit que font les fidèles qui s'installent. Rémi se sent embarqué dans une histoire invraisemblable. Tout ça est absurde ! Ricard se relève enfin et semble redevenu normal. Il poursuit son habillage.

—Mes enfants, mes pauvres petits, Dieu m'assistera. J'ai déjà parlé à votre mère, lui ai fait comprendre la gravité de la situation. Je ne vous cacherai pas que votre conduite l'a atterrée, lui a brisé le coeur et l'a fait pleurer. Elle m'a demandé de vous sauver. J'ai promis et je vais le faire contre votre gré si nécessaire. On va repartir à zéro, vous allez marcher au catéchisme comme en ancien temps ; chaque jour vous viendrez ici pour que je vous instruise dans la seule vraie religion, celle du vrai Dieu unique. Avec moi, vous allez retrouver la Foi!

Il les regarde avec des yeux émerveillés, emballé qu'il est par le travail à faire. C'est autrement plus difficile, en même temps que plus profitable spirituellement, que l'embellissement des abords de l'église. Rémi fait une moue dépitée à son frère. Celui-ci, sans peser les conséquences de son geste, se fiant à son instict, à son désir tout-puissant de préserver sa liberté, baisse sa fermeture éclair et sort son pénis.

— Envoyez, commencez à me sauver.

Ricard devient vert, s'éloigne sans pouvoir dire un mot et s'appuie sur la table. Il va s'écrouler, avoir une crise ou une attaque de quelque maladie rare au nom prestigieux. On frappe à la porte, Robert se hâte de refermer sa braguette. Un garçon entre; c'est le jeune contremaître qui fait aussi office de servant de messe.

— Je viens me préparer pour la messe, monsieur le curé. Monsieur le curé? Etes-vous malade?

— Non... ça va déjà mieux.

— Faut se dépêcher, monsieur le curé, on va être en retard pour dire notre messe.

Ricard s'adresse aux Simard:

— Allez vous asseoir dans le choeur. Et restez-y jusqu'à la fin de la messe, sinon, votre père le saura.

Ils sortirent sans hâte sous les regards pleins de curiosité du jeune servant qui boutonnait sa soutane. Ils prirent place le long du mur, sur le côté de l'autel, dévisagés par des dizaines de paires d'yeux. La nef était presque pleine, Rémi évitait de regarder la foule. Plus frondeur, Robert toisait chaque personne à tour de rôle, jusqu'à ce qu'elle baisse les yeux ou détourne la tête. Il n'y eut qu'une fille dans la deuxième rangée, Diane, pour résister à la confrontation. Ses lèvres pincées dissimulaient mal une esquisse de sourire. Robert poussa son frère du coude et souffla:

— La vache est là, elle s'amuse.

— Petite christ!

— Attends que j'y mette la main dessus, ça sera pas beau.

— Chut, pas si fort.

— Rémi! Qu'est-ce qu'on va faire, qu'est-ce qui va arriver?

— On en reparlera. Ferme-toi, on nous regarde.

Le curé fait son entrée et les fidèles se lèvent. En passant il s'assure que les garçons sont bien dans le choeur, puis il commence les rites habituels. Rémi tient son regard posé sur le côté de l'autel. A sa droite, masse informe, bouge une bête multicéphale. Il ne peut l'oublier. La foule s'agite, tousse, racle le sol, fait mille bruits non identifiables. Rémi cherche en vain un moyen de se dépêtrer de cette situation. Il règle ses mouvements sur ceux de la bête sans même s'en rendre compte, comme un automate : il s'assoit, s'agenouille, ses lèvres marmonnent des mots latins qu'il ne comprend pas. Puis Ricard monte en chaire et sa voix qui tonne électrise l'assistance. Même Rémi est secoué de sa torpeur. C'est tout un sermon que donne le curé, pas tant par les mots, que par le ton et la voix, tantôt brisée par l'émotion, tantôt tremblante de colère. On ne peut rester indifférent. On s'émeut, on se sent soulevé d'enthousiasme ou écrasé par la culpabilité, on partage la colère, on se croit appelé à une noble tâche, et finalement on a envie d'applaudir ou de pleurer doucement sur son misérable sort. Trémolos, envolées, pauses bien calculées, effets ménagés en bonne place, Ricard devient un grand prédicateur.

— ...oui, mon coeur saigne aujourd'hui. Mes frères, mes bien chers frères, le Mal s'est installé parmi nous. (Le servant regarde Rémi et Robert, imité par une partie des fidèles.) Le Mal, je dis bien. Pas le péché que nous commettons tous, péché grave, mais que Dieu dans son infinie bonté nous pardonne facilement comprenant que nous sommes faibles, péché que l'absolution peut effacer. Il ne s'agit pas ici de cette sorte de péché, mais bien de l'abomination, de ce mal terrible et blasphématoire inspiré directement par Belzébuth, ce mal qui nie jusqu'à la divinité et la toute-puissance de Dieu, qui nie l'Eglise du Christ. (Dans la nef il y a des expressions outrées et d'autres, presque incrédules. A nouveau des fidèles regardent les garçons dans le choeur.) Et ce mal, mes biens chers frères, ce mal est contagieux !

Ricard a presque crié. Il s'interrompt pour laisser se calmer ceux qui ont sursauté, et durant ce temps les échos multiples s'éteignent progressivement.

— Ce mal est contagieux et risque de contaminer tout le village, comme une gangrène. Ce mal, qui vient de Satan, nous arrive par une seule personne, un ancien fidèle de notre paroisse tombé sous l'emprise du Malin. Ce mal se communique à d'autres ! Déjà de jeunes âmes ont trébuché. (Cette fois, toute l'assistance se tourne vers les garçons. Rémi s'assoit et ainsi, Robert qui reste debout, bien droit, le cache aux yeux des curieux.) Ce sont les premières victimes, continue le curé, demain il y en aura d'autres, vos enfants, vous-même peut-être. L'hérésie nous guette tous! On n'appelle pas le diable « le Malin » pour rien : il sait s'y prendre, connaît les paroles qui trompent, les discours qui endorment. N'est-il pas le Tentateur, celui-là même qui a essayé de faire succomber Notre-Seigneur Jésus-Christ?

Encore une fois, une pause permet aux paroles de bien faire leur chemin dans les esprits.

— Il faut amputer ce membre malade, mais avant, tenter une dernière fois de le soigner. J'ai besoin de votre aide à vous tous, de vos prières, de votre assistance ; offrez le saint sacrifice afin que nous triomphions sans peine. Plutôt que de continuer cette homélie (je sais que vous avez tous compris l'urgence de notre situation), nous allons ensemble dire une dizaine de chapelet, implorant la sainte mère de Dieu de faire de nous de vaillants soldats du Christ. A genoux. Je vous salue Marie...

On répond avec ferveur. Puis le prêtre poursuit la célébration. A la communion, Robert, en signe de défi, s'avance. Ricard passe sans lui donner d'hostie. La messe se termine. Rémi n'en peut plus et il lui tarde de s'enfuir aussi vite que le permettront ses jambes molles. Mais avant l'*Ite missa est*, le curé reprend la parole :

— Les quêtes de dimanche dernier ont rapporté trente-trois dollars et quarante-six sous. Ne sortez pas tout de suite après la messe : une procession partira d'ici pour se rendre chez Godbout, afin de prier pour son salut et l'exhorter à rentrer dans le droit chemin. Cette procession derrière l'ostensoir, c'est pour vous l'occasion d'affirmer votre foi, de la tremper et en même temps de montrer au Malin qu'il trouvera forte opposition. Je veux y voir tout le monde.

Il y eut quelques remous au bas du perron avant que l'ordre de marche soit établi. Les gens s'écartaient de Robert et de Rémi comme de pestiférés. Le curé les plaça donc lui-même en avant du défilé, bien en vue. On traversa le village. Devant, allait l'enfant de choeur. La dentelle de son surplis battait au vent et il balançait l'encensoir où, par souci d'économie, on n'avait pas allumé l'encens. Puis, un marguillier, celui qui avait fait la quête, portait un crucifix juché au bout d'une hampe. Venaient ensuite le curé, avec l'ostensoir dont les branches dorées rayonnaient, un autre marguillier avec le bénitier et le goupillon, et enfin Robert et Rémi qui ne marchaient pas en cadence. Suivaient, à peu de distance, les fidèles dont le nombre grandissait, des gens sortant de leur maison par curiosité et se joignant au cortège, le plus souvent par désoeuvrement. Plus on s'éloignait de la tête de la procession, moins l'attitude des marcheurs était recueillie. En queue, on trouvait les jeunesses qui fumaient discrètement et plaisantaient à voix basse. Des prières et des chants couvraient par moments le bruit des pas sur le gravier. Une voiture s'arrêta, les occupants se mirent à genoux dans la poussière, non sans avoir étalé un mouchoir pour protéger le bel habit. Ils se signèrent au passage de l'hostie et ne se remirent en route qu'après, quand se furent éloignés les enfants qui couraient et jouaient à la tague-malade derrière les adultes en prière.

On fit étape à la croix du chemin juste au début du rang et on y récita un chapelet entier. Ricard jubilait. « Une grande cause, se disait-il, les regrouper autour d'une grande cause.» Et le défilé se remit en marche. Sur son perron, Godbout se berçait en regardant venir la bête. C'était bien une bête qui approchait, avec sa tête pointue sur un long cou, son corps ondulant, et sa queue de jeunes enfants qui battait. La surprise de l'homme se changea rapidement en amusement. C'était trop drôle de voir ces imbéciles s'exténuer dans la poussière qu'ils soulevaient et suer sous un soleil implacable. Mais quand il vit le curé et ses suivants s'arrêter devant sa maison, Godbout perdit son sourire et bondit sur ses pieds. Il brandissait le poing. Ricard éleva l'ostensoir et les fidèles inclinèrent respectueusement la tête. Godbout cracha par terre : un frémissement secoua les gens et des cris fusèrent spontanément, venant surtout des jeunesses.

— Témoin de Jéhovah !

— Païen !

— Faut lui casser la gueule.

— C'est ça, à mort !

Ricard se tourna vers sa suite :

— Non, non, il ne faut pas lui en vouloir. Il est inconscient. Prions plutôt pour le salut de son âme, pour qu'il se rappelle son baptême, sa confirmation. Je vous salue Marie, pleine de grâces...

Sans broncher Godbout les écouta réciter une dizaine d'Avé. Dans sa cuisine, Mme Maudit-Treupe, à genoux, priait en tremblant. Quand le silence revint après l'amen, Godbout se mit à rire aussi fort qu'il pouvait. Ricard cria :

— Repens-toi.

— Repens-toi toi-même.

— Regarde l'hostie, le corps du Sauveur. Tombe à genoux, pleure et implore. Dans sa miséricorde infinie, Dieu...

— Arrête, le cave ! Penses-tu que Dieu, le seul vrai Dieu, Jéhovah, rit pas de tes simagrées ? Regarde-toé, attriqué comme un sorcier nègre. Et vous autres, pauvres niaiseux, vous voyez pas que cet imposteur se moque de vous ? Il tète votre argent, il vous exploite et vous le suivez comme des moutons. Réveillez-vous !

—N'écoutez pas la voix du démon, hurla Ricard. Priez. Chantez avec moi pour écraser ses blasphèmes. « Victoire, tu régneras, O croix, tu nous sauveras. Victoire... »

Les fidèles entonnèrent le cantique à la suite du curé et Godbout eut beau s'égosiller jusqu'à gonfler les veines de son cou, personne ne l'entendit. En rageant, il disparut dans la cuisine. Donnant l'ostensoir à l'enfant de choeur qui le prit avec respect, Ricard s'arma du goupillon et du bénitier et se mit en devoir d'asperger la clôture en débitant des paroles en latin. Il poussa la barrière et s'avança de quelques pieds, sanctifiant le terrain devant lui à grands coups de goupillon. La porte de la maison s'ouvrit : un seul cri étouffé traversa la foule qui, à l'unisson, recula d'un pas. Le curé s'immobilisa, le bras en l'air. L'eau bénite ruisselait entre ses doigts et coulait dans sa manche. Godbout brandissait un fusil ! Il cria pour bien se faire entendre, mais parler aurait suffi tant le silence était total.

—Arrière ! Arrière ! C'est un terrain privé. Le premier qui marche dessus, curé ou pas, je le descends. J'vas vous reconduire chez vous à coups de pieds au cul, bande de caves.

Le premier moment de stupeur passé, les hommes sur la route commençaient à s'agiter. Ils avaient des yeux pleins de haine et de colère. Ricard ne bronchait pas. Godbout leva l'arme et tira un coup en l'air. Le bruit terrible de la détonation fut suivi de celui des plombs qui retombaient en grêle sur le toit de la grange de Maudit-Treupe. L'homme semblait décidé et rechargea. La foule recula en murmurant. On avait le nombre pour soi, mais il n'y avait aucune concertation possible et chacun se sentait impuissant. Des gens frôlaient la clôture de Maudit-Treupe et le chien noir, dents au clair, gronda, ce qui ne fit qu'accroître la confusion. Le fusil promena son oeil borgne sur la foule qui reflua. Le bras armé du goupillon s'abaissa et Ricard, en trois pas prudents, retourna sur le chemin. Godbout tira un autre coup, juste au-dessus des gens. Il y eut des cris, un début de panique et plusieurs détalèrent vers le village. Le corps informe de la procession s'éloigna en désordre. Face à la maison, il ne restait plus que le curé, Rémi et Robert.

—Venez, mes enfants, dit doucement le curé.

Ils ne répondirent pas et restèrent sur place.

—Crisse ton camp, sale curé ! hurla Godbout.

—Je vais aller prier pour toi. Ton impiété te conduira au crime.

— Va-t'en avec tes suiveux, maudit serin.

— Tu seras damné, Godbout, toi qui refuses le salut.

La foule s'est arrêtée à peu de distance pour attendre le prêtre, par curiosité aussi, et elle s'écarte pour lui laisser prendre la tête. Les deux garçons demeurent sur la route, bras ballants. Robert ramasse un caillou et le lance de toutes ses forces vers les villageois. Au même moment, Godbout tire une autre fois en l'air.

Une voix braille :

— Je suis blessé à la tête, je saigne. Il m'a tiré, je vais mourir.

Il y a un remous dans la masse et les rangs se reforment. On soutient le blessé, et la retraite commence. Malgré les exhortations du curé, on chante et prie avec moins d'entrain à cause du revers essuyé, à cause surtout des milles qu'on a encore à parcourir dans la poussière et la chaleur.

Rémi lâche un long soupir. Godbout se tourne vers les garçons, le fusil pointé.

— Venez ici, vous autres.

Robert saisit une roche et menace de son bras ainsi armé. Godbout sourit.

— Venez.

— Non, répond sèchement Robert.

— Mon petit christ, m'a te descendre, rugit l'homme.

Il a l'air méchant. Les minutes s'écoulent et rien ne se produit. L'homme se radoucit.

— Venez, j'vous ferai pas de mal.

Il baisse le fusil. Les garçons se consultent du regard. Robert jette son caillou et ils s'avancent dans l'allée. Godbout les précède dans la maison et accroche derrière la porte l'arme encore chargée. Ils connaissent déjà la cuisine pour l'avoir maintes fois observée de la fenêtre mais sont quand même surpris par l'odeur, faite d'un mélange de fumée de tabac et de boucane de poêle à bois, et le bruit : de la poussière et du sable crissent sous la semelle.

L'homme s'assoit dans sa berçante et, sans attendre d'invitation, les garçons s'installent : Robert sur le banc près de la table, Rémi sur une marche de l'escalier, pas trop loin de la porte de sortie.

—Qu'est-ce que vous faisiez dans la procession ?

Rémi se dit qu'il vaut mieux être dans les bonnes grâces de Godbout.

—On était là contre notre volonté, de force.

—Comment ça, de force ?

—Parce qu'on allait pas à la messe, répond Robert.

—Le curé l'a dit à nos parents, ajoute Rémi. Pis il a décidé de nous convertir.

—L'écoeurant, bandit à soutane !

—Est-ce que je pourrais avoir de l'eau ? demande Rémi.

—Vas-y. La pompe est là.

Le garçon actionne le levier, et l'eau coule avec une odeur de soufre. Il a tellement soif qu'il ne fait pas attention à la propreté douteuse du gobelet.

—Quand je pense que Ricard force le monde à croire à sa fausse religion. Laissez-vous pas faire, les enfants.

—On sait se défendre, crâne Robert.

—Oui, mais vous savez pas tout le temps contre quoi vous défendre. Croyez pas tout ce qu'on vous dit. Tout le monde ment par intérêt. Tout le monde va vous conter des menteries pour profiter de vous autres. Tiens, regardez combien y a de religions dans le monde, des centaines. Je le sais, j'ai lu et j'ai mon radio à ondes courtes. Je sais ce qui se passe partout. Tout le monde invente une religion pour attraper des poissons. Pourtant, la seule religion, c'est le service de Jéhovah.

—Ricard aussi prétend que son Dieu est le vrai, risque timidement Rémi.

Il regrette ses mots, car Godbout bondit de sa chaise. Mais ce n'est pas vers le garçon qu'il se dirige, plutôt vers la tablette où repose sa bible. Il la montre.

—C'est écrit dans la Bible : Jéhovah. Même les catholiques approuvent ce livre, mais ils lui font dire ce qu'ils veulent et, en plus, ils s'inventent des simagrées de païens.

Godbout se rassoit, le livre sur ses cuisses.

—Moi je vais vous dire pourquoi Ricard veut vous convertir. Pour vous exploiter, comme il exploite les autres. Parce que, les petits gars, y a deux sortes de monde sur la terre : les loups et les moutons. Les loups réfléchissent, croient pas tout ce qu'on leur dit, pensent pas les autres meilleurs qu'eux. Ils se laissent pas exploiter, les loups. Les moutons, c'est ceux qui gobent tout, les poires, qui ont peur de risquer, qu'on mène par le bout du nez. T'as pas grand choix dans vie, t'es un loup ou un mouton. Le jeune, qu'est-ce que tu penses que je suis moi ?

—Un loup, se hâte de répondre Rémi.

Godbout paraît enchanté de la réponse.

—T'as raison, j'suis un loup. Et toi. Ton cousin à côté, qu'est-ce que c'est ?

—Un loup, lance Robert à tout hasard.

—Non, tu te trompes. Parce qu'y parle fort et sacre, parce qu'y est grand et a de gros bras ? C'est pas ça qui fait les loups. Dans le fond, ton cousin y croit ce qu'on lui dit, y se laisse manger la laine sur le dos, y plie, on le dirige. Ricard, lui c'est un loup, pis pas n'importe quel loup, un qui a mal tourné, un à qui sa force a chaviré la tête. Y est devenu un exploiteur. Y vit aux dépens du village, un beau troupeau de moutons. Ce monde-là, ça a peur de tout, du curé, de l'évêque, d'la Colonisation, des mesureurs de bois, des jobbeurs de chantiers, ça a peur du marchand, des Anglais, de tous ceux qui parlent fort. Aïe ! tu peux pas savoir comment sont naïfs : un peddleur a vendu trente sets de vaisselle en plastique l'an passé à Saint-Gérard, et personne en avait besoin !

—Moé, j'veux pas être un mouton, dit Robert.

—T'as raison, mon petit gars. Mais faut apprendre. Apprendre ! C'est le secret. Moé, j'ai fait deux ans au petit séminaire, j'connais le latin et l'histoire, c'est pour ça que Ricard a peur de moi. Parce que je suis instruit. On essaie de nous garder dans l'ignorance. C'est le meilleur moyen d'empêcher quelqu'un de devenir un loup. Ah ! on lui apprend des choses, mais des choses inutiles, des choses fausses. Les professeurs, les curés, les frères, tout le monde vont toujours vous cacher la vérité ; y se tiennent ensemble, y se protègent entre loups. Toi, à table, connais-tu la Corée ?

—J'ai jamais entendu parler d'elle.

—C'est pas une femme, c'est un pays. Y a quelques années, tu devrais t'en souvenir, y a eu une guerre là ; des Canadiens sont allés se faire tuer. Vous en avez pas entendu parler ? Vous êtes pas les seuls ; au village, à part le curé, y en a pas un hostie qui le sait. Tu vas me dire que ça change rien à leur vie, mais c'est rien qu'un exemple que je te donne. C'est pareil pour tout. Ça vote bleu, ça vote rouge, sans savoir pourquoi ; ça vote pour le loup qui leur a conté les plus belles menteries. Vous pouvez pas imaginer à quel point ça va mal dans le monde. Y a des guerres dont on entend pas parler, des gens qui meurent de faim et de maladie par milliers. On le sait pas. Moé, c'est mon radio qui m'apprend tout ça. J'écoute les nouvelles à Montréal, à Paris, à Londres, à Washington et même à Rome. C'est sûr que ceux-là aussi mentent tous, seulement pas de la même façon, et quand je fais la moyenne, j'suis près de la vérité. Savez-vous qu'y a des enfants qui ont la famine ?

— Oui, répond Rémi, je donne à la Sainte-Enfance.

— Ha ! Ha ! Est bonne celle-là. Ha ! Ha ! Est trop drôle. Mon pauvre petit, y ont changé de pape ça fait pas un an, aïe, toute une fête ! J'ai écouté ça à Radio-Vatican, si tu veux savoir. Ben cette orgie, c'est avec ton argent pis celle des autres caves qu'y l'ont payée. Tes petits Chinois y ont pas vu tes trente sous. La fin du monde est proche, et personne le sait.

— La fin du monde ! s'exclame Rémi qui se donne un air intéressé pour ne pas déplaire à Godbout.

— Oui, la fin du monde ! Les Russes, y en aura pas un de sauvé de cette race abominable, même ceux d'en face, les Russes ont lancé des spouteniques. Un spoutenique ! Une boule dans le ciel ; pis y parlent d'envoyer un jour un homme. Mais y auront pas le temps. L'homme s'est échappé de la terre que Dieu lui avait donnée en lot. Leur spoutenique, c'est l'ange à la trompette ; ça annonce la fin, on va tous se retrouver dans la vallée de Josaphat dans pas grand temps. Là, on va trier l'ivraie du bon grain. Jéhovah va sauver ses quelques justes, pis le reste, à la géhenne, au feu !

— Comme ça, c'est pour bientôt ? demande Rémi avec des yeux agrandis.

— Oui, très bientôt. Si vous voulez, les garçons, vous pouvez avoir une chance d'être sauvés. Allez plus à l'église et venez me voir souvent, je vais vous instruire dans la religion véritable, vous faire connaître le dieu de justice, Jéhovah.

— On reviendra sûrement, dit Robert.

— Oui, renchérit Rémi. Je veux être sauvé. Mais pour tout de suite, faut qu'on y aille.

— C'est ça, allez. Mais revenez, je vous sauverai.

De la route, ils aperçurent Maudit-Treupe qui revenait de la grange. Ils lui envoyèrent la main, mais il sembla ne pas les voir. Ils allaient à pas traînants car le soleil était au plus grand de sa force.

— Penses-tu que Maudit-Treupe nous en veut d'être allés chez Godbout ?

— J'sais pas, Robert. Peut-être. Ha ! Ha ! Godbout, un loup qu'a les dents branlantes.

— Ha ! Ça c'est vrai. Aïe ! c'est la deuxième fois aujourd'hui qu'on veut nous sauver.

—Parle pas de ça, Robert, j'essayais d'oublier.

Diane assise sur le perron, son plus jeune frère dans les bras, regardait venir les garçons. Quand ils furent plus près, elle leur tira la langue. Robert avait envie de lui faire un mauvais parti et Rémi dut le raisonner. Ce ne fut pas tellement difficile, car se mettre Carmen Martel à dos était la dernière chose que souhaitait Robert.

—Ah! y a pas à dire, vous aviez l'air fin en avant dans l'église. Vous feriez de beaux curés!

Ils continuent sans répliquer et quand ils sont à l'abri des regards, au milieu des arbres, Rémi quitte la route, s'effondre sur la mousse. Robert reste debout et casse nerveusement le bout des branchages. Rémi est en proie au désarroi. Certes, il est débarrassé de l'emprise de Ricard et de la présence de cette foule hostile, mais le répit risque d'être seulement momentané. Le curé reviendra à la charge. Il a beau jeu. Les parents sont de son bord. Les parents! Il y songe maintenant, il faudra les affronter tantôt. Des questions, des remontrances, des supplications, des sermons. Ça viendra de la mère, le père se contentant d'approuver de la tête. Rémi essaie de faire dévier le cours de ses pensées car une phrase de Godbout remonte de sa mémoire. Les loups, les moutons... son père est un mouton. Il s'en veut d'avoir pareilles réflexions. C'est comme s'il insultait son père. Pour se changer les idées, il se demande comment se sortir du pétrin où Diane les a fourrés. L'événement le dépasse par son ampleur et il n'entrevoit aucune solution. Il faut réagir. Mouton, fils de mouton? Mouton de père en fils? Non, non.

Robert est d'humeur combative et souffre de n'avoir pu décharger son trop-plein d'agressivité. Pour se libérer, faute d'une bonne bataille, il se fait une provision de pierres et bombarde un sapineau jusqu'à ce qu'il soit en pièces. Il s'assoit à côté de son frère.

—Te laisse pas aller. Faut se battre.

Rémi hausse les épaules.

—Je te le dis, Rémi, se battre.

—Contre quoi? Comment? On va retourner à la maison, qu'est-ce qui va arriver à ton avis?

—Ça sera pas drôle, c'est vrai. A moins... à moins, Rémi, que tu trouves quelque chose. Je comptais sur toi pour avoir une bonne idée.

—J'sus pas capable de penser.

—On va marcher lentement, énerve-toé pas. Pendant ce temps-là, pense, trouve une solution.

—T'es bon toi! « Trouve une solution ».

—Ecoute, on est des loups tous les deux, pas des suiveux. J'veux le rester.

Ils vont en silence, Robert laissant Rémi à ses réflexions. Il fait de plus en plus chaud, la terre craquelle comme un gâteau qui cuit. La route s'étire, désolée telle une piste en plein désert. Pourtant la vie foisonne dans les arbrisseaux et les fossés. L'ombre est épaisse sous les épinettes, mais on l'oublie car la chaleur sur le gravier efface tout le reste. N'existent plus que la poussière, les cailloux brûlants et les vapeurs qui inventent des mirages suspendus dans l'air, des plans d'eau qui reculent à mesure qu'on avance. Rémi rêve d'une route sinueuse qui chemine parfois sous des ramures, parfois s'enroule à demi autour d'un rocher, une route où chaque détour promet des surprises, ménage des échappées sur des paysages renouvelés. Au lieu de cela, le rang est rectiligne, comme tiré au cordeau, et les arbres, à peine plus gras que des poteaux téléphoniques, y créent une interminable perspective dont rien ne rompt la monotonie, une distance à user le courage, une distance telle que le moindre rayon du soleil abitibien peut à loisir frapper d'aplomb et imiter la fournaise saharienne.

—Je l'ai! s'exclame Rémi.

—Une idée pour nous en sortir?

—Oui. Notre moyen c'est d'attaquer, comme tu m'expliquais qu'y faut faire dans les batailles de rue. On va accuser le curé. Pas se défendre, accuser. Nos parents vont nous croire si on dit tous les deux pareil et qu'on a l'air vrais. Faudra acter, jouer les innocents, pleurer si nécessaire.

Quand ils arrivent à la maison le repas est terminé depuis longtemps. On a attendu un moment leur retour, puis supposé qu'ils dînaient au presbytère. Les parents parlent de choses et d'autres, évitent d'aborder le sujet qui leur tient à coeur. Ils sont mal à l'aise. Rémi juge le moment opportun.

—Va jouer dehors, Françoise, j'irai te rejoindre.

La mère comprend et tend les bras à l'enfant.

—Non, on va aller faire un beau dodo, hein Françoise, on s'endort après le dîner?

—Oui, maman. Ma poupée!

180

La mère revient au bout de quelques instants.

—Vous avez mangé?

—Non.

—Non? Bon, assisez-vous.

Elle leur sert des pommes de terre à peine tièdes et du rôti dont la graisse est figée. Le père reprend du thé mais ne s'attable pas et s'éloigne plutôt vers une fenêtre qui donne sur la route. Rémi parle d'une voix qu'il veut contrite.

—C'est vrai qu'on allait pas à messe le dimanche.

—Vous savez... commence la mère.

Rémi continue sans lui laisser le temps de parler.

—Mais on avait une bonne raison, maman. La fois qu'on est allé travailler pour le curé, il nous a fait entrer dans la sacristie, puis là... là, à Robert pis à moi, il nous a fait... des mauvais touchers.

Robert, la bouche pleine, lève vers ses parents des yeux agrandis par l'émotion et fait des signes de tête affirmatifs. Son jeune visage respire la franchise et l'honnêteté. Il ne craint pas de dévisager son père, ni de soutenir le regard ahuri de sa mère. Rémi poursuit en cherchant des accents enfantins.

—Nous on n'a pas voulu, on s'est débattu, on a dit qu'on vous le dirait... Alors le curé s'est fâché, il nous a fait des menaces... il a dit qu'il ferait venir la police... il a dit qu'on perdrait notre lot... on s'est sauvé et on vous a rien dit, pour pas qu'il fasse du tort à notre famille.

La gorge nouée de sanglots, Rémi s'interrompt un moment. Le silence pèse. Il reprend.

—On savait qu'il faut pas fréquenter les mauvais compagnons, mais lui c'est le curé. Alors, on a plus été à la messe, parce qu'on avait peur qu'il nous attrape après, on avait peur de ce qu'il pouvait nous faire.

Rémi est tellement dans la peau de son personnage qu'il se met à pleurer. Robert prend la relève.

—Aujourd'hui il nous parlait et on avait peur. Il se préparait à dire la messe, il mettait le linge d'église. Il m'a poussé dans un coin, j'ai lutté mais il est fort, puis là, il... il m'a touché.

La mère ouvre la bouche sur un oh! qu'elle ravale. Le père compte les feuilles de thé au fond de sa tasse.

—J'y ai dit d'arrêter, continue Robert, que c'était péché. Là, il a ri, il a dit qu'on devrait aller chaque jour le voir au presbytère parce qu'il vous avait dit qu'on allait écouter Godbout, le témoin de Jéhovah, et que vous vouliez qu'il nous sauve du péché. Il riait. Il a dit qu'il aurait le temps de nous mettre à sa main. Moi j'y ai dit qu'on reviendrait pas le voir parce qu'il était un mauvais prêtre. C'est vrai que c'est un mauvais prêtre, j'ai peur, maman. J'veux plus y aller, maman!

Les parents atterrés ne savent que dire, Rémi décide de marquer un point.

—Je me demande comment il fait pour dire la messe, pour consacrer l'hostie juste après que ses mains ont fait des mauvais touchers sur Robert.

La mère tremble de tous ses membres. Elle se maîtrise à force de volonté, mais sa voix est brisée.

—Partout il y a des brebis galeuses. Il ne faut pas juger sur ça. Même s'il y a des mauvais prêtres, l'Eglise reste sacrée et vraie.

—J'sais bien, maman. Mais on veut plus aller à la messe de Ricard. Moé je serais plus capable de communier, je penserais à ce que ses mains touchent.

La mère a un haut-le-coeur.

—L'écoeurant!

Le père s'est rapproché, il lui touche le bras. Elle le repousse:

—Non mais c'est vrai, c'est un écoeurant! Vouloir débaucher mes enfants! J'ai envie d'aller voir l'évêque.

—Mêle-toé pas de faire ça! supplie le père. Ce monde-là, ça se connaît; ça se protège entre eux. Nous autres on est trop petits pour faire du trouble, on se ferait écraser.

La mère se ressaisit mais sa voix est dure.

—En tout cas, on ira plus à messe là. Moé aussi en voyant l'hostie je penserais... Pis que je le voie pas rôder autour de mes garçons! Faudrait que tu t'en mêles, René.

—On vient juste d'arriver par ici. Faisons pas de trouble. On déménage bientôt à Amos, en attendant on ira à messe ailleurs ou on l'écoutera su la radio de l'auto.

Rémi sent qu'il peut conclure.

—Pis dans tout ça, c'est pas vrai pour Godbout. On lui avait jamais même parlé, sauf une fois où y nous avait crié des bêtises et qu'on avait lancé des roches sur sa boîte à malle. C'est le curé qui a inventé cette histoire pour nous attirer par la ruse dans son presbytère. On manquait la messe, c'est vrai, mais par peur. Et ça nous faisait de la peine. On allait au bord du ruisseau, on se mettait à genoux, pis on priait. On demandait pardon à Dieu. Je suis sûr qu'il comprenait. On voulait éviter le péché.

—Mes pauvres petits! Vous avez bien fait, approuve la mère. Et à l'avenir, si jamais des choses de même se produisent, dites-nous-le, même si on vous a fait des menaces. Vous allez aller à l'école des frères, on sait jamais, là aussi y peut y avoir des hommes pourris. Faut pas mal juger l'institution pour ça. Vous êtes assez vieux pour comprendre ça : des impudiques, vous allez en rencontrer toute votre vie partout où vous irez. Un jour vous pourrez vous débrouiller tout seuls. En attendant, faut pas vous gêner et nous le dire.

—Moi je veux être comme Maria Goretti.

Les parents sourient tristement. Cet idiot de Robert ! Tout a marché à la perfection, il risque de gâter la réussite en voulant trop bien faire. Rémi le pousse du coude avec discrétion et comme il ne comprend pas, lui décoche un solide coup de pied sur le tibia.

Une voiture venait et, bien avant qu'elle n'arrive, on reconnut la Volkswagen du curé Ricard. Robert lança un regard chargé d'inquiétude à son frère qui restait interdit. La mère qui surprit ce manège l'interpréta comme un appel de détresse. Elle se frappa les mains d'un air décidé.

—Lui ! Il en a du front. Ça s'adonne bien, j'ai deux mots à lui dire.

—Restons calmes, dit le père.

—Calme ! Calme ? Simard, mon maudit chie-en-culotte, tu lui mettras pas ton poing sur la gueule ? Reste ici d'abord. Moé je vas le recevoir !

Elle sort pour l'attendre. Rémi et Robert grimpent à l'étage en vitesse, ouvrent la fenêtre qui donne sur la cour et se font tout oreilles. La portière de l'automobile du curé se ferme.

—Rémi, qu'est-ce qui va arriver ? Il va se défendre.

—Chut ! Tu sais bien qu'a écoutera rien. A nous croit.

Les bras croisés, l'air déterminé, la mère en colère bloque l'accès à la maison. Interloqué, Ricard s'immobilise au bas des marches. Elle le domine.

—Mme Simard...

—Ne dites rien, je sais tout.

—Ah bon, ils vous ont dit.

—Oui, je sais tout, espèce de dégoûtant.

—Mme Simard !

—Y a pas de Mme Simard ! Espèce de faux prêtre ! Corneille !

—Madame, madame ! Je vous en prie, calmez-vous.

—Au lieu de me prier, allez plutôt vous confesser, puis changez de vie.

—Madame, mesurez vos paroles ! Vous parlez à un prêtre, votre curé. Je suis consacré !

—Consacré au mal, oui. Dégoûtant personnage.

—Je ne comprends pas votre attitude, il y a un malentendu. Si vous vouliez m'expliquer...

—Faudrait-y que je vous fasse un dessin ? Vous dire des mots qui exciteraient votre esprit diabolique ? Vous aimeriez vous entendre décrire votre péché ?

—Madame, madame. Calmez-vous et parlons en personnes réfléchies.

Hors d'elle-même elle abandonne le vouvoiement :

—Avance pas mon maudit ! Baisse tes sales pattes. Va-t'en. Faut-y que j'appelle mon mari ?

—J'aimerais autant, s'il a sa tête, lui.

—Je vais te la faire perdre la tienne, mon christ ! Je vais t'arracher les yeux.

Elle s'avance toutes griffes dehors, pleine de ce courage fou qu'ont les femelles qui défendent leur progéniture.

—Pars, salaud. Reviens jamais icitte.

—Madame, vous rendez-vous compte que...

—Rôde plus jamais autour de mes garçons !

Il recule à mesure qu'elle approche, risque une dernière protestation, toute faible : une main lui griffe la joue. Il n'en demande pas plus, pivote sur lui-même, détale, s'enferme dans sa voiture et, par prudence, verrouille la portière. Il reste un moment à considérer la furie qui lui montre le poing. Comme il ne repart pas, Mme Simard ranime sa colère et ramasse des pierres. Maladroitement, elle bombarde la voiture. Le quatrième caillou atteint son but, et le prêtre démarre en trombe. Les engrenages se plaignent quand, sur la route, il embraye sans ménagement.

Par la fenêtre les garçons lui tirent la langue. Rémi serre son frère dans ses bras et murmure :

—On s'en est bien tiré. On est sauvé. On sera plus forcé d'aller au village.

—L'as-tu vu partir comme un qui a la crotte aux fesses ! On ferait des bons acteurs, hein Rémi ?

—Oui, mais faut rien gâter. Continuer de jouer, pas se démentir. Descendons.

Dans la cuisine la mère encore livide lave la vaisselle. Les assiettes s'entrechoquent.

—T'aurais pas dû, dit le père. T'es allée trop loin.

—Toi, t'as rien dit ! Tu dis jamais rien. On te volerait ton char pis tu serais gêné de crier au voleur. J'te comprends pas.

—Ben voyons...

—Non mais c'est vrai : tu te laisses manger la laine sur le dos. T'es comme ton père. Lui non plus disait jamais rien.

—A quoi ça aurait servi ? Personne l'aurait écouté.

—Y avait qu'à crier. Non, y faisait d'la terre. Y ouvrait des lots ton père, construisait une maison, une étable pis quand y aurait pu devenir quelqu'un qu'on écoute, y vendait. Y recommençait à neuf plus loin, sans jamais rien dire.

—Y a rien dit mais y a fait plus, ouvrir des paroisses.

—Pis, qu'est-ce ça y a donné ? Il est mort pauvre comme Job, ces paroisses-là sont fermées astheure. Y faisait d'la terre ? Toé t'es né chez le voisin. Qu'est-ce que t'as eu comme héritage ? J't'ai marié, t'avais une pauvre vache maigre qui a pas passé l'hiver. C'est ça que ça y a donné à ton père de jamais parler.

Simard hausse les épaules et maugrée des mots inintelligibles avant de s'emmurer dans le silence. Rémi souffre d'avoir entendu cette discussion, surtout que ses mensonges en sont un peu l'origine. Pour calmer sa mère, il s'approche de l'évier.

—On va continuer la vaisselle, maman.

—Y reviendra plus ? demande Robert d'une voix inquiète.

—Non, mon petit ange. Crains rien.

Les garçons font la vaisselle. Afin de détendre l'atmosphère et pour changer les idées à tout le monde, le père propose :

—Si on allait faire un tour à Amos ? On souperait au restaurant.

—Oh oui ! soupire la mère.

—Nous, dit Rémi, on aimerait mieux rester ici. On s'amuserait. Pour manger on s'arrangerait.

La mère hésite, Robert renchérit :

—On ouvrirait la porte à personne, on ferait attention au feu.

—De même, on pourrait faire garder la petite par Sonia et y aller tous les deux tout seuls, suggère le père.

La mère considère la chose quelques instants. Le père ajoute :

—Pis après, on irait danser un peu à l'hôtel. Y a un orchestre au Relais.

—Ça me tenterait...

Elle a une dernière hésitation, pour la forme, car son envie est grande d'oublier les enfants et le rang.

—Vous êtes certains, les garçons, que ça vous fait rien de rester ici ?

— Voyons, tu sais ben qu'y demandent rien que ça !

— Papa a raison. Allez-y maman. Pour nous faire plaisir, dit Rémi.

La mère souriait, rêvant déjà de tourner au son de la musique. Rémi se disait qu'elle l'avait mérité.

Dès que les parents sont partis, les garçons vident les cendriers de leurs mégots qu'ils transforment en une poignée de tabac auquel se mêle un peu de cendre. Ils transvasent deux bouteilles de bière dans un autre contenant. Le père ne tient certainement pas le compte des vides et des pleines. Ils ferment la porte à clef comme on le leur a recommandé et se hâtent vers leur repaire. Installés au bord de l'eau ils boivent la bière tiède qui leur tire des rots sonores. Ils rient. Ils ont toutes les raisons du monde de rire. Leur liberté d'action est à nouveau entière. Ils rient du curé Ricard, de la façon dont ils ont manoeuvré, de l'accueil que leur mère a fait au prêtre. Il ne doit comprendre rien à rien. Pour le missionnaire en mal d'évangélisation, le croisé à la recherche de guerres saintes, deux échecs consécutifs ! Les garçons triomphent. Ils ont été victorieux, ils le seront toujours. Diane aura beau manigancer, essayer de les perdre, elle se cognera le nez contre un mur. C'est qu'elle a affaire à deux loups, mieux, deux chevaliers qui se moquent des loups. En évoquant la fille, Robert devient en colère, récite les avanies qu'il lui fera subir, la maudit en usant de toutes les injures qu'il connaît. Rémi se contente de cracher par terre.

La bière rend Robert loquace et il se met en frais de décrire une autre fois le corps de sa Dame, non pas comme on récite une leçon, mais avec vivacité, avec des exclamations et des pauses, avec des mots qui font voir les gestes de la femme. Sans le savoir, il parle pour lui seul : Rémi n'écoute pas, qui pense à ses parents. Tantôt le père s'est conduit en mouton. Une autre fois. Rémi lui en veut d'être ainsi et ne se sent même plus coupable d'avoir de telles pensées. C'est vrai, quoi ! Les seules fois où son père parle, c'est pour décrire des rêves ou des projets auxquels il ne croit peut-être pas lui-même. Elever la voix pour se défendre, condamner, blâmer, féliciter ? Non. Pour dire des nouvelles insignifiantes, des phrases éculées comme en utilisent les personnes qui se connaissent à peine. Le reste, les choses importantes de la vie, rien. Rémi aimerait qu'une fois il·lui dise : « Tu grandis », qu'il s'aperçoive que ses garçons deviennent des hommes et qu'il le souligne. Qu'il n'ait pas peur de montrer qu'il aime, ou au moins de s'essayer à l'amitié. La fois de l'orignal, on aurait pu espérer que ça vienne, l'occasion était belle. Perdue, l'occasion. Il ne faudrait pas grand-chose pourtant, une petite phrase, un mot, peut-être seulement un geste. Tant qu'à ne plus être un surhomme, pourquoi ne deviendrait-il pas un copain ?

Les garçons pénètrent dans la caverne où l'humidité invente des parfums. Des radicelles brisent certains bas-reliefs, ajoutent du mystère et de la vie à d'autres. Ils réparent ce qui demande à l'être et cisèlent d'autres scènes : leur mère frappant le curé avec une hache ; adossée à une pierre, Diane que l'étalon noir transperce de son membre monstrueux. Devant la Vierge noire, ils célèbrent leur office dominical. Ensuite, ils retournent s'étendre au soleil, s'endorment. Ce sont les piqûres des mouches et des maringouins que le soir ramène, qui les réveillent.

Les parents ne reviennent qu'à la nuit tombée, le père portant la petite sœur assoupie. Ils sont d'une humeur qui fait plaisir à voir. Rémi et Robert se couchent aussitôt, et les parents se retirent dans leur chambre. Quand la maisonnée est enfin endormie, Rémi se lève. La journée a été trop riche en événements pour la laisser ainsi se terminer. Il réveille Robert qui grommelle et l'envoie au diable. Rémi lui souffle à l'oreille :

— On va voir Mme Martel.

C'étaient les mots qu'il fallait. Robert saute hors du lit et, en moins de deux, est paré à sortir. La nuit s'annonce fraîche. Ils endossent leur veste. Le serein redonne de la souplesse aux herbes presque fanées. Seules les cosses mûres des vesces sonnent sous les pas. Les étoiles, toutes garnies de pétales effilés, répandent une faible lueur sur les cailloux du chemin qui sentent encore le soleil. Le pas d'un animal qu'ils ne peuvent voir les accompagne dans le champ. Ils ne s'en inquiètent pas, serrant seulement un peu plus leurs bâtons. Il y a tellement de choses plus redoutables qu'un simple animal. Plus loin, en forêt, ils flairent une présence. On marche devant eux sur la route, toujours à la même distance, juste là où le regard ne peut plus rien distinguer dans la confusion du noir et du bleu. On les précède comme pour indiquer la voie, ou on les fuit, sans trop s'éloigner, retenu par la curiosité. Peur, eux ? Ne sont-ils pas les chevaliers, les maîtres, ceux qui inspirent la peur ? Cette présence s'évanouit finalement sans faire plus de bruit qu'à sa venue. De la lumière déborde des fenêtres chez Méo, des formes se meuvent dans la cuisine. On y fête toujours, sans raison spéciale. Ensuite, apparaissent la maison tout illuminée des Martel et celle de Réginald où il n'y a qu'une veilleuse. Chez Maudit-Treupe, c'est déjà tout noir, et la lumière s'éteint chez Godbout. Partout, on se ferme à la nuit.

Les garçons allaient chez Carmen Martel avec précaution. Soudain des bruits de voix les font plonger dans les broussailles. Un moteur qu'on lance : le démarreur fait un bruit laborieux d'envol de poule, les pistons se mettent en mouvement et la mécanique chante. Une lumière crue envahit la route, le camion dépasse le coin de la maison, cahote jusqu'au gravier, tourne. Les faisceaux des phares balaient les arbres endormis, éblouissent un lièvre qui se fige. Le véhicule ronfle sourdement en changeant de vitesse et bientôt les yeux rouges des feux de position disparaissent dans le lointain. Une porte claque. Les garçons se relèvent et vont jusqu'au mur de la maison. Robert jubile. Le mari parti, il a l'impression d'avoir la femme pour lui seul. Il entraîne Rémi jusqu'à la fenêtre de la chambre à coucher. Déception ! Le store bien fermé empêche de voir quoi que ce soit.

—Christ !

En s'en cachant, Rémi sourit du dépit de son frère. Ils grimpent sans bruit sur le perron d'en avant et s'agenouillent pour avoir les yeux juste à la hauteur de la fenêtre que protège mal un rideau de tulle. Diane, en jaquette rose délavé, les pieds remontés sous elle, se berce en lisant ce qui semble être un photo-roman.

—Une stupide histoire d'amour, murmure Rémi, c'est bien son genre !

Elle est seule. Non, sa mère revient de la chambre, elle aussi en jaquette. Elle vient de la passer sans doute.

—Imagine ce que j'ai manqué...

La voix de Robert est triste. La mère et la fille parlent, mais ce n'est qu'un bourdonnement inintelligible pour les garçons. Carmen Martel arpente la cuisine sur ses mules, gesticule, rit. Puis elle prend la bouilloire fumante et va à l'évier. Diane la rejoint. Elles se lavent la tête : d'abord la mère, puis la fille. Les bras levés, Carmen y va rudement. Diane semble se plaindre, mais l'autre continue à frotter avec vigueur.

—Non mais, c'est-tu beau !

Longtemps les garçons restent à observer les femmes s'assécher les cheveux devant le poêle, se friser, se faire les ongles, les laquer de vernis rouge. Même la fille. Les gestes de Carmen, pleins de légèreté et de désinvolture, expriment une liberté que jamais les garçons ne lui ont vu en présence de son mari. Diane cesse d'être la petite fille qu'on couche tôt, pour devenir la compagne, l'amie de sa mère, une femme presque. Et toutes deux, on dirait qu'elles fêtent une quelconque libération. Robert est nerveux :

— On va cogner à la porte ?

— Tu troubles ? T'es fou.

Par la manche de son vêtement, Rémi traîne son frère jusqu'à la route.

— On y va ! ordonne Robert. Moi, en tout cas.

— Non, répond Rémi d'un ton autoritaire.

La voix de Robert s'adoucit, se fait suppliante.

— Viens donc, fais pas le pissou.

— T'es un beau niaiseux, Robert Simard ! A va se demander ce qu'on fait dehors à cette heure-là. Ça va se savoir et on pourra plus sortir comme on veut. Pis Diane est là, imagines-tu jusqu'où ça pourrait se rendre ?

— Rémi, j'aimerais ça y aller. Elle est pas couchée, à nous recevrait, on parlerait.

— Tu lui dirais : Carmen, je vous aime. Hein, qu'est-ce que tu lui dirais ?

— Rien. L'écouter, la regarder.

— Tu sais quoi, ironise Rémi, on frappe, on rentre, on assomme la fille, je tiens la mère et tu la violes. Ça marche ?

— Christ, ris pas de moé !

— Bon, vas-y, va t'asseoir, regarde-la avec tes yeux de poisson frit. C'est elle qui va rire de toi. Faut attendre, c'est pas le temps encore.

— Ça sera jamais le temps. Ton histoire de chevaliers pis de dames, j'y crois plus, j'y ai jamais cru.

Rémi attrape son frère au collet.

— Robert ! T'as pas le droit de douter, t'as pas le droit ! T'es un chevalier, oublie pas ton serment car de grands malheurs pourraient t'arriver.

— Carmen Martel sera jamais à moi.

— Crois, persévère, montre-toi digne, et elle sera à toi. Il faut la conquérir. Tu rentres pas chez elle comme ça en disant « Coucou, me voilà ! », pis elle, tout éblouie, qui te tombe dans les bras. C'est pas comme ça que ça marche.

— Comment je ferais d'abord ?

— J'sais pas, Robert, mais garde espoir. J'sais pas comment, mais elle sera à toi. La foi c'est plus fort que tout. Regarde, on se tire de tous les mauvais pas. J'imagine que t'auras à triompher d'autres épreuves, un grand combat à livrer.

—C'est tout de suite que je veux. Je suis prêt à me battre, j'ai peur de rien.

Il tourne lentement sur lui-même en brandissant son gourdin. Puis il rit doucement :

—La foi! Ricard a la foi, Godbout aussi. Qu'est-ce que ça leur donne? Y font pitié! Conquérir Carmen Martel? J'en demande pas tant, j'ai les pieds sur terre, moi. La voir, l'observer à mon aise, l'écouter, être des fois dans la même pièce qu'elle, ça me suffit. Ensuite je peux rêver.

—T'auras plus que du rêve, Robert.

—Tu me le jures?

—Oui.

—Ha! Ha! Niaiseux de Rémi! Tu me dis des choses que tu crois même pas.

—J'y crois, ça viendra.

—Comment? Quand? Hein, dis-lé, quand?

—J'sais pas. Faut attendre un événement et être prêt. Un signe.

—Toé pis tes signes! Un arbre qui va te donner le signal ou un oiseau? Une voix venue des nuages?

—Ris si tu veux, mais je sens une volonté derrière les événements. Tout a un sens, rien n'arrive pour rien.

—Non, Rémi, le hasard, rien que le hasard. C'est nous autres qui décidons de faire ci ou ça, de pas faire ça, d'aller là ou de pas y aller. Ce qui arrive ensuite en dépend. Le hasard!

—Non, on est en voyage, on suit une direction déterminée d'avance.

—Jamais! J'veux pas, j'accepterais pas. C'est moé qui décide de moé, rien ni personne d'autre. Parce que je suis jeune, je suis encore obligé de faire semblant d'obéir, mais ça sera pas toujours comme ça.

—La chevalerie et ses règles?

—J'accepte parce que ça fait mon affaire. Et même là... (Il s'arrête et tend l'oreille.) Ecoute! Ça marche derrière la maison.

—Non, essaie pas de changer de sujet.

—Je te le dis! J'entends du bruit.

—C'est le vent.

—Des pas!

—Le vent. Du linge qui bat au vent, on dirait.

—Tu penses? Moé, j'suis pas sûr.

—Viens voir, maudite tête de cochon.

C'est bien une cordée de linge que balance le vent, pas assez pour que claquent les draps, mais suffisamment pour leur faire émettre de grands frou ! frou ! frou ! qui sont comme des pas dans le foin haut.

— Regarde-moi ce sac-à-tétons ! s'exclame Rémi.

Robert est outré. Il administre un coup de poing dans les côtes de son frère :

— C'est pas des choses à dire, pas une manière de parler de ma Dame.

— Excuse-moi, dit Rémi d'un air penaud.

Robert étire le bras et presque religieusement ses doigts suivent les contours des bonnets qui ont gardé la forme des seins.

— Tu devrais le prendre, Robert, pis l'apporter.

— Le voler ? s'étonne le garçon en retirant précipitamment sa main. Tu y penses pas !

— C'est pas un vol. Elle en a d'autres, elle te donne celui-là. En ancien temps les Dames donnaient une écharpe ou une affaire du genre à leurs chevaliers et ils les attachaient à leur lance. J'ai vu ça dans un film de Lancelot à Montréal.

— Tu me vois me promener avec une brassière au bout de mon bâton ?

— Tu le sortirais rien que la nuit, quand les chevaliers existent.

— Tu penses que...

— Ben oui, vas-y, prends-le.

Robert décroche délicatement le sous-vêtement, le touche, le caresse presque. Il est ému et son imagination galope. Il noue l'emprise à son bâton et s'en va en élevant l'oriflamme à bout de bras. Le vent gonfle le tissu, le rend vivant de sa vie, l'emplit des rondeurs de l'air. Robert porte avec fierté les fers de sa Dame et Rémi qui le suit à pas cadencé en est à peine amusé. Ils entrent dans la forêt qui répand sur la route son parfum de térébenthine, et puis regagnent leur demeure après une longue marche dans la nuit où ils ne sont pas seuls.

Sur le toit de la remise, Rémi demande :

— Le soutien-gorge ?

— Je l'ai.

— On aurait dû le cacher.

— Je vais le mettre sous mon matelas, dormir dessus.

Robert soulève la fenêtre et se glisse dans la chambre.

— Je vais rester ici un peu, dit Rémi.

— Comme tu veux, moi je vais rêver.

Rémi s'adosse au mur, étend ses jambes, met les mains dans

ses poches car il a froid maintenant qu'il ne marche plus. La nuit est d'un calme inhabituel, le ciel vide, à part les étoiles qui flottent immobiles; pas de lune, pas d'aurores polaires, pas de nuages. Et en bas, aucun son, aucun cri d'animal, aucun souffle de brise pour faire chanter les arbres. Dans ce silence épais, les glouglous et les clapotis du ruisseau lointain sont audibles. Le château de la princesse, plus obscur que le reste de la nuit, semble mort. Rien que le sommeil du bois et des clous, des meubles, des choses et de la poussière. Toute la maison repose dans la même léthargie que la princesse. Une sorte de sommeil éternel. Seul, le baiser d'un chevalier... Mais quand?

« Un signe, implore Rémi. Fais-moi un signe, douce princesse, que je rassemble mon courage, que j'aille enfin te rejoindre. J'suis pas encore prêt, pas assez pur? Fais-le savoir. Un signe! Le moment où je devrai partir approche. Fais vite. »

Le garçon reste encore longtemps en attente. Rien ne se produit que le lent mouvement giratoire des constellations. Puis, incapable de résister plus longtemps à l'engourdissement provoqué par le froid, il rentre. Le froid! Et on est en août.

Le soleil éclaire le lit, encore timide et plein des relents nocturnes. Rémi s'éveille au double bruit d'un marteau : d'abord celui du fer sur le clou, puis celui moins métallique de l'écho venu des arbres. Tout de suite, avant même d'ouvrir les yeux, Rémi pense au professeur qui se disait propriétaire de la maison hantée. Robert guettait le réveil de son frère.

— Devine quoi.
— J'sais pas. Le professeur?
— Non, on a de nouveaux voisins.
— Où? Qui?

Il songe à ce château qui ne peut appartenir à personne. L'aurait-on loué?

— Viens voir toi-même, c'est trop drôle.

Vivement Rémi se rend à la fenêtre et s'accoude, le buste en dehors. Personne autour du château, mais en face on s'agite près de la cabane. Il y a là Méo, Blanche et deux hommes qu'il ne connaît pas. Ça travaille ferme. Méo est sur le toit et, grimpée à mi-hauteur d'une échelle, Blanche lui passe des bardeaux. Un des hommes pose du papier goudronné sur le côté de la cabane.

— Ah ben maudit! s'exclame Rémi.
— Maman m'a dit que c'est des amis à Blanche. Paraît qu'ils s'installent là pour l'hiver.

—Dans la cabane?

—Est à personne. Mais, as-tu vu ce que fait l'autre? Il coud!

—Je m'habille pis on va voir.

Rémi est un peu inquiet en même temps que ravi de ce changement imprévu à leur quotidien. En un rien de temps ils sont sur la route devant le chantier. Méo jure gros comme le bras après Blanche; il prétend qu'elle lui donne toujours les bardeaux à l'envers, exprès.

L'homme qui rafistole un mur les aperçoit et fait un signe d'invite avec son marteau.

—Approchez, les gosses, on vous mangera pas.

—Que je te voye jamais, mon Christ, gronde Blanche les dents serrées. C'est mes neveux!

Elle fait les présentations.

—Robert, Rémi. Lui, c'est Frank Pizza. Son chum Richard.

Celui qui se nomme Richard relève la tête et sourit avant de se remettre à la confection des rideaux. Dans la vingtaine, cheveux blonds et ondulés, le visage mince et couvert d'un duvet doré, il travaille avec des gestes pleins d'harmonie. Ses membres sont graciles et ses doigts jonglent avec l'aiguille. L'autre, Frank, est à l'opposé. Assez corpulent, ses cheveux coupés ras se hérissent dans les replis du cou, un cou très gras qui supporte une tête bovine. Les lèvres fortement découpées paraissent encore plus minces à cause d'une fine moustache; les yeux, petits et ronds comme ceux d'un porc, roulent, se fixent, se défilent. Une bête! Et les poils qui dépassent du col de la chemise, les bras velus et le corps massif accentuent encore cette impression. Rémi songe à quelque brute.

—Salut, les mômes. De beaux garçons, hein Richard?

—Des angelots, répond l'interpellé.

—Que diable non! Mate-moi ces bras, ces carrures! Quasiment des hommes faits. Ça donne envie.

—Frank, coupe Blanche, oublie pas que c'est mes neveux. On se comprend?

Il y a un moment de silence tout rempli du rire de Méo qui n'interrompt pas son travail. Blanche a entraîné Frank à l'écart et ils se parlent à voix basse. Richard se lève.

—Venez voir notre palais.

Ils ne le suivent pas, se contentant de passer la tête par l'embrasure où manque encore la porte. L'intérieur a été nettoyé.

—Y a juste un lit, constate Robert en feignant l'innocence.

Richard a rougi comme une fille timide, mais dehors Pizza se claque les cuisses.

—Y a qu'un lit! Y a qu'un lit! Ha, ha, ha! Est bien bonne. Faut que je la retienne celle-là.

Richard retourne à son occupation et les garçons font le tour, inspectant les travaux d'un air faussement intéressé. Pizza demande à Rémi :

—Veux-tu m'aider? Tu tiendrais le papier noir tandis que je clouerais. Ça nous permettrait de mieux faire connaissance.

—Heu... c'est que ma mère m'attend.

—Oui, oui, sa mère l'attend! ajoute vivement Blanche.

Rémi comprend au ton qu'il vaut mieux partir. Il hèle Robert qui observe Richard en train de coudre un ourlet. Le blondinet chasse une mèche de son front d'un vif coup de tête.

—Veux-tu que je te montre comment faire?

Robert a un geste de recul.

—C'est des histoires de femmes, ça. La couture, pfft!

Richard prend un air froissé et se remet à ses points. Rémi s'impatiente.

—Salut, tout le monde.

—Salut, les p'tits gars.

—On se verra souvent, voisins comme on est, ajoute Frank.

Dès qu'ils sont à bonne distance Rémi s'exclame :

—Voisins! Va falloir se guetter les cuisses.

—Ouais, le Pizza nous mange des yeux.

—Il a l'air dangereux.

—Pas l'autre! Je suis allé le regarder, une vraie fille. J'sais pas quoi, les gestes, la peau, les yeux. C'est un gars pourtant.

—Efféminé, qu'on appelle ça.

—Comment ça se fait qu'y a des hommes comme Pizza et Richard?

—Une maladie peut-être? Va donc savoir.

—Comme le curé Ricard.

—Ben lui, on n'est pas sûr. Y a peut-être juste l'air ou des envies qu'il écoute pas.

—Y est pareil! Y aime pas les femmes, y en a peur. J'ai remarqué.

Méo, Blanche et leurs amis venaient dîner chez les Simard, aussi la mère fit-elle manger ses enfants plus tôt qu'à l'accoutumée. Elle installa une deuxième tablée et ils arrivèrent : Blanche qui voulait aider au service, Méo qui parlait fort, Pizza qui prenait tout un côté de la table avec ses coudes et son odeur, et Richard qui s'assit timidement dans un coin.

—Vous êtes Français, monsieur Frank? demanda Robert.

—Français de France, répondit Blanche d'un air pompeux.

—Ben sûr, pas un Français de Chine, maudite folle, grogna Méo.

Robert s'intéressait pour la première fois à la France, et Pizza prenait plaisir à lui en parler. Richard observait le manège. La jalousie le fit rougir et la colère, blêmir. Son visage tout plaqué et ses yeux pleins de courroux étaient trop drôles. Rémi dut se détourner car il ne pouvait plus cacher son sourire.

Après le repas, Méo sortit un flacon de son havresac. Il emplit les verres et les convives se roulèrent des cigarettes. Rémi offrit à sa mère de l'aider pour la vaisselle. Blanche comprit et se proposa, Richard aussi. Mme Simard déclina toutes les offres, mais Richard se rendit jusqu'à l'évier et insista.

—Je vais essuyer, dit Rémi.

Et il rejoignit Richard qui avait déjà les mains dans l'eau. La mère se versa du thé et s'attabla. Méo en profitait pour servir une autre tournée. Rémi essuyait, et parfois ses doigts effleuraient ceux de Richard qui lui passait une assiette. La douceur de cette peau l'intriguait. Chez une femme elle aurait été agréable, mais chez un homme, c'était troublant. Le garçon sentait qu'une forte émotion faisait vibrer Richard, et il en jouait, s'amusait à provoquer, comme son frère l'avait fait avec Frank. Cette fois, c'était le gros homme qui rageait. Il ne répondait même plus aux questions de Robert, n'avait d'yeux que pour Richard et Rémi.

Les visiteurs s'attardèrent encore un moment avant de retourner à leur travail. Le soleil qui tapait fort ne devait pas rendre la tâche bien agréable. Les garçons se postèrent au coin du hangar pour observer.

—C'est sûr qu'on va causer une chicane de ménage!

—C'est bien fait, ils m'écoeurent. Pizza qui pue et a des dents cariées; l'autre qui a l'air d'une fille manquée.

—Moi, Richard je le trouve pas pire.

Robert ouvrit de grands yeux.

—C'est une farce, hein, Rémi?

—Oui! Si tu veux savoir, ça me fait pas plaisir des avoir pour voisins.

Au souper leur mère les mit en garde, à mots couverts à cause de la petite soeur, à cause surtout de sa gêne.

—Les garçons, ces voisins, fréquentez-les pas. Tenez-vous loin d'eux.

—Pourquoi, maman? demanda Robert.

—Parce que... Ils sont pas recommandables. On les connaît pas.

—C'est des amis à ma tante Blanche, protesta le garçon.

—C'est pas une référence, Robert.

—Ça a l'air du bon monde, dit Rémi.

—Les avez-vous bien regardés? Vous êtes encore jeunes pour juger. Fiez-vous à moi. Comprenez, ces hommes ne sont pas normaux.

—Ça c'est vrai, s'exclama Robert, celui qui s'appelle Pizza, il pue.

—C'est pas ça, Robert. Le curé Ricard... Rappelez-vous de ce que je vous ai dit des hommes mauvais. Nos nouveaux voisins, c'en est. Si vous les fréquentez, ils vont vous enseigner le mal... le vice. C'est des vicieux.

—Oh, c'est écoeurant! fit Robert.

—Oui. Fuyez-les comme la peste. Et s'ils vous achalent, venez m'en parler.

—Promis, dit Rémi. On va se méfier.

Il voulait mettre un terme à cette conversation. D'un regard il le fit comprendre à Robert qui se serait amusé encore longtemps à faire parler sa mère dont l'embarras rougissait les joues. Elle fut visiblement heureuse de clore le sujet et les soins à donner à Françoise lui servirent de prétexte pour quitter la cuisine.

Puis le père arriva avec des nouvelles de la ville et des anecdotes. Par ces potins on commençait déjà à vivre de la vie d'Amos. Ce moment où il revenait avec un peu de l'air de la petite ville sur l'Harricana était le plus beau de la journée pour Mme Simard. Et chaque soir la rapprochait un peu du déménagement alors qu'elle quitterait à jamais cette nature qui l'emprisonnait. A peine plus d'un mois avant la délivrance! Surtout qu'ici, cela devenait moins sain pour les enfants: d'abord le curé, maintenant ces deux hommes, et l'exemple de Méo et de Réginald n'était pas bon non plus. Tant de dangers qui menaçaient ses petits anges; plus de dangers dans ce rang perdu qu'à Pointe-aux-Trembles. A moins... à moins qu'elle ne fût aveugle à cette époque. Mais elle chassait vite cette pensée. Un coeur de mère ne se trompe pas et elle sentait que ses fils n'étaient pas corrompus. Au contraire, leur innocence sautait aux yeux et faisait bon à voir.

Le père avait demandé l'installation du téléphone au futur logement et ce serait chose faite lorsqu'ils emménageraient. La femme se mit à rêver en entendant ce mot. Téléphone, télévision, radio, électricité, eau courante, voisins, magasins à proximité. La civilisation plutôt que ce trou. Revivre! Quand son mari se plaignit, oh! bien faiblement, de son contremaître irascible et exigeant, elle se raidit. Le confort et l'aisance ont un prix qu'il faut bien payer. Comme l'homme continuait, elle lui coupa l'élan:

—T'as un bon salaire, c'est ça qui compte.

Les nouveaux voisins prenaient le frais sur le pas de leur porte et le fanal à l'intérieur remplissait l'encadrement d'une lumière pâteuse.

—Si on allumait une chandelle et qu'on se déshabillait devant la fenêtre, suggéra Robert. Ils pourraient pas dormir de la nuit.

—Non, si on va trop loin, ça peut nous retomber sur le nez.

—Comment?

—Y vont nous prendre au sérieux et on va les avoir sur le dos tout le temps. Le mieux serait qu'on reste tranquilles, qu'on s'occupe pas d'eux. Qu'on les évite.

—Bah voyons! On peut ben rire d'eux autres, qu'est-ce que tu veux qu'y nous fassent? Si y nous achalent on se plaint aux parents; s'ils nous accusent, maman va les revirer raide. Tu te souviens pour Ricard? Ça c'était drôle!

—Non, pas ben drôle. On l'a échappé belle cette fois-là. Quand j'y repense, je plains le curé. J'veux plus que ça recommence des affaires comme ça.

—Ah toé, des fois t'es platte!

—Faut pas se chercher des ennuis.

—Tiens, y s'en vont.

Le fanal se balance au bout du bras de Pizza; les pieds marchent dans l'ombre mais tout autour des promeneurs une couronne de lumière oscille sur la route. Ils passent devant la maison des Simard. Ainsi, ce ne sont pas des braves! Tout gros et tout imposant qu'il est, Frank, comme les autres, craint la noirceur. Rémi en est satisfait.

Déjà Robert dort ou fait semblant de dormir. Sans le déranger, Rémi va s'étendre sur le toit de l'appentis. Là, il se voit comme un capitaine sur la dunette de son navire, un berger observant les étoiles dans le temps du Christ, mieux, un chevalier au sommet de la plus haute tour de sa forteresse. Et là-bas, au bout de la plaine, le château de la belle qu'il aime. Tout à coup une pensée trouble le garçon : ces voisins, si près de la maison de la Dame, vont tout remettre en cause. Le mystère qui se réinstallait péniblement risque de disparaître, peut-être à jamais cette fois, ou bien il mettra tellement de temps à revenir que lui, Rémi, sera déjà parti. La Princesse, il ne la connaîtrait donc jamais ? Impensable ! Sans elle, toutes les quêtes des chevaliers deviennent absurdes. A moins que l'arrivée de Pizza et de Richard ne soit un signe, cet appel de la Princesse que Rémi attend.

Il reprenait espoir. Il descendit sur le sol, tendit la main vers son bâton mais se ravisa. C'est mains nues, sans armes, qu'il irait vers elle. Il s'avança dans l'herbe qui lui montait aux genoux. Le soir avait endormi les insectes qui durant le jour y font leur musique. Il fut tout près de la maison qui retenait son souffle. A travers les interstices des planches, les vitres, à cause du noir profond qu'elles abritaient, devenaient des glaces où se reflétaient les étoiles. La maison était refermée sur elle-même. Rémi toucha les planches d'une main hésitante, y appuya ses paumes : sentir si la bâtisse n'était qu'une coque vide ou si une vie l'habitait. Les lèvres contre le bois, il murmura :

— Princesse, c'est moi Rémi, ton chevalier. Je viens te délivrer. Dis-moi ce qu'il faut faire. Dis-moi si tu veux de moi.

Il attendit une réponse qui ne vint pas. Pas même une planche ne craqua, la maison et ses occupants demeuraient muets. Pourtant le garçon les sentait, la princesse et sa suite, à l'intérieur, tapis derrière les vitres, qui l'observaient. Pourquoi la princesse refusait-elle de parler ? A cause de sa suite, chez qui les sentiments allaient de l'effroi à la haine, de la crainte à la jalousie ? Parvenu à l'intérieur, Rémi rencontrerait d'autres obstacles ? Cela expliquerait le silence de la Dame. Rémi sentit son coeur se serrer, son anxiété croître, la terreur le submerger. Il croyait entendre un pas dans le champ derrière lui. Des ombres contournaient peut-être la maison pour le surprendre. Le mur allait s'ouvrir pour l'engouffrer et la princesse serait impuissante à le défendre, prisonnière de ses serviteurs qui voulaient que rien ne change. Rémi se força à rester immobile, se raisonna pour se calmer et, pour ne pas avoir l'air de s'enfuir, c'est lentement qu'il recula, tourna le dos à la maison et marcha d'un pas régulier. Il tenait fermement les rênes de sa peur.

L'impression d'un mouvement furtif lui fit lever la tête. Ce furent d'abord deux étoiles filantes, puis une autre, et encore une autre, toutes dans le même coin du ciel. C'était inaccoutumé et, après une courte attente, d'autres traits lumineux déchirèrent la nuit. Ils arrivaient, seuls, à deux ou parfois à trois simultanément. Puis il y avait une accalmie et Rémi se disait qu'il avait rêvé. Un instant, ce fut comme une pluie de lumière, comme l'explosion d'un feu d'artifice, et à nouveau le ciel redevint immobile avec ses étoiles. Le manège reprenait et Rémi restait là, tête rejetée en arrière, à regarder le firmament en folie. Le garçon exulta: le signe tant attendu! La Princesse l'appelait. Fou de joie, il s'élança vers le large des champs et des arbres. Il sautait par-dessus d'invisibles obstacles, battait l'air à grands moulinets de bras, courait en retenant des hurlements de joie. La terre se soulevait, Rémi se rapprochait du ciel jusqu'à entendre le crissement des météorites, jusqu'à ce que les étoiles fussent à portée de la main. Il devenait un chevalier cosmique, et sur la colline, dans la nuit des Perséides, il dansa comme un fou.

Robert s'expliquait mal la sérénité de son frère et son assurance. Rémi prenait des airs mystérieux pour dire de patienter jusqu'au soir alors qu'il comprendrait. Les voisins finirent d'aménager la cabane. Dans l'après-midi, Maudit-Treupe transporta leurs malles avec sa voiture attelée de la jument. Sa femme l'accompagnait et au retour ils arrêtèrent chez les Simard. La mère leur fit fête car, des habitants du rang, c'était eux qu'elle préférait. Mme Maudit-Treupe, tout en sourires et en révérences, accepta une tasse de thé mais refusa les biscuits. Son mari prit un verre de brandy qu'il but à petites gorgées, passant fréquemment une langue gourmande sur ses lèvres. Il demanda la permission de couper le foin dans le champs des Simard, vu qu'ils partaient. La mère répondit qu'elle en parlerait d'abord à son mari mais qu'elle ne voyait pas quelles objections il pourrait avoir.

Maudit-Treupe se laissa servir un deuxième verre et raconta que les gens de Saint-Dominique avaient trouvé le vieux fou mort sur la route. Les corbeaux lui avaient mangé les yeux, et des bêtes lui avaient crevé la panse. Effrayée, Françoise se mit à pleurer. Mme Maudit-Treupe gronda son mari et prit la fillette sur elle, la berça en marmonnant une chanson. Maudit-Treupe s'excusait auprès de la mère.

—C'est pas grave, répondit-elle. Mais cet homme, qui c'était?

—Un ancien prospecteur. Devenu fou. Habitait une cabane à quèques milles d'ici. Vous le connaissez, vous autres?

Il s'était adressé aux garçons, et Rémi, devant l'air surpris de sa mère, se dépêcha de répondre.

—On l'avait vu une fois près du ruisseau. Comme ça y est mort?

—Mort tout seu su la route, maudit treupe. Trouvé après trois, quatre jours.

—Il n'avait pas de famille? demanda la mère.

—Non. Tout seu dans cabane. Passe pas souvent d'autos. Aurait pu rester là des semaines.

—Pauvre homme, c'est pas drôle, s'attendrit la mère.

—Oh! mieux de même. Fou. Dans sa main tenait du fer, des petites pierres brillantes, jaunes. Croyait de l'or. Connaissait ça pourtant! Mais devenu fou. Dans sa cabane on a trouvé des tas d'argent cachés partout.

—Ce soir on va prier pour lui, dit la mère.

—Ouais, maudit treupe, le mieux à faire.

Rémi revoit le vieil homme qu'ils ont terrorisé si souvent. Il songe en particulier à cette fois où, revenant du lac dont le professeur leur a indiqué l'emplacement, ils ont extorqué au prospecteur son trésor. Ces pépites tapissent maintenant la niche de la déesse noire et, selon Maudit-Treupe, ce n'est que du fer sans valeur. Rémi frissonne en pensant que le cadavre aurait bien pu être découvert par Robert et lui.

Dès qu'il juge les parents endormis, Rémi tire son frère hors du lit et l'entraîne dehors.

—Tu vas m'expliquer maintenant, dit Robert.

—C'est simple. Hier, la princesse m'a parlé.

—Bah!

—Oui, et cette nuit j'entre dans sa maison.

Robert se récrie:

—Fais pas ça!

—C'est le temps astheure.

—Regarde en face, y dorment pas.

—Je vais en arrière de la maison, y verront rien.

—Attends, y a rien qui presse.

—Oui ça presse. Avant qu'eux se décident.

Il indique la cabane où veille un fanal.

—J'aime pas ça, Rémi!

—Bah!

— C'est une vieille maison, des planches pourries, tu peux te blesser.

Rémi va chercher un marteau et un ciseau à bois dans la remise. Robert porte les deux bâtons et suit son frère. Ils s'arrêtent à cinquante pieds derrière la maison qui les cache des possibles regards de Pizza et de Richard.

— Laisse tomber.

— Non. Je te dis que j'y vais ce soir.

— Moi, je rentre pas.

— Je veux pas non plus. Faut que j'y aille seul. Tu resteras ici.

Robert est soulagé et s'assoit dans l'herbe.

— Si t'as besoin d'aide, tu m'appelles.

— J'aurai pas besoin.

Le cadet fait une dernière tentative pour retenir son frère :

— Qu'est-ce que ça va te donner ? On pourrait y aller le jour et peut-être trouver des choses intéressantes. En pleine nuit tu verras rien.

— Des choses intéressantes ! Tu sais ce que je cherche.

— Rémi, tout ça c'est un jeu. Dans le fond, on sait bien qu'y a pas de princesse dans cette maison abandonnée.

— Dis pas ça. Ma Dame existe, je vais la trouver. Sinon, y aurait plus de chevalerie.

— T'aurais dû faire comme moi, choisir une personne qui existe, que tu peux voir.

— Ma princesse est là.

— Fais à ta tête !

— J'te demande rien, Robert, j'y vais. Tu peux retourner te coucher.

— Je reste en cas de besoin.

Le ciseau et le marteau dans les mains, Rémi s'approche de la maison. Un coup de vent peut-être, elle craque des fondations au grenier, gémit longuement. Il est moite, un courant d'air, comme une eau glacée, coule le long de son échine. Il frissonne. remarque qu'il projette une ombre ténue et tourne la tête : au-dessus des arbres, un mince quartier de lune entouré d'un halo distordu qui se dégrade en une phosphorescence qu'absorbe le velours bleu marine. Le garçon entend la lumière descendre vers le sol contre lequel elle grince avant de s'évanouir. Les feuilles des trembles miroitent, les aiguilles d'épinettes jettent des feux pâles. Et l'herbe fait écho au ciel, avec sa lactescence aussi diaphane qu'une brume ténue. La nuit est fragile, et le moindre bruit résonne comme dans l'église vide de Ricard. Rémi reprend sa marche vers la maison contre laquelle se tasse un peu d'ombre. Ses pieds sont silencieux mais il lui semble que les soubresauts de son coeur doivent s'entendre jusqu'au Ruisseau-Maudit. Le souffle court, les jambes molles, il atteint le mur, le longe jusqu'à la fenêtre. Il rassemble son courage et arrache sans peine une planche qui barre l'ouverture, coince le ciseau entre le cadre et l'appui et pousse sur ce levier. La fenêtre résiste, le garçon use de toutes ses forces et un espace mince apparaît qui permet d'insérer un peu plus le ciseau. Quelque chose retient la fenêtre, qui cède ligne par ligne. Il y a finalement suffisamment de lumière pour que la tête du marteau puisse y entrer, et Rémi pèse de tout son poids sur le manche. D'un coup, la fenêtre glisse vers le haut et le garçon se retrouve par terre. Avec ses mains maintenant, en faisant trembler ses muscles sous l'effort, il agrandit l'ouverture, jusqu'à ce que la fenêtre se grippe.

Il souffle un peu et avance craintivement la tête. L'haleine de la maison, chaude et sèche, lui arrive en plein visage. Rémi fait un signe de la main à son frère qui l'observe et, sans réfléchir, il plonge. La tête passe sans peine, le buste aussi, mais les fesses bloquent. Les bras s'agitent à l'intérieur, les mains cherchant un point d'appui. Un objet indéfinissable fuit sous les doigts et dégringole avec un bruit démesuré qui se répercute dans toute la maison. Le garçon ferme les yeux pour pouvoir se contrôler. Il ne va pas reculer maintenant, après des semaines d'attente, même si la peur lui noue les tripes. Il frétille, avance un peu d'un coup de reins. Dehors ses jambes battent l'air, les fesses passent et le corps en déséquilibre tombe dans la maison. Les bras tendus, Rémi atterrit dans un nuage de poussière, et il reste un moment à écouter le silence que rompt le bruit du sang à ses tempes. L'instict de survie le pousserait à rebrousser chemin mais il se force à rester couché sur les planches raboteuses où la poussière retombe. Il tousse, tant par nervosité qu'à cause de l'air confiné, et il ouvre tout grands les yeux, en dilate les pupilles pour déchiffrer le noir. Peu à peu des objets prennent forme, masses vagues, un peu mystérieuses. La clarté diffuse venue du dehors ne réussit pas à donner vie à beaucoup de choses. Il se met à genoux, et c'est avec sa main qu'il explore autour de lui. Il touche, voit ainsi, une chaise, la patte d'une table. Y prenant appui il se lève et marche en aveugle, à tâtons, trébuche sur le château d'une berçante qui oscille longtemps comme si quelqu'un y était assis. Il écoute ce bruit s'éteindre, guette d'autres sons qui ne viennent pas, cherche à deviner la présence possible d'ombres vengeresses. Pas de comité d'accueil, rien que l'immobilité des meubles et des choses, rien que le parfum du vieux bois, du moisi et de la poussière. « Parfum de tombeau », songe Rémi en frémissant. Il réagit contre la peur qui cherche à le submerger. « C'est moi, princesse, ton chevalier. Rien que moi. N'aie pas peur. »

Il tire une allumette de sa poche et la craque. La vivacité de la lumière l'éblouit d'abord, mais elle diminue, petite flamme bleutée qui permet de distinguer le poêle de fonte aux panneaux émaillés, les casseroles, les armoires, des cadres aux images jaunies, la table, les chaises. Dans le fond, des outils et des instruments en pêle-mêle : haches, serpes, râteaux, godendars, faucilles, huche à pain, poches de jute. Sur le mur sont accrochés des harnais dont le cuir craquelé semble friable. Rémi souffle l'allumette qui lui brûlait les doigts et se retrouve dans une obscurité totale. Un instant troublée par la clarté vacillante, la pièce retrouve sa tranquillité habituelle.

Il lui semble maintenant que des dizaines de paires d'yeux le dévisagent, les yeux de toutes les choses qu'il a entrevues. Il se sent autant gêné qu'effrayé et parce qu'il ne peut plus supporter cette sensation, pour en avoir le coeur net, il tire de sa poche un bout de chandelle qu'il allume. La flamme l'aveugle et tremblote devant sa bouche haletante. Il lève le luminaire au-dessus de sa tête. Revoilà toutes les choses et c'est vrai qu'elles ont des yeux. Chaque objet a sa physionomie propre, une espèce de visage, une personnalité, une âme presque. Chacun, on le devine ou agressif et frondeur, ou peureux et craintif. Il y a les objets qui se dissimulent, les autres qui se mettent bien en évidence. Ils entourent Rémi qui avance un peu plus pour leur échapper. Partout des objets que révèle la lumière, mais ce sont les grandes masses sombres, les recoins obscurs et les ombres mouvantes qui retiennent l'attention du garçon. Il imagine que s'y terrent des menaces : morts, monstres, indicibles horreurs. Rémi se sent encerclé : son coeur bat à tout rompre, une veine pulse à son poignet, il transpire, il a chaud et froid. Dans le noir tout est possible et n'importe quoi peut surgir de la pièce d'en avant. Il avance au milieu des ombres dansantes. On a marché derrière lui, une main squelettique ou griffue va se poser sur son épaule. Il n'ose pas se retourner et fuit en avançant plus profondément dans la maison. Un instant, à sa gauche paraissent des marches usées qui montent vers le néant. L'ombre que son corps projette les recouvre. L'autre pièce est encombrée d'un incroyable fouillis : un petit semoir avec sa grande roue cerclée de fer, une fourche, un cabestan pour essoucher, même une charrue au soc rouillé et aux manchons polis. Beaucoup d'autres choses plus petites, noyées dans la poussière, que seul un examen attentif permettrait d'identifier.

Rémi retourne à l'escalier. La rampe n'est pas très solide et une première marche se plaint. Il s'immobilise, son coeur bat la chamade. Il faut monter. La princesse ne doit pas fréquenter le bas de la maison, trop accessible du dehors, trop familier avec ses meubles, trop grossier avec ses objets utilitaires. L'étage aux deux fenêtres si bien aveuglées que la nuit y dure toujours, hors du circuit du temps, loin des bruits de la vie et du fracas du monde, l'étage retient sûrement la princesse, en abrite le sommeil dont le chevalier va rompre le charme. Emu, les muscles crispés, Rémi prend une longue respiration en même temps qu'il crie dans sa tête : « J'arrive, belle princesse. » Une à une il grimpe les marches qui geignent, comme pour avertir ceux d'en haut de la progression de l'intrus. « Je ne suis pas un intrus », proteste Rémi. Soudain, une main frôle son visage. Il recule, trébuche et se retient de justesse à la rampe. Ce n'est qu'une toile d'araignée qu'il a défoncée avec la tête et dont les fils s'engluent à ses joues, s'emmêlent à ses cheveux. Il les arrache du bout des doigts, lentement, pour se donner le temps de se ressaisir, puis reprend son avancée, le lumignon tenu à bout de bras afin de brûler les autres toiles qui, de la rampe au mur, barrent la route. Futiles défenses qui s'enflamment avec un léger pouf ! et s'évanouissent.

La tête du garçon émerge à l'étage supérieur. La lumière éclaire un court passage qui donne sur trois portes closes. Pas de gardes, ni serviteurs, ni même de femmes de chambres pour l'arrêter. Sans être inquiété autrement que par sa peur, Rémi arpente le couloir, hésite un moment et se décide pour les deux portes du fond. Le plancher chante sous ses pas. Impossible de surprendre. D'ailleurs, toute la maison doit depuis longtemps être au courant de l'intrusion. Rémi songe que le chemin de sortie est long. Beaucoup de pas et de choses entre lui et la fenêtre : des épaisseurs de planches, des parois et des murs, l'isolent de la nuit du dehors, l'enferment dans celle tiède et stagnante du dedans. D'un geste brusque, il saisit la poignée de la première porte, tourne et pousse en se reculant : une pièce complètement vide où sa respiration s'amplifie de vagues échos. Il est presque soulagé de ne rien trouver. La deuxième porte révèle une chambre de mêmes dimensions que la première, occupée celle-là par une voiture d'enfant en osier, une chaise à la babiche rongée et un étroit lit au matelas éventré.

Rémi revient dans le couloir. Il est à peine déçu. Il sentait bien en arrivant que la porte près de l'escalier était la bonne. C'est pourquoi il l'a gardée pour la fin. Il frotte ses mains rêches de poussière collée à la sueur et, en appelant « princesse, princesse, princesse », touche la poignée. Il n'a pas d'effort à fournir car la porte, mal fermée sans doute, s'ouvre d'elle-même. L'odeur est sur lui, insistante, forte en même temps que légère. Un relent de vie, qui contraste avec l'odeur fanée de la maison. Le parfum de naphtalène des boules-à-mites, l'odeur de femme des flacons étalés sur la commode devant la glace ternie qui renvoie l'image d'un garçon blafard tenant une chandelle. L'odeur plus intime d'une personne.

— Princesse, murmure Rémi à voix basse.

Ces mots à peine prononcés brisent le calme et prennent une ampleur disproportionnée. Rémi ne reconnaît pas sa voix, mal assurée et rauque qu'elle est. Il fait deux pas, des pas silencieux comme s'il marchait en rêve. Ses pieds enfoncent dans la poussière épaisse qui recouvre le plancher. Rémi promène la bougie devant son regard circulaire. A sa droite, la commode et une penderie entrouverte ; devant lui, sous la fenêtre condamnée, un gros coffre au couvercle bombé ; à sa gauche, un lit où les motifs de la courtepointe sont presque effacés, une table de chevet avec un bougeoir, un chapelet et un rameau desséché dans un verre vide ; au mur, des photographies brunes dans des cadres aux larges volutes de bois doré. Rien d'autre. Le tapis de poussière vierge d'empreintes témoigne que personne n'est venu ici depuis longtemps. Le professeur lui-même n'a pas pénétré dans cette chambre le mois dernier.

Rémi s'avance jusqu'à la glace où il voit ses yeux agrandis. Personne dans la pièce, pourtant il sent une présence, devine qu'on l'observe mais n'a plus peur. Il débouche un flacon qui ne contient plus qu'une odeur diffuse. Le poudrier répand une neige blanche sur le bois gris. La penderie est encore pleine de vêtements bien en ordre, mais les tiroirs de la commode sont tous vides. Une voix appelle, faible et lointaine. C'est Robert.

— Viens, Rémi.

— Non, attends.

Il n'a peut-être pas entendu.

— Viens tout de suite, ça presse.

Rageant, Rémi referme délicatement la porte de la chambre et descend l'escalier, va jusqu'à la fenêtre. Robert est dehors et n'ose approcher trop près de ce trou noir.

— Attends-moi encore un peu.

— Non, c'est assez. Pizza et l'autre se promènent sur la route juste en face. Je les entends parler.

— Y peuvent pas me voir.

— Viens-t'en, Rémi.

En maugréant Rémi souffle la bougie et la fourre dans sa poche ; il sort en s'égratignant le dos. Tandis qu'il réinstalle la planche sans fermer la fenêtre, Robert va jusqu'au coin de la maison pour regarder les promeneurs.

— Ils marchent sur la route. Avec un fanal, les épais! Si on va chez nous, y vont nous voir.

— On va ramper dans l'herbe jusqu'au bois en arrière et attendre qu'ils rentrent.

Robert s'occupe des bâtons, Rémi rapporte le marteau et le ciseau, et ils vont à quatre pattes en gardant la tête baissée jusqu'à ce que les petits sapins les cachent. Ils s'assoient, écoutent. Pizza et Richard parlent fort comme pour se rassurer mais on ne peut saisir leurs paroles.

— Pis? demande Robert.

— Pis quoi?

— Tu l'as trouvée?

— Ben, j'ai pas fini de chercher. Tu m'as dérangé.

— Ecoute, t'as été là une grosse demi-heure, ça prend pas ce temps-là pour fouiller une maison.

— C'est pas une maison ordinaire. Ça prend plus de temps.

— T'as rien trouvé, c'est sûr. Qu'est-ce que tu voulais trouver?

— J'ai pas fini de chercher, je t'ai dit.

— Reviens sur la terre, Rémi. Tu devais bien te douter que tu trouverais rien là-dedans. T'as même pas vu de fantôme?

— Ris pas! J'vais trouver.

— C'était correct que ce soit un jeu, mais t'aurais pas dû aller jusqu'au bout. Tant que t'étais pas entré, on pouvait s'imaginer, croire des choses. Astheure que tu sais qu'y a rien?

— Moé je suis allé dans la maison, je sais ce qu'il y a. Pas toi. Pauvre Robert, pensais-tu que j'allais trouver une personne en chair et en os?

— Ben, une Dame, faut qu'on la voie. Comme Carmen Martel. Ma Dame, moé, je l'ai vue, même que je l'ai vue toute nue. La tienne...

— La mienne existe. Seulement on la voit pas. Pas encore. Pis j'ai pas besoin de la voir toute nue pour l'aimer.

— Comment ça, pas encore?

— La princesse est dans la maison hantée. Je l'ai pas vue, c'est vrai, mais je l'ai sentie me frôler, je l'entendais respirer près de mon oreille, j'ai reniflé son parfum. Elle flottait autour de moi.

— Pouh! Des imaginations.

— Non, Robert. Elle est là je te dis, a m'attend. Même invisible, a vit.

— Un esprit, un fantôme?

—On peut appeler ça de même.

—J'te crois pas.

—Ecoute, elle m'appelle.

La maison craque et le vent siffle entre les planches de la fenêtre ouverte.

—C'est le vent qui se lève.

—Le vent! Tu devrais savoir maintenant que la nuit y faut pas se fier à ses sens.

—Tu me montes un bateau, Rémi Simard. Tu voudrais me faire peur.

—Y a pas de peur a y avoir. Elle est douce, ma princesse. Demain j'y retourne.

—Vas-y, maudite tête de mule! Ecoute les menteries du vent.

—Toé pis ton vent! Tiens, y est tombé, plus un souffle, et t'entends encore la maison parler.

—Des planches qui craquent, une souris qui court. Comme je te connais, tu vas y retourner. Bon, suppose que tu la trouves. C'est rien que des suppositions, là. Tu la trouves, c'est un fantôme ou une histoire comme ça. Bon, qu'est-ce que ça te donne? Hein, qu'est-ce que ça te donne? T'as un fantôme, pas de Dame!

—Oui, j'ai une Dame. C'est comme la belle au bois dormant : le prince l'a réveillée, j'vais faire pareil.

—Ouais, mais ta Dame a dort pas, c'est un revenant.

—Je la ressuscite.

—Christ, des fois je me demande pourquoi on t'a pas encore enfermé. Pis moé le beau cave, je perds mon temps à écouter tes radotages.

—Tu perds ton temps? Va-t'en, j'te retiens pas. Mais non, tu restes, parce que tu y crois toi aussi. Seulement, t'as peur, oui t'as peur, et tu nies pour essayer d'avoir moins peur.

—Comment tu vas faire pour ressusciter ta Dame? On fait toujours des suppositions. Un miracle?

—J'sais pas encore. J'réussirai, j'suis pas tout seul. Tu te souviens de la cérémonie qui nous a fait rester ici, qui a fait décamper le professeur?

—Tu vas pas recommencer ces histoires-là!

—J'en ai pas envie, mais s'il faut.

—Même si ça marchait, imagine ce qui pourrait arriver. J'sais pas, qu'on meure tous les deux, que le diable apparaisse, nous emporte, qu'y ait des revenants, des choses comme ça.

—Je prendrais le risque. Une Dame tu l'as pas comme un cadeau, faut la gagner durement.

Robert ne réplique pas. Il se demande s'il ne devrait pas

tout laisser tomber, se retirer de cette fraternité de chevaliers. Il lui semble que Rémi dépasse les limites du permis, du raisonnable.

—As-tu vu, Rémi? Une étoile filante.

—Un signe!

—Oh! recommence pas.

—Si t'avais vu ce que j'ai vu hier soir. Des dizaines d'étoiles filantes. Tiens, une autre. Peut-être que...

D'autres météores apparaissent dans le même coin du ciel. Les garçons restent longtemps à s'émerveiller.

—Qu'est-ce que c'est, Rémi, la fin du monde comme prédisait Godbout?

—Non, un signe que me fait la nuit.

Les promeneurs s'en reviennent, leurs voix s'approchent lentement. Ils ont éteint leur fanal pour mieux observer la pluie de météorites. Ils se lassent bientôt, et la porte de leur cabane se ferme. La nuit retrouve son calme, un calme si grand que Robert se sent obligé de parler tout bas.

—On rentre, Rémi?

—Attends encore, on est bien, au chaud dans les branches.

—Je veux aller dans mon lit me faire des vues. Moé avec Carmen Martel...

—Chut! Ecoute-moé ce silence! Regarde la lune entourée d'un voile: c'est comme une image dans un livre de conte de fées. Ceux qui dorment ou sortent avec un fanal en parlant fort, y voient jamais ça.

—C'est sûr.

—Par une nuit pareille, tout peut arriver. Me semble qu'on pourrait partir, marcher sans arrêt, que le jour viendrait jamais; on resterait les rois, les maîtres d'une nuit qui finit pas.

—T'es-tu cogné la tête dans la maison?

—Robert, des fois tu me déçois. Tu trouves pas que la nuit sent le mystère?

—Ça sent la gomme de sapin.

—Non, à part ça... le parfum de la lune, l'odeur des étoiles. Ça sent l'étoile filante brûlée.

—Ça sent l'herbe. Sniff! Ça sent la fougère écrasée; on est assis dessus.

—Tu veux rien comprendre. Par une nuit comme ça les fées dansent, les flûtes jouent toutes seules, les morts se promènent en paix, tout est possible. Le mystère rôde sans bruit comme un animal.

—Bon, moé c'est décidé, je rentre.

—Pense au vieux, peut-être pas si fou que ça, qui est mort sur la route.

—Ça suffit!

—C'était pas un homme ordinaire. C'est sûrement pas le genre de mort à rester tranquille sous terre. Y va continuer à chercher de l'or. La nuit, y va se transformer en génie et se promener. On entend son marteau, écoute.

Robert sursaute. Il perçoit clairement un bruit de martellement.

—Mon christ! C'est toé qui fais ça.

—Non, ça vient du champ derrière chez nous.

C'est un bruit trop sourd pour être celui d'un marteau sur la pierre, trop régulier aussi. Le sol résonne tel un tambour qui vibre longtemps après le coup, et les garçons entendent autant avec leurs pieds qu'avec les oreilles.

—Viens voir, Robert.

—Non.

—Ça se déplace.

—On rentre.

—Moi je vais voir.

Rémi se glisse à travers les sapineaux qui lui montent à la taille et avance en zigzaguant comme s'il traversait un gué. Pour ne pas rester seul, Robert le suit.

—Ça vient vers nous, murmure Rémi.

—J'ai peur, souffle Robert.

—Je vois bouger là-bas.

—J'ai peur, Rémi.

—Moi aussi, mais ça fait rien.

C'est une bête fantastique qui naît de la nuit, noire, aux contours indéfinis, pelage tantôt invisible, tantôt liséré d'argent, pattes innombrables, sabots luisants qui ne rejoignent pas le sol. Les crins sifflent dans l'air, la bête rit, comme si cette cavalcade n'avait d'autre but que son plaisir. Parfois rasant la terre, parfois volant au-dessus, elle vient à vive allure, la lumière de la lune empêtrée sur elle. Les garçons se figent.

—C'est un cheval.

—Regarde sur son dos, un fantôme blanchâtre.

—La lune qui luit.

—Non, comme des bras. Pis une cape qui flotte derrière.

—Rémi, c'est la mort! La mort sur son cheval. Une faulx, on dirait. Un cheval du diable. C'est fini pour nous.

—Non, y tourne, y monte la colline. C'est pas la mort, c'est trop beau. Y a personne sur le dos, des ailes pliées. Le cheval ailé! C'est un bon signe, Robert.

—C'est vrai qu'y a personne dessus. Pas d'ailes non plus. Une illusion.

—Y a des ailes, j'te dis! Rendu en haut de la côte y va déplier ses ailes de libellule pis s'envoler. On va le voir galoper au travers des étoiles.

—C'est un cheval ordinaire.

—Christ de nono! Y a jamais rien d'ordinaire, juste les yeux qui regardent et veulent pas voir. Tiens, y disparaît.

—Y a passé le sommet, on le voit plus.

—Y s'est envolé! Maudit saint-thomas.

—Ecoute, Rémi, on l'entend encore courir.

—Mais pas sur la terre, en haut.

—Un cheval volant! Pouah!

—Tu crois jamais rien. Tantôt par exemple...

—Tantôt, ben heu... j'ai pensé que... on aurait presque dit...

—Et c'était! Pourquoi toujours vouloir comprendre, expliquer, pas croire ce que tu vois?

—Pas voir ce que TU crois, tu veux dire.

—C'est pareil. Y a tellement de choses qui nous dépassent. Regarde en l'air les étincelles sous les sabots.

—On rentre, viens-t'en. J'aime pas cette nuit.

—On a rien à craindre de rien. Des signes, des signes. On a vu le feu d'artifice des étoiles, on a vu le cheval ailé. Tu vas voir, on va réussir dans nos projets.

—J'sais pas. Viens te coucher, on en reparlera.

Avec leur mère et la petite Françoise, les garçons partirent dans l'avant-midi. Autant pour éloigner ses fils des voisins que pour ramasser des bleuets, la mère avait organisé cette excursion au fronton de la terre. Chargés des provisions et des contenants pour mettre les baies, les garçons ouvraient la marche. Ils connaissaient bien la route jusqu'au brûlé, l'ayant même faite de nuit. La mère suivait avec la petite soeur en remorque. Près du peuplier que Rémi avait abattu, l'étalon noir de Maudit-Treupe mâchouillait des brindilles et des feuilles. Il hennit en voyant les humains et s'éloigna en trottant. A bonne distance il s'arrêta pour les regarder passer. Robert et Rémi prirent un peu d'avance sur leur mère que Françoise retardait.

—Hein, triompha Robert, j't'avais dit que c'était un cheval ordinaire, pas un cheval volant.

—Il est noir, couleur de nuit. Qui te dit que le soir il lui pousse pas des ailes? L'as-tu regardé comme il faut cet animal? C'est pas un cheval ordinaire. Réginald le pensait: y a jamais pu le dompter! Ce cheval-là comprend la langue de Maudit-Treupe. Y en a pas un dans le rang qui est capable. A part de ça, pourquoi qu'y serait venu ici, juste où on était, juste au moment où on y était?

—Ah toé! T'as toujours une réponse de prête; tu veux toujours avoir raison.

La journée fut chaude et seule une brise qui soufflait avec constance en éloignant les moustiques permit de poursuivre la cueillette jusque dans le milieu de l'après-midi. Ils revinrent, fourbus, les mains et les genoux tachés de pourpre, ployant sous le poids des seaux emplis à ras bords. L'étalon les avait précédés à la maison, sa carte de visite bien en évidence au bas des marches, et il avait grugé la rampe de l'escalier dont le bois était imprégné du sel d'innombrables mains moites. Puis il avait gagné le pré de l'autre côté de la route et y galopait sans raison apparente, peut-être seulement pour sentir l'air glisser sur sa robe humide, entendre la terre se plaindre sous ses sabots. D'un coup de tête il faisait voler sa crinière et il riait. Un cheval libre, sauvage qui ne connaissait ni le mors, ni la bride. Mais quand Maudit-Treupe arriva au pas lent de sa jument, l'étalon oublia ses rêves de liberté et vint sur la route sans même qu'on l'appelle. Il suivit l'attelage, sans licol pour le retenir. Cependant il gardait son allure dansante de bête sauvage.

Frank et Richard vinrent jouer aux cartes et, profitant des dernières clartés du jour, les garçons s'esquivèrent en douce. Leur marche les mena au ruisseau.

—Ça fait longtemps qu'on est pas allé à la caverne, remarqua Robert.

—On est en route pour.

Ils se roulèrent des cigarettes du tabac qui restait et fumèrent en regardant les têtards s'agiter dans l'étang. Dire qu'il n'y a pas si longtemps, ce n'était encore que des oeufs! Rémi ne pouvait oublier le vieux prospecteur mort sur la route, seul, en pleine nuit sans doute, peut-être en proie à un cauchemar. Une mort naturelle, avait-on dit, une crise cardiaque.

—Y as-tu une mort qui est naturelle?

—Quoi ? demanda Robert.

Rémi avait parlé tout haut sans s'en rendre compte.

—J'pensais au vieux fou.

—Y est mort, qu'est-ce que tu veux qu'on y fasse ? Ha ! Ha ! T'as pas envie de le ressusciter lui aussi ?

—Ris pas, maudit niaiseux. A part de ça, y est peut-être autour, tout près, à nous écouter...

—Aïe toé !

—...surtout qu'il y a des chances que ce soit nous qui l'avons tué.

—Whoa ! Whoa !

—Ben oui, on y a tellement fait peur en se faisant passer pour des génies qu'y devait vivre sur les nerfs. Une crise cardiaque ? La peur. Dans son état, un bruit de feuilles fait par un écureuil, une perdrix qui s'envole, un arbre qui craque, ça a pu le tuer raide.

—C'est pas de notre faute.

—Oui. On l'a tué aussi bien qu'on l'aurait fait avec nos bâtons. Mais c'est pas ça qui me tracasse, y peut plus être malheureux; c'est qu'on l'a pas écouté. Avec nos histoires de génies, c'est nous autres qui parlaient; ce qu'y avait à dire, même ses radotages, y a rien que nous deux qui pouvaient les comprendre, personne d'autre. On aurait dû l'écouter.

—C'était un fou, y avait rien à comprendre de ses discours !

—Il voyait peut-être des choses que les autres voient pas, comme les chiens sentent des odeurs qu'on sent pas, nous. Les oiseaux, tiens, ils voient ce que nous on voit pas. On dit pas qu'ils sont fous à cause de ça.

—On sait pas ce qu'ils voient.

—On peut imaginer. Les pique-bois volent en montant et descendant comme s'ils suivaient des vagues; les hirondelles, on dirait qu'elles contournent de grands arbres en volant. Pis le vent, y souffle pas n'importe comment; il coule dans des vallées et des ruisseaux qu'il a creusés dans l'air depuis des siècles. Pour nous, l'air c'est plein et invisible, égal; si on avait les yeux de l'oiseau, on verrait peut-être que c'est un autre monde, avec des collines d'air dur, des montagnes d'air chaud, des plaines d'air glacé, des rivières de vent. Regarde les oiseaux qui planent sans battre de l'aile : y sont pas suspendus dans le vide, ils vont sur du solide.

—Même si c'était, qu'est-ce que ça change ? On le voit pas, et nous on peut pas marcher sur le solide de l'air !

—D'autres le peuvent : le cheval de Maudit-Treupe. Le prospecteur avait peut-être des yeux d'oiseau. C'était peut-être pas lui le fou. Je regrette qu'on ait agi comme tous les autres avec lui. On aurait dû l'écouter et apprendre quand on pouvait.

—On peut plus, c'est tout. Ça sert à rien de rêver comme tu fais. Rêver, c'est pas ça qui va te faire voler!

—Robert, on devrait faire une petite prière pour le mort.

Devant la statuette craquelée, ils s'agenouillèrent et improvisèrent une oraison, demandant que le prospecteur ne repose pas en paix mais cherche encore de l'or, que les génies lui en apportent en quantité.

—Robert, demain on va lui redonner ce qu'on a volé.

—Le trésor? C'est à nous.

—Non, à lui. On pourrait au moins lui en rapporter la moitié. Aller mettre ça dans sa cabane.

—Ça lui servirait plus, si ça lui a jamais servi.

—Y va quand même apprécier.

La nuit les a retrouvés dans l'herbe. Robert voulait aller du côté de chez Martel, Rémi insistait pour retourner à la maison hantée. Ils en sont finalement arrivés à un compromis. Rémi ira voir sa princesse durant au plus une demi-heure, ensuite ils prendront la route vers l'autre bout du rang. Robert s'assoit pour faire le guet, à distance respectable de la maison dans laquelle Rémi pénètre sans hésitation.

Ce n'est qu'en haut de l'escalier qu'il rejoint la peur qui l'y attendait. La porte de la chambre bâille, pourtant il lui semble bien qu'il l'a refermée la veille. Il regarde craintivement autour de lui, examine les traces dans la poussière : rien que les siennes. Personne n'est venu, et la porte mal fermée s'est ouverte d'elle-même, ou bien, celui qui l'a poussée ne laisse pas d'empreintes. De toute façon, raisonne Rémi, une porte ouverte, c'est une invitation à entrer. Ce qu'il fait. Il n'accorde qu'un regard furtif aux murs et aux meubles, et se dirige droit sur le coffre. C'est là, il en est certain, qu'il faut chercher. Le couvercle bombé est lourd et les fermoirs rouillés ne cèdent qu'après de multiples efforts. Enfin les doigts écorchés parviennent à l'ouvrir. Les pentures grincent, une bouffée d'odeurs s'échappe, celle insistante du vieux linge, celle aiguë de la naphtalène, celles évanescentes d'anciens parfums, celle fluide du lambrissage de cèdre. Rémi soulève des atours et des parures surannés dont la couleur se ravive un instant dans la lumière de la bougie : le lilas d'une dentelle refleurit sur le noir d'un corsage, une jupe lustrée se mordore de violet comme la gorge des ménates. Couleurs, odeurs, langage du passé. Rémi plonge les mains dans le coffre pour en retirer des brassées de vêtements qu'il dépose sur le lit. Soies, cotonnades souples, dentelles craquantes, baleines rigides, voiles de tulle jauni, robe aux appliques brodées ; de pauvres défroques qu'on a rangées avec grand soin, objets d'orgueil dont nul ne se soucie plus. Ce furent autrefois des trésors dans ce rang au confort élémentaire.

Rémi procède avec minutie, respectueux de la valeur qu'on accorda à ces possessions dans un passé plus ou moins lointain. Il atteint le fond du coffre. Il ne reste plus qu'une paire de souliers noirs vernis, des souliers avec une bride qui s'attache à la cheville, un vaporisateur en cristal muni d'une poire au caoutchouc fendillé, un poudrier et une ancienne boîte de cigares en bois clair sur le couvercle de laquelle une femme au sourire figé se tient au milieu de fleurs exotiques devant un fond de palmiers et de mer verte. Rémi touche les objets, presse la poire qui soupire de l'air embaumé. Un peu déçu, encore confiant, il s'empare de la boîte avec une brusquerie involontaire et l'ouvre en s'approchant de la source de lumière. Un jonc, en or peut-être, un chapelet en cristal de roche plein d'arcs-en-ciel chatoyants, un peigne en corne, un collier de perles éteintes, deux petits mouchoirs de dentelle, des gants de fil et en dessous de tout cela, presque collée au fond, une photographie jaunie. Non, une carte mortuaire. Il la porte à ses yeux. Imprimée en caractère plein de fioritures, la prière des morts suivie d'invocations et de litanies. Il la retourne et, au recto, il y a le portrait d'une femme, portrait ovale dont les bords s'estompent et disparaissent peu à peu dans le blanc du papier. Tout autour, une sévère bordure noire ; au bas, en noir également, se lit : « A la douce mémoire de Eugénie Ducharme, épouse de Léon Savard, née le 24 septembre 1910 et décédée le 16 novembre 1944. Qu'elle repose en paix. »

Rémi s'attache à la photographie. Le visage fin et régulier est entouré de cheveux qu'on devine fous et soyeux, mais qu'un chignon maîtrise plus ou moins pour la séance de pose chez le photographe. Les yeux très beaux gardent de la vivacité malgré les défauts d'impression. Malgré la mort. Et les lèvres bien découpées semblent sur le point de s'entrouvrir. La femme avait refréné un sourire devant l'objectif. Elle est belle, et le gris de la photographie donne du relief à ses traits. Rémi regarde les yeux, étudie le visage jusqu'à ce qu'il devienne familier comme celui d'une personne longtemps connue. Il relit l'inscription : épouse de Léon Savard. Le professeur. C'était sa femme. Elle est morte dans cette maison, peut-être dans cette chambre. Dans ce lit? Qui sait! Tout dans cette pièce lui appartenait, rien n'a été dérangé. Les tiroirs vides et les vêtements dans le coffre? Peut-être se préparait-elle à partir; peut-être le professeur avait-il entrepris de vider la chambre et s'était-il trouvé interrompu en plein travail. Un sanctuaire qui a été préservé, même de la présence du mari. Rémi en est certain: la poussière sur le plancher s'est accumulée en plusieurs années. Quand il vient, Savard couche dans la chambre au lit défoncé, pas dans cette pièce.

Rémi s'assoit à côté des vêtements. La princesse, sa princesse, c'est elle, Eugénie Savard, Ducharme plutôt, de son nom de jeune fille. Et elle est morte depuis longtemps, l'année même de la naissance de Rémi. La Dame est morte! Comment en aurait-il pu être autrement? Il savait bien que dans cette maison-sépulcre il ne trouverait pas de femme en chair et en os. Un souvenir de femme. Plus, une présence, une volonté. Car il la sent, là tout autour, qui l'observe. Il inspecte la chambre d'un regard craintif et se rassure. Elle attendait cette intrusion, espérait cette visite. Elle a appelé, Rémi est venu. Elle veut cesser d'être une ombre oubliée, elle veut revivre dans le coeur de quelqu'un. Et ce quelqu'un c'est lui, son chevalier prêt à tout, pressé de l'aimer. Il pose un baiser sur l'image et la replace avec tendresse dans la boîte de balsa qu'il remet à sa place au fond du coffre. Il s'agenouille, touche les vêtements et ferme les yeux. Sur ses paupières le visage de la Dame reste imprimé et s'anime soudain, les yeux bougeant, les lèvres s'étirant en un sourire amical. Rémi presse les dépouilles odorantes contre lui, y frotte sa joue. Ces vêtements ont touché le corps de l'aimée, corps maintenant dissout dans l'océan de la matière, se sont imprégnés de sa chaleur et de son parfum de femme. Sur la joue du garçon, cette chaleur renaît dans la trame du tissu; cette culotte a connu l'intimité d'Eugénie, cette blouse, vécu des mouvements du corps d'Eugénie. Sur les paupières de Rémi, le visage de la Dame s'épanouit, sa tête hoche doucement.

— Princesse Eugénie, princesse Eugénie, murmure Rémi.

Et elle répond! Toute la maison se met à vibrer, des coups sourds s'étirent en plaintes, des craquements se changent en une voix lointaine qui appelle: Rémi, Rémi, Rémi.

Il lui parle comme à quelqu'un d'intime, vante sa beauté, son charme, son intelligence, lui disant son bonheur de l'avoir trouvée. Il lui promet de revenir chaque soir et de toujours l'aimer un peu plus. La voix l'appelle encore, avec plus de force.

— Rémi!

C'est Robert qui crie. Il cogne contre le mur, frappe dans la vitre, passe la tête par l'ouverture pour ordonner :

—Viens vite ! Réponds-moi ou je vais chercher de l'aide.

Agacé, Rémi n'a d'autre recours que d'aller dans l'escalier pour lui dire d'attendre deux minutes. Il revient au coffre et range le linge comme il lui semble qu'il était placé. Une jarretelle, qui était retenue à un corset par une épingle à ressort, se décroche. Rémi la fixe à son chandail.

—Un gage, Eugénie. Tes couleurs que je porte maintenant.

Il retrouve son frère derrière la maison.

—Maudit ! T'en as pris du temps ! Ça fait quasiment une heure que t'es là. Pis t'es sourd ? J't'ai appelé pendant dix minutes, j'ai lancé des roches sur le toit, cogné, crié : rien. T'aurais dû répondre, je m'inquiétais.

—J'ai pas remarqué, j'parlais avec la princesse.

—Bah !

—J'te dis !

—C'pas vrai. Y a rien dans la maison mais t'es trop orgueilleux pour l'admettre. Admettre que tu t'es trompé.

—Elle s'appelle Eugénie Ducharme. La princesse Eugénie. Elle a... trente-quatre ans.

—Comment a serait rentrée là ? D'où a vient ? Des princesses, ça existe pas.

—Elle a toujours été là. Elle attendait que je la délivre. Si tu voyais comme elle est belle, ça se dit pas.

—Tu me fais marcher !

—Tu viendras la voir si tu veux. Je te la présenterai.

—Comment a vit là ?

—Elle est morte, Robert.

—Envoye, continue à m'en pousser.

—Tiens, sens mes mains. C'est son parfum.

—C'est vrai, ça sent !

—Pis regarde, a m'a donné un gage.

Rémi montre avec fierté la jarretelle élastique dont la boucle métallique brille.

—C'est une affaire pour tenir les bas ? demande Robert avec surprise.

—Oui et moi je l'ai pas volée comme t'as fait pour la brassière de Carmen Martel. C'est Eugénie qui me l'a donnée.

—T'as vu un fantôme ? balbutie Robert.

—Bien plus qu'un fantôme, une femme.

—Mais est morte ! s'exclame Robert, les yeux agrandis.

—Vivante mais pas visible.

—Fais attention, Rémi, fais pas des choses que tu regretterais. On joue pas avec la vie et la mort.

—Peureux! Rentre avec moi, tu verras son portrait.

—Jamais! Jamais tu me feras entrer dans cette maison du diable.

—Surveille tes paroles, Robert. La princesse c'est un ange. Viens avec moi, aie pas peur.

—Des fois je te comprends pas, Rémi. Le jour t'as peur de ton ombrage, mais le soir...

—Le jour au soleil, tu joues un personnage.

—Pas moi!

—Toi aussi, Robert. Comme moi. J'ai choisi d'être peureux; c'est une image, comme une marque de commerce. Les gens aiment te découvrir d'un seul coup d'oeil sans avoir besoin de chercher. Tu te montres d'une manière, une manière simple, facile à reconnaître, pis y sont contents, y croient qu'y te connaissent et y te laissent en paix. Je suis pas le seul, tout le monde porte un masque. Pis c'est facile à comprendre pourquoi. Tiens, imagine-toé sur la colline derrière la maison, t'es au plus haut, en plein midi, tu tournes sur toé. Qu'est-ce que tu vois?

—Le monde.

—Ce que tu vois, c'est rond, comme une piste de cirque avec une tente bleue au-dessus. On est tous des clowns, on est grimé, on joue un personnage même si y a personne autour pour nous voir, au cas où il y aurait quelqu'un, parce que c'est le jour. Tu marches, le cirque te suit, t'es toujours au milieu.

—Mettons que t'as raison, ça explique pas pourquoi t'es pas pareil le jour et la nuit.

—Ben oui. On est tous des clowns le jour, mais la nuit... la nuit, Robert, y a plus de cirque. On a enlevé la toile, la piste a plus de forme précise. Plus de spectateurs: t'es plus un clown, tu peux plus être que toi-même, prendre ton vrai visage. C'est pour ça que tout le monde a peur du noir. Ils se collent à la lumière comme des mouches à la marde. Y a que les chevaliers qui voyagent le soir sans apporter de lumières. C'est ça qui rend notre chevalerie si importante, si vraie.

—J'sus pas un clown, proteste Robert.

—Toi comme les autres. Tu fais le jars, le fanfaron en plein soleil; tu joues à celui qui a peur de rien, qui croit à rien, qui a pas de coeur. Le soir, c'est le vrai Robert qui apparaît, celui que j'aime, peureux et attentif, sensible même et qui croit aux rêves.

—Bon, bon, arrête tu vas me faire pleurer d'amour fraternel. Mais ça règle pas la question de la maison hantée.

Ils arrivent à la route, leur maison dans leur dos, l'immensité de la nuit devant eux. Robert traîne la patte.

— On va aller chez Martel, dit Rémi, pis en route je te parlerai d'Eugénie.

— Non, pas à soir. Y est trop tard, Carmen va être couchée. Ça me tente plus, je retourne chez nous.

Robert se couche et Rémi reste à la fenêtre. On approche de la mi-nuit, alors que l'excitation du jour a complètement disparu et que celle du matin est encore loin, le moment où la nuit a le plus de pureté. Se coucher maintenant, dormir après cette première rencontre serait presque sacrilège. Dans le fond, il est bien content que Robert se soit retiré. Rémi sent le besoin d'être seul, de pouvoir penser à son aise sans avoir à toujours argumenter avec l'incrédulité. Robert n'aime pas entendre parler d'Eugénie. Rémi ne le fera plus. Il exulte de joie et il est condamné à tout garder pour lui. Qu'importe! Il apprendra à vivre avec son secret. Il ferme les yeux et les étoiles s'éteignent pour faire place au visage lumineux de la princesse. D'abord flou, il se précise en gardant l'immobilité de la photographie. La chaleur des globes oculaires, le sang qui pulse dans les veinules de la peau mince lui donnent vie. Longtemps Rémi s'absorbe dans la contemplation de cette tête dont les yeux et les lèvres expriment le plaisir indicible de revivre. Mais, malgré tous ses efforts de concentration, Rémi ne peut lui donner de corps, à peine des bras transparents qui s'évanouissent dès que l'attention diminue.

Rémi ouvrit les yeux et, pour la troisième nuit consécutive, le ciel entra en crise. La nature fêtait avec un faste qui dépassait celui des réjouissances que donnaient autrefois les princes dans leurs jardins. Quel royaume aurait pu posséder un jardin comparable, ces feux d'artifice célestes, ces mille fontaines qui ramagent au loin, ces vastes pelouses sombres, ces parcs infinis aux futaies sauvages? Des aurores boréales enrobèrent les étoiles filantes dans leurs volutes majestueuses. Quel monarque aurait eu la puissance d'ordonner pareille fête des éléments? Les harpes végétales sonnèrent, pincées par le vent aux cent doigts, les trembles échevelés roulèrent le tambour, un lièvre soliste lança son cri de détresse, une renarde et ses renardeaux glapirent. Une voix humaine se fit entendre, elle chantait des mots qui parlaient d'amour et de mort. Rémi ne s'arrêta même pas à se demander qui exprimait ainsi les tourments du coeur et de l'âme; il lui suffisait d'écouter cette voix bien posée qui montait la gamme sans crier et descendait dans les graves sans défaillir. Quand la voix se tut, la nuit mit longtemps à retrouver sa quiétude. Comme le coeur de Rémi. Il se disait que parfois le monde extérieur semble se modeler sur ce que lui-même pense, faire écho à ses sentiments. « Un miroir qui te renvoie ton image agrandie. Le monde qui se mire en toi. » Peut-être un jeu de l'esprit, une illusion. Ne voir que ce que l'on veut bien voir, choisir son point de vue ? Rémi s'en moquait bien. Sa joie était pleine.

Les soirs suivants Rémi retourna dans la chambre d'Eugénie, seul, sans que Robert l'attende dehors. Il pouvait ainsi prendre tout son temps. Robert le savait peut-être, mais les deux frères ne s'en parlaient pas. Chaque soir ils sortaient, surveillaient les humains à l'autre bout du rang, couraient la forêt le long du ruisseau ou se terraient dans la caverne. Puis Rémi reconduisait Robert et pénétrait dans la maison hantée pour délivrer la princesse de sa prison de cèdre. Longtemps, des heures durant parfois, il contemplait le visage que, s'il eût été habile au crayon, il aurait pu dessiner de mémoire tant il le connaissait. Mais il y revenait sans se lasser, l'apprenait un peu plus, y découvrait chaque fois une nouvelle facette de l'âme d'Eugénie.

Au début il restait là, assis sur le bord du lit, à lui parler et elle l'écoutait avec patience, heureuse de la présence de son chevalier. Il s'enhardissait : ses compliments d'abord timides devenaient des déclarations enflammées. Elle ne protestait pas. Son silence même était plein d'encouragements. Il lui parlait du dehors, de la nuit, de la fraîcheur de l'air sur la peau, lui disait les beautés du monde sous le soleil, lui racontait les détails insignifiants de son quotidien ou lui rapportait les secrets que Robert et lui avaient percés. Le temps passait et ils s'aimaient de plus en plus. Rémi offrit à la princesse de sortir au dehors et elle ne refusa pas. Rapidement, cela devint une habitude. Ils allaient dans le noir, marchaient en silence, communiant aux splendeurs nocturnes. Un brin d'herbe où la lune se balançait les faisait s'arrêter, la forme d'une épinette les fascinait et ils pouvaient écouter longtemps les roucoulements d'un arbuste. Flottant à côté de Rémi, Eugénie se faisait tantôt grave, tantôt enjouée, toujours douce et tendre. Patiente, elle ne riait jamais des émerveillements presque enfantins du garçon. Il l'entraînait à gambader ; ils se poursuivaient à travers les gaulis, comme des animaux en amour, elle devant, le taquinant, se sauvant quand il allait l'attraper, s'arrêtant quand elle l'avait distancé. Ils prenaient le pas et il lui relatait des aventures fantastiques; de surprise ou d'effroi, elle ouvrait de grands yeux bleus de nuit et alors, pour la rassurer, lui montrer sa force, il inventait de beaux pas d'armes, des tournois dont des arbustes faisaient les frais. Il se battait avec fougue, lançait « Eugénie! » comme cri de guerre et l'attache argentée de l'emprise qu'il arborait fièrement jetait des éclairs dans la nuit. Le choc des armes, la clameur de la mêlée troublaient le soyeux froissement de la forêt. Rémi ne s'arrêtait que lorsque l'ennemi gisait terrassé, pourfendu et sans vie. Il revenait alors vers la Dame qui, charmée par tant de vaillance, lui tendait sa main à baiser. Il mettait alors genou en terre et inclinait la tête respectueusement. En se relevant, il soulevait Eugénie dans ses bras et l'enlevait, l'emportait au galop de son destrier. Ils filaient à toute allure à travers le monde, la monture ouvrant grand ses ailes de lumière et prenant son envol. Les nuages défilaient comme poussés par une tempête. Dérangés par la course, les éléments s'agitaient. C'était enivrant.

Rémi aurait aimé connaître de ces airs héroïques entendus autrefois, par hasard, le samedi en tournant le bouton de la radio. De l'opéra. Des airs qu'il aurait pu fredonner, clamer plus fort même que le bruit du vent. Des trompettes et des timbales pour accompagner les chevauchées; des cuivres et des percussions qui imitent l'orage, des cors pour faire sonner la forêt où le cheval se posait pour prendre le pas. Et des violons, des violoncelles pour jouer des airs solennels durant leur retour à pas recueillis. Et de la flûte et du piano lorsqu'ils se faisaient des adieux pathétiques dans la maison.

Le garçon se découvrait une envie, un besoin presque, de musique. Il regrettait de ne pas s'y être intéressé plus tôt. Maintenant ici, sans même une radio... Les seuls airs qu'il connaissait par coeur en étaient de cantiques et de chansons folkloriques. Allez donc accompagner une galopade de cheval d'un « A la claire fontaine » ! Il lui semblait qu'en lui des musiques, peut-être entendues sans qu'il y porte attention, peut-être inscrites dans les labyrinthes des cellules, étaient sur le point d'éclore, mais elles n'atteignaient jamais la conscience, restaient, comme le pensait Rémi, « sur le bout de sa langue ». Il en était gonflé, prêt à éclater comme un qui retient son souffle jusqu'à en avoir les yeux pleins de lumières brûlantes.

Au bout d'un temps, Eugénie se lassa, devint morose et refusa de sortir. Alors Rémi resta auprès d'elle dans la chambre. Elle boudait, insatisfaite de lui. Etre une ombre invisible pour tous, un fantasme, même adoré, ne lui suffisait plus : cet amour n'était pas à sa convenance. Rémi lui disait son envie de pureté, d'une relation au-delà de la matière, qui le soulève et l'oblige à dépasser les sens, son désir d'un amour spirituel, plein de délicatesse et de tendresse qui lui permette d'échapper à la sexualité qui est au bout de tout comme limite. Avec elle il pouvait espérer atteindre cet idéal. Eugénie ne semblait pas comprendre, il se confia un peu plus. Il n'a jamais accepté de n'être qu'un petit garçon ; il a voulu être plus vieux que son âge. Ensuite il s'est fait surhomme, chevalier maître de sa destinée ; il n'acceptera pas de devenir un adulte comme ceux qu'il voit, et il désire une vie hors de l'ordinaire. Quel meilleur moyen d'y parvenir que de connaître un amour en marge du commun et de l'ordre naturel ?

Mais Eugénie se rebiffe : elle en a assez de n'être qu'une ombre immatérielle et soupire après le doux esclavage de la chair. Elle est jalouse des femmes, de l'effet qu'elles ont sur la sensualité de Rémi. Elle veut être tout pour lui, que toute joie, comme tout bonheur et toute peine, viennent d'elle. Elle exige d'être incarnée, d'être entière et aimée dans sa totalité. Elle refuse un amour émasculé. Tout ou rien. Plus de sentiments platoniques dans l'irréalité de la nuit, mais le soleil brûlant de l'amour physique.

Ce fut au tour de Rémi de bouder. Il fut quelques nuits sans retourner au château et, quand l'ennui l'y poussa, penaud et repentant, il avait décidé d'obéir à la volonté de la princesse. Ne sachant trop comment procéder, il eut d'abord l'idée d'étaler les vêtements d'Eugénie sur le lit, les souliers au pied, le jupon sur la courtepointe, la robe par-dessus, les gants au bout des manches. Il allait faire appel à l'imagination qu'il savait toute-puissante. Il se concentra, et sur l'oreiller la tête apparut, d'abord floue, qui se concrétisa et prit du volume. Le garçon espérait voir la robe se gonfler, le corps s'y matérialiser. Cela ne se produisit pas, malgré les invocations et les supplications. Les multiples essais furent infructueux. Une fois, en proie à une passion particulièrement vive, il se jeta sur elle. Il tenait le visage aimé entre ses mains, les yeux s'ouvraient, le sourire s'élargissait, mais les vêtements restaient vides. Il n'y avait aucune chaleur entre le corps de Rémi et le couvre-lit. Il embrassa la Dame, lui baisa les lèvres qui avaient un goût de terre, un goût de mort, lequel disparut peu à peu sous le souffle chaud. Les lèvres devenaient humides et pleines de vie. Peut-être alors... Rémi palpa là où auraient dû se trouver les seins rebondis de l'amante et ne rencontra que le flasque de la robe. Sa tête tomba sur l'oreiller couvert de sa salive et il pleura l'inutilité de ses efforts.

Ayant retourné la princesse dans son cercueil, Rémi erra sans but, en proie au désespoir. Il était incapable de réinventer un corps à sa Dame et il doutait de n'y jamais parvenir. Il savait pourtant quel corps il lui voulait, il l'avait sculpté dans l'argile, il le connaissait en détail. Mais de là à le créer... Même son visage n'était qu'une image. Et le temps filait, rapprochant l'échéance de septembre. Rémi marcha toute la nuit. Incapable de penser, il fuyait en bramant, se dérageait en brisant des arbustes, combattait sa langueur en courant à pleine vitesse jusqu'à ce qu'il s'écroule épuisé, les poumons brûlants. Hagard et perdu il ne rentra que dans le blanchoiement de l'aube et dormit toute la matinée d'un sommeil bestial.

Dans la chambre obscure, Robert éveille Rémi. Il le presse de sortir et d'aller rôder autour de la maison de Carmen. La veille il a une autre fois surpris sa Dame occupée à sa toilette, vu la splendeur de sa nudité, l'herbe de son pubis, noire comme ces mousses frisées qui croissent au bord des sources. Et il veut retourner coller son oeil aux fenêtres des Martel, même si Rémi lui a dit qu'il est improbable que la femme fasse une longue toilette ce soir encore. Aucune objection ne peut refréner Robert, aussi Rémi se rend-il à ses prières. Sur le toit de l'appentis, ils reçoivent en plein visage la clarté de la lune qui atteint presque sa plénitude. Elle s'étale à son aise dans le ciel et déborde sur la terre où elle stagne en épaisses flaques laiteuses. Les trembles sont en effervescence et des bulles de lumière éclatent sur leur feuillage.

Les garçons sautent dans l'herbe, récupèrent leurs bâtons et vont se mettre en route quand Rémi se fige:

— Sens-tu?

— Oui, ça pue. Qu'est-ce que c'est?

— L'oignon, les petits pieds. .

— La sueur.

— Oh!

Du coin du hangar une silhouette épaisse surgit. Ils reculent en longeant le mur, s'écartent pour éviter d'être coincés. La forme tourne sur elle-même pour suivre les garçons et la lumière blafarde allume les yeux de Pizza. Il sourit, sa bouche s'entoure de plis ombreux.

— On sort, les p'tits gars ?

Ils ne répondent pas.

— Approchez.

Ils ne bougent pas.

— Venez. Vous voudriez pas que j'appelle et que vos parents sortent, hein ? Ils ne seraient certes pas contents d'apprendre que chaque nuit vous allez trotter. Je vous surveille depuis un moment. On fait les quatre cents coups ?

Les garçons sont surpris et craintifs. Rémi réfléchit vite.

— Si c'est nous qui crions, mon père viendra. On lui dira qu'on est sorti parce que tu nous appelais, que tu contes des menteries, qu'on sort jamais. C'est nous qu'y croira, pis y te cassera la gueule. A moins que ma mère te descende à coup de fusil.

— Mon petit vicieux de menteur.

— C'est vrai, dit Robert. Nos parents vont nous croire.

— Bon, bon, je n'appelle pas, calmez-vous. On peut parler entre hommes. Faites pas les méchants, on pourrait s'entendre très bien tous les trois. Devenir amis.

— On n'a pas d'amis, dit Rémi.

— On n'en veut pas, ajoute Robert.

— Ouais, des amis de votre âge, j'comprends. Mais moi, je connais la vie. Je pourrais vous expliquer des tas de choses. A votre âge on veut tout savoir.

— On sait tout.

— Des choses amusantes, des choses bonnes, meilleures que tout ce que vous pouvez imaginer.

Ce disant, il passe sa langue sur ses lèvres et ses yeux ont une expression qui fait frémir Rémi. Pizza s'approche lentement, les mains tendues.

— Ayez pas peur, venez avec moi. Vous n'avez qu'à vous laisser faire; l'oncle Frank aime les petits garçons, il sait comment leur faire plaisir.

Un mince filet de bave coule des commissures de ses lèvres jusqu'à son menton, et la lune luit sur ce ruisseau. Robert serre les dents:

— Pour Carmen !

— Pour Eugénie ! répond Rémi.

Et en même temps ils passent à l'attaque. Pris de court, l'homme n'a pas le temps de réagir: le bout d'un bâton s'enfonce dans son ventre, un coup balancé le frappe au tibia. Il s'écroule en râlant, se tord, frottant sa jambe, tenant son ventre, cherchant son souffle. Robert frappe à nouveau, dans les côtes, une autre fois, sur la tête, et Pizza devient inerte.

— On l'a tué ! s'étonne Robert.

— On se défendait.

Une voix appelle au loin.

— Frank, Frank, où es-tu ?

Des pas se font entendre sur le gravier de la route. Les garçons filent se cacher dans le hangar d'où ils peuvent observer sans être vus. C'est Richard qui appelle d'une voix de plus en plus apeurée.

— Frank, réponds ! Je te préviens, ne te cache pas pour me faire peur. Je pourrais en mourir. Frank ! Frank !

Il s'énerve, tourne en rond, hésite à trop s'éloigner de la cabane.

— Frank ! Si tu réponds pas, je m'en vais, je te quitte.

Quelques pas encore et Richard s'arrête, tendu, prêt à s'enfuir. Il perd son ton affecté et retrouve d'un coup l'accent des tavernes.

— Maudit Français de marde ! Gros christ de baveux. J'm'en vas. C'est fini.

Dans le champ la forme bouge et grommelle.

— Y est pas mort, souffle Robert avec soulagement.

— Frank ! C'est toi ? Qu'est-ce que tu fais là ? Réponds-moi.

Richard court dans l'herbe haute, faisant des sauts agiles pour éviter que ses pieds ne s'empêtrent dans les tiges. Il s'agenouille à côté de celui qui se plaint, non, se jette dessus.

— Frank, Frank, mon chéri. Qu'as-tu ?

Il secoue son ami, lui tapote le visage.

— Oh, mais tu saignes. Pauvre amour. Oh ! Oh ! Oh !

Il regarde tout autour sans rien voir. Son visage défait se transforme peu à peu, les traits se durcissent et c'est une véritable furie qui se redresse, bouche crispée, griffes sorties.

— Qui t'a fait ça ? Où est-il, que je le tue, lui arrache les yeux et la langue et les couilles. Que je le déchire. Que je l'étrangle, que je l'éventre.

Comme il n'y a personne en vue et que Pizza geint, Richard retourne à lui. Sa voix s'adoucit.

— Oh ! pauvre chéri. Viens, je t'aide, lève-toi. Je te ramène à la maison. Je vais te soigner. Viens, aide-toi.

A force d'efforts il met Frank sur pieds, l'appuie sur lui et le fait marcher. Ils s'en vont, et Richard pleure et plaint « ce pauvre amour » qui souffre. Quand ils sont certains que Richard et son blessé ont regagné leur logis, Robert et Rémi remontent à leur chambre. Sans même se concerter, ils ont décidé de ne pas sortir ce soir. A la fenêtre ils épient la lumière de la cabane qui met longtemps à s'éteindre, en même temps qu'ils se remémorent à voix basse la correction infligée à Pizza. C'est une grande victoire, mais cela n'augure rien de bon pour le futur. Il leur faudra dorénavant être prudents et se méfier.

Rémi se recueillait parfois devant la malle où reposait l'amante décédée sans pouvoir imaginer un moyen de l'incarner. Il n'avait pas besoin d'ouvrir le coffre ; le visage, il le connaissait tellement par coeur qu'en quelque lieu qu'il fût, il n'avait qu'à fermer les yeux pour le revoir, même en plein jour, même au milieu des gens. Il l'avait modelé dans l'argile de la grotte au-dessus du corps qui l'attendait, afin que la déesse connût Eugénie. L'ensemble était harmonieux, beau à faire mal. Mais, le plus souvent, négligeant la maison hantée, le chevalier Rémi allait par les grands chemins guettant un signe qui viendrait de l'inconnu. Il comprenait que la solution n'était pas en lui. Robert, qui recevait les confidences, craignait par-dessus tout quelque invention abracadabrante, quelque cérémonie blasphématoire qui risquerait de faire sauter les barrages et de laisser les forces invisibles submerger le monde.

Le soir, Robert essayait de raisonner son frère, et le jour il tentait de le sortir de sa léthargie. Rémi, en attente, occupé à décompter les jours qui fuyaient, restait des heures durant à rêvasser. Dans sa tête, il se faisait un théâtre où la princesse et son chevalier vivaient des aventures inouïes, triomphaient de dangers fantastiques, s'aimaient. Robert rageait à se sentir délaissé et à voir les jours si précieux, gaspillés à ne rien faire. Il évitait de regarder le calendrier mais les nuits plus froides, les feuilles des trembles qui perdaient leur souplesse et sonnaillaient, l'air qui devenait fade et ne retrouvait plus à midi son ancien goût de pollen, tout lui parlait de la fin de l'été, du prochain retour à l'école.

Robert réussit à amener Rémi chez Maudit-Treupe pour aider à ramasser l'avoine et le seigle, et ensuite, à fendre et corder le bois de chauffage. Mais Rémi travaillait en automate. Son visage fermé disait bien que son esprit était ailleurs. Après une corvée, tandis que dans la cuisine les garçons savouraient leur récompense, Rémi fit habilement parler Maudit-Treupe au sujet d'Eugénie Savard. A vrai dire, ce ne fut pas bien difficile. Une question, et le vieil homme fouilla silencieusement ses souvenirs; une autre amorça les confidences et il n'y eut plus qu'à écouter. Jamais Maudit-Treupe n'eut d'auditeur plus attentif que Rémi qui vibrait d'émotion et Robert qui s'effrayait de plus en plus.

— La guerre. Pas un temps facile, maudit treupe. Nos enfants étaient ici, trop jeunes pour la guerre. Léon Savard vient tout énarvé : sa femme morte ! C'est drôle, j'ai pensé, était pas malade. On est allé avec lui. Ma femme l'a lavée, habillée. On l'a mise sur les planches. Elle était belle, belle. On a prié. La lumière sur elle. J'ai pensé a va se lever, a dort. La lumière, l'ombre sur sa joue. Je pleurais. C'était... c'était... Service à l'église. La terre gelée. On l'a mise dans la cabane du cimetière. Enterrée au printemps. Lui était plus là. Farmé maison avant Noël, parti à Montréal. Depuis, revient juste l'été.

Tandis que Maudit-Treupe reprenait son souffle, son regard absent toujours braqué vers le passé, Rémi restait en haleine. Il demanda :

— De quoi est-elle morte ?

— Sais pas. Trop loin, docteur pas venu. Elle était pas malade. On dit... mauvaises langues, pas croire ce qu'on dit.

— On dit que ?

— Lui pas aimable, elle bonne. Lui homme dur, parlait pas. Se fâchait parfois, maudit treupe ! Au village on l'aimait pas. Même son voisin qui habitait dans votre maison lui parlait pas. Alors mauvaises langues dire que...

La vieille se leva et parla. Elle avait le visage bouleversé. Elle ne s'adressait pas aux garçons qui ne pouvaient comprendre, ni même à son mari, mais regardait fixement le mur.

— *Ona nevzemle, net. Doucha ieie po notcham brodit. Ia-to slychou, kak ona jalouietsia, zovet pokoinitsa. Molit. Net, ne vgrobbou barynia Eugenia, pokoia iel net. A ia vse molus za neie.*

Elle se signa, alla devant la statue et joignit les mains. Rémi interrogea du regard Maudit-Treupe qui souriait.

— Ma femme dit, elle pas en terre, encore dans la maison. Pas en paix. Ma femme, peur des morts. Moi, j'ai mis tombe dans terre au printemps. Tombe lourde. Etait dedans, Mme Savard. Je sais, maudit treupe. Pas en liberté.

— Pourquoi elle serait encore dans la maison ? demande Rémi la gorge sèche.

— C'est pas vrai. Revenants, fantômes : des histoires de ma femme. A pense, comme d'autres, mort pas naturelle. Fantôme qui hante la maison, trouve pas repos, cherche vengeance.

— Et vous, qu'est-ce que vous pensez ?

— Bah maudit treupe! Mort c'est mort.

Il riait doucement, mais cessa vite devant les gros yeux que lui faisait sa femme. Il changea de sujet et ne parla plus d'Eugénie Savard. Rémi n'écoutait pas les discours sur l'hiver qui approchait, discours qui se changèrent en évocations d'hivers passés, de tempêtes terribles, de routes fermées, de famines chez les familles imprévoyantes. Robert avait perdu l'appétit. Les garçons partirent rapidement et quand ils se retrouvèrent sur la route, Robert se tourna vers son frère, lui bloquant le passage.

— T'as entendu? Un fantôme! La femme l'a dit. Elle est morte dans son lit d'une mort pas naturelle. Le professeur revient chaque été: le remords. Moi je pense qu'il l'a tuée pis qu'est devenue un fantôme. C'est dangereux. Va plus dans cette maison.

— Voyons, Robert, c'est des histoires de bonne femme. Aie pas peur.

— J'ai pas peur pour moi. J'suis pas allé dans la maison, j'irai jamais. Mais un fantôme qui veut se venger pourrait le faire sur toi. Je l'ai tout le temps su que c'était pas correct ce que tu faisais.

— Si elle voulait se venger, elle l'aurait fait depuis longtemps, et puis elle s'en prendrait pas à moi mais au professeur. Y a rien à craindre, c'est une femme douce, pas méchante.

— Comme ça, tu l'admets qu'il y a un fantôme?

— Tiens, t'as changé d'idée? Tu voulais pas croire que la princesse était dans la maison.

— Y a un fantôme, hein?

— C'est pas un fantôme.

— Mais est morte!

— Tu peux pas comprendre. Occupe-toé pas de ce que dit la femme à Maudit-Treupe.

— Elle le sait, elle l'a vue, morte sur son lit, étranglée peut-être. Pis elle a dit qu'est pas dans terre. Moi je vas plus à côté de cette maison-là et je veux plus que tu y rentres.

— J'sais ce que j'ai à faire. Occupe-toi pas.

Ils arrêtèrent chez Réginald et ensuite ne reparlèrent plus de cette histoire de morte. Mais le soir même, dès qu'ils furent dehors, après avoir vérifié que Frank n'était pas caché aux alentours pour les surprendre, ils se disputèrent. Robert insistait pour qu'on évite le parage de la maison hantée, et il voulait faire promettre à Rémi de ne pas y retourner.

Leur discussion tourna court, interrompue par les éclats de voix venus de la cabane. On s'y querellait ferme et les garçons, leur curiosité piquée au vif, traversèrent le chemin, firent un détour par le champ afin d'atteindre l'arrière où une petite fenêtre leur permettrait de voir à l'intérieur.

Les poings fermés, les veines de son cou gonflées et le visage tout rouge, Pizza roule des yeux exorbités. Il marche vers Richard en hurlant des injures, en criant des menaces. Mais est-ce bien Richard que cette jeune femme aux traits bouleversés qui recule, les mains tendues devant elle, dérisoires défenses contre la brute ? Cette robe bleu pâle, ces souliers à fins talons ! Les garçons en ont le souffle coupé.

— Non, Frank, c'est pas de ma faute. Je te le jure.

Richard est coincé, le dos à la petite table. Pizza s'arrête tout près de lui, l'attrape par la chemise et le gifle à trois reprises.

— Traînée !

Comme Pizza lâche son emprise, Richard tombe à genoux, le visage dans les mains. Il pleure et, à travers ses sanglots, s'excuse, supplie, implore, promet. Pizza souffle fort et lentement s'apaise. Quand il parle à nouveau, sa voix est d'abord posée, mais les mots l'enflamment et peu à peu la voix s'amplifie et gronde.

— Quand je t'ai vu couché avec cette grosse vache de Blanche, toi si beau avec ton grand corps blanc... Etendu à côté de cette monstruosité. Comment as-tu pu ?

— C'est elle. C'est sa faute. J'étais ivre. Elle m'a traîné dans sa chambre. Je me souviens de rien. Tu le sais bien que, moi, les femmes... Crois-moi, Frank, c'est vrai. J'étais inconscient. Je regrette.

La colère de Pizza grandit. Il marche de long en large en se tordant les mains, frappe la table du poing, envoie une chaise voler et se briser sur le mur. Toujours par terre, Richard suit le manège avec des yeux qu'agrandit l'angoisse, prêt à bondir vers la porte pour fuir ou à ramper sous la table pour se protéger. Pizza tombe lourdement sur la berçante, le regard fixe, les épaules abattues.

— C'est pas possible. Je n'arrive pas à le croire.

Il pleure sans bruit. Richard vient près de Frank, lui prend la tête entre ses mains.

— Regarde-moi dans les yeux, Frank. Qu'est-ce que tu y lis ? Frank, Frank mon beau, pardonne-moi et oublie tout ça. Je ne veux pas te voir ainsi.

Sans même lever la tête, Pizza lui décoche un coup de poing

en plein dans le creux du ventre et Richard croule par terre, hoquetant. Pizza se met debout.

—Ne me touche pas, ordure. C'est de ta faute si je pleure comme un veau. Me faire ça à moi! Me faire ça à moi qui t'ai ramassé dans le ruisseau, qui ai tout fait pour toi, qui t'ai tout donné. Me faire ça à moi!

Il retire sa ceinture, la plie et en frappe de grands coups dans la paume de sa main gauche. L'oeil injecté, les dents serrées, il marche vers le gars recroquevillé sur le plancher. Du pied il le fait rouler, et la courroie de cuir s'abat à plusieurs reprises, sur le dos, sur les côtes, sur les bras qui protègent le visage. Richard cherche à s'échapper, pleure et crie, rampe pour essayer de se glisser sous le lit. Pizza frappe comme un fou et ricane sauvagement. Quand son bras est fatigué, il s'arrête et s'aperçoit que Richard ne bouge plus. Alors, le gros homme soulève sa victime et l'étend sur le lit. Il essaie de la réveiller, appelle, s'énerve, court mouiller un chiffon, revient laver le visage inanimé, tapote les joues blêmes, frotte les membres que les coups ont marqués. Piteusement, Pizza supplie Richard de revenir à lui, lui dit son amour, s'excuse. Il lui verse quelques gouttes d'alcool entre les lèvres et s'en envoie lui-même de longues rasades. Richard ouvre les yeux et se plaint faiblement. Pizza le console, le presse contre lui, l'enlève sans peine et le porte. Il berce longuement Richard qui se fait tout petit. Robert pouffe de rire.

—C'est tordant!

—Pas si fort.

—On s'en va maintenant?

—Des vrais fous! L'Pizza, c'est un maniaque. Y vont encore se battre à soir, c'est sûr. En le voyant fouetter l'autre, moi je repensais à la fois qu'on lui a donné des coups de bâtons. On a bien fait.

—J'pense que Richard haït pas se faire battre; paraît qu'y a du monde comme ça.

—Des femmes! Richard, c'en est presque une.

—Ouais. As-tu vu, avec une robe, on aurait juré une femme.

—Bah! Même avec un pantalon, y a l'air d'une fille.

Ils furent bientôt dans la chambre et se couchèrent immédiatement. Rémi, en attendant de s'endormir, revoyait Richard dans sa robe bleue. On aurait dit une autre personne.

En pleine nuit, des coups frappés à la porte, des cris, tout un vacarme, tirent la maison des Simard du sommeil. Les garçons s'éveillent, Françoise pleure; en bas, la mère énervée exhorte le père à se dépêcher d'aller voir. De la lumière danse au plafond et, par-dessus les éclats de voix qui viennent de son père et de Pizza, Rémi perçoit un fort grondement. Il se précipite à la fenêtre: la cabane flambe! D'épaisses langues de feu dardent par les fenêtres, par la porte, lèchent les murs et se rejoignent sur le toit pour former une vertigineuse colonne qui monte en tournant. Plus haut, le vent la fouette, l'incline, l'élime, et l'air s'emplit de flammèches et de tisons. Un énorme nuage de fumée est visible, sa base éclairée en orange. Robert déborde en exclamations admiratives.

—Ça c'est un feu! A Montréal, y a rien à voir à un feu: un peu de fumée, quelques flammes si t'es chanceux. Les pompiers viennent trop vite. Mais ça! Regarde, les belles couleurs.

—Le feu purificateur!

Un instant Rémi a craint pour le château de la princesse, mais le vent pousse la chaleur et les flammes dans la direction opposée, vers le champ au regain vert.

—J'vais voir de plus près, dit Robert.

Il prend dans ses bras la petite soeur qui s'est levée et pleure toujours, puis il descend dans la cuisine où on a allumé une lampe. Rémi reste à la fenêtre à écouter le feu. La maison hantée se dore de reflets qui laissent entre eux de grandes ombres violacées. Rémi pense que la princesse pourrait être effrayée. Il en évoque le visage et le fait apparaître dans les flammes. Non, elle n'a pas peur, elle sourit légèrement. Elle doit plutôt se sentir heureuse. Elle sera ainsi débarrassée des indésirables. « Ils vont partir, se dit le garçon. Il n'y a plus rien à faire pour la cabane. Et eux, c'est pas le genre à en construire une autre. » Le père et Pizza sont sur la route. Ils ne peuvent approcher de trop près car la chaleur est intense. Ils restent bras ballants, impuissants devant la furie du feu. Rémi se demande si Richard est dans le brasier. « Ça ferait un beau sacrifice! » Bientôt, toute la cabane est engloutie et on ne distingue plus sa forme. Le toit s'écroule. Presque soufflées à un moment, les flammes retrouvent de là vigueur, se calment ensuite, et leur grondement se fait plus égal.

Dans la cuisine, la mère s'affaire à préparer un goûter. Rémi se sent en appétit, mais il résiste à la tentation de descendre immédiatement. Avant, il faudrait bien qu'il perde son expression joyeuse. Cette présence si près du château devenait une menace: tôt ou tard la curiosité aurait poussé Pizza et Richard à violer la solitude de la maison. Pizza, surtout depuis qu'ils l'ont battu, représente un danger constant. Cet incendie est providentiel. Qui sait? Il n'est peut-être pas d'origine naturelle. La Princesse menacée qui se défend. La nuit qui protège ses chevaliers.

Robert était dans un coin et quand Rémi descendit, Françoise, ravie de ce réveillon improvisé, babillait avec volubilité. Frank racontait pour la dixième fois comment la lampe était tombée de la table, l'huile répandue prenant feu; avec quelles difficultés ils étaient sortis au milieu des flammes qui se propageaient rapidement et bloquaient presque l'accès à la porte. Ils n'avaient rien sauvé, juste le linge qu'ils portaient. Loin de la table, Richard pansait ses ecchymoses. Il avait trébuché, paraît-il, en échappant aux flammes. Rémi imaginait la scène qui avait dû véritablement se dérouler: une bagarre. Pizza, sa colère revenue pour une quelconque raison, peut-être à la faveur d'une autre bouteille d'alcool, roue le plus jeune de coups et, en heurtant la table, fait tomber la lampe. A moins qu'il n'ait tout simplement voulu la mort de Richard.

Le père offrit aux sinistrés de les reconduire chez Méo, mais Pizza refusa, demandant plutôt la permission de passer la nuit ici. Au matin, M. Simard pourrait les descendre à Amos en allant à son travail. Ils n'avaient plus rien à faire dans le rang. Ils essaieraient de recommencer ailleurs. Cela ne faisait pas trop l'affaire de la mère, mais comment pouvait-elle refuser l'hospitalité? Elle leur installa donc un lit par terre. Rémi dormit mal, s'éveillant à tout moment pour écouter si un pas pesant ne sonnait pas dans l'escalier. Il craignait une visite.

Au matin, Rémi et Robert s'éveillèrent tôt, mais ne descendirent que lorsque le bruit de la voiture se fut éteint. Ils déjeunèrent en hâte tant il leur pressait d'aller examiner les restes de la cabane. Rémi prit la précaution de chausser des bottes de caoutchouc, mais ce fut en vain car les ruines noircies fumaient encore et les braises, qui couvaient sous la cendre épaisse, dégageaient trop de chaleur pour qu'ils puissent fouiller les décombres. Ils en firent le tour. Ici on devinait la porte, ailleurs une poutre; le mur arrière s'était effondré vers l'intérieur, protégeant ainsi une partie du plancher. Des objets recroquevillés jonchaient l'herbe roussie. Les masses opalescentes des vitres fondues brillaient dans le gris de la cendre.

La cabane disparue, la maison en face gagnait en solitude. Devant elle s'étendaient maintenant les champs. On pouvait la voir de loin et elle pouvait voir au loin. Plus d'autres voisins immédiats que les Simard : plus de Frank et Richard, plus de vieux prospecteur. Comme si cette maison savait se défendre des curieux. Il y avait bien le professeur, mais lui, il devait revenir en pèlerinage, obéissant inconsciemment à une malédiction, à un sort jeté contre lui. Et Rémi ? Lui, il est protégé par les forces de la nuit ; bien plus, sa présence est désirée par la maison, du moins par la princesse qui y dort. Rémi frissonna en songeant que la demeure aurait pu se défaire de lui comme elle l'avait fait de certains autres. Rien à craindre maintenant : il a été choisi, il est l'élu.

— Tu parles pas fort, dit Robert qui observe son aîné depuis un moment.

— Je pense.

— Comme moi t'as une bonne idée de ce qui s'est passé.

— J'imagine.

— Un petit tas noirci, c'est tout ce qui reste. Dire qu'hier, c'était encore une cabane.

Rémi reconstitue le toit et les murs, revoit la pièce, revoit surtout la scène qui s'y est déroulée. Sans savoir au juste pourquoi, il y cherche une signification qui transcenderait les apparences.

Tout l'avant-midi ce fut une procession aux ruines. Les habitants du rang, jusqu'à Godbout, vinrent visiter. Ils firent même halte chez les Simard. Sauf Godbout qui repartit comme il était venu, à pied, sans parler à personne. Rémi aurait eu envie de faire un bout de route avec lui pour l'écouter discourir. Il aurait peut-être donné une explication de la cause de l'incendie : vengeance de Jéhovah comme à Sodome, manigance de Ricard pour vider le rang. Aller le voir eut été trop compromettant. Maudit-Treupe arriva avec sa femme dans la voiture tirée par la jument. Assis derrière, les pieds ballants au-dessus de la route, étaient Diane et son frère Albert. Méo et Blanche accompagnaient Réginald et Sonia dans la nouvelle acquisition, une Buick d'occasion, à la carrosserie trouée comme une vieille chaussette.

On allait d'abord se recueillir quelques minutes devant les décombres, faire des suppositions, juger les anciens occupants, puis on se rendait à la cuisine des Simard pour se restaurer. Même scénario qu'à la veillée d'un corps. Heureuse d'avoir de la visite, et bien qu'ayant peu dormi la nuit précédente, la mère se dépensait pour bien accueillir ses hôtes. Il y avait du café, du thé, des boissons et de petites choses à grignoter. Ce fut comme un dimanche. On flânait, occupé seulement à boire et manger, heureux de se retrouver. Chacun rappelait les incendies dont il avait été témoin. On renchérissait sur le conteur précédent, comme dans une joute. Méo raconta l'histoire la plus terrible. Il expliquait avec force détails, en parlant des cris et de l'odeur, comment en France, avec sa compagnie, il avait brûlé au lance-flammes une meule de foin et les Allemands qui s'y cachaient. Il ne réussit qu'à s'attirer des railleries. Depuis longtemps, plus personne ne croyait à ses histoires du front. En fait, depuis qu'à jeun il avait avoué qu'en Angleterre il s'était tiré une balle dans le pied pour ne pas avoir à traverser la Manche et aller sur la ligne de feu. Méo protestait, affirmait que son histoire d'Allemands grillés était véridique. Il ne se préoccupait pas de ses contradictions. Chaque jour la vérité était différente et chaque fois était la bonne.

Le midi arriva et personne n'avait le goût de repartir. Dehors le soleil était gaillard et l'air traînait un goût de poussière, tandis qu'en dedans, à l'ombre, une brise rafraîchissante entrait à pleines fenêtres. On se sentait l'envie de chômer. Les femmes préparèrent des sandwichs et des viandes froides et on mangea à la bonne franquette, tassés autour de la table ou l'assiette sur les genoux. Quelqu'un laissa partir le mot « cartes » et on se mit en frais. C'en était fait de l'après-midi. Rémi montait pour aller se coucher mais sa mère l'arrêta.

— Sois poli, on a de la visite. Faut s'occuper d'eux, dit-elle en montrant Diane et son frère.

— C'est le temps que vous déménagiez, ma tante. C'est en train de devenir de petits sauvages, vos gars, ricana Réginald.

— Si on allait dehors, suggéra Albert.

— C'est ça, petits tabarnacs de morveux, dit Méo. Débarrassez la cuisine qu'on s'occupe de choses sérieuses. Envoye, Rachèle Simard, les cartes pis ça presse. Toé, le grand flanc mou de Réginald, amène ta bière.

Réginald alla quérir des bouteilles dans le coffre arrière de sa voiture. Diane et Albert le suivaient. Rémi et Robert restèrent derrière la maison et la contournèrent pour s'esquiver vers le ruisseau. Diane les guettait à l'angle. Elle mima leur mère :

— Soyez polis, vous avez de la visite. Faut s'occuper d'eux.

— On a à faire, dit Robert.

— Partez pis moi je rentre le dire à votre mère. A sera pas contente.

—T'es toujours pareille, dit Rémi.

Les garçons se sont rapprochés du mur pour profiter du peu d'ombre. La fille marche carrément sur eux et ne s'arrête qu'à quelques pouces du poing que Robert brandit.

—T'as du front, petite christ, de venir me narguer après tous les coups que t'as faits.

—Vous avez juste à pas vous prendre pour d'autres. On fait la paix maintenant ?

—Y en est pas question, répond Rémi offusqué.

—Une trêve au moins ? Comme un « time » à la « tag ».

—Avoir confiance... On te connaît pas, Diane, dit Robert.

—On la connaît bien que trop, rugit Rémi.

—Tu me connais mal, Rémi.

Robert hésite.

—Sais-tu, Rémi... Maman a dit...

—Moé c'est non. Rien à faire, j'aime mieux être puni.

Rémi est buté. Diane parle d'une voix calme, comme quelqu'un de raisonnable.

—Me semble qu'on pourrait essayer d'être amis, au moins de pas être en chicane. On s'est jamais parlé pour la peine.

Rémi hausse les épaules, fait mine de s'éloigner.

—On pourrait partir tous les quatre et aller jouer dans la grange à Maudit-Treupe pendant qu'il est ici avec sa femme. Le chien nous connaît.

—C'est tentant... Hein, Rémi ?

—Non.

Diane ne désarme pas.

—J'ai du tabac.

—Pis on pourrait voler de la bière à Réginald, renchérit Robert.

—Des cigarettes, de la bière, du foin. Imagine le « fun » qu'on aurait, Rémi.

Diane tente d'être convaincante.

—J'sus pas farouche pis Albert est pas un panier percé.

—Une fois pour toutes, non !

Et Rémi ajoute pour son frère :

—Viens-t'en.

Robert ne bouge pas, hésitant entre son allégeance à Rémi et la perspective d'aller jouer dans le foin avec Diane. Rémi est surpris de cette attitude et dévisage son frère dont le regard se fait fuyant. Diane suit la scène avec intérêt.

—Envoye donc, Rémi, supplie Robert.

—Non.

—Faut toujours que tu fasses à ta tête. Moé j'y vas.

—Vas-y! Mais si c'est de même, tu sais ce que ça veut dire entre nous.

Diane se rapproche de Robert, lui prend le bras.

—Viens, toi, tu le regretteras pas.

Robert se laisse entraîner vers la voiture de Réginald et jette un regard piteux à son frère. Rémi, sans un mot, tourne les talons et traverse la route. Il entend Robert qui crie à sa mère qu'il va reconduire les Martel. Diane fait une dernière tentative.

—Rémi... viens donc.

Il ne répond pas et continue vers le ruisseau afin que Robert sache bien où il se dirige. Sans doute pour le narguer, les autres rient et chantent plus fort que de raison. La trahison de son frère le met en rogne et, durant un moment, il songe même à détruire les seins d'argile. La cabane incendiée retient son attention. Pour oublier sa colère, il s'intéresse aux ruines. Il ramasse une penture que la chaleur a recouverte d'écailles de rouille, retourne une planche du bout du pied, souffle la cendre d'un joyau de verre fondu. Puis Rémi décide de se rendre à la caverne en piquant à travers le champ. Dans l'herbe derrière les restes de la cabane il découvre, chose surprenante, une chaise non calcinée. Un éclat de verre est fiché dans la babiche tressée. Cela confirme ses soupçons: une colère de Pizza! Celui-ci lance par la fenêtre la chaise et des assiettes, qui, encore intactes, jonchent le sol, puis il renverse la table et en même temps la lampe qui se brise et met le feu. Un autre objet attire l'attention de Rémi, c'est un des souliers que portait Richard. Pizza l'aura jeté dehors comme le reste. Rémi ramasse la chaussure et la tient contre lui en marchant vers le ruisseau. Il ne sait pas trop pourquoi il s'encombre de cet objet.

Dans le champ, un nid de mulots éventré par la faucheuse, et des criquets qui fuient par bonds désespérés; au-dessus, un oiseau de proie navigue dans les remous de l'air. Rémi descend dans la dépression entourée de broussailles et d'aulnes. Le ruisseau est là, comme un filet de sang dans une veine. Le garçon retire ses vêtements, qu'il tient à bout de bras pour traverser. L'onde tournoie autour des jambes, se frotte au ventre. C'est bien un sang qui coule, plein de volonté et de forces aveugles. Rémi escalade l'autre rive et va jusqu'à l'étang sans prendre garde aux framboisiers qui égratignent son corps nu. Il pose son linge à l'entrée de la caverne et c'est comme un ver qu'il rampe dans l'obscurité où stagne l'odeur de moisissure de l'argile et celle piquante de la sève des radicelles. Dans la lueur de la bougie la déesse sourit de son sourire de poupée. Rémi s'agenouille et lui raconte la désertion de Robert. Il a l'impression de se vider de sa colère. Il montre ensuite le soulier à la divinité et raconte à quoi il a servi, comment Richard s'est métamorphosé en femme. Et, d'un coup, en même temps qu'il parle, le lumière se fait. Il comprend la signification de l'incendie et du départ des intrus. Il tient le soulier devant ses yeux, revoit encore une fois Richard transformé en femme par la magie des vêtements. Voilà la solution! Rémi pourrait incarner la princesse par ce moyen: il suffirait d'habiller Robert avec les vêtements d'Eugénie. Dans la maison hantée, grâce à la magie de la nuit, l'opération réussirait et il connaîtrait la douceur du corps de l'aimée, qui sentirait en retour sa chaleur. Il faudra d'abord persuader Robert de se prêter à ce jeu.

Le garçon resta un bon moment à tenter d'imaginer la scène et surtout à chercher des arguments susceptibles de convaincre son frère. Quand il revint, il comprit que le château disait en son langage ligneux son approbation et son contentement. Comme si la maison était aussi la princesse.

Robert était revenu et il avait l'air contrit. Rémi lui lança un regard glacé, sans rien dire. Le laisser mijoter un peu. Ils furent très tôt dans leur chambre, sans échanger aucune parole. Dans l'obscurité, alors qu'ils attendaient le sommeil, Rémi parla d'une voix sèche.

—Tu t'es bien amusé au moins?

—Même pas. Comme on arrivait près de chez eux, j'ai vu Godbout sortir de chez Martel. J'ai vu rouge, pis j'ai dit des choses pas belles au sujet de Carmen et je me suis chicané avec Diane. Je l'ai poussée dans le fossé. Imagine, Godbout qui sortait de chez Martel!

—Bien fait pour toi!

Rémi se tourna sur le côté.

Tout le jour suivant Rémi bouda Robert, l'évita, ne répondit pas aux avances et chercha des moyens d'exciter sa jalousie ou sa curiosité. Après le souper, estimant que Robert était mûr à point, un peu aussi à cause de son air malheureux, Rémi l'aborda.

—Fais-toé-z-en pas. Ça veut rien dire que Godbout soit allé voir Carmen.

—Mais y est allé la voir.

—Pis après? Il voulait lui parler, peut-être même qu'il la trouve à son goût. Et qu'est-ce que ça change? Elle l'aime pas.

Pis y avait les jeunes enfants dans la maison. Tu ten fais pour rien.

—En tout cas, je l'aurai jamais, c'est sûr. Surtout après le coup de poing à Diane. Ah! et pis, j'y ai jamais cru à part de ça.

—Diane a dira rien. C'est une tête de cochon. A va essayer de se venger, mais a placotera pas. Le problème, c'est toi, ton manque de confiance.

—Les histoires de Dames... Carmen Martel sait à peine que j'existe. Ton Eugénie existe même plus.

—Faut pas douter, Robert. Au sujet d'Eugénie justement...

—Justement, rien. J'veux rien savoir d'elle.

Robert s'éloigna et Rémi résolut de le laisser seul jusqu'à ce que de lui-même il fasse le premier pas et s'excuse. Cela demanda deux jours. Profitant de l'avantage que lui donnait cette situation, Rémi expliqua comment il comptait faire revivre la princesse. La surprise fit place à la colère: jamais Robert ne se prêterait à pareille mascarade. Rémi était patient. Convaincu, il sut être convaincant. Il fit admettre à son frère l'idée de se travestir. Il supprima les réticences, répondit aux objections, fit comprendre l'importance de la chose. Quand Robert sut que la cérémonie aurait lieu dans la maison hantée, dans la chambre même où Mme Savard était décédée, il revint néanmoins sur sa décision. Une terreur incontrôlable le possédait. Il y avait le fantôme d'abord, il y avait surtout la crainte que l'affaire tourne mal, que la morte s'incarne et que lui disparaisse. Lui revenaient des scènes effrayantes de ces films d'horreur vus au cinéma le samedi après-midi: les tombes qui s'ouvraient, la main squelettique, le monstre au visage hideux. Rémi redoubla de patience et de persuasion et, finalement, au bout d'une semaine, Robert lui proposa de l'accompagner pendant le jour à la maison. Alors, peut-être qu'ensuite...

Le soleil s'écrasait sur l'appui de la fenêtre. Un large rayon, épais de poussière, éclairait la cuisine. Rémi pénétra le premier, suivi d'un Robert mal à l'aise et aux gestes gauches.

—Tu... tu penses pas, Rémi, que la princesse...

—Ben non! Ta visite lui fait plaisir. Et puis le jour, elle dort.

—Oui, mais le soir... Rien qu'en bas! J't'ai dit que je monterais pas dans les chambres.

—Oui, oui. C'est correct.

—Oh! Regarde-moi ce bric-à-brac. Il y en a des choses. A

quoi ça sert tout ça ? Tiens, ces grosses pinces-là, on dirait que ç'a été fait à la main.

—Oui, c'est beau, hein ? Les lignes rondes, le métal poli. On dirait une bête: les mâchoires ouvertes, l'oeil de la vis. Et tout ça, ça sert plus à rien !

Ils prenaient les outils, les soupesaient, les maniaient, les dépoussiéraient d'un souffle, et s'interrogaient souvent sur leur usage. Il y avait des outils anonymes venus de l'usine, et d'autres moins parfaits, auxquels les défauts de fabrication donnaient une personnalité. Outils inventés pour répondre aux besoins du moment, façonnés avec patience et amour : planes, serpettes, pinces, rabot, tenailles, trusquin, déportoir, hache à équarrir. Et des choses fabriquées avec ces outils : seaux en planches, huche, cuve à laver, baratte, banc à écorcer. Dans la pièce en avant les garçons découvrirent les instruments agraires : houes, bêches, râteaux, faulx, outillage mort d'où la main de l'homme s'était retirée. Ils parlaient avec éloquence d'un passé industrieux. Robert redoutait la proximité de l'escalier qui montait pour disparaître dans la nuit de l'étage. Il voulait sortir. Les garçons se retrouvèrent donc au grand soleil et s'adossèrent au mur.

—Pis ? demanda Rémi.

—Pis, c'est une maison.

—Pas dangereuse comme tu vois. T'as pas senti la présence de la princesse autour de nous ? Elle était heureuse de ta venue.

—J'ai rien senti.

—Mais pas de menace non plus. Hein ?

—C'est vrai ça... C'est tout plein de choses qui pourraient encore servir. Si on restait par ici, j'en prendrais.

—Des choses du passé ! Le passé ça sert à rien. On pense toujours que le passé c'est beau, utile et important. C'est pas vrai ! Les gens veulent pas oublier, c'est plus facile de vivre avec des choses connues. Tiens, Robert, regarde Godbout et Ricard : ils se chicanent pour des vieilleries, des idées d'hier. Pis, à l'école, qu'est-ce qu'on nous apprend ? Des vieilles affaires. Tout d'hier, rien d'aujourd'hui.

On les appelait. Françoise les cherchait pour jouer. Rémi retint son frère un instant.

—Pis ?

—Pis quoi ?

—Pour ce que je t'ai demandé, pour ce soir ?

—Ben...

—T'as vu la maison, rien à craindre. Dis oui. Si tu savais comme c'est important pour moi.

—J'verrai. Faut que j'y pense.

Ils sont à la fenêtre. Robert hésite encore.

—J'sais plus.

—Lâche-moé pas, Robert! Lâche-moé pas.

Rémi supplie. Son frère le suit en bougonnant. Dans la maison toute pleine d'une nuit dense où chaque mouvement crée des bruits, Rémi, qui connaît les lieux par coeur, traîne son frère derrière lui.

Ils montent l'escalier en tâtonnant. Les marches geignent sous les pieds. Robert est terrorisé, incapable de parler et son frère le tire avec une force qui ne lui est pas habituelle. Le pauvre Robert, que la nuit emprisonne, ne peut qu'avancer. Sur le palier, Rémi fait enfin de la lumière. Il se promène comme chez lui, avec familiarité et désinvolture. S'il se rend compte que pour son frère tout semble menace, il ne le montre pas, ne s'en préoccupe pas plus. La porte de la chambre s'ouvre sans bruit, et Rémi y pénètre avec la bougie. Pour ne pas rester seul dans l'ombre, Robert le suit. Les parfums de cette chambre! La présence qu'on y sent! Ce n'est peut-être que l'imagination de Rémi, ses désirs. Résister, ne pas croire, surtout ne pas avoir peur. Les fantômes n'existent pas. Pourtant, Robert avance, resserré sur lui-même, par crainte de frôler les meubles, la tête engoncée comme si on allait surgir derrière lui. La chaleur du jour persiste entre les murs, rendant l'air encore plus âcre. La gorge devient rêche et la salive pâteuse de poussière.

—Déshabille-toi, ordonne Rémi à voix basse.

—Je ne veux plus. Je veux m'en aller.

—Aie pas peur, avec moi il ne t'arrivera rien. Mais si tu pars... j'éteins la lumière, je me cache. Elle sera en colère et tu t'arrangeras avec elle. C'est un boute d'ici à la fenêtre.

Plein d'une haine et d'une rancoeur qu'il n'ose laisser paraître, le garçon se dévêt et laisse choir ses vêtements sur le plancher. La bougie fait tournoyer des ombres, battre les murs, trembler le lit. C'est toute la pièce qui vit et, par le miroir, oeil bleuté comme celui d'un cheval, elle regarde les garçons. Robert pleure en silence mais Rémi n'y prend pas garde. Il a ouvert le coffre et, tandis qu'il en extrait les vêtements, sa passion grandit. Il tend ces oripeaux à son frère qui retire précipitamment ses mains, recule. Rémi devra lui-même habiller Robert, que la peur paralyse. Il est comme un mannequin. Quand Rémi lui entoure la taille du corset, sa peau se contracte pour éviter le toucher, il se raidit comme si le tissu était de glace ou brûlant.

—Lève le bras, passe ta main, enfile la manche.

A chaque pièce d'habillement, c'est la même réaction de dégoût et d'effroi. Quand l'ouvrage est terminé, Rémi recule et contemple sa création avec ravissement.

—Tourne.

De dos, l'illusion est parfaite ; de face, Rémi réussit rapidement à mettre le visage d'Eugénie sur ce corps emprunté. Il montre la photographie.

—Regarde ! Admire-toi.

Mais Robert détourne les yeux ; Rémi lui touche le bras, le caresse, se pâme, devient fou, enserre la taille, pose sa joue sur l'épaule où la robe noire fleure bon et murmure :

—Eugénie, Eugénie, mon amour, te voici enfin dans mes bras. Nous voici réunis au-delà de la mort.

Robert se défend mollement tandis que Rémi le pousse vers le lit mais dès que sa jambe heurte le sommier, il a un sursaut et crie.

—Non ! Non ! Pas sur le lit où elle est morte.

—Où tu es morte, ma chérie, fait Rémi d'une voix douce.

Robert se débat, mais les vêtements l'entravent et son frère, ayant réussi à le faire basculer, se jette sur lui.

—Non, je ne veux plus, hurle Robert.

—Tais-toi ! Plus un mot, ou tu ne sors pas vivant d'ici.

Il a crié, mais sa voix se calme.

—L'amour a vaincu la mort. Je t'ai tirée de ton sommeil pour t'aimer, douce Eugénie. Ne te refuse pas à moi : c'est toi-même qui m'as appelé.

Aveuglé par la passion, Rémi caresse et enlace le corps convulsé. Les soubresauts que provoque la panique, il les interprète comme des élans de désir. Il parle d'une voix transformée et assemble des mots qu'il veut beaux.

—La nuit est notre demeure, mon amour, notre royaume où tout est ordonné pour nous être agréable. Tu m'appelais, je suis venu. Douce Dame, cède enfin à ton chevalier qui pour te conquérir a bravé mille dangers. Je veux t'aimer jusqu'à la fin.

Figé de peur, Robert tente de réagir. Il ne veut pas accroître la folie de son frère. Il murmure :

—Je suis Robert, je suis Robert. Ton frère, Robert.

—Eugénie, Eugénie, Eugénie. Tu es Eugénie. Eugénie Ducharme. Savard t'a tuée, mais je te ressuscite comme tu étais avant : libre, belle et sauvage.

Robert se recroqueville, ferme les yeux et laisse la furie de son frère s'abattre sur lui en baisers, caresses, étreintes. Le chevalier soumet la Dame. Ses mains perdues dans les étoffes bruissantes, il touche, explore et prend possession. Robert a disparu : sur l'oreiller, c'est le visage souriant d'Eugénie. Les joues ont perdu le froid de la mort, chaudes qu'elles sont de la même chaleur vivante que le corps. Robert pleure. Il essaie de se fermer au dehors, de n'avoir plus conscience que de ses pleurs, que de la vie de son corps. Et il lutte pour ne pas devenir Eugénie, se répète qu'il est Robert, Robert Simard, combat désespérément pour que la morte ne le chasse pas de lui-même. Il lutte, car les gestes et les mots de son frère sont persuasifs.

—O ma Princesse, unissons-nous malgré la mort et le temps. Plus personne ne pourra t'enlever à moi.

A ses oreilles les protestations et les plaintes se transforment en mots passionnés, en soupirs d'attente. Tout à coup Robert se dégage en hurlant. La magie cesse et Rémi est atterré. Eugénie a disparu et sous lui se démène Robert emmêlé dans du linge féminin. Sa passion morte, Rémi se laisse choir sur le lit qu'il bat à coups de pied et de poing. Il geint et sanglote. Robert en profite pour se lever, enlever en vitesse les vêtements, ramasser les siens et filer tout nu en emportant la bougie. Rémi reste dans l'obscurité qu'emplissent ses pleurs de désespoir. Accablé par l'échec, il se maudit, accuse son frère et engueule Eugénie. Il la menace, lui adresse des reproches. Il a envie de tout détruire, brûler la maison, lui dedans. Il se ravise et supplie la princesse. Elle est sourde aux appels.

Le garçon mit bien du temps à se calmer et à reprendre ses esprits. Tout était fini! Tout avait été fait en vain. Il se releva, rangea les vêtements dans le coffre et sortit. Il prit la peine de refermer la fenêtre. Il ne reviendrait plus dans cette maison! Robert sortit de l'ombre, au coin du hangar.

—Mon christ de fou! J'te pardonnerai jamais. Là-dedans, t'étais le plus fort, mais ici…

Il administra une magistrale correction à Rémi qui ne se défendit pas.

La tension entre les deux frères s'évanouit peu à peu, mais ils ne se parlèrent pas plus que le strict nécessaire. Robert ne pardonnait pas, et il fuyait la présence de l'autre. Rémi ne demandait rien tant que cette solitude. Il lui fallait apprendre à vivre avec le poids de l'échec. L'ultime moyen avait failli: jamais la Dame ne serait sienne. Elle avait voulu être plus qu'une ombre amoureuse, une femme épaisse de vie. Rémi n'avait pas su la transformer et maintenant elle lui en voulait, se dérobait. Malgré sa résolution, il revint à la maison abandonnée qu'il trouva vide. Le garçon eut beau appeler, ouvrir le coffre, toucher le lit, rien ne se produisait. La maison restait muette.

Cependant, plus la princesse se dérobait, plus grand était le désir de Rémi. Il ne pensait qu'à elle, aux promesses, à ce qui aurait pu être. Fermait-il les yeux un instant, que le visage aimé apparaissait dans sa mystérieuse beauté, fragile illusion qu'un rayon de lumière suffisait à briser. Et Rémi se languissait, passant de longues heures à rêvasser, inventant des aventures où, demi-dieu, il côtoyait une Eugénie bien vivante et palpable.

Comme la maison hantée, la nuit devint déserte, vidée de son mystère, drainée de ses forces. Rémi la percevait comme devaient le faire tous les autres et il évita bientôt de sortir après le coucher du soleil : les chevaliers n'existaient plus.

Il fallait se lever tôt, rouler durant plus de vingt milles sur le chemin rocailleux pour arriver à l'école, dîner de sandwichs qui prenaient un goût fade dans la boîte, le même goût chaque jour, quelle que soit leur garniture. Le soir, attendre parfois durant plus d'une heure que le père ait terminé son travail, et refaire à l'envers le chemin du matin.

Seuls à manger à l'école et voyageant ensemble, Rémi et Robert devaient bien se parler. D'autant plus qu'il fallait faire front devant cette foule d'inconnus, tous amis d'enfance ; parmi eux, les deux nouveaux détonaient et on n'était pas encore prêt à les accepter, encore moins à les intégrer. On se contentait pour l'instant de les observer. On les surnommait « les colons ». Dire qu'à Saint-Gérard ils étaient « ceux de Montréal » ! Robert et Rémi réapprirent à se considérer comme frères et non plus comme chevaliers d'une même confrérie. Rémi dépossédé des pouvoirs que lui donnait la nuit, Robert reprit son autorité naturelle. Après une semaine, l'école était déjà une routine et les garçons savaient avec qui ils deviendraient amis, de qui il faudrait se méfier. Ils écoutaient discrètement ces garçons d'Amos parler entre eux, et le quotidien qu'ils évoquaient rappelait la vie à Montréal, un quotidien que Rémi et Robert connaîtraient bientôt. Pour l'instant, le soir les ramenait dans le rang à d'autres réalités : le bois à rentrer, l'eau à pomper, les lampes à remplir d'huile.

Le voyage à Amos faisait défiler de chaque côté de la voiture un panorama qui parlait avec éloquence de l'échec : abatis non brûlés et qui ne le seraient jamais, champs de souches pourrissantes comme les croix de bois de quelque cimetière abandonné, maisons sans fenêtres ni portes que n'habitait que le vent, étables écroulées sous le poids des neiges, terres qui retournaient en friche. La désolation, la faillite des rêves ! Par-ci, par-là, une ferme encore vivante, moribonde plutôt, qui ne faisait qu'accentuer l'impression de désolation. Quel contraste avec Amos ! « Et puis non, se dit Rémi, c'est pareil. » Similitude des cimetières de souches et des petites maisons alignées entre l'église et la scierie avec, à côté, les hôtels pour oublier que le pays neuf n'est pas venu. L'échec, que suggèrent les maisons abandonnées des rangs, il est écrit en lettres lumineuses le long de la rue principale. Amos c'est Montréal et Montréal, le rang perdu de Saint-Gérard qui se vide de ses rêves. Rémi a l'intuition d'une grande vérité : « Le colon est pas loin en nous, le colon fourbu d'avoir tant travaillé et dont le lot ne sera jamais patenté. » Son bien ! Un autre récoltera. « J'veux pas que mes sandwichs goûtent toujours le fer-blanc de la boîte à lunch. Est-ce que les sandwichs de ces hommes-là, qui rentrent au moulin à scie, ont le même goût que les miennes ? Un goût fade. Le goût de l'herbe à moutons. Mouton, fils de mouton. »

La pensée de l'échec obsédait Rémi et il se disait qu'il avait manqué de persévérance dans sa quête. Durant la classe, il regrettait l'été, la nuit surtout que les chevaliers avaient peuplée d'une vie fantastique dont n'osait parler le livre de zoologie. Ces grandes courses toujours nouvelles et différentes, prenaient avec le recul des dimensions d'épopées et, par contraste, le quotidien devenait encore plus terne. Parfois, en fermant les yeux, il pouvait revoir le visage d'Eugénie. Mais c'était bref. En pleine classe, face à un tableau blanchi de signes, au milieu de toutes ces têtes somnolentes, devant le flot de connaissances débitées sur un ton monotone, l'amour d'un jeune garçon pour une morte devenait absurde comme les peurs de la nuit qu'on ressasse le matin au soleil. Rémi devait fournir un pénible effort pour se rappeler tout ce que cet amour l'avait poussé à faire. C'était comme les événements d'une autre vie vécue dans un monde fabuleux. La frontière était encore proche. Il faisait bon se dire qu'à tout moment on pourrait quitter le courant pour regagner la rive.

L'envie de reprendre possession de la nuit devint plus

grande encore durant les cours de religion. L'aumônier expliquait la messe, ses rites, leurs sens, et Rémi ne pouvait que les comparer aux cérémonies sauvages sous l'oeil complaisant de la Déesse noire. Les forces élémentaires et la puissance du chevalier-prêtre des ténèbres semblaient plus grandes et terribles que celles de l'aumônier avec ses gestes dérisoires. Ces mots douceureux qui parlent de grâces et d'indulgences pâlissaient devant la mémoire des incantations viriles et blasphématoires. Cette religion que proclame l'aumônier : une chose du passé, des gestes qui n'ont plus de sens, comme tous ceux des traditions ; la même que celle de Ricard, l'appel du berger qui rassemble son troupeau. Et celle de Godbout, une religion d'Anglais qui permet au mouton noir de se croire loup. Une autre affaire du passé. Tandis que la Déesse noire et les cultes qu'elle réclame ! Rémi se dit qu'il doit retourner à la caverne, prier, célébrer quelque rite nouveau afin de ne pas se laisser prendre aux réseaux que tissent les mots du prêtre et les phrases des livres. Il ne veut pas marcher au pas, se laisser avoir comme les autres, ployer le genou au signal devant une blafarde divinité de plâtre, la Vierge noire au corps vernissé par le sang des grenouilles et des mulots sacrifiés, est tellement plus réelle, plus vraie.

Le vendredi soir, un orage terrible s'abattit sur la campagne et Rémi dut remettre à plus tard ses projets. Il veillait dans la cuisine et imaginait la cérémonie qu'il inventerait près de la caverne. Les enseignements de l'aumônier lui donnaient des idées. Il n'en parlerait pas à Robert. Tout ça serait une chose entre lui seul et la nuit.

La mère ne faisait pas attention au temps maussade. Elle rayonnait de joie car il ne restait plus que trois semaines avant le déménagement à Amos. Cette perspective lui faisait endurer de bon coeur la solitude, et la joie de la mère, toute la famille en profitait. Le père était enjoué, il plaisantait. Rémi se dit qu'ils auraient une soirée intéressante, qu'on parlerait, quand Françoise serait endormie, d'autres choses que des banalités habituelles. Quand seraient épuisés les racontars de la ville et du rang, il essaierait de pousser son père à raconter des souvenirs, des aventures de sa jeunesse. Mais leur joie, les parents eurent envie de la partager avec d'autres adultes et dès que la petite fut endormie, ils s'en furent veiller chez Réginald, laissant la garde de la maison aux garçons.

Rémi se retrouve avec Robert dans la cuisine au silence tissé d'une multitude de petits bruits. Il ferme l'arrivée d'air et le fanal à naphte s'éteint. Le silence s'alourdit. La lampe répand du jaune dans la pièce, laissant de grandes taches d'ombre un peu partout. Le poêle ronfle avec régularité, s'emballe d'une saute de vent, se calme. Une bûche déboule, de la résine explose, le feu s'étouffe lorsqu'une rafale s'engouffre dans la cheminée, dégorge de la fumée par les fentes autour des ronds. Il va mourir, il se reprend et glousse, imitant la roulade d'une perdrix au printemps.

Rémi se lasse d'écouter le poêle et porte son attention au dehors. Fouettée par la pluie, râpée par la bise, la maison se plaint. Des éclairs font rouler leurs grondements. Il sent la nuit s'infiltrer dans la maison, se terrer dans les coins de la pièce, sous les meubles. Le garçon a tout à coup l'envie de s'immerger dans l'ombre. Il souffle la lampe, et l'obscurité pénètre à pleines fenêtres, balaie la cuisine comme un raz de marée. Les remous se calment et la noirceur stagne, pleine d'une odeur d'huile et de mèche carbonisée. Il patauge pour regagner sa chaise. Robert n'a pas protesté quand la lampe a été éteinte, et il s'est laissé couler sans se débattre. Rémi se dit que lui aussi désirait ce bain. Ils sont assis, comme deux noyés sur le fond d'un lac. Un éclair bleuté, ou une lueur rougeâtre venue du poêle, donne de la profondeur, du volume à la nuit, la rendant encore plus présente. Robert se lève et va à l'armoire :

— On est bien mieux comme ça.

Rémi n'a pas à répondre. Robert vient lui porter un verre, du cognac, et ils en savourent le feu dans leur gorge, le parfum épais qui suit la déglutition. Puis Robert se met à parler, rappelle la grande tempête du début de juillet, alors qu'il avait calmé les éléments pour rassurer Carmen Martel. A son tour Rémi évoque des souvenirs de nuit que l'éloignement transfigure. Ils revivent leurs luttes et leurs mauvais coups, leurs désirs et leurs peurs. Tout y passe, même la nuit folle où Robert avait failli disparaître au profit d'Eugénie. D'une voix un peu tremblante, Robert raconte sa lutte avec l'esprit de la morte.

— J't'en veux plus. Maintenant je comprends un peu.

Toutes les phrases ramènent à la caverne d'argile, sanctuaire d'une obscène déesse, lieu des cultes étranges, des célébrations au rituel jamais fixé, tanière où les agneaux allaient s'inventer des crocs, se faire pousser des griffes.

— Godbout avec ses loups et ses moutons !

— Y a raison. Mais lui, c'est pas un loup.

— Nous on est des loups, hein, Rémi ?

— J'sais pas. J'voudrais.

— Oui. Regarde le curé Ricard, on l'a battu à son jeu. Pizza, lui, on l'a battu pour vrai. Diane, dans le tas de fumier, pis ensuite dans le fossé. On a toujours gagné, on est les plus forts.

— On n'a pas tout réussi, surtout pas le plus important.

Rémi a une voix qui tremble d'émotion. Robert va remplir les verres et recommence à discourir. Il décrit l'école, parle d'Amos, des garçons, du déménagement prochain. Rémi sent que son frère éprouve la même nostalgie que lui, la même angoisse à l'idée de perdre leur royaume nocturne.

—Rémi, j'veux rester chevalier. On pourrait continuer à Amos peut-être.

—Ça serait pas pareil. Impossible même.

—Ouais, ici c'était vrai.

—Et on n'a même pas réussi. On avait toute pour. Imagine en ville...

—Tu m'avais dit qu'on aurait nos Dames. Tu l'avais dit! Ça a pas marché. On part d'ici comme tous les autres, avec des rêves qui ont pas marché.

Robert renifle et continue à boire.

—J'y croyais, Rémi.

—...

—Maintenant c'est trop tard. On a perdu. On n'est pas des loups.

—...

—Tu m'avais dit... Ben, réponds!

—J'y croyais moé aussi. J'y crois encore, Robert.

—Tu veux me consoler.

—Non, on a peut-être abandonné trop vite. Faut qu'on cherche encore, qu'on reprenne nos courses. Depuis l'autre fois, la fois de la maison hantée, les chevaliers sont pas sortis. Ça va changer. Tout est possible, mais faut avoir la foi. On a douté, Robert.

—On a presque plus de temps. Sortir la nuit... Faut se lever le matin pour l'école.

—Demain soir! Au moins une autre fois. On va faire une cérémonie, une messe de nuit. On va y mettre le paquet, faire venir les monstres, les démons et les génies, réveiller les morts. On va faire trembler la nuit, même si on en crève. C'est mieux encore que d'être un mouton suiveux et battu d'avance. On a péché par notre paresse, va falloir se faire pardonner.

Rémi s'emballe en parlant, se lève, gesticule, et Robert est fasciné. Il sent son enthousiasme près de renaître.

—On avait oublié notre déesse. On l'a négligée. Demain on va l'adorer, on va faire le mal en son honneur.

Ils se relaient pour décrire, avec des voix excitées, des sacrifices sanglants, pour inventer des litanies et des prières à rebours, toutes pleines de blasphèmes et d'infamies. Impossible de partir de rien; pour créer il faut d'abord détruire ce qui est, puis bâtir avec les débris. Ils ne peuvent adorer la Vierge noire qu'après avoir brisé les autres idoles; il faut profaner pour pouvoir adorer.

Rémi cherche un péché immonde à commettre, tout de suite, juste pour se préparer. L'alcool exalte son imagination, il voit des stupres fabuleux mais irréalisables, des meurtres sadiques tellement outranciers qu'ils en seraient sacrés. Il fouille ses souvenirs, tente d'imaginer des faits évoqués dans les manuels d'histoire et dans la Bible, les martyrs canadiens, les premiers chrétiens et les lions, les saints Innocents, à peine des allusions mais qui avaient fait naître de puissantes images. D'un coup, l'idée lui vient d'un péché terrible, un péché qui salira ce qu'il a de plus précieux, un péché qui détruira en même temps qu'il libérera.

Dans la chambre à coucher des parents, il s'étend sur le lit où il a été conçu et se touche. Rémi sent des cordes se rompre en lui. Il les croyait sensibles comme celles des guitares, et il se rend compte que ce n'étaient que des liens. Dans l'ombre autour du lit, il imagine le sourire de la Déesse et la silhouette ténue d'Eugénie. Profaner, nier, ramener à des proportions humaines. Refuser d'être dominé. Se libérer pour grandir. « Demain faudra trouver quelque chose de pire, de mieux encore. » Il peut se redresser comme si un poids était tombé de ses épaules. Plus jamais personne ne sera supérieur à lui. « J'sus pas né pour l'échec. J'ai pas une âme de mouton. Le passé, je m'en crisse. J'sus pas lié par ce qu'y a eu avant. Démolis la cathédrale d'Amos, t'as assez de pierres pour faire un château ou un pont, un mur ou une grande tour pour voir au loin. » Il se reprend du cognac et se berce. « Plus tard je changerai de nom. Simard, bof! Un nom bien à moi, un nom nouveau comme si j'avais pas d'ancêtres, pour pas supporter leurs erreurs. Je ferai mes erreurs à moi, christ! Des erreurs nouvelles. Robert va me suivre. »

Ce samedi-là, le soleil parut rajeuni et prêt à effacer toute trace de l'orage. La famille se rendit à Val-d'Or chez le frère de Réginald et d'autres vagues parents. La parenté, les garçons s'en moquaient bien, et Val-d'Or leur semblait une ville déprimante, mais ils ne purent échapper à cette corvée. Surveillés de près par la mère, ils firent sourires et grâces à la vieille grand-tante. Ils ne revinrent qu'à la nuit tombée, fourbus par les milles de route à travers une campagne où l'herbe roussissait déjà. Il fallut faire semblant de dormir et en même temps lutter contre le sommeil.

Le temps parut interminable avant que la maisonnée fût assoupie.

L'air vif de septembre fouette les visages et réveille complètement les chevaliers. La nuit donne envie de courir, de profiter de la liberté retrouvée. Rémi a prévu une longue sortie, toute la nuit peut-être. Besace à l'épaule, les garçons prennent la route vers la civilisation. Robert a noué le soutien-gorge de Carmen à son bâton et le porte fièrement. Ils ne savent pas jusqu'où les conduira leur course. Il faut trouver des offrandes pour le sacrifice, il faut surtout reprendre le temps perdu. Pas une parole n'est échangée. Il n'y a rien à dire, chacun est à sa quête. La maison de Méo, silencieuse et obscure au centre de sa clairière, les ramène à la réalité.

Les garçons s'y rendent, fouinent aux alentours sans détecter signe de vie, y pénètrent avec prudence. Si les occupants dorment, ils leur feront peur ; s'il n'y a personne, ils en profiteront. La chambre est vide. Méo et Blanche sont sans doute chez Réginald. Robert fouille sous l'évier, là où se trouvent d'habitude les bouteilles et il déniche un flacon plein, le sceau encore intact sur le bouchon. Sans prendre la peine d'en identifier le contenu il le met dans son sac et, avant de partir, histoire de s'amuser, les deux garçons renversent table et chaises, jettent le matelas en bas du sommier, étalent, sans les briser, les assiettes sur le plancher.

Il n'y a qu'une veilleuse chez Martel, mais beaucoup de lumière chez Réginald. Le rite coutumier d'une soirée de cartes.

—On va espionner ? demande Robert.

—J'aurais plutôt envie qu'on se rende jusqu'au village.

—Au village ?

—J'ai mon idée.

Ils essaient de se confondre aux broussailles du fossé jusqu'à ce qu'ils aient largement dépassé la maison de Godbout. Puis, c'est la nuit obscure aux étoiles agitées de frémissements. Le rang débouche enfin sur la montée. Ils tournent à droite vers la grappe de lumières confuses qui signale le village. Ils ne sont plus seuls : le susurrement des fils électriques accompagne leur avancée. Une fois, ils doivent se coucher dans un champ humide, tout cabossé par le passage des vaches. Une automobile vient en grondant. Puis les maisons du village sont tout près, inondant le chemin de clarté. Des voix : le magasin général-restaurant-salle de billard reste ouvert et des jeunes jasent sur le perron. Derrière la première maison, dans une voiture abandonnée à la rouille, luit le rougeoiement de deux cigarettes. Un couple d'amoureux peut-être. Les garçons quittent la route, s'éloignent dans le champ vers la masse sombre d'un bosquet. Des chiens jappent. Passé les arbustes, c'est le cimetière, le corps de l'église et le presbytère.

C'est vers les bâtiments paroissiaux qu'ils se dirigent. Il y a de la lumière au presbytère, et une grande animation règne dans la salle à dîner. Des échos assourdis en parviennent : pleurs d'enfants, conversations animées, réprimandes de parents. La petite voiture blanche n'est pas dans le stationnement. Les garçons se risquent donc à regarder par l'une des fenêtres. Des valises et des boîtes s'entassent dans un coin, des vêtements sont empilés sur la table. Par terre, sur des matelas une douzaine de personnes essaient de dormir. « C'est vrai, se rappelle Rémi, Ricard héberge cette famille qui a passé au feu. » Ces odeurs de cuisine, cette vie familiale dans son immense demeure d'ordinaire si calme, doivent déranger le curé. Comme si Robert avait les mêmes pensées, il ricane :

— Il doit être allé aux femmes, pour avoir la paix.

— Aux femmes... ou à autre chose, chuchote Rémi.

Non, Ricard fait une tournée des fermes, pour organiser une corvée. Les petits ennuis que lui cause l'envahissement de son domaine, il les supporte avec résignation, joie presque. Ce feu, cette corvée sont les bienvenus : après une suite d'échecs et les oppositions que rencontraient ses projets, le curé vivait en reclus. De force, les événements le rouvrent aux autres, lui font reprendre conscience de sa mission. La corvée sera un moyen de regrouper les ouailles, de leur faire partager une tâche commune. Ensuite... Il rêve tandis que sa voiture le ramène vers le presbytère. En haut de la côte du rang cinq, où on domine le village, il s'arrête, éteint le moteur. Là-bas, les lumières de Saint-Gérard. Des maisons obscures rapetissent le village, mais il le connaît tellement qu'il réussit à situer les habitations noyées dans la nuit. Un moment il s'amuse à identifier chacune des taches jaunâtres, à y mettre un nom de famille. Son village, champ où, fermier de Dieu, il cultive les âmes ; laboratoire où, alchimiste des hommes, il va découvrir la vraie pierre philosophale : le bonheur terrestre par l'harmonie sociale. En attendant la joie éternelle. Ah ! s'il pouvait partager cette exaltation. Mais il est seul et isolé comme tous les précurseurs.

Rémi entraîne Robert près de la sacristie, jusqu'à une encoignure sombre. Ils font le guet. Personne ne les a vus.

—Qu'est-ce que tu veux faire ? demande Robert.

—J'veux rentrer.

—T'es fou ! Si Ricard revient ?

—Toé, quand t'as terminé ta journée à l'école, as-tu envie d'y retourner le soir ? Non ! Ricard non plus.

—Tu sais ce qu'on risque ?

—C'est toé qui me demande ça ?

Robert essaie la porte : fermée à clef. Mais, grimpant sur les épaules de son frère, il réussit à ouvrir une petite fenêtre et à s'y glisser. Tendant les mains à son complice, il le hisse et l'aide à pénétrer dans la sacristie. Ils hasardent quelques pas sur le parquet glissant. Leur coeur bat à tout rompre : délicieuse peur d'être pris sur le fait, exaltation d'être dans l'illégalité, joie d'agir en secret dans l'ombre, d'être une menace.

Ricard balaie une dernière fois le paysage du regard. Il sait qu'à la clarté il verrait le damier des champs, les mers d'épinettes, les bosquets jaunissants des trembles, les grosses granges des cultivateurs à l'aise, celles à peine plus grosses que des maisons des colons. Au loin, au-dessus des arbres, se dresserait le clocher de Saint-Dominique, celui de Béarn. Encore plus loin, par temps clair, il verrait le soleil luire sur l'Harricana et le lac Obalski. Rien de comparable à la douceur et au vert tendre du Témiscamingue. C'est au contraire la rudesse, le mal dégrossi, le pas encore fini. Mais cet exil, il l'a voulu, choisi contre tous les avis. Son pays de mission ! Une grande émotion l'habite. Il ne va pas retourner tout de suite au village, mais se promener un peu dans l'air frisquet. Les buissons d'aulnes et de noisetiers chuintent. Ricard s'approche d'eux. Le besoin de toucher, de caresser les feuilles mourantes. L'hiver sera long. Besoin de souvenirs d'été. Un objet roule sous son pied. Intrigué, il se penche et le ramasse. Avant même de l'avoir approché de ses yeux, il sait. Ce tissu de caoutchouc mince et souple, il en connaît l'usage. Le dégoût monte à la gorge du prêtre et il lance la capote au loin. Il se détourne vivement. « Satan est toujours là, à côté de nous, qui guette le moment propice pour nous tenter. Prier. Lutter. » Ricard joint les mains et marche un peu, tête baissée en récitant un Avé. Il longe les arbustes. Ses yeux bien accoutumés à la nuit découvrent sur la mousse, à travers l'herbe ou sur les branches basses, d'immondes objets, des mouchoirs chiffonnés, des bouteilles de bière vides et même une culotte féminine accrochée à un gaulis, comme un repère ou un signe de ralliement. Il l'arrache, la déchire et la jette. Le signe de ralliement du mal! Voilà donc le lieu où se retrouvent les jeunes gens. Il se doutait bien qu'il y avait un certain endroit où se faisait ce qu'ils appellent « le parking ». Mais ici! En vue du village, au plus haut de la colline, au plus près du ciel! Tant de déchets... beaucoup de péchés qu'on ne lui a jamais avoués. En plus du vice, il y a donc une incroyable quantité de fausses confessions, partant, de communions sacrilèges. Seigneur Jésus, quel berger est-il? Innocent et naïf qui rêve d'un éden, tandis que le Mal gruge comme un cancer. Qui d'autre que lui pourrait l'enrayer? Sexualité! Cause de tous les maux, de toutes les déchéances, de toutes les défections. Interdire cet endroit? Le policier? Ils iraient ailleurs. C'est en chacun d'eux qu'il faut combattre Satan. D'abord les identifier; accuser chacun au confessionnal, le forcer à avouer? Ne serait-ce pas risquer de choquer et de troubler des innocents, et même de leur donner l'idée? Ah! Que Satan est rusé! Mais il le vaincra par la prière et la mortification.

Ricard pleure sans bruit, s'agenouille pour prier. Mais voilà qu'il est tout près des reliefs orgiaques. Ce mouchoir brodé d'un J, à qui est-ce? Julie? Jacinthe? Jocelyne? Josée? Elles sont toutes en âge de se laisser entraîner. Leurs mères sont donc négligentes! Peut-être même sont-elles complices, ferment-elles les yeux sur ces escapades. Escapades? Le mal serait donc si profond que ces débauches sexuelles ne seraient plus considérées que comme des escapades sans gravité? Connaît-il vraiment son village, ses fidèles? Julie, Jacinthe. Il voit leur visage, si innocent en apparence. Hier encore, la communion solennelle. Elles lui apparaissent toutes nues, les mains des garçons sur leurs seins encore bourgeonnants. Il voit les étreintes des couples, entend les râles et les rires. Ricard pleure de plus belle, avance à quatre pattes, tâte, explore, cherche parmi les ordures. C'est toute la jeunesse du village qu'il imagine occupée à forniquer à qui mieux mieux. Le sexe pour le sexe! Le refus de la famille, de l'enfant; l'homme réduit à son côté animal. Hier encore, c'était la grande croisade de la colonisation, la construction pour le futur, l'espoir qu'on semait à largeur de champs. Et voilà la récolte? Des jeunes dénaturés, qui ne pensent qu'à fuir vers la facilité de la ville et entre-temps oublient leur ennui, le vide de leur vie sans idéaux dans ces paradis artificiels de l'alcool et du sexe. Sexe maudit! Péché originel impossible à effacer. Sexe, sexe, sexe!

Rémi se heurte à la table. Ses doigts découvrent la maquette. Les projets que caresse le curé, les rêves qu'en sa sainte naïveté il veut concrétiser. « L'échec! L'échec! » murmure le garçon en arrachant les arbres et le gazon suggérés par des mousses et des éponges. Robert se joint à lui, écrase ce qu'il peut, démolit ce qu'il touche. Rémi ouvre un placard, en retire une chasuble et une étole qu'il bouchonne et fourre dans sa besace. Ses yeux s'habituent à l'obscurité, et il trouve la porte qui mène à l'église. Il s'y aventure. Dans le choeur il hésite, des mots lui viennent en tête : sacrilège, profanation, simonie. C'est contre ces croyances, contre l'enseignement reçu qu'il agit. Mais, si tout était vrai? Si les statues allaient se mouvoir et l'encercler pour l'écraser dans leurs bras de plâtre? Si le Christ allait réagir, le terrasser d'un éclair? Si le tabernacle s'ouvrait sur des horreurs, le visage du crucifié souriant tristement. Il semble à Rémi que la lampe du sanctuaire se balance là-haut dans l'air pourtant mort. Le garçon pose quand même la main sur la serrure. Rien ne se produit. Il ouvre la porte du tabernacle : toujours rien, ni fracas, ni tonnerre, ni lueur aveuglante, encore moins de voix venue d'ailleurs. Rien d'autre que le grincement léger des charnières. Il revient dans la sacristie.

—Bon, ben on décolle.

Robert s'approche d'un coin :

—C'est le cierge pascal, ça ?

—Oui, ça a l'air.

—Je le prends.

Ils enjambent la fenêtre et se retrouvent sur le gravier crissant. Ils courent derrière le presbytère dont les lumières sont maintenant éteintes, franchissent une petite clôture de planches et se jettent par terre, hors d'haleine.

La lune informe, toute rouge, dépasse la crête des épinettes. Au loin, sur ce qui semble une colline, des phares s'allument. La lune blanchit en s'élevant, et dans sa lumière apparaissent des croix.

—Maudit! On est dans le cimetière, constate Robert.

Rémi observe ces croix bien alignées pareilles à des pommiers dans un verger. Non, avec un peu d'attention on voit bien qu'elles ne sont pas vraiment en rang, qu'elles ne le sont plus, comme si le bois redevenait vivant et poussait selon sa logique d'arbre. Chacune s'incline à sa guise. Trois monuments de pierre brisent l'harmonie. Monuments, c'est vite dit. Des stèles minces mais somptueuses en regard des croix.

—Christ! Partons d'ici, dit Robert mal à l'aise de se trouver en un tel lieu.

Rémi ne répond pas. L'une de ces croix porte le nom d'Eugénie et, en dessous, les os de la femme sont mêlés au sol. Il a envie de toucher cette croix. Il se lève et commence à scruter chaque inscription, en se tenant un peu de côté pour ne pas voiler la lumière sélène. Parfois il doit épousseter de la paume ou gratter la poussière avec l'ongle. Des noms, des noms à consonance familière ; des dates, des âges ; des croix pour les femmes qui ont élevé de grosses familles ; les mêmes croix pour les enfants n:orts encore en fleur ou pour les paresseux. Une croix, rien qu'une croix au bois moisissant ! Ailleurs, ce qui pourrait témoigner de la vaillance et du travail ne compte plus : les enfants oublient ou partent, les fardoches encombrent les défrichés. Juste une croix, comme un vieux ticket de cinéma. Plus personne ne se souvient du film.

Robert suit son frère de près, jusqu'à lui marcher sur les talons, trop craintif pour rester seul. Il songe que sous ses pieds des morts dorment. Ils s'éveillent au bruit des pas, fâchés d'être dérangés, jaloux de la vie des vivants. Ils se fraient un passage jusqu'à la surface, tendent leur mains décharnées vers les chevilles de Robert. La panique s'empare de lui. Il s'élance à la course, la besace lui claquant la hanche. Les croix défilent de part et d'autre, semblent se rapprocher. Elles vont l'encercler ! Il fait un crochet, louvoie, sans regarder par terre, le regard fixé sur un nuage luminescent qui lui sert d'amer. Des pas derrière lui, on le poursuit ; on le frôle, des bras tentent de l'agriper au passage. Jamais il n'a couru si vite et, sans ralentir, il saute la clôture. Hors du cimetière, il cesse de forcer sur ses mollets, mais laisse son élan le porter loin des morts. Il s'assoit par terre, hors d'haleine, épie d'éventuels poursuivants.

Rémi a trouvé la sépulture d'Eugénie. Il caresse la croix, la nettoie, la redresse. Une voiture arrive au presbytère et ses phares balaient le cimetière. Rémi se jette à plat ventre. La lumière disparaît ; une portière claque. Le garçon ne se relève pas tout de suite, mais écoute, l'oreille collée à la terre. Rien. Rémi est étendu et se dit que son visage est vis-à-vis du crâne de la morte. Il ferme les yeux et appelle l'aimée. Il cogne doucement du poing. Rien ne se passe, la terre reste fermée comme un mur de maçonnerie. Rémi espérait qu'Eugénie, fuyant la maison abandonnée, s'était réfugiée au milieu de ses restes. Sous lui, la terre glaciale d'Abitibi. Ecartant l'herbe, il gratte et recueille un peu de ce sol qu'il met dans sa poche.

Assourdi par la distance et les murs, un grand cri vient de l'église, un cri étiré comme celui d'un homme qui déboule d'une falaise et tombe longtemps. Rémi se lève et court rejoindre son frère. Pour se réchauffer, ils débouchent le flacon volé à Méo.

—As-tu entendu un cri?

—Non.

—T'étais trop loin. Je pense que le curé est entré dans l'église.

Ils rient, fiers de leur puissance, et boivent encore pour se donner courage avant la longue marche qui les ramènera au Ruisseau-Maudit. Sur la route, leurs pieds deviennent légers et leurs pas élastiques. Ils sont rois de la route et maîtres de cette nuit dont les autres s'excluent. Peu à peu les aboiements s'éteignent, le village recule dans l'espace.

Ricard pleure, geint et se plaint. Comment est-ce possible? Ce dégât dans la sacristie, la maquette détruite. Des rêves brisés! Punition? Tribulations permises par Dieu, pas tant pour éprouver son serviteur que pour lui rappeler sa triste condition humaine, pour empêcher l'orgueil de croître davantage. Et Dieu a réussi! Ricard sent avec lucidité les entraves charnelles qui le limitent. Il n'est pas un glorieux chargé de mission, mais l'humble et imparfait instrument de la volonté divine. Cette pensée le réconforte. Il va se recueillir à l'église devant le corps du Christ et trouver force dans la méditation et la prière, mais voilà qu'il découvre le sacrilège; la porte du tabernacle forcée, le ciboire renversé, les saintes espèces étalées sur l'autel. Et il en manque. Il manque surtout ce beau calice, si harmonieux de ligne, au métal si bien poli, le cadeau de sa mère à son ordination. Dieu l'éprouve avec démesure, parce qu'Il l'aime et attend beaucoup de lui.

La lune colle des ombres sur la croix qui se dresse au carrefour du rang et de la montée. Robert grimpe et arrache la lance qui vient sans se rompre. Il la brandit en riant, menace son frère de la pointe inoffensive. Rémi la lui enlève. Elle est de bois sec et cassant, vieilli par les intempéries. S'apercevra-t-on demain que le monument a perdu un de ses attributs? Plus personne ne fait attention à ces signes d'un autre temps.

—Ça va nous faire une offrande. Garde-la bien.

Tout sommeille chez les humains. Le chien noir de Maudit-Treupe vient jusqu'à la barrière sans aboyer, les renifle et s'en retourne dormir. Ils marchent vite pour dépasser le danger que représentent les habitations. Une lampe veille dans la cuisine de Méo.

—Ils ont peur, Robert. C'est sûrement le diable qui a viré leur maison à l'envers.

—Ça me donne une idée. Tiens mon bâton, Rémi, pis continue à marcher.

Robert s'approche de la maison et risque un oeil par la fenêtre. L'air hagard, Méo boit sec. Blanche, à quatre pattes, ramasse sa vaisselle en s'arrêtant souvent pour se signer. Robert recule et, visant le carreau lumineux, lance la pique de toutes ses forces. La vitre vole en éclats et l'arme disparaît à l'intérieur. Des cris et des jurons montent, les voix sont hystériques. La lumière se déplace, apparaît au dehors. Robert se cache. Le couple s'éloigne de la maison. Elle, la lampe à la main, ouvre le chemin en agitant un rameau et en criant aux quatre vents :

—*Vade retro satana*. Arrière Satan, toi qui as perdu Dieu pour l'éternité. *Vade retro*. Pis attention, j'ai un rameau bénit.

Méo suit, brandissant une bouteille qu'il tient par le goulot en regardant craintivement autour de lui.

—Fais pas le fou, j'sus de ton bord. Tiens, j't'ai apporté à boère, tabarnac.

Blanche secoue une palme sèche que le vent époussière. La procession atteint la route. La lumière s'atténue, mais la voix de Blanche reste forte.

—*Vade retro satana. Vade retro satana*. Christ, arrête de me pousser dans le dos, Méo !

—Marche ! Pis laisse-moé tranquille. Satan, tu peux pas m'en vouloir !

—Ta gueule, Méo ! *Vade retro satana*.

Rémi rit aux larmes. Robert revient. Il est retourné dans la maison récupérer la lance et en a profité pour prendre une autre bouteille. Il poursuit son frère avec l'arme. Rémi se sauve et dit en imitant la voix de Blanche :

—*Vade retro. Vade retro*.

Ils passent en silence devant chez eux. A mesure que la maison familiale s'éloigne, Rémi se remet à parler plus fort. Lui échappe soudain un cri. Robert lève le bâton prêt à se défendre.

—Quoi ? Rémi ! Qu'est-ce qu'il y a ?

Sans répondre celui-ci se met à courir vers la maison abandonnée, et Robert voit qu'elle est grande ouverte : on a enlevé et les planches et la porte. Rémi s'est appuyé contre le cadre vide. Robert vient lentement. Dans l'herbe, il remarque les deux larges traces, celles d'un camion, qui vont de la route à la maison. Des pilleurs !

—Attends-moi, appelle Robert.

Il rejoint son frère et allume le grand cierge pris à l'église. Rémi pénètre.

—Oh non ! c'est pas vrai !

Tout est vide. Plus rien ne subsiste du fouillis, sauf quelques bouts de ferraille. Plus d'outils, plus de meubles, plus d'instruments. Le professeur aurait vidé sa maison ? Non. Il n'aurait pas arraché porte et fenêtres, ni emporté les armoires. Ce sont bien des pilleurs. Ils doivent être venus durant le jour alors que les Simard étaient absents. Rémi se précipite dans l'escalier, grimpe les marches quatre à quatre, et Robert le suit pour ne pas rester seul, même si, vide et lavée par le vent de son odeur de passé, la maison n'est plus menaçante. Un sanglot vient de la chambre. On a pris les meubles, même le coffre, dont le contenu jugé sans valeur est étalé sur le plancher. Rémi est prostré, tenant les vêtements à pleins bras et pleurant tout haut. Robert reste immobile à contempler le chagrin de son frère. Il se sent bien incapable de le consoler. Il est plutôt prêt à partager sa peine.

Rémi se calme un peu. Il fouille avec frénésie parmi les vêtements jusqu'à ce qu'il trouve le coffret qu'il presse contre lui. Il rassemble ensuite le linge en un énorme ballot qu'il enroule dans le couvre-lit. Il pleure encore et parle d'une voix brisée.

—Tu vas voir, je vais te sauver. Je vais t'emporter avec moi dans la caverne. Plus personne pourra te faire de mal.

Robert souffre du désarroi de son aîné. Il se met en devoir de l'aider, passe son bâton dans le ballot.

—Prends ton bout. A va être bien avec nous dans notre repaire. Viens-t'en maintenant.

Rémi ne peut se résoudre à quitter les lieux.

—Viens-t'en Rémi. Elle est plus ici.

Ils vont lentement, ne voyant pas où se posent leurs pieds. Le lourd paquet se balance entre eux. Robert marche vite. Il a hâte de se débarrasser de ces vêtements qui lui rappellent une nuit dans la chambre de la morte. Ils déposent les effets, ceux d'Eugénie et ceux dérobés à l'église à l'entrée de la caverne, et Rémi s'assoit au milieu. Robert ramasse du bois, empile les bûches, y mêlant de l'écorce et des brindilles sèches. Rémi semble reprendre le contrôle de lui-même :

—Ça, c'est une vengeance du Christ. Le dieu de Ricard a pris les devants parce qu'il savait qu'on allait piller l'église. Il était déjà vengé.

—Ça serait Martel, que ça me surprendrait pas.

—Possible. Lui ou un autre mouton. Ça ne fait rien. C'est le dieu des moutons qui est en arrière de ça. On va faire des représailles, Robert. On va frapper à notre tour.

—Peut-être que...

—T'as pas peur? La déesse noire est avec nous. Prends un coup et passe-moi la bouteille.

Ils boivent à tour de rôle.

—Fais-toé-z'en pas, Rémi. J'sais ben que c'est terrible qu'on ait brisé le château de la princesse, mais au moins tu l'as sauvée, elle est avec nous.

—Non. J'sais pus où elle est. On a rapporté rien que ses vêtements. Elle était plus dans la maison, même avant que les pilleurs viennent. Pis, elle était pas non plus au cimetière. Partie. J'sais pas où. Plus rien sert à rien.

Découragé, Rémi boit avec rage et chaque gorgée l'abat un peu plus. Autour d'eux la nuit est silencieuse, feutrée de froid. La lune toute petite et figée se racornit encore. Mis en train par la marche, le sac de la sacristie et l'alcool, Robert ne veut pas voir leur escapade se terminer en queue de poisson: il désire une fête, un cérémonial pour oublier cette première semaine d'école. Il tente de secouer Rémi, de piquer son orgueil, de fouetter son agressivité.

—T'es un lâche, Rémi! La princesse a raison de te fuir.

Rémi reste impassible et continue de boire comme s'il n'avait pas entendu. Robert emporte la robe d'Eugénie et, à l'insu de son frère la revêt. Il vient lui toucher l'épaule.

—Rémi, c'est moi, ta princesse.

Rémi tend le bras et tâte l'étoffe lisse. L'odeur familière le réveille.

—Eugénie, c'est toi!

—Tu es un lâche, Rémi, et je suis déçue. A la première épreuve, au premier obstacle tu m'abandonnes et tu t'écrases comme un chien battu. Dire que j'étais fière de mon chevalier! Et moi dans tout ça, pauvre Eugénie chassée de son château, j'erre dans la nuit, bâdrée par les ombres. Je cherche, j'appelle, j'attends, je t'attends. Toé, tu restes assis sur ton cul sans me secourir. Lâche! Lâche!

—Non! C'est pas vrai. J'suis pas un lâche. J'suis sans pouvoir. Fais-moi un signe.

—Un signe! C'est à toi à me faire un signe. Montre-moi où tu es.

Robert, maintenant qu'il a intéressé son frère, quitte son rôle, abandonne sa voix cérémonieuse. Il serre le bras de Rémi.

—Lutte, christ! Attire-la ici, oblige-la à revenir. Lutte, même si t'es pas sûr de gagner. C'est comme dans la cour d'école: faut en imposer, attaquer le premier même si t'es pas le plus fort. Juste de te voir décidé, ça arrête les autres.

—C'est pas pareil.

—Oui, pareil. Prétends-toi fort et puissant, ordonne à la princesse de revenir, fais-lui peur, si y a rien que ça qui marche. T'es un chevalier, un grand prêtre de la nuit. T'es capable.

Rémi se met debout. Ses jambes flageolent, mais sa tête se redresse fièrement, encore bourdonnante des mots de Robert.

—T'as raison.

Tandis que Robert retire la robe et allume le feu, Rémi endosse la chasuble, passe l'étole à son cou. Ils disposent les vêtements d'Eugénie dans les branches d'un sorbier. Ainsi la princesse pourra observer la cérémonie. Dans les lueurs du brasier naissant, les vêtements se gonflent de la chair de l'ombre. L'officiant sort la Vierge noire de son antre et, la tenant à bout de bras, la promène en grande pompe. Robert porte le cierge pascal. La procession va ainsi jusqu'au ruisseau, contourne l'étang assoupi, s'égare un moment dans les aulnes pour revenir à l'aire où rugit le feu. La statue est installée le dos contre le talus, son ventre et ses seins caressés par la chaleur. Le corps à la peau écailleuse de reptile, comme une éponge assoiffée, se gorge de nuit et de lumière jusqu'à en devenir charnu. Au-dessus, la tête d'ange aux yeux doux et au sourire timide. Mais Rémi qui s'agenouille devant la déesse, n'est pas dupe de cette apparence. Les balafres noires sur le plastique rose des joues, ce sont les traînées de sang qui restent des anciens sacrifices. Elles disent bien les appétits de mort et les goûts sanguinaires de la déesse, sa nature exigeante.

Ainsi préparé par sa méditation face à l'idole, Rémi-grand prêtre s'approche du brasier qui tient lieu d'autel. Robert s'agenouille et attend. Rémi mouille d'alcool la frange de son étole. Il fait le tour du choeur, aspergeant la déesse, bénissant Robert. Après, Rémi invoque la nuit, appelle les esprits des éléments, somme les morts d'accourir. Sa voix s'amplifie et les mots viennent sans qu'il les ait cherchés. Ils le surprennent lui-même.

Quand il s'arrête, les orgues des épinettes grondent solennellement. S'y joignent les sons aigrelets du ruisseau. Aspirées par la chaleur, les sèves quittent les racines, suintent sur le sol et font siffler les braises. La terre se soulève, le ciel se rapproche. Tout bouge et respire dans cet amphithéâtre. La nef nocturne s'emplit de fidèles qui observent. Rémi sait déjà comment va se dérouler la cérémonie. Les enseignements de l'aumônier de l'école vont lui servir. Et après l'offertoire, la consécration et la communion, vient l'action de grâces, une danse frénétique autour du feu. Les garçons boivent et leurs pieds nus claquent sur le sol. En hurlant, Robert plante à plusieurs reprises sa pique dans les braises. En riant, ils scandent :

—Ils ont percé ses mains et ses pieds ; ils ont compté tous ses os.

Les garçons sont maintenant ivres. Ils voient la nuit et ses habitants faire la ronde avec eux. Ils entendent le sol et les arbres se répondre, l'air craquer. Rémi sent Eugénie tout près qui hésite, voudrait repartir mais reste prisonnière d'un réseau de forces supérieures. Afin qu'elle le reconnaisse, il enlève les vêtements sacerdotaux, les jette aux flammes et tourne sur lui-même en épelant le doux nom. Le visage aimé flotte au-dessus d'un buisson, avec un sourire diaphane, des yeux ombreux. Rémi se précipite, mais ses bras se referment sur le vide. La vision a reculé. Il se lance à la poursuite d'Eugénie qui fuit à travers les arbres.

Malgré la fatigue qui raidissait leurs muscles et pesait sur leurs paupières, les garçons suggérèrent qu'on aille à la messe à Saint-Gérard. La mère fut heureuse de l'initiative de ses fils. Ces dernières semaines, la famille avait négligé la fréquentation de l'église à cause de la mésaventure des garçons avec le curé. Joint à l'été sans contrainte, cela lui avait fait craindre qu'ils ne deviennent de petits sauvages sans foi ni loi. Qu'ils demandent à aller à l'église la rassurait. En fin de compte, la fréquentation de l'école des frères à Amos avait du bon.

Les garçons attendaient avec impatience l'entrée en scène du célébrant. Ils voulaient voir la mine de Ricard, savoir ce qu'il ferait, ce qu'il dirait. Il arriva selon le cérémonial habituel et procéda aux prières au bas de l'autel, comme si de rien n'était. Mais Rémi avait remarqué la mine défaite et les yeux rougis du prêtre. Il voyait bien le missel qui tenait la porte du tabernacle fermée. Quand Ricard se dirigea vers la chaire il semblait un peu plus voûté qu'à l'habitude. Dès qu'il commença à parler, il retrouva toute son énergie. Ses mots le réveillaient en même temps qu'ils secouaient l'assistance. L'orateur se laissa aller à l'émotion et à l'éloquence. Il prit une voix grave, tremblante.

— Mes frères, c'est le coeur brisé que je vous parle ce matin. Le chagrin m'abat, mais l'indignation me soulève. Si je tremble, c'est de la rage que m'inspire une sainte colère. Mes frères, des impies, un seul peut-être, ont souillé, pillé, saccagé, violé, profané même, ce temple de Dieu. Non content de déposer d'immondes détritus dans la sacristie, le monstre sacrilège a volé des vêtements sacerdotaux et le cierge pascal. Ces méfaits ne satisfaisaient pas l'âme damnée. Dans sa folie démoniaque, la bête vicieuse a forcé la porte du tabernacle et emporté mon calice. Il a, par la même occasion, volé les saintes espèces, des hosties consacrées qui serviront à Dieu sait quelles fins sataniques.

Il fit une pause, le temps que ses paroles pénètrent les esprits. Il lut la colère sur les visages.

— Je vois votre colère et je la comprends. Elle témoigne de votre noblesse. Mais nous sommes des chrétiens, donc des hommes charitables. Il nous faut oublier les envies de vengeance et plutôt prier Dieu qu'il pardonne au mécréant. Cependant, charité n'est pas lâcheté : nous devons nous conduire en soldats du Christ, protéger nos biens, défendre notre foi. L'ennemi est parmi nous, qui menace nos âmes, attaque notre sainte religion. Cet ennemi, c'est Satan, et il s'incarne dans un visage que nous connaissons tous. Est-il besoin de le nommer, ce suppôt de l'enfer par qui le mal nous arrive ? Non, vous savez tous de qui il s'agit. Dans sa demeure, Satan se sent à l'aise : il y est un invité choyé. Et déjà, plein de confiance en lui-même, il commence à se manifester ailleurs. Hier soir, sans doute au moment où le sacrilège était commis dans notre temple, Satan et ses cohortes de diables attaquaient la maison de braves gens durant leur prière. Pour les empêcher d'honorer leur créateur ! Les forces obscures et surnaturelles se déchaînaient, brisant les fenêtres, renversant les meubles.

De la main, Ricard montrait le premier banc où Blanche et Méo gardaient la tête basse dans une attitude faite d'abattement et de piété. « Hypocrites », riait Rémi en lui-même. C'était trop comique, et les deux frères se poussèrent du coude. Le curé reprit son discours afin de profiter de la qualité d'écoute qu'il avait communiquée à ses fidèles.

—Et ce n'est pas la première fois que ces braves gens sont ainsi victimes des manigances du Malin. Il y en aura d'autres sûrement, vous peut-être. Ceux qu'il ne peut charmer ou soumettre, il tente de les écraser. Sa puissance est terrible. N'oubliez pas que c'est un ange déchu, un esprit. Le Christ a su repousser le Tentateur sur la montagne, mais nous, pauvres humains, que pouvons-nous contre les puissances du Mal? Heureusement, nous avons la prière, l'eau bénite et le crucifix comme armes invincibles. Et Satan le sait. C'est pourquoi il ne se manifeste qu'en des occasions extrêmes. Il préfère se faire oublier, agir à notre insu, en se servant de notre penchant naturel pour la facilité et le plaisir. N'attendez pas de voir des événements extraordinaires pour reconnaître l'action du Malin dans votre vie. Il agit quotidiennement pour provoquer votre perte. Et maintenant qu'il possède son temple dans notre paroisse, il faut nous attendre à ce qu'il soit encore plus actif. Insidieusement, il va investir notre village, nos maisons, nos vies. Quand je songe au trouble, et à l'impiété qu'il peut semer en des âmes jeunes et non aguerries, à leur faiblesse qu'il peut exploiter pour faire germer d'innombrables vices, je tremble et j'ai peur pour eux. Je pleure sur ces âmes en danger. Le Mal, installé si près de nous à demeure!

Il souffla quelques secondes et reprit en soulignant ses mots de claques sonores sur le bois de la balustrade.

—Il faudrait vider ce rang maudit! Vider cette annexe de l'enfer, isoler le disciple du Maudit, l'empêcher de répandre sa mauvaise parole et finalement, l'amputer de notre paroisse. Qu'il aille se faire pendre ailleurs! Des gens de ce rang ont compris, des familles vont quitter les lieux. Et c'est tant mieux. Je disais: il faut vider cette annexe de l'enfer. Il serait plus juste de dire: il AURAIT FALLU vider... Maintenant c'est trop tard. Le Malin a d'autres lieux dans notre paroisse qui lui sont chers, d'autres endroits où il se sent chez lui. Il y attire des gens pour des sabbats inimaginables. N'ayez pas l'air incrédules. Je vous le dis: Satan possède des fidèles dans notre village, il vit caché au milieu de nous.

Ce fut un cri que lança le curé:

—Oui, Satan habite ce pays que votre père ou vous-même avez voulu domestiquer pour fonder un lieu de dignité! Un pays où nous retrouverions notre dignité par le travail, où nous apprendrions la liberté. Ce pays que nous voulions simple mais honnête, le voilà qui se corrompt et deviendra, si nous n'y mettons bon ordre, une nouvelle Sodome. Pères défricheurs, la semence a mal germé et donne un piètre rendement; les fruits qui mûrissent sont tavelés. Regardez-la, notre jeunesse! Cette jeunesse pour qui tout a été fait. Rappelez-vous, pères, l'abatis, nous le faisions plus grand que ne l'exigeait le besoin immédiat, pensant à cette race que nous devions engendrer. Rappelez-vous les souffrances, les privations, les épreuves; rappelez-vous la boue, la chaleur, les mouches de l'été, le froid, l'isolement et la famine de l'hiver. Tout cela aurait été subi en vain? Peut-être. Où est-elle cette race que nous préparions? On peut se le demander, car ce n'est pas dans notre jeunesse qu'elle s'est incarnée. Ces jeunes, vos fils, ils s'en moquent bien du défriché, ils lèvent un nez dédaigneux sur la glèbe et aspirent à se louer à des maîtres en ville ou dans les mines. Et vos filles, veulent-elles prendre la relève, multiplier la race dans l'abnégation? Non, elles sont coquettes et légères et le travail leur pèse. Elle n'est pas venue la race des hommes forts et libres.

Le curé se calma un peu. Dans l'assistance, plusieurs rougissaient; quelques hommes âgés étaient songeurs et chagrins. Des jeunes ricanaient discrètement.

La voix du prêtre se fit plus amicale.

—Il ne faut pas leur en vouloir: cette jeunesse, c'est nous qui l'avons faite ce qu'elle est. Où avons-nous péché? Il faut nous questionner. Avons-nous fait tout ce qui s'imposait pour communiquer notre idéal? N'avons-nous pas douté de notre mission? Et tous ceux qui ont abandonné en cours de route, n'ont-ils pas donné le mauvais exemple, prêché le désespoir? Il faut l'admettre: notre jeunesse, le grain qui a levé de nos semailles, n'est pas à la hauteur de nos espérances. Elle a l'âme servile alors que nous fondions de grands projets sur elle. Pire encore, beaucoup de ces jeunes sont pourris intérieurement par la luxure, l'ivrognerie, la paresse. Ceux-là, pour assouvir leurs vices, pour ne rencontrer que la facilité, sont prêts à toutes les compromissions. Je n'exagère rien. Un exemple: des jeunesses se retrouvent le soir dans un des sanctuaires de Satan où ils s'adonnent à la débauche. Et tout près d'ici, en vue du village, sur la côte du rang cinq. Je n'entrerai pas dans les détails, qu'ils se reconnaissent ceux que ces paroles concernent. Qu'ils se reconnaissent et se repentent!

Le curé restait l'index pointé vers le ciel. Il laissa un silence lourd s'abattre sur l'assemblée. Il était facile au prêtre de reconnaître le malaise sur certains visages et il retenait des noms. Ça servirait plus tard. Le mouchoir brodé d'une initiale, c'était celui de Julie? Seize ans. Elle se tenait à côté de sa mère, le corps raide et le visage sans expression; mais ses mains se frottaient nerveusement. Et là, le plus vieux à Joseph Tremblay ? Il se servait de l'automobile familiale pour ses orgies ? Le temps s'étirait, seulement meublé de toussotements et du bruit des pieds sur le plancher. Un marguillier regardait sa montre et il le faisait avec ostentation afin que monsieur le curé comprenne. Ah ! oui, il comprenait. Mais ils n'allaient pas s'en tirer comme ça. Ce qui devait être dit allait l'être. Tant pis pour le retard au dîner.

—Ce pays, où l'avenir devait se lever, plus beau encore que dans nos rêves les plus fous, le laisserons-nous mourir ? Se vider de son sang comme un blessé agonisant ? Accepterons-nous que le nom de notre village soit rayé des cartes ? Que soient effacées en même temps les années de souffrances et d'espérances, de labeur et de peines ? Laisserons-nous le grain pourrir dans le sillon ou être emporté par le vent qui l'éparpillera sur d'autres sols ? Non ! non ! et non ! Nous allons réagir, enraciner nos rêves et les concrétiser. Il existe des moyens de modifier le cours de l'Histoire. Créons d'abord ici même de l'embauche pour contrer l'exode de nos forces vives. Exaltons la vie d'ici pour effacer les mirages d'ailleurs. Il nous reste assez d'éléments de valeur pour créer la race désirée. Mais seule une action concertée et commune a des chances de succès. J'ai des idées à ce sujet que je partagerai avec vous en une occasion prochaine.

Les visages des fidèles commençaient à réfléter l'ennui et la fatigue, et l'attention diminuait. Le curé comprit qu'il avait atteint la limite. Lui-même se sentait épuisé par son éloquence. Il y avait encore tant à dire ! Il lui resterait des mots pour la prochaine fois. Il termina son sermon sur une exhortation à la prière et expédia le reste de la messe.

Les Simard prirent Blanche et Méo à bord de la voiture. Ce dernier raconta avec force détails comment leur maison avait été secouée, peut-être même soulevée du solage, comment les assiettes avaient volé en l'air d'elles-mêmes et s'étaient renversées. Des visages grimaçants étaient apparus aux fenêtres, il y avait eu des plaintes et des ricanements dans les murs, des bruits de chaînes. Et lui, il avait failli être tué par la lance qui transperça le Christ. Elle avait fracassé une vitre, avait effleuré l'homme et s'était arrêtée sur un mur. Et ce matin, quand ils étaient retournés dans la maison, l'arme avait disparu. Blanche recommença le récit, renchérissant sur les propos de son concubin. Elle parlait d'un sabbat : ils étaient, elle et Méo, des victimes choisies par l'enfer. Sur les conseils du curé, ils allaient déménager, partir. Et ce, dès le lendemain. Ils descendraient à Amos et s'installeraient à l'hôtel en attendant de trouver un logement.

On arrêta pour déposer le couple chez Réginald. Il fallut que tout le monde entre une minute, le temps de prendre l'apéritif. Autour de la table, le récit de l'attaque du diable fut repris: une nouvelle version plus horrible que les précédentes. Réginald s'amusait ferme, taquinait les conteurs en disant qu'ils étaient saouls et s'étaient tout à coup entrevus dans un miroir.

—En tout cas, Blanche et moé on s'en va. Demain on descend avec René et on revient plus jamais. Fini le rang !

—C'est une bonne raison de partir... Ça fait plusieurs semaines que tu cherches une excuse pour t'en aller d'ici, hein, j'me trompe-tu ?

—C'est de mes affaires. A part de ça, on n'est pas prêt pour l'hiver. Personne ici est prêt pour l'hiver. Maudit - Treupe me le disait, on peut pas imaginer l'hiver par icitte. Faut le voir.

—Charogne monnomme, s'exclame Réginald, on n'est plus en 1930. Maudit-Treupe le sait pas lui. Y passe l'été à se préparer pour s'encabaner pour l'hiver, fait des provisions comme un écureuil. Il vit comme avant, pourtant c'est plus pareil. Les routes sont ouvertes, il y a des magasins, on peut tout acheter. Pauvre Maudit-Treupe, c'est pas une vie qu'il fait : juste survivre d'une année à l'autre.

—Pis nous autres, c'est pas ce qu'on fait ? demande Sonia d'une voix rude.

—Christ !

Son mari n'a que ce mot comme réponse. Mais, ponctué d'un coup de poing sur la table et suivi d'un regard presque haineux, l'exclamation est lourde de sens. Sonia comprend et s'enferme dans le silence. Un moment de malaise règne dans la cuisine, qui se dissipe dès que Réginald recommence à taquiner Méo.

Sonia songe à la semaine qui s'en vient alors que Réginald sera absent, travaillant avec Martel à camionner du bois de pulpe. Six nuits à vivre dans la terreur après cette histoire de diables, six jours d'ennui avec juste une enfant comme interlocuteur. Sonia se met à pleurer doucement sans s'occuper des visiteurs. Elle supplie son mari de rester.

—Ce sera pas une vie icitte, moé toute seule avec la petite. Pis pense à l'hiver qui s'en vient. Nos trois familles, c'était convenu qu'on s'installait dans le même rang pour se désennuyer et s'entraider. Les autres partent, partons nous aussi.

—Partir ? Charogne monnomme ! Pour aller où ? On est ben

icitte, pas de loyer, du bois de chauffage, une vache. Pis après les Fêtes, je resterai avec mon chômage à bûcher sur le lot. La belle vie.

—On sait ben que c'est pas toi qui vas rester seul ici.

—Seule? T'as Carmen à côté, Maudit-Treupe pas loin. Pis Godbout, même si on le connaît pas.

Réginald rit des peurs de sa femme. Elle insiste, devient agressive.

—J'sais que ça fait ton affaire d'être parti de la maison le plus clair du temps. Tu vas te sentir libre. Tu vas pouvoir jouer à la jeunesse, boire, courailler avec Martel. Toé, la folle à Sonia, reste à la maison, endure!

Tous les visiteurs sont embarrassés. Certains se donnent l'air d'être occupés à autre chose, prétendant ne pas avoir entendu. Tous, sauf Méo qui ricane, et Blanche qui se lève, le visage rouge, les yeux agrandis par la colère. Elle tire le bras de Méo.

—Ca te fait rire, maudit sans-coeur? T'es ben comme les autres!

Blanche dévisage les hommes présents, même les garçons.

—Vous êtes toutes des pareils; des sans-génie de sans-coeur qui pensent rien qu'à s'amuser, se faire dorloter et se faire servir. Si c'était pas des femmes...

—Si c'était pas des femmes, coupe Réginald, on travaillerait pas. On aurait même pas besoin de culottes.

—Maudite tête folle! réplique la grosse femme qui se rassoit.

—La femme ça doit obéissance et respect à son mari, rigole Méo.

Blanche est piquée:

—J'sus pas ta femme. Une chance.

—Non, christ, t'es pas ma femme. Sinon...

Méo se tourne vers Réginald.

—Fais un homme de toé, christ! Montre que tu portes les culottes ici.

Blanche serre le cou de Méo dont les pieds giguent sur le plancher.

—Ta gueule! Mêle-toi de tes affaires. Plus un mot ou je t'écrase, vermisseau.

Mme Simard fait un signe à son mari; ils vont partir. Debout au milieu de la place, bras ballants, Sonia a l'air hébété. Elle ne réagit plus, indifférente à ce qui l'entoure. Elle n'a plus conscience que de ce désespoir qui grandit en elle, monte comme une rivière en crue. Puis, c'est la débâcle: elle se met à pleurer puis à gémir, s'agite de soubresauts. Et elle court se cacher dans sa chambre tandis que ses jambes peuvent encore la porter. Il y a un moment de stupeur dans la cuisine. Mme Simard s'en va rejoindre sa nièce. Réginald prend la parole d'une voix d'abord mal assurée qui devient bientôt indifférente, comme si rien ne s'était produit.

— Vous allez tous rester à dîner. On s'arrangera bien avec ce qu'on a. Notre dernier repas ensemble avant longtemps peut-être. Sonia va en revenir de ses peurs niaiseuses et a sera contente que vous restiez.

— C'est pas des niaiseries, tonne Blanche en frappant son verre sur la table. Vous autres vous comprenez rien.

— J'comprends que c'est vous qui l'avez effrayée avec vos histoires de démons. Est naïve Sonia.

— A raison d'avoir peur, Sonia, rétorque Blanche.

— Le Diable! Pfft! C'est vous deux le diable.

Méo prend la relève de sa compagne. Il a l'air sérieux.

— Ecoute-moi bien, grand flanc mou, le diable possède notre maison. C'est pas la première fois qu'y se manifeste. Viens voir dans quel état elle est, espèce de saint-thomas

— Bah! Vous vous êtes battus une autre fois. Essaie pas de me faire peur à moi. Méo, tu trouves pas que la vie est assez dure à vivre pis à gagner, qu'on a assez de problèmes sans en inventer en plus?

— C'est pas des inventions, christ!

— Méo! T'avais promis au curé de plus sacrer, gronde Blanche.

— Laisse-moé tranquille, maudite folle, on parle entre hommes, tu vois ben. Réginald, le diable existe, les curés l'ont toujours dit.

— Tes curés! Qu'y règlent nos problèmes puisqu'y sont si fins! Ensuite, nous, on s'occupera de leurs diables et de leur enfer.

— Mécréant!

— Ha! Ha! C'est toé, Méo, qui dit ça? Charogne mon-nomme, le diable t'a fait peur pour vrai.

— J'ai pas peur! J'suis pas un peureux. Aïe! j'ai fait la guerre dans les tranchées, j'ai vu la mort de près, moi, pis j'ai pas eu peur. Mais y a des choses qui dépassent la force d'un homme.

— Ta guerre, ta guerre! Fais-nous pas mourir de rire. Saoul dans une baraque ou au cachot en Angleterre. T'es un pissou, Méo!

L'homme vide son verre et ne relève pas l'injure. Du regard, Réginald fait le tour de la pièce, heureux de son triomphe verbal.

—Vous riez pas large, mon oncle?

M. Simard hoche la tête:

—Ben...

—Voyons, vous croyez pas à ces histoires?

—On sait jamais... paraît que ça existe.

—Vous êtes pas sérieux?

Réginald ne rit plus.

—Oh! j'ai pas peur du diable, se hâte de répondre le père des garçons, mais y doit ben s'être passé quelque chose chez Méo. Quelque chose de pas normal.

—Ouais...

Réginald se gratte la tête, de ses doigts se replace les cheveux. Il se remet à parler, mais évite le sujet. Il explique ses projets avec Martel, suppute sur l'argent à gagner. La compagnie paie bien. Tant qu'on fait pas la tête croche, il y a de l'ouvrage. En décrivant son travail d'une semaine, l'hôtel où il pensionnera, il laisse des vides qu'il emplit de sous-entendus par des sourires ou des clins d'oeil. «Sonia a raison, songe Rémi, son mari s'en promet.» Tandis que Robert s'est amusé ferme de la discussion sur le démon et ses manifestations, Rémi est un peu effrayé. La blague a pris des proportions inattendues, devenant la cause du départ de Méo et Blanche. La terreur de Sonia en est une autre conséquence.

Les femmes reviennent de la chambre, Mme Simard la main sur l'épaule de sa nièce qu'elle pousse devant elle. Il a été décidé que Rémi couchera ici durant la semaine, son père arrêtant le prendre le matin pour l'y laisser le soir, lors du retour. Ça irait pour deux semaines. Sonia ne serait pas complètement seule et aurait peut-être le temps de s'habituer. Sinon, après il serait toujours temps de chercher autre chose. De plus, le garçon pourra soigner et traire la vache.

Rémi ne peut refuser. Il reste un moment interdit. Cela dérange les projets qu'il caressait pour ces dernières semaines dans le rang. Et cela l'éloignera de Robert qu'il vient à peine de retrouver vraiment. Rémi voit que tout le monde attend sa réponse. Il hésite plus que de raison. Sa mère le regarde d'un air soucieux et, par de petits signes de tête, le presse d'acquiescer. Sonia a des yeux suppliants. Devant l'indécision de Rémi elle reprend peur. Il hoche la tête:

—C'est correct pour moi.

—Bon, c'est parfait si ça arrange les choses, dit Réginald.

Il se tourne vers Rémi.

—T'as pas peur du diable, Rémi? Qu'est-ce que tu vas faire si y vient?

— Bah, le diable! j'y crois pas. Si y vient, j'ai juste à pas y croire, à pas m'en occuper. Qu'est-ce que tu veux qu'y me fasse ? Me tuer avec une lance que personne retrouvera jamais ?

— Ah ! Ça c'est parlé, charogne monnomme. Prends-en de la graine, Méo.

Méo pose son verre et après trois jurons, lance :

— Y fera moins le jars quand le diable sera devant lui.

Ce lundi matin on partit plus tôt qu'à l'accoutumée car on s'arrêtait chez Réginald pour prendre Méo et Blanche qui y avaient dormi. Leurs bagages emplirent le coffre arrière et ils durent garder des valises sur leurs genoux. Rémi laissa son paqueton à Sonia.

— On va t'attendre pour souper.

Une voiture de la police provinciale était arrêtée devant la maison de Godbout. Ils étaient venus, plus tôt, poser des questions à Sonia : ils soupçonnent Godbout d'avoir pillé l'église. Rémi eut un pincement au coeur. Il se sentait presque de l'amitié pour cet homme décrié et rejeté. Bah ! De toute façon les policiers ne trouveraient rien. Fouiller le long du ruisseau, découvrir la caverne et le calice qui y est ? Aucune piste n'y mène, et la paroisse est grande.

Le midi, les deux garçons parlèrent longuement de ce qui leur arrivait. Rémi habitant chez Réginald, toute sortie devenait impensable. C'en était fini de la nuit et des chevaliers. La cérémonie du samedi précédent n'avait donné aucun résultat. Rien ne pourrait plus changer le cours des événements. Robert était triste, Rémi un peu moins, mais il s'efforçait de ne pas le montrer. Sa nouvelle situation lui plaisait et, durant tout l'après-midi, c'est à cela qu'il pensa, négligeant d'écouter le professeur. Il se sentirait comme en voyage : sa première séparation de la famille ! Il songea à Sonia, à sa féminité, à ses regards, à sa démarche. Ce serait bon de vivre près d'elle.

Son installation fut une véritable fête. Tout l'après-midi Sonia avait vu décroître le soleil et senti l'anxiété l'accabler. Seule avec une enfant dans cette maison que la fin du jour meublait d'ombres ! Sophie ne comprenait pas, mais se ressentait du comportement de sa mère. Les jeux perdaient de leur intérêt, et l'enfant maussade se tenait près de la lampe allumée avant l'heure habituelle, bien avant que la clarté du dehors eût disparu. Sonia songeait à novembre et décembre, aux nuits qui commenceraient en plein après-midi et ne finiraient que bien après le réveil. Elle frissonna malgré la chaleur du poêle qui obligeait à tenir la porte entrouverte. L'arrivée de Rémi marqua un changement. Sa présence dissipait les craintes. Bien qu'il ne fût encore qu'un adolescent, Sonia pourrait néanmoins se reposer avec lui des conversations enfantines de Sophie. La femme se contenta de questions banales sur l'école et sur Amos, mais tout dans son attitude disait sa joie. Rémi sentit qu'on l'accueillait comme un invité de marque, et il devina l'imperceptible passation des pouvoirs. Il devenait l'homme de la maison. Sonia le conduisit dans la chambre de Sophie. Ses bagages étaient déjà sur le lit.

—Installe-toi ici. La petite couchera avec moi.

Resté seul, il enleva ses vêtements d'école et endossa une salopette.

—Je vais aller faire le train.

Il ne suggérait pas, ne demandait ni n'attendait d'approbation mais constatait une chose qui allait de soi.

C'était déjà le crépuscule, un crépuscule frisquet presque vide de chants d'oiseaux. Par terre, les feuilles de tremble avaient perdu leur belle luminosité dorée pour se ternir et finalement rouiller. Les cris d'invisibles outardes passaient, faibles et faiblissants. Une espèce de mélancolie, dont il ignorait l'origine et la cause, s'installait en lui. L'odeur de l'étable raviva son esprit. Cette odeur puissante de l'animal! Plus de vie dans l'odeur d'une seule vache que dans celle d'une classe de trente garçons. Qui donc a volé à l'homme son odeur? Rémi soigne la vache, la nourrit, la fait boire, la trait, lui change la litière. Ni le temps ni le lieu n'existent. Il n'y a plus que les gestes, une série de gestes accomplis machinalement. Des gestes qui pourraient être repris sans fin. Et il semble à Rémi qu'il serait heureux ainsi. Gestes de la main sur le trayon, raideur des doigts inexpérimentés; gestes des bras maniant la fourche, petite douleur dans l'épaule. Quand il n'y eut plus rien à faire, Rémi se demanda à quoi il avait pensé. L'odeur? Cela n'avait pas pu remplir son esprit durant si longtemps. Il devait avoir songé à autre chose. Il ne trouvait pas, mais il lui restait une impression de bien-être.

Tandis que Sonia filtre et transvase le lait, Rémi rentre des brassées de bûches. Sa besogne terminée, il se lave dans le bassin sous la pompe, en mouillant le nez de Sophie qui l'observe.

— C'est prêt, on mange.

La table est dressée comme pour un dimanche. La lampe posée au bout de la table, à la place de Réginald, allume des reflets dans les pots de cornichons et de marinades. Sonia s'est installée le dos au poêle afin que tout soit plus à sa main pour le service. Rémi se place face à elle.

— Pas trop.

— Mange, Rémi. Un homme, ça a bon appétit.

Il trône à cette table. Sophie est heureuse de la présence de « mon oncle ». Pour la femme, il est celui qui s'interpose entre elle et la nuit. Il regarde Sonia sans gêne car personne n'est là pour y prendre garde. Il doit même la regarder, puisqu'ils sont les deux seuls adultes. Ils ne parlent pas. La fillette fait toute la conversation, posant des questions et y répondant elle-même. La femme mange avec appétit et quand elle plonge le nez dans son assiette, Rémi peut la dévisager à son aise. Il voit que le temps a marqué son visage. Dès qu'elle cesse de sourire, les plis ne disparaissent pas mais se changent en fines rides qui fleurissent aux commissures des lèvres et au coin des yeux. Un pli barre discrètement le front et l'ombre cerne les orbites. Les joues ne sont pas encore fripées, mais à certains endroits le fard semble flotter au-dessus de petites ciselures. Le cou s'empâte un peu. La femme relève la tête et sourit à celui qui l'observe: alors l'âge s'efface devant la vie.

Après le repas, Rémi n'offre pas d'aider à la vaisselle comme il l'aurait fait autrefois, hier. Il est l'homme et se conduit comme il a vu les hommes le faire. Il installe ses livres et cahiers sur la table juste desservie et s'absorbe ostensiblement dans l'étude. Se règle le cérémonial qui présidera à son séjour dans cette maison. Par-dessus le bruit des assiettes Sonia chante à voix basse. Elle s'arrête:

— Ça ne te dérange pas ?

— Non, non.

Elle se remet à son travail. Par-dessus le livre, Rémi regarde les hanches pleines qui se balancent au rythme de danse de la chansonnette. Tout est paisible. Sophie s'est endormie dans la berçante en cajolant sa poupée. Sonia la met au lit, finit de ranger la cuisine. Elle est à nettoyer le poêle avec du sel qui grésille, quand Carmen Martel arrive. Elle vient chercher du lait.

— Rien te presse, Carmen. Une tasse de thé ? Envoie donc.

— J'ai le temps.

Elles s'attablent. Rémi s'efforce d'avoir l'air studieux bien qu'il ait terminé ses leçons et qu'il soit las des livres. Les femmes babillent comme des fillettes, plaisantent et rient. De rapides coups d'oeil permettent à Rémi d'entrevoir l'impressionnant profil de la voisine ou les gestes souples de Sonia, et il prend de plus en plus conscience de l'odeur qui vient par vagues. Il retrouve avec joie l'atmosphère des premières fois où il découvrit la femme, se mit à l'affût des manifestations de la féminité. Bientôt, il ne peut plus feindre d'étudier, aussi dépose-t-il ses livres.

—Prendrais-tu une tasse de thé? lui demande Sonia.

Carmen Martel le regarde.

—Tu dois être contente d'avoir un homme dans la maison, Sonia?

—Ah oui! Autrement j'aurais tellement peur.

—Ça t'a pas pris du temps à remplacer Réginald.

Les deux femmes rient.

—Toi, Carmen, t'as pas peur toute seule?

—Moins, maintenant qu'il y a un homme dans le voisinage.

Rémi devine bien que les femmes plaisantent et que la voisine se moque de lui, mais il se dit qu'il y a quand même une part de vrai dans leurs dires. Sonia verse de la liqueur et Mme Martel proteste qu'elle doit aller mettre les enfants au lit. Cependant, elle reste à table. Rémi va s'installer de l'autre côté du poêle dans la pénombre chaude. D'un air faussement distrait il les écoute bavarder, parler de leur quotidien, des travaux de la journée, de ceux qu'elles projettent pour le lendemain, de leurs petits tracas et des récentes prouesses de leurs enfants. Elles ne prennent pas garde au garçon, et elles font inconsciemment une foule de gestes anodins: doigts qui lissent les cheveux sur la tempe ou se promènent sur le verre, langue qui plonge dans l'alcool, mimiques des yeux et des sourcils qui commentent les paroles de l'interlocuteur.

Mme Martel part et Sonia met le loquet à la porte.

—Je suis bien contente de l'avoir comme amie. Toujours un mot pour rire, une histoire à raconter.

—Me semblait qu'elle était plus sérieuse.

—Oui, quand son mari est là ou qu'il y a plein de monde. Mais tu devrais nous voir toutes seules. Des fois, le jour, elle vient me visiter et me fait pleurer de rire.

—Bon, je vais me coucher.

—T'as raison, le temps passe vite, et demain...

—Ah oui, faudrait que je me lève à six heures pour la vache.

—Je te réveillerai. Bonsoir.

—Bonne nuit.

Il se rend dans la chambre, se dévêt en vitesse et se glisse sous les couvertures fraîches, presque glacées. Il tait le bruit de sa respiration et se met aux aguets. Sonia souffle la lampe, marche à tâtons, heurte une chaise et maugrée tout bas. Le poêle n'émet qu'un faible râle et les oreilles du garçon s'aiguisent, voient à travers la paroi de planches. Le lit craque, les ressorts gémissent sous le poids d'une personne. Sonia s'est assise, se déchausse, enlève ses bas. Il n'entend rien mais imagine les gestes et invente le chuintement du nylon. Elle se relève, faisant encore chanter les ressorts du sommier. Le sifflement modulé de la fermeture éclair de la robe, le claquement de la ceinture élastique du jupon qui glisse des doigts. Elle enfile une jaquette. Lorsqu'elle est couchée, le lit se plaint longtemps tandis qu'elle cherche la position la plus confortable pour dormir. Elle se racle la gorge, un peu plus tard soupire et reste ensuite silencieuse. Une bûche dégringole dans le poêle et Rémi cesse de guetter les signes de vie. Il imagine des bruits, tous ceux que la femme ferait en se levant et en marchant dans la maison obscure pour venir le rejoindre. Il imagine tellement bien qu'il doit écouter attentivement pour se convaincre que ce ne sont que des illusions. Il n'entend que la respiration régulière d'une femme endormie.

Le visage d'Eugénie apparut, la bouche décidée, les yeux pleins de reproches. Elle le regardait durement. Elle ! Il était surpris et resta paralysé, incapable de réagir ou même de penser. Il eut beau fermer les yeux, l'image restait imprimée sous ses paupières. Il mit longtemps à s'endormir, toujours dévisagé par sa princesse.

Penchée sur lui, Sonia lui touchait l'épaule et l'appelait. A travers ses yeux entrouverts, c'est le sourire d'Eugénie et son corps qu'il vit. Elle était proche et vivante. Il murmura :

—Eug...

S'éveillant complètement, il eut conscience de sa méprise et se tut.

—Tu pensais à une fille, je gage !

Il semblait embarrassé, et elle rit. Se penchant un peu plus, elle l'embrassa furtivement sur la joue, puis se retira.

Quand il revint de l'étable le petit déjeuner était servi. Sophie dormait toujours. Une épaisse robe de chambre drapée sur elle, Sonia se dégourdissait près du poêle et restait à l'observer. Le jour se levait, et avec la clarté la femme retrouvait son entrain. Quand Rémi eut rejoint son père sur la route, Sonia sortit sur le pas de la porte et s'y tint un moment, malgré l'air frisquet. Le soleil montait au-dessus des arbres, éblouissant sur la gelée qui alourdissait les herbes. Le bruit de la voiture mourait. On entendait maintenant la basse-cour de Maudit-Treupe, les moutons qui appelaient, le chien qui aboyait. Revinrent à l'esprit de la femme les souvenirs d'autres matins qu'accompagnaient les bruits rituels du lever dans une grosse ferme. C'était loin. Lui semblait même que c'était oublié. Elle se rembrunit et rentra.

Le voyage se fit en silence, cependant que Rémi sentait les regards interrogateurs de son frère. Quand ils furent seuls, marchant vers l'école, Rémi dut raconter la soirée précédente. Il le fit en s'arrêtant aux détails matériels, incapable d'expliquer sa situation dans la maison. Il n'en avait surtout pas envie. Il s'attarda à la visite de Mme Martel.

—Maudit chanceux, j'aimerais ça être à ta place!

Rémi fut heureux de retrouver la solitude de la classe. Il s'isola à son banc et fit mine d'écouter, laissant son esprit vagabonder jusqu'à ce que les voix ne deviennent que des murmures lointains. Rémi aurait voulu revivre la soirée précédente, mais c'était le visage de la princesse qu'il voyait. Ce visage effaçait tout, enchaînait l'imagination, l'empêchant même d'inventer des aventures épiques pour Eugénie et son chevalier. Le visage, la texture de la peau, l'ombre, les yeux, les lèvres, rien que le visage. Même pas un cillement de paupière. L'immobilité de la mort et de l'imprimerie. Et le visage prenait de la densité comme s'il allait submerger le présent, tout envelopper, emprisonner le garçon dans sa fixité. Rémi lutta pour surnager, força ses oreilles à écouter et accrocha son esprit à une phrase du professeur. Mais les mots tournaient en rond de plus en plus vite, jusqu'à n'avoir plus de sens, jusqu'à en avoir mille, jusqu'à se décomposer en lettres mystérieuses.

La récréation le sauva. Il joua au ballon, courut, s'acharna, se dépensa pour ne pas réfléchir. Mais la cloche tinta et le ramena en classe. Effrayé, Rémi ne se laissa pas dériver, suivit avec une attention forcenée les explications du professeur, s'obligeant à comprendre, posant même des questions. Le midi, pour faire plaisir à son frère, Rémi narra une autre fois la visite de Carmen Martel. Puis ils échafaudèrent des projets pour quand ils seraient déménagés. Robert parla d'une sortie possible des chevaliers la fin de semaine suivante. Rémi trembla : comment pourrait-il se retrouver dans la nuit en maître, alors qu'il contrôlait à peine ce qui survenait le jour? Il eut peur d'avoir dépassé des limites, mis en branle des forces trop puissantes qui risquaient maintenant de le détruire. Il avait voulu faire revivre une morte, avait échoué et était prêt à oublier. Mais, si elle ne voulait pas? Il aurait eu envie de fuir, mais où aller pour échapper à Eugénie? Lorsqu'elle avait disparu, il l'avait cherchée partout inutilement. Tout ce temps, elle s'était tapie en lui, attendant le moment de se manifester. Elle n'avait jamais voulu être incarnée, sachant bien qu'elle ne pouvait survivre que dans l'esprit et le coeur de son chevalier, ne vivre que de sa vie à lui. Une image vint à Rémi: une sangsue! C'est une sangsue qui tète sa vie, une espèce de ver solitaire installé dans sa tête. Il fut secoué par la répulsion. Robert lui touchait l'épaule.

—Rémi, Rémi, t'es malade? As-tu de la fièvre? Tantôt t'avais l'air perdu.

—... Ça va mieux. C'est correct.

Durant l'après-midi, Rémi ne put garder son intérêt fixé. Il repensait à cette image de la sangsue. Eugénie avait vécu, vivait de la vie qu'il lui avait prêtée, et maintenant qu'il voulait oublier, elle luttait pour ne pas mourir une autre fois. Têtue, obstinée, l'image venait devant ses yeux. Il détestait la princesse maintenant. Elle s'en moquait bien: il était devenu son lit et son sépulcre. Il ouvrait les yeux, les fermait, lançait en vain son imagination vers mille sujets, cherchait à s'attacher à la présence des autres en classe, mais le portrait d'Eugénie semblait s'être gravé en lui. Toute sa relation avec Eugénie, la chevalerie, la déesse noire, tout ça n'avait donc été qu'une ruse de la morte qui voulait prendre possession de lui? Il avait peur, peur à en crier; envie de courir sans jamais s'arrêter pour échapper à l'image. Tout l'après-midi il lutta sans un geste, sans un bruit, au milieu d'une classe inconsciente du combat. Rémi en sortit vaincu: sur le chemin du retour elle était toujours en lui.

Quand il entra dans la maison de Réginald, il fut soulagé. Eugénie desserrait son emprise, reculait devant la présence charnelle de l'autre femme. Pour Sonia, c'était la nuit et la peur qui refluaient avec l'arrivée du garçon. Ils se sourirent donc bêtement, longtemps, se retrouvant avec une joie qu'ils n'auraient pas voulu devoir expliquer. Sophie se mit à rire de leurs physionomies, et ils rirent aussi.

Rémi se changea, prit du thé, retardant le moment d'aller à l'étable. Dehors, le soir épaississait. Il fallut bien se décider, et c'est en tenant devant lui le fanal allumé qu'il sortit. Le vent sifflait dans les branches du tremble dont il arrachait les dernières feuilles. « Elle est là », se dit-il. Il avançait rapidement, se tassant sur lui-même, se crispant pour tenter d'obturer chacun de ses pores. Dresser une barrière à l'invasion. La nuit était hostile et opaque. Il fut dans l'étable que le fanal suffisait à éclairer complètement. La nuit restait dehors et Rémi éprouva un sentiment de sécurité dans l'odeur épaisse et chaude. La peau de la vache était une réalité à laquelle se raccrocher, et il serrait fort les trayons. Pour ne plus entendre le dehors, le garçon s'intéressa aux bruits multiples de l'étable. Le seau tinte sous les premiers jets, le lait écume avec un froissement soyeux et rythmé, la vache rumine et déglutit, son sabot racle le bois de la stalle, le fer de la fourche grince sur le ciment du dalot, le fumier s'empile avec un bruit mat. Le fanal vacilla. S'il s'éteignait, Rémi se trouverait sans défense. Il se hâta de retourner à la maison, insouciant du lait qui débordait du seau balancé un peu vivement.

Sans se concerter, ni savoir pourquoi, ils firent durer le souper. La vaisselle et les devoirs expédiés, la petite au lit, ils se retrouvèrent autour de la table. Le fanal à naphte soufflait une lumière crue qui rendait la nuit encore plus épaisse contre les vitres. Ils prirent du thé, puis des digestifs et fumèrent. Sonia attendit en vain la visite de Carmen. L'heure du coucher approchait, et Rémi craignait le moment où l'obscurité envahirait la maison. Eugénie en profiterait pour l'assaillir. Les murs, si épais soient-ils, ne constitueraient pas des obstacles pour elle. Elle se réinstallerait en lui et il devrait la supporter toute la nuit, la faire vivre tout le jour suivant. Rémi songeait à un film au sujet du comte Dracula : le vampire rôdait autour de la demeure de sa victime, guettant le moment de fondre sur elle.

Il cherchait à éterniser la veillée. Peur ? Lui, le chevalier ? C'était pourtant la peur qui lui nouait les tripes et rendait sa respiration difficile. La fenêtre qu'il regardait à la dérobée, un peu malgré lui, montrait une nuit menaçante. Il la sentait tout alentour, qui haletait, qui léchait la maison de sa langue de vent et se faisait les griffes sur le toit. Nuit aussi entière et étrangère qu'au premier soir. On l'avait leurré durant deux mois, lui laissant croire qu'il était le maître. Recroquevillé sur sa chaise, Rémi se demandait maintenant comment il avait pu s'y promener avec tant de confiance, s'aventurer à des milles de toute lumière, tel un animal nocturne. Et il tremblait en évoquant le combat contre l'arbre-monstre, en songeant aux cérémonies, en se revoyant couché sur le sol dans le cimetière. Il n'avait jamais été maître.

La princesse avait fait taire la nuit afin qu'il y vive. Maintenant elle ameutait l'ombre contre lui.

Sonia devinait d'une manière ou d'une autre l'angoisse de Rémi, et la peur du garçon se reflétait sur elle. Plus le temps passait et moins elle riait facilement. Son sourire devint piteux, triste, et il s'effaça complètement. Afin d'étirer la veillée, elle fit du café. Elle essaya d'être enjouée, mais ne put donner le change. Le vent nordouesta et forcit. La femme regarda Rémi avec fixité.

— J'ai peur.

Elle regretta ces paroles, se ressaisit, rit d'elle-même et joua nerveusement avec une mèche de cheveux.

— Je suis folle, hein? A mon âge! Oublie ça, j'ai pas peur. Tu es là, la porte est barrée. Tu l'as bien barrée? (Il fit signe que oui.) De quoi j'aurais peur?

Elle haussa les épaules et se reprit du café. Mais le temps de faire ces gestes et de revenir à la table suffit pour que réapparaisse son air apeuré. Elle toucha le bras du garçon, le regarda avec ses yeux agrandis.

— Tu entends?

— C'est rien que la pluie.

Les longues baguettes battaient la toiture, roulaient sur les vitres et se brisaient en tintant dans les gouttières.

— C'est fou d'avoir peur du noir, mais je me sens d'un coup comme quand j'étais petite. Dehors, c'est plein de choses.

— Y a rien dehors, Sonia, c'est pas différent du jour.

Rémi essaie de se rassurer en même temps.

— Je sens une présence autour de la maison.

— La pluie, Sonia, rien que la pluie.

— J'peux pas m'empêcher de penser à Blanche et à Méo, au diable qui les a attaqués. Eux sont partis, mais lui, il rôde toujours.

Rémi éclata d'un rire incontrôlable et elle en fut outrée. Elle se confiait, elle, une femme faite, avouait sa peur à un jeune garçon, et il se moquait. C'était bête et grossier. Jamais elle n'aurait pensé ça de lui. Elle eut envie d'aller se coucher pour lui faire sentir son impolitesse, mais à travers ses éclats, il s'excusait.

— Sonia... je ris pas de toé... c'est parce que... c'est trop drôle...

Il riait et son rire se communiqua à la femme un peu malgré elle.

— Si tu me jures le silence, je vais te dire un secret.

— Promis.

—Ben... le diable, c'était Robert et moi.

—Hein?

—Oui, c'est nous autres qui avons fait peur à Méo.

Il se remit à rire. Elle le considérait avec curiosité.

—C'est pas vrai?

—Oui. On est peut-être allé un peu loin. On voulait pas qu'ils partent, juste s'amuser.

—Mais... ça se passait en pleine nuit!

—Garde ça pour toé... on est sorti en cachette et on a été chez eux.

—Comment?

—A pied.

—A pied, en pleine nuit, tout seuls?

—Oui.

—J'ai de la misère...

Alors il lui raconta en détail le tour qu'ils avaient joué, expliqua le visage barbouillé de la lumière des lucioles, les pierres sur le toit, et rapporta les cris et les réactions de leurs victimes. Ils rirent de bon coeur. Quand l'entrain baissait, Rémi rajoutait un fait pour relancer leurs rires.

—Vous êtes deux petits vlimeux. Faire des coups pareils, c'est pendable. Ils auraient pu en mourir.

—On pensait pas à ça, rien qu'à s'amuser.

—T'es pas peureux, faire tout ce chemin à la noirceur!

—J'ai pas peur du noir. J'étais un...

Il se tut brusquement comme il allait avouer une énormité. Sonia essaya en vain de faire renaître leur folle joie. Dans le silence revenu, la pluie bruyante rendait la nuit encore plus présente et le fanal à naphte faiblissait, sa lumière se colorant comme le soleil au crépuscule.

—Même avec ce que t'as dit, j'ai peur pareil.

—Faut pas, Sonia. Qu'est-ce que tu peux craindre?

—J'sais pas. Toi?

—Moi? ...Rien!

—Ah oui, je te sens comme inquiet. Mais, c'est peut-être moi qui t'effraie avec mes folies.

—Non, voyons!

La lumière du fanal se ternissant encore plus, la femme alluma la lampe à l'huile et les lueurs combinées tassèrent les ombres dans les recoins de la pièce.

—Encore du café?

Il fit signe que non.

—Du thé? Une cigarette? Oui, une cigarette. Tiens.

Il prit la cigarette que lui tendaient les doigts tremblants. Il s'efforçait de paraître calme.

—Il est tard. Tu dois t'endormir et tu as de l'école demain.

—L'école...

D'un coup lui revenait le souvenir de la journée.

—Pourtant, j'aimerais... si t'es pas trop fatigué, qu'on veille un peu.

Il lui toucha le bras.

—Crains rien, je suis là.

Se sentir nécessaire, devoir jouer le rôle du protecteur le rassurait. Et elle devait le trouver tellement compréhensif de reculer ainsi l'heure de son coucher malgré sa fatigue. Que lui-même n'ait pas envie de se retrouver seul dans le noir était une autre histoire. Elle n'avait pas à savoir.

Le fanal s'éteignit et continua de siffler de l'air. On ferma la valve. Dehors, la pluie devenait plus épaisse et le tonnerre roulait. Sonia se désespéra à entendre ce bruit et elle parla pour meubler le temps, raconta son adolescence dans l'est de Montréal, ses premiers bals, son travail dans l'atelier de couture, parla des cavaliers, des fréquentations, de la rencontre avec Réginald, des fiançailles. Elle s'arrêta au mariage. Oh! elle aurait eu encore beaucoup à dire, mais se rendait compte qu'elle parlait à un jeune garçon. Elle refit une attisée dans le poêle. L'horloge marquait une heure. Il fallait bien se coucher.

—Si je laissais la lampe allumée dans la cuisine, ça t'empêcherait de dormir?

—Non. Ça me dérangera pas.

Rémi se coucha dans le demi-jour où la lumière se fondait imperceptiblement aux ombres, sans frontière bien déterminée. Il s'efforçait de ne pas penser et s'endormit avant même qu'apparaisse le visage d'Eugénie.

Il déjeunait devant Sonia qui ne prenait qu'un café.

—Excuse-moi pour hier. J'ai été idiote avec mes peurs niaiseuses.

—Oublie ça.

—Pis ça t'a fait coucher tard. Et t'as mal dormi, tu rêvais. Je t'ai entendu parler. T'as même crié.

—Je m'en suis pas aperçu.

—Qui c'est, Eugénie?

Il se figea.

—Oui, tu répétais ce nom.

—J'sais pas. Un rêve c'est un rêve. On n'en est pas maître.

Comme il avait l'air contrarié, elle le taquina gentiment.

—Une blonde? Ha! tout se sait.

—Ben non, voyons.

—Ça te tente pas d'en parler? Tu le feras quand tu voudras et je le répéterai pas.

—La prochaine fois que t'auras peur.

—Tu me trouves bébé, hein? Réginald aurait ri de moi.

—Y a pas de raison. On a chacun nos peurs.

—Toi aussi t'avais peur hier.

—Peut-être... pas pour les mêmes raisons. C'est pas important. Ce qui était beau, c'était d'avoir peur ensemble.

Elle le contempla un moment.

—T'es drôle, toi. Des fois tu raisonnes comme un homme ou mieux qu'un homme et on oublie presque ton âge. Ça me rassure de te savoir là.

Il posa ses ustensiles, secoua longuement les miettes de pain sur lui et à son tour il la dévisagea.

—J'suis pas l'homme dans cette maison?

Elle resta bouche bée et son visage eut une expression indéfinissable. Elle baissa la tête et ses doigts froissèrent la nappe pour la lisser ensuite nerveusement. Elle ouvrit la bouche, mais les mots ne vinrent pas. Sophie se réveillait et appelait. La mère s'en fut rapidement vers la chambre. Rémi se prépara et partit.

Dès qu'il fut dehors, Eugénie se manifesta, et il eut beau résister, avant même qu'il atteigne la voiture elle s'était glissée en lui. Il vécut toute la journée en sa compagnie, absent de la classe, et par deux fois le professeur le prit en défaut. L'heure du dîner apporta un répit. Robert, par ses questions et sa conversation, empêchait Rémi de rester empêtré dans la trame qui constituait le visage de la princesse. Mais l'après-midi suivrait, et cette pensée laissait le garçon désemparé. « Je deviens peut-être fou. » Le rêve se révélait plus vrai que la réalité. Rémi craignait de ne pouvoir revenir de ce voyage. Il était seul, irrémédiablement seul. Personne ne pourrait le comprendre, pas même Robert. On rirait de lui ou on l'enverrait chez un médecin. Pourtant il n'y avait rien de risible. Ce monde parallèle, un monde sans attrait, un simple visage immobile, empiétait de plus en plus sur le quotidien. Désemparé, il cherchait à qui demander assistance. Sonia prendrait peur. Ricard peut-être saisirait le subtil danger, peut-être même saurait-il rompre l'envoûtement, le « maléfice » comme il l'appellerait. Mais recourir à ses services, c'était se mettre dans ses pattes, devenir son dépendant, être à la merci de ses croyances, et surtout admettre la défaite. Courber la tête comme un mouton. Le prêtre ne serait que trop heureux de triompher. Non, jamais! Rémi se débrouillerait seul, s'exorcise-rait lui-même. Il n'aurait même pas le secours de la nuit, comme autrefois. Combattre quand même! Tout plutôt qu'une défaite sans résistance.

— Robert, en arrivant à la maison, va à la caverne et rappor-te-moi la photo de la princesse et le gage.

— Es-tu fou? Y fait déjà noir quand j'arrive.

— Bah, à peine. Et tu connais le chemin par coeur. Ça se-rait-y que t'as peur?

— Aïe là! Moé? Ben... un peu. Tout seul...

— Fais ça pour moi, Robert. Je t'en supplie, c'est important.

— Ouais. Tu penses encore à elle?

— Des fois.

— Tu t'ennuies?

— Un peu. Vas-y, fais-le pour moi. T'es capable, t'as fait bien pire.

— J'étais chevalier.

— Tu l'es encore.

— Bof! Qu'est-ce que ça veut dire maintenant?

Devant l'air désespéré de son frère, Robert acquiesça.

— Tu pourras dire, mon maudit, que tu m'en as fait faire des choses pas raisonnables!

Rémi ne savait pas pourquoi il avait demandé à ravoir cette carte mortuaire, ni ce qu'il ferait avec, mais tout valait mieux que de rester les bras croisés à attendre la fin. Dans la classe, il ouvrit les livres machinalement, sachant bien qu'il ne pourrait s'y réfugier. Et en effet il passa l'après-midi à repousser le rêve. Il tomba par hasard sur le mot schizophrénie dans le diction-naire et trouva que les symptômes coïncidaient avec ce qu'il vi-vait. Schizophrène, schizophrénique! Il finirait fou, dans un asile, les yeux éternellement tournés vers le visage d'une morte. Il eut peur, tellement peur, qu'il réussit à tenir en respect l'enva-hissante princesse. Ah! qu'il lui tardait de se retrouver dans le havre de la cuisine de Sonia! Quand il descendit de voiture, Robert, d'un signe, lui assura qu'il n'oublierait pas sa mission.

Le rituel était bien établi : le train, le bois à rentrer, la toilette à faire et la table dressée comme pour une fête. Rémi était à la fête. L'accueil de Sonia, même celui de Sophie, lui faisait sentir à quel point il était le bienvenu. Avec l'approche du soir, les craintes renaissaient, grandissaient de minute en minute. L'arrivée du garçon apportait un répit. Sonia l'avait attendu avec impatience, en même temps qu'elle savourait sa peur, sachant qu'elle aurait un terme.

Ce matin, elle avait repensé longuement à la soirée précédente, avec attendrissement et en se disant que ce serait encore pareil ce soir. Puis, elle se sentit coupable. Cette intimité dans le partage de la peur lui paraissait obscène en plein jour. Des heures durant, cette pensée la tracassa. Elle était la femme de Réginald, une mère de famille ; lui, un jeune adolescent, cousin par alliance. Qu'ils puissent être si près l'un de l'autre était anormal. Et que l'absence de Réginald soit l'occasion d'une fête quotidienne était sûrement péché. Cela secouait l'édifice de son ménage. « Pour le meilleur et pour le pire. » Le meilleur avait été rare et le pire, fréquent avec un homme qui aimait la bouteille et courait le jupon dès qu'elle tournait le dos. Mais c'était là son lot. Sonia s'était faite à l'idée qu'il n'en serait jamais autrement, et voilà que la présence d'un jeune garçon faisait renaître les questions, ébranlait le précaire équilibre, le seul possible pourtant.

Sonia avait souvent rêvé, rêvait encore parfois, d'aventures. Un bel homme entrevu à l'église ou ailleurs, le cavalier d'une danse dans une veillée devenaient durant des semaines les héros des histoires qu'elle se racontait. Devant les chaudrons, faisant la vaisselle, le lavage ou le ménage, elle échafaudait des idylles, s'y complaisait, en vivait. Ces fantasmes lui avaient procuré ses plus belles joies et, à cause d'eux, elle avait parfois attendu impatiemment le moment de se retrouver seule à ses tâches domestiques, seule avec son amoureux du moment. Cette vie secrète était sans doute coupable, mais si peu, puisque ces infidélités n'étaient que rêves et imaginations jamais réalisés. Mais la situation était différente avec Rémi : il était là. Oh ! elle n'imaginait ni aventure, ni romance, et n'en désirait pas. Cette idée même était ridicule. Mais Sonia se plaisait en présence du garçon et attendait son retour, préparait la maison, dressait la table, se coiffait et se maquillait comme elle ne le faisait plus pour Réginald. Sonia n'était pas loin de s'accuser d'infidélité. Rémi occupait trop de place et, malgré son jeune âge, sans doute sensible et intuitif, il devinait l'ambiguïté de la situation. N'avait-il pas demandé : j'suis pas l'homme de cette maison ? Cette parole s'était plantée en elle et depuis le matin la blessure suintait. C'était absurde. Elle avait vingt ans de plus que lui, il aurait très bien pu être son fils. Elle était vieille d'expériences souvent malheureuses et d'espoirs déçus, lui encore en promesses. Ils n'avaient rien en commun, rien à partager. Pourquoi alors cette familiarité si douce avec ses sous-entendus et sa complicité ? Elle s'assombrit un peu plus en pensant qu'il n'était pas insensible à ses charmes, qu'elle l'excitait en secret.

A trois heures, résolue à donner un coup de barre et à se comporter en femme raisonnable et respectueuse du serment prêté à l'église, prête à renvoyer Rémi chez lui et à subir seule la peur, Sonia à quatre heures s'était donné un répit et avait remis au lendemain. Il la surprit au milieu de ses rêveries. Elle se troubla, bégaya une salutation maladroite. Il s'était assis dans la berçante, Sophie sur les genoux, et avait fermé les yeux tandis que son visage soucieux se détendait lentement.

Après le souper, Sophie exigea que Rémi lui raconte une histoire. Il alla donc s'étendre à côté d'elle, songeant qu'il occupait la place de Sonia. Il inventa un conte où le chevalier sur son cheval blanc défendait la princesse contre le dragon, l'enlevait et l'emmenait bien loin dans un pays de rêve. Il parlait suffisamment fort pour que sa cousine qui nettoyait la vaisselle puisse suivre les péripéties. Lorsqu'il revint dans la cuisine, elle s'était attablée.

— C'était une longue histoire, t'as de la mémoire.

— Non, de l'imagination.

Ils ne trouvèrent rien d'autre à dire et, après un long moment, Rémi regarda la vitre opaque de nuit où la lumière se reflétait comme sur un miroir.

— Il fait noir.

Les yeux de Sonia s'écarquillent. Elle se demande s'il a cherché à faire renaître son angoisse de la veille. La parole qui marquerait le début d'un rite : il fait noir, tu devrais avoir peur et je serais là pour partager ton angoisse à défaut de te rassurer. Rémi a prononcé ces mots machinalement. Il est serein, sachant qu'Eugénie restera à l'extérieur à le guetter. Un répit jusqu'au lendemain. Il écoute le dehors, mais ne perçoit rien. Pleine de vie et de bruit durant l'été, la nuit est étrangement vide en septembre. Le froid a endormi les insectes, les grenouilles ne chantent plus, les oiseaux sont partis et les herbes rouies par la pluie, usées par le temps, sont trop molles pour sonner, plus assez vivantes pour bruire. La désolation qui annonce l'hiver. Il entend pourtant claquer une porte au loin et aboyer faiblement dans une autre direction. Et il voit une lueur tassée sur elle-même se balancer avec mollesse.

—D'la visite, je pense.

—Qui ?

—Ça doit être Mme Martel.

—Ah !

L'interjection est indéchiffrable et tandis que la femme prépare une place à table pour son amie, le garçon se demande s'il ne s'y mêlait pas un peu d'agacement. La visiteuse entre. Les yeux pétillants et le sourire taquin, elle demande :

—T'as décidé d'user tes robes neuves, Sonia ?

Celle-ci rougit et bredouille une réponse qui commence par quelques sons incohérents.

—Ah !... ben... euh... si, si j'les porte jamais, à quoi ça sert de les avoir ?

Carmen revient à la charge.

—Mais une nouvelle chaque jour ! Et puis t'es coiffée comme si tu sortais, maquillée et tout.

Sonia cherche à se défiler.

—Si j'attends les grandes sorties...

Puis elle remarque les ongles vernis de son amie et taquine à son tour.

—Toi aussi tu t'es mise en frais ce soir.

—Je suis comme toi, si j'attends les grandes sorties mon linge va être mangé aux mites avant que je le porte.

Elles se sourient.

Rémi lorgne la visiteuse, sa tenue soignée, son chandail noir moulant, sa jupe grise tendue sur les hanches. Ayant posé son verre, Carmen Martel regarde le garçon de ses yeux narquois.

—Et puis, il faut être coquette quand on a un nouvel homme dans les parages.

Il se sent en infériorité devant ces deux femmes qu'unissent l'amitié, les confidences et l'âge. Il redevient un petit garçon peu sûr de lui. Il se lève et, prétextant de l'étude, s'installe dans la berçante avec son manuel d'Histoire. Il lit deux lignes, juste ce qu'il faut pour s'isoler et se couper de la conversation des femmes. C'est le moment idéal pour faire le point car il n'est plus sous le charme de Sonia ou sous l'emprise d'Eugénie. Il peut penser à son rythme.

Il se remémore sa journée toute préoccupée de la morte. Comment les autres en classe ne s'aperçoivent-ils pas de ce qu'il vit ? Le drame doit pourtant paraître. Dans son dos, on répète peut-être qu'il a l'air bizarre. Les traits d'Eugénie, son visage immobile : une obsession dont il faudrait se défaire. Obsession ? Vengeance venue de l'au-delà, d'une morte dont il a troublé le repos éternel ? A moins que ce ne soit le dieu de Ricard qui le punisse pour ses blasphèmes et ses sacrilèges. Mais cela supposerait que le prêtre possède la vérité. Non, son dieu n'est pas plus vrai que la déesse noire que lui et Robert ont créée de leurs mains, que tous les dieux, inventés tous par des hommes. Rémi se dit qu'il n'y a pas de vengeance venue de l'extérieur. C'est en lui qu'il y a quelque chose de détraqué.

Un éclat de rire le ramène à la cuisine. Il tourne une page de son livre et fait semblant de lire. Le croyant absorbé, les femmes dialoguent en toute liberté. Leur conversation n'est pas aussi banale qu'il aurait pu s'y attendre. Ce n'est pas du quotidien, des petits tracas et des enfants qu'elles parlent, mais de leur vie de femme et de leur homme. Il les imaginait servantes dociles et soumises avec un développement intellectuel se situant entre le niveau de l'enfance et celui des hommes adultes et, tout à coup, à les entendre, il comprend qu'elles mènent la barque discrètement, presque sournoisement, en laissant au mâle l'impression de régner. Rémi ressent un désagréable sentiment d'insécurité. Il se croyait du côté des forts et des dominants, homme en devenir déjà supérieur aux femmes, même adultes, et voilà que pour ces deux femmes les hommes ne sont au plus que de grands enfants irréfléchis et impulsifs, des enfants gâtés à qui l'on passe des caprices afin qu'ils se tiennent tranquilles. Son système de valeurs s'écroule, ses théories sur la vie ne tiennent plus.

Le pénis, non seulement ces femmes ne l'envient pas, mais elles vont jusqu'à le nommer de diminutifs moqueurs. Quand Rémi entend Sonia raconter comment elle a fait croire à son mari qu'elle a des « problèmes d'organes » afin de refréner ses « ardeurs dans la couchette » et de ne le recevoir que lorsqu'elle en a envie, il en est choqué. Surtout qu'il est humiliant d'être associé à cet imbécile de Réginald. Carmen dit qu'elle n'accepte pas d'être comme sa mère, « tyrannisée par l'homme et obligée au devoir conjugal ». En riant elle explique comment quelques gouttes de teinture d'iode lui permettent de feindre d'être « malade », son homme n'entendant rien aux cycles.

—Tu comprends, Sonia, moi me coucher et vlan ! Non ! Des fois l'après-midi ça me tente, j'y pense, je me prépare. Mais il m'engueule en arrivant, s'occupe pas de moi de la soirée et au moment de se coucher devient tout feu tout flamme. Je te l'éteins ! J'y ai dit déjà : prépare-moi, prends ton temps. Mais il a rien compris.

Rémi approuve intérieurement. Il faut une cour, plutôt trop longue que pas assez. Comme il faisait pour sa Dame. Lui il sait, il ne sera pas comme les autres.

—Y sont tous pareils. Avant le mariage, des vrais don Juan pleins d'attentions. Mais après, ça change du jour au lendemain.

—C'est ben vrai.

Rémi tente en vain de lire un peu dans son manuel. Lui aussi deviendra comme Martel, comme Réginald? Comme son propre père? Plutôt ne jamais se marier! Un moment il s'imagine revenant du travail, fatigué et trouvant une femme maussade, des enfants criards, rouspétant parce que le souper n'est pas prêt ou à son goût. Un cauchemar! De toute façon, il n'est pas comme les autres. Il aimera toute sa vie comme un chevalier.

Sonia parle d'une vie idéale avec un homme qui serait un compagnon, un ami et un égal, qui la traiterait en égale. Elle dit: compréhension, tendresse. Carmen Martel opine.

—Les Maudit-Treupe?

—Un peu, répond Sonia.

Elles ont baissé le ton, prenant celui de la confidence, et un rapide coup d'oeil révèle deux visages rapprochés où les yeux pétillent. Rémi tend l'oreille.

—...le merveilleux, l'aventure.

—Tu n'y penses pas, Carmen!

Sonia a l'air effarouchée.

—Je me sens faible.

—Mais quand même!

—Une fois. Pourquoi pas? J'aurai pas toujours trente-cinq ans. J'ai déjà trente-cinq ans. Le temps passe.

—Pour tout le monde. C'est pas...

—J'attendais... j'attendais plus de compréhension de ta part.

—Oh, je comprends! Si quelqu'un peut te comprendre, c'est bien moi. Mais, pensais-tu que j'allais t'encourager?

—J'espérais.

—Que la décision vienne de moi?

—Non. Mais c'est pas facile. A ma place...

—Ce n'est pas le cas. J'sus pas à ta place, j'y serai jamais.

—Tu peux pas dire. Déjà... Sonia, si tu m'encourageais, ça changerait rien pour toi, t'engagerait pas.

—Je serais complice.

Sonia se défend, Carmen supplie.

—J'ai pus de force. J'ai pus de force, Sonia.

—Pense à tout ce que t'as à perdre.

—Pense à tout ce que je perds. Penses-y. Mets-toé à ma place.

—J'approuve pas, Carmen, j'approuve pas. Mais si ça arrive, je comprendrai.

—Ça m'aide déjà.

—Moé pas! C'est contagieux. Je serais moins sûre de moi.

Carmen insiste.

—Sois complice.

Sonia touche le bras de son amie et hoche la tête en souriant tristement. Carmen ferme les yeux et soupire. Son visage jusque-là tendu et crispé devient serein. Sonia remarque Rémi qui les contemple avec intensité. Elle retire précipitamment ses mains du bras de Carmen.

—Je crois que Rémi a fini d'étudier et qu'il regarde la bouteille avec envie.

Le ton est dégagé, mais Rémi ne s'y laisse pas prendre. Quelque chose d'important vient d'être dit et il se sent exclu, comme un enfant des choses d'adultes. Sa curiosité est piquée au vif en même temps que sa fierté. Il s'attable, allume une cigarette. Il cherche toujours à comprendre, imagine l'inimaginable sans rien trouver de plausible. La femme veut-elle s'enfuir en abandonnant tout? Songe-t-elle à éliminer son mari? Ou est-ce une de ces histoires d'enfant tué à coup d'aiguilles à tricoter alors que la femme le porte encore, de ces histoires que Blanche raconte à mots couverts. Il ne trouve rien et sait qu'il sera inutile de questionner Sonia plus tard. Il voudrait montrer qu'il devine la femme, faire savoir qu'il n'est pas dupe comme les autres hommes, qu'il est différent d'eux. Mais comment exprimer ces choses sans paraître ridicule? Il a envie de leur toucher le bras à toutes deux et de dire: je vous ai démasquées. Mais il entend déjà les rires blessants.

—Ha! Ha! Ce jeune homme est rêveur, amoureux, je dirais, s'exclame Mme Martel.

—C'est vrai qu'il est rêveur notre Rémi, approuve Sonia.

Il sourit, heureux qu'elles s'occupent de lui.

—Allons, raconte-nous! Elle est belle? On la connaît? Une fille d'Amos ou une blonde laissée à Montréal?

—Elle s'appellerait pas Eugénie par hasard? insinue Sonia.

—Eugénie! Voyons donc, Sonia, c'est pas un nom ça! Peut-être un surnom qu'on donne à sa belle quand on peut pas l'appeler par son vrai nom.

—Une belle petite jeune fille? demande Sonia qui cherche le regard fuyant du garçon.

—Ou une femme faite?

Ce disant, Carmen Martel esquisse dans l'air une silhouette aux contours rebondis.

— C'est ça, je gage! A cet âge on aime les femmes mûres, même quand elles sont à d'autres. Hein, Rémi, on s'embarrasse pas de ces questions, on aime en silence et on rêve?

Rémi rougit et reste bêtement sans répondre. Mme Martel triomphe et poursuit l'attaque.

— Une femme avec des charmes bien visibles, pas une petite jeune fille encore verte. Une femme qui a de l'expérience, qui connaît l'amour. Mais dis-moi, Rémi, qu'est-ce que tu pourrais apporter à une femme comme ça?

Elle boit en attendant une réponse. Garder le silence, c'est baisser dans l'estime de ces femmes, n'être que le jeune garçon qu'on embarrasse par des plaisanteries. Il a l'occasion de se faire valoir, de leur faire comprendre qu'il devine beaucoup. Mais le risque est grand. Son verre tremble légèrement dans sa main et il parle d'une voix qu'il reconnaît à peine tant elle est rauque.

— C'est encore drôle...

Une réponse idiote. Déjà les lèvres de Carmen se préparent à la dérision. Précipitamment il ajoute:

— Du rêve... Y a pas qu'à quatorze ans qu'on rêve de l'impossible, du pas permis.

La femme reçoit ces mots comme une gifle et son rictus se fige. Rémi est ahuri de l'effet de ses paroles. Le désarroi naît sur le visage de la femme. Il a involontairement frappé un point sensible. Le silence s'alourdit autour de la table. Il veut se rattraper.

— Le rêve, c'est souvent ce qu'il y a de plus beau. Et de plus vrai.

Cette phrase ne fait qu'accroître le malaise. Finalement Sonia toussote et demande d'une voix dont la gaieté sonne faux:

— L'eau chante, je vous sers du café?

Mme Martel secoue la tête.

— Va falloir que j'aille coucher les enfants.

— T'as le temps. Dix minutes encore.

— Non, déjà je les ai laissés tout seuls trop longtemps.

— C'est-y pas malheureux que tu peuves pas venir veiller plus longtemps!

— J'ai personne pour garder.

— Me semble que ça nous ferait du bien de jaser ensemble toute une soirée. Viens donc demain quand les enfants dormiront.

— J'peux pas, Sonia. Le feu. Puis s'ils se réveillent? Non, je peux pas. A moins...

— A moins que?

— Si Rémi voulait venir garder. Il veille assez tard, je pense. Hier quand je me suis couchée y avait encore de la lumière ici.

— Ben oui, c'est une bonne idée ! Pour sûr que Rémi va vouloir. Il est sérieux et fiable et va faire ça pour nous faire plaisir.

— C'est vrai ? demande Carmen.

— Oui.

Il rage car tout a été décidé sans qu'il ait voix au chapitre. La conversation des femmes s'est déroulée à vive allure, sans accrochage, comme un ballet bien réglé. Il a le sentiment d'avoir été manoeuvré. Il tente de relier cette machination et la conversation murmurée tout à l'heure. Il manque d'éléments. Carmen passe son gilet et part dans le balancement de sa jupe.

Quand ils sont seuls, Sonia qui se sent un peu coupable, essaie de réparer.

— Je te fais un café. C'est gentil à toi de garder demain soir chez Carmen. On a pas tellement l'occasion d'être ensemble, elle et moi. Y a les enfants... Tu sais, entre femmes on a des petits secrets, on fait des cachotteries. C'est peut-être rien que des enfantillages, mais on n'a pas d'autres façons de s'amuser. T'es ben fin de rendre ce service.

Il répond d'une voix neutre :

— J'vas y aller.

— Mais, ça te fait pas tellement plaisir.

— Bof...

Il songe avec rancoeur qu'elles l'expédient avec les autres enfants.

— T'auras pas peur là-bas ?

— Ben non.

— Et les enfants dormiront. Ça sera pas tellement long non plus. Une fois.

— C'est correct. J'ai dit que j'irais.

— Qu'est-ce qui te plaît pas dans cette idée ?

— Ben... la responsabilité, le feu, un enfant malade.

— La maison est juste à côté. Tu viens nous chercher si c'est grave.

— Les petits Martel, je les aime pas tellement.

— Même Diane ?

— Surtout elle. C'est une agace-pissette.

Sonia ouvre de grands yeux. Rémi regrette que le mot lui ait échappé.

—C'est une petite intrigante, c'est vrai. Dire que sa mère est si fine ! Mais que ça t'inquiète pas, elle sera couchée.

—C'est pas sûr qu'a dorme.

—T'as peur qu'elle attaque ta vertu ?

Sonia retrouve sa gaieté.

—Y a rien à son épreuve. Pour me nuire a pourrait raconter que je l'ai violée, ou bien mettre le feu à la maison. C'est le genre.

—Crains rien, sa mère la connaît. C'est toi qu'a croirait. Tu sais que Diane boit pis fume en cachette.

—Ça me surprend pas. Pire me surprendrait pas.

—Y a pire.

Sonia penche la tête, prenant l'attitude habituelle des commères et baissant la voix comme elles.

—C'est une petite vicieuse. L'an passé y est arrivé des choses pas trop belles à l'école. Et ça venait d'elle. Elle entraînait les autres, même des plus vieux qu'elle. C'est allé jusqu'au curé. Pauvre Carmen, a pleurait en me racontant ça. Diane, c'est sa couronne d'épines.

—Rien que neuf heures ! s'exclame-t-il. Et je m'endors.

—On s'est couché tard hier. Moi aussi je m'endors. Pis je vais ben dormir, je me sens moins inquiète qu'hier.

Rémi le savait bien, car il n'existait plus cette intimité qu'avait provoquée la peur partagée. Une espèce d'indifférence plutôt. Sonia était moins proche de lui et il n'avait plus le sentiment d'être un roi en son domaine.

Robert lui remit la carte mortuaire avec un soulagement évident. La possession de cette image l'insécurisait. Il rapportait également la jarretelle que Rémi portait autrefois comme gage. Plus tard le cadet raconta comment pour quérir ces objets il avait dû lutter contre sa peur et son angoisse. Il n'avait pu aller à la caverne avant le souper et ensuite il devenait difficile de trouver une excuse pour sortir. Finalement, il s'était couché en ayant failli à sa mission, mais ne pouvait dormir, pensant à la confiance que Rémi avait mise en lui. Il avait donc sauté par la fenêtre et s'était aventuré dans la nuit où il entendait marcher et ramper des êtres invisibles. Il avait longé le ruisseau et pénétré dans la caverne pleine de souvenirs. Robert vanta longuement son courage et sa détermination. Rémi lui fit sentir à quel point il appréciait et, pour le récompenser, lui parla de Mme Martel.

Rémi s'isola aux toilettes afin de contempler à son aise la photographie au papier froissé et un peu usé par le frottement. C'était bon de pouvoir tenir en main le portrait d'Eugénie, de l'avoir en dehors de soi. Il s'attachait à mémoriser la représentation imparfaite afin qu'elle remplace celle si belle et vivante que son esprit savait projeter sur ses paupières. Voyant qu'il était seul dans la pièce, il se mit à discourir tout bas.

— T'es rien qu'une création de mon esprit. C'est moi qui t'ai imaginée. T'es un souvenir que j'ai tiré du néant. Tu comprends, du néant. T'existes pas. Le passé que j'ai voulu ressusciter. Regarde le gage, je le jette dans le bol. Tiens, parti! C'est les mensonges de mon esprit, moi-même, mes rêves et mes folies, que j'ai aimés. Pas la morte que tu es, poussière mêlée à la terre. T'es pas plus vraie que la déesse noire. Pas plus vraie que les cérémonies que j'ai inventées, que les chevaliers. Des menteries! Mes menteries que j'ai crues. Les cérémonies, les religions, les forces obscures, ça existe pas, c'est impuissant. Y a que la volonté et l'idée. Pis là, je veux que tu disparaisses à jamais. Je penserai plus à toi, sinon, comme une image à moitié effacée, comme un petit tas d'os. T'as jamais cessé d'être morte.

Il retourna en classe, et lorsqu'un peu plus tard l'obsession revint, lorsque sa pensée se fixa sur la princesse comme les jours précédents, il n'eut qu'à évoquer son monologue, qu'à jeter un rapide coup d'oeil sur la carte mortuaire tenue dans sa main en conque, pour se libérer. Ensuite, il put suivre le cours, s'arrêter aux explications du professeur. Rémi était heureux. Il repoussait la folie, et chaque fois il se sentait plus fort. Eugénie reviendrait de moins en moins souvent, bientôt il en serait débarrassé à jamais.

Au retour, il s'attendait à trouver Sonia froide et distante comme au matin. Tel ne fut pas le cas. Elle portait une robe qu'il ne lui connaissait pas et se montra attentive durant tout le repas. Ensuite, c'est tiraillée par une hâte mêlée d'un peu de nervosité qu'elle l'envoya garder en lui mettant deux cigarettes dans la main. Mme Martel n'était pas encore prête et il s'assit dans la berçante recouverte d'une peau de mouton tandis qu'elle emportait l'unique lampe dans la chambre pour finir de se maquiller. Il entendit le bruit de l'atomiseur, le cliquetis des bijoux et une chanson fredonnée tout bas. Elle revint dans le froufrou de sa robe verte, déposa la lampe sur la table près de lui et s'en fut avec légèreté, en disant qu'elle ne serait pas absente très longtemps.

Rémi demeura perplexe. Il ne comprenait pas pourquoi les deux femmes étaient si excitées. Et elles s'étaient pomponnées comme pour une grande sortie ; à la rigueur il pouvait se dire que Sonia le faisait pour lui, mais Carmen Martel ? Parce qu'elle allait rejoindre Sonia ? Que pouvaient-elles faire ensemble ? Alors, Rémi se plut à les imaginer, amoureuses l'une de l'autre, se tenant les mains et murmurant des déclarations passionnées. Il sourit de cette absurdité mais les images qu'elle faisait naître étaient tellement belles qu'il poussa plus loin ses inventions. Il les voyait se regarder avec émerveillement, se complimenter, s'embrasser et s'étreindre. Se tenant par la taille, elles allaient dans la chambre, se déshabillaient en se caressant et s'étendaient sur le lit où Rémi dormait d'habitude. Il était excité. Il eut envie de se réfugier dans la chambre de Carmen pour se toucher en continuant d'imaginer les amours des deux amies.

—A quoi tu penses ?

Il sursaute. Diane se tient au milieu de l'escalier.

—Hein, à quoi tu penses pour sourire comme ça ?

Le visage du garçon se durcit.

—Pas à toé, certain.

—Bon, ça commence ! J'étais fine.

—Si tu veux être fine, va te coucher.

Il se berce en regardant le poêle. Elle s'assoit dans l'escalier et il ne peut faire autrement que de la voir du coin de l'oeil.

—Je m'endors pas.

—Fais ce que tu veux, t'es chez vous.

—Fâche-toé pas. On pourrait parler tous les deux.

—On a rien à se dire.

—Parler avec les mains d'abord.

—Pfft !

—On pourrait aller s'étendre ensemble.

Il hausse les épaules.

—Je serais gentille. Aie pas peur.

—J'ai pas peur.

—Qu'est-ce qu'y a, j'suis pas à ton goût ? Trop jeune ? Je pourrais t'en montrer.

—J'apprendrai ailleurs.

Elle rit.

—T'as peur, c'est ça. T'es un peureux, Rémi Simard.

Il la regarde. Elle chipote le bas de sa jaquette.

—Ben oui, j'suis un peureux.

Il a un ton las, même pas agressif.

—Rémi, Rémi! Je pourrais te guérir.

—Retourne te coucher et fiche-moi la paix.

—Penses-tu que je pourrais dormir en sachant que tu es dans la maison?

—T'as rien à craindre de moi.

—C'est bien ça le problème, dit-elle en lâchant ensuite un grand soupir.

« La petite vache », se dit Rémi. Ils restent en silence à se dévisager. Il trouve qu'elle est vieille. Un regard vieux, des traits durcis par la vie, une peau ridée et parcheminée. Elle est vieille malgré sa trompeuse apparence de jeunesse.

Vieille à douze ans! Déjà toute petite, elle avait cet air. Pas d'enfance, de pureté, d'innocence, d'insouciance. D'aussi loin qu'elle se rappelle, elle a été méchante et on le lui a répété. D'aussi loin qu'elle se souvienne, elle a touché son corps, exploré celui des garçons, fascinée en même temps qu'écoeurée. Elle a toujours su qu'elle ne s'aimait pas, qu'on ne l'aimait pas et qu'elle serait malheureuse. Tout avait mal commencé. Conçue par accident, hors mariage, une césarienne, sa mère se remettant mal, des maladies d'enfant l'une après l'autre : un bébé difficile. Et tout ridé, plissé, maigrichon. Après un mariage dans la sacristie, les parents n'eurent même pas la consolation de pouvoir exhiber fièrement un bébé joufflu. Elle était une enfant capricieuse et rechignarde. Elle marcha trop tôt, pressée d'aller fouiner partout, commettant bévue sur bévue. Les premières phrases qu'elle assembla lui servirent à dissimuler et, découvrant la puissance des mots, elle se consacra au mensonge avec passion. Elle détesta les enfants qui suivirent, les détesta les uns après les autres, méthodiquement, les entraîna à commettre des mauvais coups, les fit punir à sa place et en tira plaisir. Elle était détestable et on ne se gênait pas pour le lui dire. Elle entretint donc sa réputation en semant la bisbille dans la famille.

—Rémi...

Elle dit ce nom dans un souffle. Mais il continue à la toiser en silence.

La première personne qui lui témoigna quelque affection, tendresse et intérêt, fut un étranger, un homme que la famille hébergea quelques mois. Il sut rire des mauvais coups en montrant bien qu'il ne prenait pas sa méchanceté au sérieux. Il sut la taquiner et la dérider. Même qu'un dimanche il lui apporta une crème glacée! Elle en devint profondément amoureuse. Elle avait cinq ans et commença à se conduire en femme, se montra aguichante, se fit belle pour lui, apprit à sourire, s'essaya à la gentillesse. Elle tenta de le séduire : elle voulait se donner à lui pour toujours. Surpris, choqué, il écarta cette main minuscule, repoussa la petite femme, la gifla et lui lança tous les mots haineux qu'il connaissait. Elle resta immobile, regardant quelque chose s'éteindre en elle.

Au souvenir de cet amour si grand et intense, Diane sent les larmes monter à ses yeux. La vie a-t-elle un sens, une valeur quelconque? Elle chavire. Pourquoi ne pas en finir une fois pour toutes; on la déteste toujours plus et elle ne sait pas comment en sortir. Ses maladroites tentatives de tendresse avortent, ses appels au secours se métamorphosent en coups de griffe. Désespoir. Ce premier amour malheureux : la fin de tout. Où s'accrocher?

—Rémi...

La voix est devenue suppliante.

Il a peur d'elle. Il pense peut-être ces mots qu'elle a tant de fois entendus : monstre, vicieuse, menteuse, méchante.

—Rémi... Rémi...

Intrigué il l'observe. Elle a les yeux gonflés, pleins d'eau. Une nouvelle ruse? Il a peur. Et elle le regarde intensément. S'il voulait seulement lui tenir la main, un moment. Elle va se lever, aller jusqu'à lui. Il n'aura pas le temps de réagir. Elle s'assoira sur ses genoux, se cramponnera afin qu'il ne la repousse pas. Elle fermera les yeux, se fermera au passé, et restera là à se faire bercer, à ne penser à rien, à ne rien désirer. Sans parler. Juste être tendrement contre quelqu'un à se faire bercer jusqu'à la fin des temps.

Elle reste immobile et pleure. Elle repense à tous les êtres qu'elle a inventés, qu'elle a connus en rêve, avec qui elle a vécu en harmonie. Ces fantasmes, plus humains et vrais que sa famille, ne sont plus : elle les a tués après avoir découvert qu'ils étaient impuissants contre le désespoir. Même ses rêves la détestent. Elle voit derrière elle ses douze années comme un grand désert aride : du sable blanc, blanc et vide de toute trace. Douze années perdues.

Diane éclate en sanglots et s'enfuit. Ses pieds nus claquent sur le bois de l'escalier. Rémi reste interdit, ne comprenant pas. En même temps il est heureux qu'elle parte.

Il met un moment à retrouver son calme. Aucun son ne vient de l'étage. Diane a rendu ses larmes muettes, si elle pleure encore, si elle a vraiment pleuré. Il n'y a plus dans la maison que les ronrons discrets du poêle et ce presque silence devient intolérable. Le garçon se rend à l'évier et actionne la pompe, pas tant par soif que pour écouter le grincement du levier, le halètement de la soupape de cuir et les borborygmes de l'eau qui dégorge. Il pompe plus longtemps que nécessaire et c'est ainsi qu'il n'entend pas arriver Mme Martel. C'est le bruit de la clenche qui l'avertit au dernier moment. Elle est essoufflée et ses vêtements sont un peu froissés. Elle a le visage fatigué, mais ses yeux brillent.

—Ça m'a pris du temps, hein?

—Non. Pis, j'ai rien qui me presse.

—Les enfants?

—Y se sont pas réveillés.

—Merci d'avoir gardé. T'as été ben fin.

—Ça m'a fait plaisir, Mme Martel.

Il passe à côté d'elle et croit sentir une odeur étrange au milieu des parfums, étrange en même temps que familière. Dehors, son nez encore en éveil perçoit des effluves de terre humide: Maudit-Treupe a labouré aujourd'hui. Rémi s'arrête au tremble, s'adosse à l'arbre. La lumière déborde de la maison où Sonia doit l'attendre. Mais il prend son temps, éprouvant le besoin d'être seul. Et il est vraiment seul. Eugénie ne vient pas le troubler, même s'il s'attarde dans la nuit. Il a gagné la partie. La princesse a disparu à jamais, tuée à coups de volonté, comme elle avait été créée. La nuit sera dorénavant vide de merveilles, mais vide également de menaces et d'ennemis. Une ombre assombrit la fenêtre de la maison toute proche. Sonia guette. Elle est seule et sa peur doit renaître. Il s'attarde un peu plus et quand il revient, trouve une femme qui joue nerveusement avec ses ongles. Elle paraît soulagée et en même temps essaie de le cacher. Il lit cependant des reproches dans ses yeux: tu as mis longtemps! Il se plaît à discerner une pointe de jalousie: c'est Carmen qui t'a retenu?

—T'as pas eu de problèmes en gardant les enfants? Et Carmen, qu'est-ce qu'elle t'a dit? Ça fait longtemps qu'elle est arrivée?

Devant l'air étonné de Rémi, Sonia devient confuse, sa main esquisse un geste d'impuissance tandis qu'elle cherche une explication. Le garçon ne comprend pas sa dernière question. Mais il la tire d'embarras.

—En chemin j'ai arrêté pour regarder la nuit.

—Ah c'est ça? Je trouvais que ça te prenait du temps. Et je commençais à avoir peur.

Elle tisonne le poêle.

—L'eau va chauffer. Voudrais-tu aussi manger quelque chose?

—Peut-être, oui.

Elle s'affaire à placer, déplacer et replacer les bûches.

—Je suis une grande niaiseuse, j'ai peur la nuit. A mon âge! Tu tardais et je m'énervais.

—Avez-vous eu une soirée agréable?

—Ah oui! Très agréable. On a papoté comme de vieilles commères.

—De vieilles commères sur leur trente-six.

—Tu sais, ça remonte le moral.

Elle se rend à l'armoire et sort des couverts.

—Tu peux pas savoir ce que c'est d'être encabanée à semaine longue dans ce rang où y se passe rien. Le facteur arrête pas souvent et à part lui, personne vient par ici. Toi, tu vas en ville tous les jours.

—La ville! Je m'en passerais bien. Cet été j'ai pas souffert de rester ici.

—L'été c'est pas pareil, Rémi. On va dehors, on s'occupe, ça bouge, ça vit, les hommes sont ici. Mais là, imagine comme c'est tranquille le jour. Heureusement que j'ai Carmen Martel.

Ils s'installent à table.

—C'est de la tarte que j'ai faite aujourd'hui.

—De quoi vous parlez, toi et Mme Martel, si y se passe rien?

—Oh! on parle du temps avant qu'on soit icitte. La ville, le village. Y avait du monde, de la parenté, on voisinait, on visitait. Y avait des magasins, des distractions, les vues, les veillées: des occasions de se faire belle, d'aller chez la coiffeuse, d'étrenner. On était des femmes, tandis qu'ici...

Elle coupe un morceau de tarte du bout de sa fourchette, puis lâche l'ustensile.

—Icitte! L'hiver qui s'en vient... je vais être prise comme dans un tombeau.

Rémi continue à manger, la laissant filer.

—Quand j'y pense... c't'affreux!

Elle éclate en sanglots puis se remet à parler à travers ses hoquets.

—La neige. La neige, partout la neige, rien que du blanc, pis le vert sale des maudites épinettes... prisonnière de cette maison... de ce maudit rang. Si j'avais su...

Elle pleure encore un peu avant de poursuivre.

—La nuit qui commence à quatre heures, qui dure jusqu'à huit heures. Pis le jour blanc comme une autre nuit. Les chemi-

nées bloquées, les bancs de neige, la poudrerie. Maudite hiver!...
Depuis que je suis petite c'est pareil... la neige, le froid. Rester
autour du poêle des mois de temps.

Rémi garde la tête baissée, ne sachant comment réagir. Elle
se mouche, sanglote deux fois.

—Réginald sera pas là la semaine. Pis des fois y pourra
même pas venir la fin de semaine rapport aux routes. Maudit
pays de misère, j'aurais jamais dû le suivre ici. Toujours ses
idées folles, ses espérances, ses promesses... on se cale tout le
temps plus avec les années. Si y avait voulu m'écouter... Mais
non, y sait mieux que tout le monde! Tu connais rien, Sonia.
Ferme-toi, pis suis.

La femme a parlé sans se préoccuper de la présence de
Rémi qui s'efforçait de ne pas faire de bruit pour rester en dehors du monologue. Quand elle se tait, il la regarde. Son visage
au fard délavé par les larmes serait drôle s'il n'y avait eu ces
yeux rougis où se lit le désespoir.

—Toé, Rémi, tu seras plus là. Je vais me retrouver fin seule.
Le jour, ça pourra toujours aller, mais les soirées! Des soirées
qui finissent plus devant la lampe et les nuits où je pourrai pas
dormir. Rester des heures à écouter les craquements de la maison, à entendre péter les clous, à trembler. Le poêle va languir,
j'vais avoir froid pis j'oserai pas me lever pour le remplir. Le matin, la pompe va être gelée, la maison glacée. Maudite misère!
J'ai été élevée comme ça, mais je pensais ben que c'était fini ce
temps. J'ai connu mieux: le confort, l'électricité, le chauffage à
l'huile, la tévé. J'pensais jamais me retrouver dans un trou
comme icitte.

Elle se ronge les ongles tout en pleurant. Rémi est mal à
l'aise d'être pris à témoin. Elle n'a pas le droit de se confier ainsi
à lui. Il est trop jeune pour se charger des problèmes des autres,
surtout des peines d'une femme qui pourrait être sa mère, peines
qu'a peut-être connues sa mère. Cependant, fasciné, il attend
d'autres confidences. La litanie reprend.

—L'hiver. Le vent. Le vent surtout. Durant des jours et des
jours, il va siler tout autour de la maison. De jour, de nuit. J'en-
tendrai rien d'autre, j'pourrai pas l'oublier une minute. Le vent
qui coupe du reste du monde. Rémi, si je m'écoutais, j'ferais ma
valise, j'prendrais la petite pis je me sauverais avant que la neige
arrive. J'ai peur! J'ai peur de devenir folle. Rien que de penser à
l'hiver, j'ai froid, j'ai froid.

Recroquevillée sur elle-même, elle tremble. Rémi va chercher une couverture de laine dont il lui couvre les épaules. Elle
en ramène les pans sur elle et reste prostrée. Il prépare du café.

—Tiens! bois ça. Ça va te faire du bien. Tu pourrais te rapprocher du poêle.

—Non, ça va. Merci.

Rémi reste derrière elle pour éviter ses regards.

—Je suis folle, c'est ce que tu penses, hein? J'm'excuse, oublie tout ce que j'ai dit.

—C'est correct.

—Ne le répète pas, surtout.

—Ça restera entre nous deux. Mais je pourrais pas oublier.

—J'pensais pas la moitié de ce que j'ai dit.

—Ah oui, tu le pensais! Pis je comprends.

—Tu sais, Rémi, c'est pas que j'aime pas Réginald, mais des fois...

—Pas besoin d'expliquer.

—Souvent les hommes ça pense rien qu'à eux. La femme ça compte pas. Moé l'homme, je gagne l'argent, pis je décide.

—Ouain.

—Ben, c'est pas correct. La femme...

Les mots lui manquent pour exprimer ce qu'elle retient depuis des années, ressentiments, mémoire des événements subis plus que vécus, frustrations, sensation d'être une personne de second ordre alors que dans le fond... Rémi pose sa main sur l'épaule couverte de laine.

—La femme, ça a une âme.

Elle médite longuement ces mots, tandis que dehors le vent se lève, se frottant à l'angle nord-ouest de la maison comme un boeuf se gratte contre un arbre. Il gronde dans la cheminée, et le feu lui répond. Rémi retirait doucement sa main. La joue de la femme qui s'y pose la retient.

—Laisse-la, ça me réchauffe. Ecoute le vent. L'automne est court par icitte. Demain il pourrait neiger. Qu'est-ce que je vais faire?

—Toffer.

—Oui, endurer. Quoi d'autre?

—Ça va s'arranger, tu vas voir. Il va arriver quelque chose.

—Tu dis ça sans le penser. Y arrive jamais rien.

—Provoque quelque chose.

—Quoi?

—Je sais pas, donne un coup de pied au cul à la vie.

La première fois qu'on lui suggère d'agir, qu'on ne lui prêche pas la patience et la résignation! Mais, plus facile à dire qu'à faire. De sa main libre Rémi joue dans les cheveux de la femme, d'abord timidement, en craignant une réaction. La tête se rejette en arrière et il s'amuse à défaire les plis et les ondulations. Sonia respire bruyamment.

—Des fois j'ai de la misère à croire que t'as rien que quatorze ans.

—Moi aussi.

Il se recule et pour se donner une contenance va fermer la clef du poêle qui tire trop. Sonia est debout et lui redonne la couverture. Elle se regarde dans le miroir au mur.

—Oh! que je fais dur. J'ai l'air d'une vieille.

Rémi passe près de l'évier. Il remarque qu'il ne s'y trouve qu'une seule tasse avec sa soucoupe. Carmen Martel n'était pas venue veiller ici! Sinon il y aurait deux tasses et sans doute des verres. Il souhaite une bonne nuit à Sonia et gagne sa chambre. Dans l'intimité il frotte sa joue sur la laine qui garde encore un peu de la chaleur de la femme. Le parfum des fards subsiste dans les endroits humidifiés par les larmes. Rémi a du mal à s'endormir. Il s'interroge sur les agissements de Carmen Martel sans trouver de réponse. Où est-elle allée? Chez Maudit-Treupe? Dans ce cas elle n'aurait pas inventé ce mensonge auquel a participé Sonia. Et qu'irait-elle y faire? Non, elle s'est préparée comme pour retrouver quelqu'un. On l'attendait peut-être près de la route, mais Rémi n'a entendu aucune voiture. Chose sûre, elle n'a pas veillé avec Sonia, et cela explique pourquoi la cousine était tellement impatiente de retrouver Rémi.

La vache traite, Rémi eut un choc en écurant l'étable. Dans le dalot, sous un peu de paille, un objet attira son attention. Il le cueillit avec la fourche. C'était un mouchoir! Pas n'importe lequel: celui que Carmen Martel avait mis dans sa manche avant de sortir, la veille. Cette odeur qu'avait Carmen au retour: un relent d'étable. Tout s'expliquait, même la conversation mystérieuse d'il y a deux jours. Carmen Martel avait rencontré un homme ici! Des yeux, Rémi faisait le tour de l'étable, cherchait à situer la scène qu'il imaginait. Là, dans ce coin sous la trappe d'où le foin tombe du fenil? Ici, dans la stalle occupée autrefois par le cheval et où maintenant s'empile la paille pour la litière de la vache? Ou encore dans ce coin, debout contre le mur, pour éviter de trop se salir? Carmen Martel avait rencontré un amant ici! Elle était arrivée en tremblant, encore hésitante et dix fois elle eut envie de rebrousser chemin. Elle appela doucement, on lui répondit et tout se fit dans l'obscurité. Il y eut peu de mots et ils ne furent que chuchotés.

Rémi sortit le fumier tout en continuant à inventer l'aventure de la femme. Dès l'acte fini, elle s'était enfuie. Elle s'arrêta à l'arbre pour reprendre son souffle et resta longtemps à réfléchir tandis que les remords s'installaient en elle. Puis elle lissa ses vêtements du plat de la main, enleva les brindilles de foin, ajusta sa coiffure devant un invisible miroir et marcha lentement. En esprit elle imagina la scène de son retour chez elle. Cinq fois elle la vécut, cherchant l'attitude qui paraîtrait la plus naturelle, trouvant des réponses à d'éventuelles questions. Elle hésita encore un peu au bas des marches. Elle allait pénétrer dans la maison de son mari, là où dormaient ses enfants. Tout était emmêlé en elle et il lui semblait que son trouble devait paraître sur ses joues. Peut-être même pourrait-on y lire l'aveu de sa faute.

Rémi jubile. Tout devient simple. Sa phrase à Sonia: «Je faiblis.» Mais qui? Quel est cet amant mystérieux? Il ne voit personne. Un du village? Comment le connaîtrait-elle, puisqu'elle ne va là que rarement et en compagnie de son mari. Dans le rang... Rémi sourit en éliminant Maudit-Treupe. Ce n'est pas Robert non plus, même si c'est lui qui mériterait les faveurs de la femme. «Je faiblis.» Cela suppose une cour suivie, sinon assidue, des déclarations, des propositions, une progression. Godbout! Il est à côté, à portée de la main comme on dit, solitaire et désoeuvré. Cette femme si près de lui le trouble. Peut-être veut-il d'abord la convertir à sa religion, mais le désir fait place à la ferveur évangélisatrice. Il n'a pas besoin de la rencontrer souvent, une fois ou deux, puis il lui écrit des billets enflammés, des déclarations d'amour qu'il va mettre le soir dans sa boîte aux lettres. Elle lui répond peut-être. De toute façon il laisse le temps et l'imagination de la femme travailler pour lui. Il fixe des rendez-vous, elle refuse. Il la poursuit de ses avances, elle hésite; il supplie et elle cède finalement. Où se rencontrer? Chez elle? Il y a les enfants. Chez lui, c'est juste en face de Maudit-Treupe et trop risqué. L'étable de Réginald est là, à mi-chemin et en retrait de la route, et ce lieu, par son inconfort, ajoute à l'excitation de la clandestinité.

Rémi se sent troublé de côtoyer un tel mystère, en même temps que ravi d'avoir découvert ces amours illicites. Il lui plaît moins cependant que Godbout soit l'élu. Cet homme manque de fini et de panache. Il aurait préféré quelque amant ténébreux. Cette liaison est trop terre-à-terre, et Rémi ne permettra pas qu'elle se poursuive. Il possède plusieurs moyens de mettre des bâtons dans les roues: refuser de garder, faire comprendre par sous-entendu qu'il sait tout, intercepter leur correspondance. Il a le choix. Devant l'étable, il trouve la piste qui grimpe la côte en diagonale. L'herbe garde intacte la marque des pas et, dans le champ, une enfilade de crêtes de labour brisées trace un sentier qui passe près du tas de pierres et file droit vers la maison de Godbout. Rémi sourit. Il est celui qui sait, celui qui peut mener le jeu.

Dans la voiture, Rémi écoute son père donner les dernières nouvelles de la famille. Les yeux de Robert sont pleins d'interrogations muettes, comme s'il pressentait que Rémi détient des secrets. A cette heure, se dit Rémi, Sonia s'est déjà précipitée chez Carmen ou songe à le faire. A moins qu'elle n'attende la visite de son amie. Elle brûle d'impatience : participer, ne fût-ce que par esprit, à l'aventure ; sentir le mystère tout près et, complice, partager les sentiments de Carmen ; savoir surtout ce qu'ils sont, remords, angoisse, regrets ou joie. Et comment ce fut, et ce qui s'est produit, et ce qu'il a dit. Ces confidences serviront ultérieurement à nourrir les rêveries de Sonia.

Quand ils furent seuls, Robert posa question sur question. Rémi ne pouvait révéler des secrets qui ne lui appartenaient pas, évoquer des événements qu'interprétait sa seule intuition. Il dissimula plus qu'il ne l'avait jamais fait et il eut l'impression qu'il creusait ainsi un fossé entre lui et son frère. Il devenait plus indépendant. Il ne souhaitait pas faire part de sa vie intérieure. L'amitié d'un été, faite de partage et de mise en commun, dépérissait. Ils resteraient copains, pas plus. Comme il fallait nourrir la curiosité aiguë de Robert, Rémi inventa, lâcha aussi des bribes sans importance.

Au repas du midi, Robert mangea près d'un compagnon de classe. Rémi en profita pour évoquer le souvenir d'Eugénie Ducharme. Non seulement elle ne l'obsédait plus durant les cours, mais il eut même du mal à imaginer son visage. Discrètement il tira la photographie de sa poche. Elle était de plus en plus froissée, grise comme du vieux bois et craquelée de même façon. Des joues comme des vieilles planches. Le garçon eut une illumination. Si... si c'était la maison qu'il avait aimée plutôt qu'une morte ? Vouloir donner un corps à Eugénie avait été une erreur. N'avait-elle pas déjà la maison comme enveloppe ? Une espèce de symbiose entre l'esprit et le bois. « La maison qui m'aimait !

Elle m'aurait appelé, invité à entrer, elle aurait inventé cette princesse pour m'attirer. Et maintenant qu'elle a été violée et pillée, son âme a tenté de m'envahir, d'habiter en moi. » Il se mit à rire à cette idée et constata qu'on le regardait avec curiosité, ses éclats ayant été audibles. Penaud, il s'éloigna. « Absurde ! Tout s'est passé dans ma tête. »

Ce dernier soir de la semaine avec Sonia fut terne. La table était mise avec simplicité et la femme habillée avec moins de soin paraissait morose. Après le souper Rémi s'installa dans la berçante et s'ennuya de sa famille. Pour la première fois. Sonia faisait des solitaires. Rémi se dit qu'ils étaient comme deux enfants qui se sentent coupables et craignent d'être pris en défaut. Sans doute à cause du retour de Réginald le lendemain. Sonia se préparait à redevenir l'épouse et à taire sa personnalité véritable. A présent elle regrettait peut-être de s'être laissée aller à tant de familiarité avec le petit cousin. Elle était demeurée fidèle. Réginald pouvait être en paix, jamais elle ne succomberait à l'attrait de l'inconnu comme cette pauvre Carmen. Seulement, Sonia n'était pas sereine. Elle s'était ouverte à un autre comme elle ne l'avait jamais fait avec son homme, et elle souffrait de cette infidélité morale, de cet adultère si subtil que Réginald lui-même en rirait sans en comprendre l'importance et la profondeur.

Sonia s'embrouillait dans son jeu, et elle tricha pour aboutir.

— Tu dois avoir hâte de retrouver ta famille ?

— Pis toé, que Réginald arrive ?

Elle brassa un moment les cartes avant de répondre.

— Oui, j'ai hâte qu'il arrive. Il m'a promis un radio à batteries.

Rémi restait fermé.

— On va faire la commande demain. Y a-t-y quelque chose que t'aurais envie de manger la semaine prochaine ?

Le ton qu'elle employait disait qu'elle ne reniait pas les jours juste passés. Elle préférait ne pas s'y arrêter, surtout ne pas en parler, laissant entendre toutefois que le lundi suivant tout recommencerait.

— Pas besoin d'essayer de m'amadouer, je suis pas fâché. Pourquoi je serais fâché ? Et pas besoin de t'en cacher, c'est normal que tu sois contente que Réginald revienne.

La femme eut l'air surprise.

—Pis, si comme je pense, ça te fait pas tant plaisir que ça son retour, t'as pas à en avoir honte devant moi.

Elle le regarda avec des yeux horrifiés et sa mâchoire tomba. Ses mains tremblaient. Il baissa piteusement la tête. Quel besoin haineux l'avait donc poussé à détruire l'équilibre délicat qui existait dans ses relations avec Sonia? Il n'osait relever la tête. Elle devait encore le regarder en cherchant à comprendre. Elle souffla:

—Pourquoi? Pourquoi?

D'autres mots allaient sans doute suivre mais elle fut interrompue par des coups frappés à la porte. Elle s'en fut dans sa chambre et Rémi alla répondre. C'était Maudit-Treupe et sa femme. Ils venaient veiller, ce qui voulait dire jouer aux cartes. Le vieil homme tapota l'épaule du garçon en riant sans raison. Sonia revint en finissant d'agrafer le col de sa robe.

—Je suis ben contente. Voyez, je me suis changée. Ça me disait qu'il y aurait de la visite.

Elle redevint l'hôtesse affable qu'on connaissait et mit ses invités à l'aise. Rémi était content d'être tiré d'embarras même s'il devait jouer au «cinq-cents». Le malaise entre lui et Sonia s'estompa peu à peu. La soirée s'éternisa et Maudit-Treupe dans son ardeur aux cartes ne s'aperçut pas que sa partenaire et ses adversaires étaient las. Il parlait sans arrêt, racontant les quelques ragots qu'il avait glanés au village, évoquant l'hiver qui venait, énumérant les préparatifs qu'il avait faits, ceux qu'il entreprendrait bientôt. Il avait reçu une lettre du professeur Savard lui demandant de démolir la maison et de garder le bois. Rémi pensa un moment à la maison, se revit craintif et ému alors qu'il allait en percer les mystères. Ainsi tout allait disparaître. Dans le fond, c'était aussi bien.

Les Maudit-Treupe partirent.

—Ecoute, Rémi.

Il avait l'air craintif. Elle adoucit la voix.

—Rien n'a été dit ce soir. En fin de semaine on oublie et on pourra continuer à être amis. Faut plus que tu dises d'énormités. Les mots, ça fait mal. Je saurai que tu comprends ou devines tout. Mais je pourrai faire semblant de pas m'en apercevoir, Ça marche?

—Oui.

L'arrivée de Rémi fut l'occasion d'effusions interminables de la part de Françoise.

— C'est fou, dit la mère, on dirait que t'as changé, vieilli.

Et Rémi se sentait devenu différent. Il voyait maintenant sa famille d'un oeil neuf et ne se considérait plus comme un élément de cet ensemble mais comme un individu avec sa vie propre. Un jour prochain il partirait pour de bon et prendrait sa destinée en main.

— T'as bien fait ça, pas donné de problèmes à Sonia ?

— J'ai fait le train, rentré le bois, rempli le fanal.

— Je suis fière de toi, mon grand.

— On a juste un an de différence, s'offusqua Robert. J'ferais aussi bien que lui.

— C'est sûr. Ton tour viendra toi aussi de montrer que tu peux te conduire comme un homme.

La mère avait déjà empaqueté bien des choses, et les boîtes s'empilaient dans le salon. Rémi profita de l'avant-midi pour fourrer dans une caisse ses effets personnels. Quand il eut terminé, le tas de ce qu'il jetait égalait ce qu'il gardait. Furent mis au rebut des souvenirs qui n'avaient plus d'importance : une pierre ramassée au bord du fleuve, une fleur de pommier qui ne savait plus évoquer le sourire de la fille qui l'avait donnée, des jouets, une collection de cartes représentant des avions, des fusées, et d'autres babioles, soldats et animaux de plastique, un petit sous-marin. Robert fouilla avec avidité dans ce monceau et en récupéra une bonne partie. Rémi se dit que le décalage entre eux s'agrandissait.

Le souper avec le père, enjoué d'être libéré des contraintes du travail, fut agréable. Une journée de répit, pensait Rémi. Demain il retrouverait son visage d'ouvrier qui craint de perdre sa place. Ce soir, on pourrait lui parler, l'écouter. Le dernier samedi soir qu'on passait dans cette maison ! La soirée serait sûrement spéciale. Mais les parents partirent veiller chez Réginald. Tant pis ! Quand la petite soeur fut endormie, les garçons s'assirent sur le perron malgré l'air frisquet. Rémi offrit une cigarette à son frère.

— Où tu les as pris ?

— J'ai volé le paquet à Sonia.

Il n'était tout de même pas pour avouer que la femme lui avait remis les cigarettes. Robert n'aurait pas compris.

— C'est niaiseux, hein Rémi, mais cette semaine je me suis ennuyé.

— J'comprends. Moé aussi.

—C'est plate l'école, pis j'sus tanné de voyager soir et matin.

—Presque une heure!

—Manger des christ de sandwichs.

—Ça achève. La dernière semaine.

—Ouais. Ça me fait pas tellement plaisir de déménager. J'aime ça ici, on voit large, on est tout seuls. En ville... une petite cour, des voisins.

—Moé, c'est drôle, maintenant que c'est décidé, j'ai hâte que ça soit fait.

—Hein? Tu me surprends, Rémi. Aïe! icitte on a passé le plus bel été qu'on avait jamais eu. C'est de valeur que ça soit fini.

—Ça reviendra plus.

—Mais avoir hâte de partir!

—Oui, on va passer à autre chose. Moé je recommence en neuf à Amos. Une autre vie, différente. Quand tu déménages, tu deviens un autre. Pense à ce que t'étais à Pointe-aux-Trembles, et pis à ce que t'es astheure. Je vais pas essayer de m'empêcher de changer, au contraire je vais me forcer pour que ça aille plus vite.

—Déjà t'as changé. T'es tout le temps en train de lire, même le midi, plutôt que de jouer avec les autres.

—C'est plein de choses dans les livres. Des histoires, des personnages... la vie.

—Aïe! On a ben assez d'être obligé d'étudier... lire en plus!

—T'as d'autres garçons pour jouer maintenant.

—Mais y inventeront jamais des folies comme toi tu savais faire. Les chevaliers! Dans le fond, c'était un peu niaiseux cette histoire. Mais ça nous a ben amusés. J'ai eu peur des fois, pis on en a vu des choses!

—C'était pas niaiseux. On y croyait, donc c'était vrai.

—Pis, c'est toujours vrai?

—Non. J'y crois plus. Mais quand j'y croyais c'était vrai.

—La seule chose que je regrette, c'est de pas avoir eu ma Dame.

—Ça faisait partie du jeu.

—J'y ai cru, moi. En tout cas...

Robert rentra et Rémi s'ouvrit à la nuit, attentif aux moindres manifestations. Elle le baignait, fraîche et limpide, laissant voir ses étoiles les plus lointaines. Il y avait un début d'aurore boréale, et le garçon s'émerveilla en songeant qu'il regardait se tordre, se mêler et se dilater des gaz fouettés par des particules solaires. Plus de danseuses ou de nus mystérieux, mais la beauté d'un phénomène naturel. Vidée des êtres fantastiques dont

Rémi l'avait peuplée, privée de sa volonté propre, cessant d'être la divinité qu'il avait imaginée, la nuit n'en demeurait pas moins belle et fascinante. En retournant à l'intérieur, il se dit que le monde n'a pas besoin de dieux pour être merveilleux, seulement d'un homme attentif. Robert montait une construction avec le jeu de mécano qu'il avait retrouvé en faisant l'inventaire d'une boîte d'anciens jouets. Le cadet refusait inconsciemment le changement et se rattachait à des choses du passé. Rémi s'installa sous la lampe pour lire. Il venait de découvrir avec fascination les personnages de François Mauriac.

Réginald vint au milieu de l'après-midi du dimanche. Il prit deux bières d'affilée et parla du camionnage, des problèmes que lui et son associé rencontraient, du travail ardu et des heures longues. Ce soir il devait retourner à Rouyn, afin d'être à pied d'oeuvre dès six heures le lendemain. Il venait chercher Rémi. D'abord un peu déconcerté, la garçon se fit rapidement à l'idée de retrouver Sonia un jour plus tôt que prévu. Il lui plaisait même de partir puisque son père avait pris le masque de semaine. Ce matin, à la chasse à la perdrix, il avait traité ses garçons non plus comme des enfants, mais en copains. Il souriait. Le sourire depuis s'était transformé en grimace résignée. Jamais Rémi ne deviendrait ainsi; plutôt être comme Réginald, un incorrigible rêveur. En dix minutes sa mère avait préparé la valise et Rémi s'en fut avec son cousin. On roulait trop vite et le chemin raboteux faisait sonner la carrosserie.

—Ça te dérange pas?

—Chez vous ou chez nous, c'est pareil. Faire le train pour une vache, c'est pas éreintant.

—T'es ben de service, je te rendrai ça. Aïe! Pourquoi tu viendrais pas avec nous autres une semaine. Ça te ferait du bien de travailler un peu.

—J'ai l'école.

—Bah l'école! Manquer une semaine ça te fera pas de tort. Tu vas apprendre la vie avec nous autres. Tu sais... on travaille pas tout le temps. Quand le truck est chargé, on roule un bon bout, on fume, prend une bière, pis on jase. On s'amuse. Pis le soir à l'hôtel on trouve pas le temps long.

—Peut-être.

—J'en parlerai à mon oncle. Y va vouloir. T'as quoi, quatorze ans?

—Ouais.

—Charogne monnomme, y a des petites poulettes par là qui sont pas farouches. T'es-tu déjà amusé avec une fille?

Rémi rougit, hésita.

—Non... ben un peu.

—Viens avec nous autres. Réginald va te donner l'occasion de péter ta cerise.

En écoutant parler son cousin, même en enlevant la part de vantardise, Rémi se dit qu'il ne doit pas se gêner. La boisson et les femmes font sûrement grimper les frais généraux de la petite compagnie. Ils arrivent.

—Rémi! s'étonne Sonia.

—J'suis allé le chercher, explique son mari.

—J'pensais que t'étais chez Martel.

—Justement... Martel me disait qu'on doit partir plus tôt. C'est rapport qu'y faut qu'on aille à Malartic chercher deux pneus.

—Partir dimanche? Ben voyons, ça a pas de bon sens. Et puis les garages sont fermés.

—C'est un gars que Martel connaît. Y faut qu'on les change à souère pour être fin prêt demain matin. Avec les paiements du truck, le gaz, les réparations, la pension à l'hôtel, on peut pas se permettre de manquer un voyage.

—Réginald... mon souper qu'est tout prêt!

—Aïe! arrive-moé pas avec des histoires pareilles.

—Ecoute, Réginald...

Elle commençait d'un ton décidé, mais son mari l'interrompt d'un geste de la main.

—Je veux pas entendre d'enfantillages. Faut que je gagne! L'argent que je t'apporte, y pousse pas dans les arbres. J'le gagne en christ! Tu devrais être contente de pas avoir marié un paresseux qui te laisserait crever de faim. Des fois, on dirait que t'es trop bête pour comprendre ça!

Elle le suit dans la chambre et quelques mots sont échangés à voix basse. Réginald revient, son paqueton à l'épaule. Il embrasse Sophie, sourit à Rémi et part. Il va de son grand pas élastique jusqu'au camion où il dépose ses effets. Martel le rejoint et quelques minutes plus tard le véhicule prend la route.

Dans la chambre, Sonia pleure bruyamment. Désemparée et cherchant réconfort, Sophie se tourne vers Rémi.

—Pourquoi a pleure maman?

— Parce qu'elle est malade ou qu'elle a peur de s'ennuyer de ton père. Laisse-la se reposer.

Il la berce un moment en chantant *la Poulette grise.* Le nuage passé, la fillette saute par terre afin de s'occuper de ses poupées sagement assises dans l'escalier. La vaisselle du midi trempe dans de l'eau savonneuse déjà tiédie. Rémi la nettoie et l'essuie, attentif à ne pas faire de bruit. Il ne veut pas attirer l'attention sur sa présence, craignant un peu le moment où il rencontrera le regard de la femme. Humiliée, ravalée au rang de servante devant un étranger, pire, devant son ami! Que peut-il faire? Feindre de ne pas se rappeler l'incident ou montrer par son attitude qu'il est de son bord à elle? Ne rien dire, comme elle le désire sûrement. Sa tâche terminée, il porte sa valise dans la chambre, range le linge et s'étend. De l'autre côté de la paroi, les pleurs se sont tus. Rémi décide qu'il restera couché un moment afin de permettre à Sonia de se lever et de recomposer son apparence. Elle appréciera ce tact et cette délicatesse.

— Mon oncle Rémi est couché.

Sonia répond sans doute par un signe.

— T'es malade, maman?

— Un peu. Ça va mieux maintenant, ma chouette.

— Ça fait mal? Tu pleures.

— Non, c'est fini. Regarde, je souris.

— Ha, t'es drôle! Toute sale.

L'enfant retourne à ses jeux.

— Mon oncle Rémi a fait la vaisselle.

— Il est gentil ton oncle Rémi.

— Y m'a bercée aussi. J'ai faim.

— Le poulet est au feu. Ça sera pas long.

— J'ai faim tout de suite, maman.

— C'est vrai que t'as pas beaucoup dîné.

Sonia lui prépare un goûter. L'enfant mange en silence.

— Sophie, réveille-toé! T'es en train de t'endormir. Tu vas tomber de ta chaise.

— J'peux-tu me coucher avec mon oncle?

— Oui, sans le réveiller.

Rémi ferme les yeux. Sophie grimpe sur le lit et se glisse sous les couvertures.

— Dors-tu, Rémi?

— Oui.

— Moé aussi d'abord.

Et, après avoir bougé durant quelques minutes, elle somnole effectivement. Rémi se lève sans la déranger.

— Elle dort, dit-il.

— Pas surprenant. Hier soir elle a veillé jusqu'à onze heures, et ce matin elle était debout à sept heures.

— Ça sent bon.

— C'est du poulet. Ça va être prêt tantôt.

— J'ai envie de me débarrasser du train tout de suite. Y est tôt un peu mais...

— La vache doit pas en être à une heure près.

Quand il revient la table est dressée, comme il s'y attendait. Et Sonia s'est mise en frais.

— Du vin ?

Sans attendre de réponse, elle débouche la bouteille.

— Même si on est des colons du fond des colonies, on sait vivre !

Le ton est presque rageur.

— Tu vas voir comme je le fais bon, le poulet.

Ils mangent en arrosant copieusement les mets. A la fin du repas, Rémi est engourdi et ne désire rien d'autre que de savourer béatement son bien-être. Sonia vide la bouteille. Le mutisme du garçon lui fait se souvenir de la querelle avec Réginald. Elle ravale sa rancoeur.

— Toi au moins tu apprécies ma cuisine.

— Et ta compagnie.

Elle a pâli. Constatant que la bouteille de vin est vide :

— Pas étonnant que je sois saoule ! Pis j'ai encore soif.

— Ben non, t'es pas saoule.

— Pourquoi je pourrais pas être saoule, une fois ? Lui, y se gêne pas !

Rémi ne veut pas voir sa quiétude troublée. Il tente de dévier la conversation.

— Oh ! je vois que t'as ton radio.

— Ouain ! Parle-moé-z-en. Y a oublié la batterie ! On sait ben, c'est rien que pour Sonia, c'est pas grave.

Rémi fronce les sourcils. C'est mal parti.

— T'as vu comment y me traite, en enfant. Pourtant...

Elle a un hoquet.

— Et ç'a été tout le temps comme ça. Monsieur a ses caprices et y se refuse rien. Quand j'essaie de discuter : ferme-la, pas d'enfantillages. J'suis tannée.

Elle serre les dents pour ne pas pleurer, et ses traits se durcissent. Elle vieillit d'un coup. D'un pas mal assuré elle va chercher le digestif et emplit deux verres.

— Y est même pas resté pour souper. C'est pas vrai cette histoire de pneus. Je le connais, penses-tu, après dix ans ! Pis

Martel est comme lui. Y vont passer la soirée à l'hôtel à prendre un coup avec des guidounes. C'est ça qu'y font chaque soir.

—Peut-être pas...

—Oui! Réginald c'est un courailleux. Je le sais!

Elle dévisage Rémi avec colère, comme si elle lui en voulait de cette remarque.

—C'est aussi ben qu'y soit parti.

Elle se verse un autre verre.

—Oui! Pis j'ai pas envie de pleurer. J'tannée de pleurer pour un sans-coeur. J'suis pas venue au monde pour pleurer, moé.

Elle boit sec et remplit son verre pour une troisième fois.

—Tu penses pas...

—Tu vas pas me faire des reproches toé aussi?

—Non, Sonia.

Il est déterminé à se taire dorénavant.

—Ça me fait du bien de boire un peu. J'sus tannée. J'ai froid.

Il tisonne le poêle. Elle approche la berçante. Comme il ramasse les couverts:

—Laisse ça! Demain.

La cuisine s'est obscurcie et Rémi décroche la lanterne.

—Non! J'ai pas envie que tu me voies comme ça. Apporte la bouteille pis assis-toé.

Il se tire une chaise près du poêle.

—J'suis saoule. J'ai d'l'air folle, hein?

—Non, je te vois pas. Fait trop noir.

Ils restent un moment en silence tandis que l'ombre s'épaissit encore plus.

—Juge-moé pas mal, Rémi. J'suis pas comme ça d'habitude, tu sais. Ecoute-moé, j'ai besoin de parler. Sinon je vais éclater. Ça me fait du bien de boire.

—J'te juge pas. Tiens, remplis mon verre.

—J'sais pas si tu peux comprendre.

—J'peux essayer.

—La fin de semaine que j'ai eue! Y est arrivé après le dîner. Un beau dîner que j'avais préparé et qui a été gaspillé. Y sentait la boisson. Sûr qu'ils avaient arrêté à l'hôtel en route. On est allé magasiner à Amos. J'ai magasiné. Monsieur avait du monde à rencontrer. A l'hôtel, naturellement! Toute seule comme une belle dinde, avec la petite et les paquets. Même ses caisses de bière. J'ai l'habitude. On revient ici et avant même que j'aie fini de décharger l'auto, Martel rapplique. Ils s'installent à table avec la bière. Je fais le souper. Après, la visite arrive, les Maudit-

Treupe, Carmen, tes parents. Je les aime tous, surtout tes parents, mais hier soir, je me serais passé de visite. On a joué aux cartes. Ç'a bu, jasé, fumé. Après la soirée, j'ai préparé le lunch. Il était passé deux heures quand je me suis couchée, épuisée. Réginald était paqueté. Y m'avait pas dit cinq mots d'la soirée, à peine dix depuis son retour, et tout d'un coup, monsieur est en chaleur! Y s'occupe pas que j'sois fatiguée, que j'aie envie de parler. Toute façon, c'pas intéressant ce que j'ai à dire! Envoye, Sonia, fais ta job, donne-moi d'la peau. C'est moi qui te fais vivre.

Elle sanglote. Rémi aurait envie de partir. Toute cette misère!

—Maudite vie! Maudite boisson! J'suis tannée de tout.

Il est bouleversé et en veut presque à Sonia de lui imposer le récit de ses malheurs.

—Il s'est levé à midi aujourd'hui, a mangé puis est parti chez Martel. De là, y est allé te chercher. Je l'ai quasiment pas vu d'la fin de semaine.

Elle vide un autre verre. Rémi a cessé d'en tenir le compte.

—C'est aussi ben de même! Au moins y est pas bête avec moi quand y est pas là. J'suis correcte pour une semaine. J'aurai pas besoin de l'endurer, pis je m'ennuierai pas. Lui y s'ennuie pas, y a des aventures. Des fois je me demande ce qui me retient... C'est-y une vie ça? J'méritais pas ça! Courailleur, menteur. Tout ça à cause de cette maudite boisson.

Ce disant, elle remplit son verre. Rémi n'a même pas envie de sourire de cette cocasserie.

—C'est pas la vie que je rêvais. Ah non! Tu sais, quand j'étais jeune... J'étais pas grande, menue, ben faite, avec juste ce qu'il faut où il faut. Les hommes me disaient que j'avais l'air d'une poupée. J'en ai eu des cavaliers! Des dizaines! Pis des bons partis. Y en a qui ont ben tourné: Damas Roy a un magasin, Irénée Goulet a été député. J'aurais pu avoir un médecin. Je refusais, j'étais pas pressée. Ma mère me disait: profite de tes belles années. J'en profitais. Mais j'ai rencontré Réginald à une danse. Il était beau, grand, bien mis, pis il avait la parole facile. Il enjôlait. Il m'a éblouie avec ses rêves, ses promesses. Mais j'hésitais encore. Ça me coûtait de me marier. Un soir, j'suis à lui. Mes règles retardent, ça y est je suis enceinte. On se marie en vitesse. Mais christ, j'l'étais pas enceinte! Quand je pense que je me suis mariée pour rien.

Elle se tait un moment. Rémi songe à aller se coucher. Peut-être qu'elle ne s'en apercevrait pas, tellement elle est ivre.

—Rémi, va me chercher mes cigarettes sur la table.

La lueur de l'allumette révèle un visage défait aux yeux apeurants.

—Après: la désillusion, les promesses qui arrivent pas, les rêves qui aboutissent jamais. J'avais de l'argent de côté, ç'a fondu. Depuis ce temps-là, on dégringole. Pour aboutir icitte!

Elle pleure longtemps et soudain glisse de sa chaise. Il se précipite, la retient et réussit à la rasseoir, mais elle semble incapable de se soutenir. Elle murmure des mots inintelligibles mêlés de bouts de phrases, des « toé tu me comprends », « t'es mon ami », « non mais c'est-y une vie ça? ». Elle est molle et abandonnée.

—Aide-toi un peu. Debout. Lève, Sonia. Bon, comme ça.

Il doit l'appuyer contre lui et la soutenir pour la mener jusqu'à son lit. Elle se laisse choir, les jambes pendantes. Il l'étend et lui enlève ses souliers. Elle marmonne:

—Dormir... dormir. Laisse-moi pas toute seule.

Il s'assoit au bord du lit, lui tient la main, caresse la peau rude de la paume, puis s'allonge. Elle lui souffle en plein nez son haleine parfumée à la crème de menthe, roule sur le dos, s'éloignant un peu, et reste là immobile. Elle respire fort, ronfle par moment. Il la secoue, voulant lui dire de se coucher sous les couvertures. Peine perdue, elle dort trop profondément.

Rémi est sur le dos, mains derrière la nuque et regarde le plafond, qu'il ne voit pas tant la chambre est obscure. Il devrait se lever et rejoindre Sophie, mais la seule idée de cet effort lui pèse. Et puis, une femme dort près de lui; il est étendu à côté d'une femme! Rémi se souvient qu'il a déjà imaginé cette femme nue et cette pensée le trouble. Lui viennent de soudains désirs, des projets farfelus. Ivre morte, elle ne résisterait pas et sans doute ne se souviendrait de rien le lendemain. Abuser ainsi d'une amie! Non, il va se lever et aller dans l'autre chambre. Mais il reste là. Finalement, retenant sa respiration, il pose doucement sa main sur le ventre, sans presser, guettant une possible réaction. La femme dort très profondément et son ventre bat avec régularité. Après un moment, il glisse ses doigts sur l'abdomen, atteint la poitrine et met sa main en coupe sur un sein. Oh! à peine s'il effleure! Elle dort toujours et quoi qu'il fasse, elle ne s'éveillera pas. Il caresse le sein avec de plus en plus de force tandis que son désir devient infini. L'obscurité permet toutes les privautés. Le garçon pétrit l'autre sein. Tout à coup une phrase que son cousin a prononcée quelques heures plus tôt retentit en lui: «Réginald va te donner l'occasion de péter ta cerise.» C'est comme si Rémi dégrisait d'un coup et il retire sa main. Il n'est pas vraiment dégrisé et c'est d'un pas incertain qu'il se rend à la cuisine, se cognant au passage au chambranle de la porte. Sur la table, il tâtonne pour trouver la bouteille et c'est à même le goulot qu'il s'envoie une rasade d'alcool.

Rémi regrette que le souvenir de Réginald l'ait interrompu. Ce grand escogriffe mériterait pourtant que quelqu'un d'autre rende sa femme heureuse. Mais...quel bonheur aurait-elle à se faire prendre tandis qu'elle est inconsciente? Ne serait-elle pas plus heureuse de savoir que l'amitié de Rémi est respectueuse? Il tourne en rond dans ses pensées et ses désirs contradictoires. Un moment il est décidé à retourner près d'elle; la seconde d'après, il se repent et s'en veut. Il boit encore. Il fait chaud dans la maison. Il ouvre la porte et se tient dans l'embrasure, face à la nuit sans étoile. Son amitié pour la femme... demain ce sera peut-être fini de toute façon parce qu'elle s'en voudra et aura honte. Plus jamais elle se laissera aller devant lui, plus jamais elle sera à l'aise. Autant saisir l'occasion. D'autre part, elle a confiance en lui, le considère différent des autres. Et, tous les autres seraient à ce moment même dans le lit avec elle. Sonia est malheureuse déjà. Risquer de la décevoir comme Réginald l'a toujours déçue? Ah! cette amitié qu'il faut assumer!

Rémi avale une autre gorgée, allume une cigarette. Il repense aux larmes et aux récriminations de Sonia. On n'a pas le droit de le mettre face à tous ces problèmes. Apprendre la vie? Pfft! Si c'est ça la vie... Lui n'aura pas une vie comme ça. Rien que des apparences: sauver la face devant la visite, les voisins, les enfants, mais se détester et se déchirer en secret. Est-ce que tous les couples vivent pareils drames? Les Martel? Peut-être, puisqu'elle n'a pas hésité à se prendre un amant. Oui, elle a hésité... mais a quand même sauté la clôture. Ses parents? Des disputes cachées parfois. Déjà il a pressenti, a même eu vent de... mais rien de bien grave; jamais rien de l'ampleur du drame de Sonia. Eugénie, elle? Sans doute une vie secrètement malheureuse. Son mari n'était pas le prince que, jeune fille, elle désirait.

Il lance dans l'herbe sa cigarette à moitié consumée. Le tonnerre gronde au loin. Signes d'orage, arrivent de soudaines bourrasques. Eugénie. La nuit. Il trouve dans sa poche la photo de la morte, la sort, la froisse entre ses doigts, l'écrase, va la jeter, mais se ravise. Une première goutte de pluie tombe et Rémi rentre. Sonia ronfle toujours. Le froid règne dans la maison dont la porte a été longtemps ouverte. Rémi remplit le poêle.

Les adultes! Il en est un maintenant. Presque. Et après tant d'attente, c'est avec un peu de tristesse qu'il constate son nouvel état. Il croyait appréhender ce monde nouveau avec sa raison et son intelligence, l'analyser et le décortiquer à loisir mais c'est à travers le coeur et la sensualité qu'il se révèle, changeant et subtil. Au-dessus du petit édifice de ce monde, Rémi découvre avec surprise des soubassements immenses, d'interminables dédales de chambres souterraines. Après ce pas en avant, il a bien envie de reculer de deux. Mais cela ne ferait que retarder l'échéance, tôt ou tard il faudra y passer.

Une série d'éclairs déchire la nuit et attire le garçon à la fenêtre. Un nouvel éclair montre la maison voisine. Mme Martel, une autre adulte aux apparences trompeuses. Comment a-t-elle pris le départ hâtif de son mari? Sans larmes, bien mieux sans doute que Sonia. Avec soulagement peut-être. Femme adultère, la présence de son époux a dû être un reproche constant. Se tromper de prénom en s'adressant à lui, parler dans son sommeil, se trahir par une phrase échappée: deux jours sur le qui-vive. Lui parti, elle peut cesser de se méfier d'elle-même, s'abandonner à ses pensées coupables, rêver de l'amant, lui parler intérieurement. Va-t-elle le revoir bientôt, demander à Rémi de garder? Il avait l'intention de contrer cette liaison. Plus maintenant. Carmen souffre sans doute du même mal que Sonia. « Je faiblis », a-t-elle dit. Rémi imagine la résistance dont elle a fait preuve avant de se soumettre à la passion. Elle a dû mener un long combat contre elle-même, abattre des barrières, nier des principes, oublier éducation et religion. Il se prend à souhaiter qu'elle en soit heureuse.

Rémi n'a pas sommeil, trop d'idées se bousculent en lui. Il se berce dans l'obscurité que brise par à-coups l'éclat de la tempête. La pluie tombe dru. Rémi continue à boire, et dans son ivresse savoure la furie des éléments. C'est bon d'être à l'abri, bien au chaud, léger dans sa peau, tranquille au milieu de toute cette fureur. Exalté, il se lève et, devant la fenêtre, à grands gestes, orchestre le tonnerre, les éclairs et la pluie, en fait une symphonie sublime. Il lui semble retrouver la puissance du grand prêtre de la nuit.

Sonia émet un son. Il se rend près d'elle.

— Quoi?

Elle dort toujours. Il la brasse un peu.

— Qu'est-ce que tu veux? T'as soif?

Il lui tapote le visage. Un éclair illumine un instant la chambre. Elle grimace.

— Déshabille-toi et va sous les couvertes.

Mais il a beau la secouer un peu, elle a sombré à nouveau dans une profonde torpeur. Elle doit avoir froid puisqu'elle s'est recroquevillée. Il va tirer les draps et la couvrir. La lumière bleutée de l'orage donne un air surréel au visage immobile de la femme. Ses cheveux paraissent noirs et la peau brutalement éclairée semble de marbre. Rémi a peur et touche la joue du revers de ses doigts. Il est presque surpris de ne pas la trouver glaciale. La belle robe sera toute froissée. Rémi se dit qu'il devrait la lui retirer. Non. Oui. Un service à rendre. Il n'a pas le droit. De toute manière elle ne le saura pas. L'idée de la dévêtir l'excite. S'il la mettait nue ? Non, seulement retirer la robe.

—Réveille-toi, Sonia. Faut te coucher.

Il a fait une dernière tentative et, même secouée un peu rudement, elle n'a pas réagi. Il la tourne sur le ventre et, les doigts tremblants, cherche la petite agrafe qui attache la robe au cou. Finalement il peut la défaire et baisser la fermeture. D'un coup, jusqu'à la taille. Un éclair montre le dos harmonieux et la barre horizontale du soutien-gorge. Rémi dégage les bras des manches, tire la robe qui glisse difficilement et plie le vêtement du mieux qu'il peut. Ensuite il retire le jupon. La femme est toujours étendue sur le ventre, en soutien-gorge et en culotte, un porte-jarretelles retenant ses bas. Il n'a plus qu'à la pousser vers le fond du lit, ouvrir les couvertures, la ramener et la couvrir. Il hésite un moment. Le tableau est féerique sous cet éclairage inhabituel et il veut faire durer le charme. La tête troublée, les yeux enivrés, le ventre en feu, il exulte. Le moment est digne des plus folles rêveries. Non, il ne va pas se priver tout de suite, même qu'il va la tourner sur le dos afin de rassasier son oeil; il le fait en la tirant par l'épaule et la hanche. Que cette peau est chaude ! Sonia demeure inerte, les bras ouverts. Un geste d'invite, pense-t-il. Mais le visage fermé et les ronflements disent bien qu'il n'y a pas d'invitation. Rémi s'émerveille du volume des seins, des reflets mordorés du ventre presque plat. Et ces hanches charnues ! Ces cuisses rayées par le porte-jarretelles ! Ces bleus, ces mauves ! Il est en extase, partagé entre le plaisir de l'esprit savourant l'inusité et le désir de sa chair.

Blanche-Neige attendant le Prince. Il se penche et l'embrasse. Elle reste sans réaction, mais ses lèvres sont chaudes et vivantes. Rémi se recule brusquement, sentant qu'il perd tout contrôle sur lui-même. Avec célérité, il la couvre et s'enfuit dans sa chambre où il s'étend à côté de Sophie, tombant endormi sur-le-champ.

Des coups répétés à la porte, un pas dans la maison. Rémi ouvre les yeux, cherche à prendre pied dans la réalité.

— Rémi est pas prêt ?

C'est la voix de Robert.

— Rémi... euh... il est malade.

— Ah !... T'as pas l'air en forme toé non plus ?

— Oui, on a tous été malades. Une indigestion. J'pense que le poulet que j'ai fait hier était pas bon.

— C'pas trop grave ?

— Non.

Le père klaxonne.

— On arrêtera à soir, voir si ça va ben.

— C'est ça, bonne journée, Robert.

Il part. Sophie s'éveille.

— J'ai dormi avec toi, mon oncle ?

— Oui.

— Youpi !

Sonia paraît dans l'embrasure de la porte.

— Viens, Sophie.

— C'était Robert ?

— Oui. C'est correct ce que j'ai dit ?

— Correct.

— J'ai passé tout droit à matin.

— De toute façon mon père aurait pas eu le temps de m'attendre.

Sonia fourgonne dans le poêle. Sophie l'a suivie dans la cuisine.

— T'es-tu couché bien tard ?

— J'sais pas. Je me rappelle pas.

— Tiens, c'est drôle, moi non plus j'ai pas les souvenirs ben clairs. Je me rappelle pas de m'être couchée.

— Y a rien à se rappeler, tu penses pas ?

— C'est vrai.

Il reste sur le dos, yeux fermés. Rien ne presse. Rémi repense à la nuit précédente. Il n'a rien oublié, bien sûr. Un moment il regrette de ne pas avoir profité de l'occasion, puis se dit qu'il ne serait pas à l'aise comme maintenant. C'eut été comme un viol. Des odeurs viennent, qui lui donnent envie de se lever : le bois qui brûle, le café qui se fait, le bacon qui grésille. Puis il songe à la vache. Elle doit s'impatienter, le pis lourd et l'estomac vide. Déjà que la veille il l'a traite bien avant l'heure.

— Déjà debout ?

— Oui, la vache. Elle va se demander ce qui arrive.

Quand il revient, plus rien ne paraît du désordre de la veille. La table mise, Sonia chantonne en surveillant les oeufs.

— J'ai sali le plancher avec cette boue. J'ai les pieds gros comme la tête. As-tu un torchon ?

— Laisse faire.

— Non, non, je répare mes dégâts.

— Y pleut-y encore ?

— Y mouille plus, mais ça me surprendrait pas que ça recommence, le ciel est bas et noir.

— Une vraie journée d'automne.

— Y a du soleil dans la maison.

Elle ne comprend pas et il indique la robe jaune clair qu'elle porte. Elle sourit et reprend sa chanson qui parle de printemps, de fleurs et d'oiseaux. Tandis qu'elle s'affaire, il la regarde à la dérobée. Dire que quelques heures plus tôt il a touché ce corps ! Rémi est heureux. Il a su se dominer, pour la première fois il n'a pas obéi aveuglément à ses instincts. Comme un adulte, mieux que tous les adultes qu'il connaît.

Toute la journée, il se tint près d'elle, observateur discret qui s'émerveilla de la voir garder le sourire et la bonne humeur même en accomplissant les besognes les plus rudes ou les moins plaisantes. C'était peut-être parce qu'il était là et qu'il aidait au travail ?

— Es-tu toujours de si bonne humeur ?

— Oui... ben pas toujours.

— Je veux dire, malgré l'ouvrage ?

— Ah, l'ouvrage me fait pas peur. J'aime ça. Quand je file pas, c'est à cause du reste.

Ce lundi soir, Mme Martel vint faire son tour. Sophie s'était à peine endormie et Rémi fut chagrin que la voisine trouble l'intimité naissante. Elle lui demanda de garder le lendemain soir et il accepta. Elle parla avec entrain de tout et de rien, puis retourna chez elle. Sonia semblait un peu aigrie.

— Une autre soirée toute seule, laissa échapper Rémi.

— Eh oui, répondit-elle d'un ton las.

Du coup, chacun sentit sa bévue et demeura figé. Ils se regardaient l'un l'autre avec des yeux incrédules. Cela dura un moment puis ils pouffèrent de rire tant la situation était invraisemblable. Sonia retrouva vite un visage sévère.

— Tu sais ?

— Ben oui.

— Comment ?

—J'suis pas fou. Je sens tout, devine tout.

—J'vois ça !

—Pis ? Ça change rien.

—Qu'est-ce que tu sais au juste ?

Sonia avait l'air inquiète.

—Tout : Godbout, l'étable, l'adultère.

—T'as de ces mots, dit-elle d'un ton glacial.

—Y a d'autres mots aussi. Le rêve, la passion, l'ennui, le goût du risque et de l'aventure, l'envie de pas gaspiller sa vie complètement, d'affirmer qu'on existe encore en tant que femme. L'envie aussi d'oublier la marde. Rêver...

—T'as quel âge déjà ?

—Vingt-quatre.

Elle soupira. Son visage était triste.

—Ecoute, Rémi...

—T'as pas besoin de me faire des recommandations.

—Tu sais quand on découvre les secrets des autres, faut les respecter.

—Inquiète-toé pas, je sais me fermer. Pis, qu'est-ce que tu veux que ça me fasse ? C'est pas de mes affaires.

—Tu comprends, y a le bonheur de tellement d'innocents en jeu.

—J'pas fou, j'me rends compte. Pis, t'as vu que j'me suis pas fait prier pour garder. Ça me plaît cette histoire-là.

—Ça te plaît ?

—Oui, c'est pas moi qui va lui jeter la pierre à Carmen. Au contraire. J'suis pas fâché que ça arrive à Martel.

—Ben là, Rémi...

—Oui, y a juste à s'en occuper de sa femme. Une perle, fine, sensible, belle. J'suis content qu'a pense à elle un peu.

—Si on suivait ton raisonnement...

—C'est vrai, hein ? Ben du monde aurait raison de faire comme elle.

—Moi je pense pas qu'a raison.

—A du courage en tout cas.

—De l'inconscience. A tout à perdre. J'y ai déjà dit.

—Si elle est prudente, a tout à gagner.

—Comme ça, tu l'approuves ?

—Oui, comme j'approuverais n'importe laquelle femme dans son cas.

—T'as pas de morale, Rémi !

—Si la morale c'est de gaspiller sa vie, de pas être heureux, j'ai pas de morale. Pis c'est jamais la morale qui arrête les gens.

La peur.

Sonia mit de l'eau à bouillir, prépara des tasses, retrouvant un certain équilibre dans ces gestes familiers.

—Tu penses pas, Sonia, que la peur ça retient bien des gens?

—Je sais que c'est à moi que tu penses en disant ça. Ben, c'est pas vrai.

—Si y avait pas eu la peur, ça t'aurait jamais arrivé une aventure?

—Ben... peut-être si j'avais été en amour. Mais même là c'est pas sûr. C'est pas des choses...

—Y en a qui se gênent pas.

—C'est pas parce que quelqu'un se casse une jambe que j'ai envie de faire pareil!

—Pourtant, t'as rêvé à d'autres. Tu me l'as dit.

—Changeons de sujet.

Elle versa le thé et but lentement, sans perdre son air songeur.

—Dans le fond, ça te tracasse tout ça. Tu y penses même si t'aimes mieux pas en parler.

Il avait une voix amicale, des yeux ouverts. Elle se sentait en confiance.

—On peut rien te cacher.

Le silence dura longtemps. Ils ne trouvaient rien à se dire. Ou n'osaient pas. Il sourit finalement.

—T'as plus ton air de madame qui a une famille et une maison. Tiens, là tu ressembles à une jeune fille que sa mère a pris en défaut, qui est gênée en attendant de se faire chicaner.

—Jeune fille! C'est parce que la lumière de la lampe est faible.

—Non, ça change pas les yeux.

—Y sont jeunes, mes yeux?

—Là, oui. Ton sourire aussi.

Sonia eut une voix pleine d'hésitations.

—Jeune... comment?

—Aussi jeune que moi.

Elle regarda ailleurs, cogna nerveusement son ongle sur la tasse, puis rit avec une désinvolture toute feinte.

—Ben, c'est parce que t'as été là toute la journée. Toé pis Sophie, ça m'a influencée.

—J'suis pas un enfant, moi. Adulte.

—Adulte, pas tout à fait.

—Ben plus conscient que ben des adultes.

—Tu lis trop.

Ils burent le thé qui refroidissait.

—Aujourd'hui on a chanté, on a ri, on s'est taquiné. Tu m'as arrosé avec de l'eau de vaisselle. Les madames jouent pas comme ça.

—On a ri, oui. Ça me rappelait...

—Ben dis-le. T'as pas confiance ? T'as peur !

—Non, j'ai pas peur !

—Oui, tu recules. Tu redeviens une madame.

—Je suis une madame, comme tu dis.

—Pas tout le temps. Quand tu me contes tes problèmes, tes peines, quand tu pleures devant moi, t'es plus une madame. Une madame pleure pas devant un garçon, lui raconte pas ses histoires de femme malheureuse.

—Rémi ! Je pensais que c'était entendu que...

—Pourquoi que t'as confiance en moé, que tu te laisses aller juste quand t'as de la peine ou peur ?

Elle chercha des mots qui ne venaient pas. Il poursuivit.

—Je veux pas être ton ami seulement quand ça va mal ; aussi quand t'es de bonne humeur, à jeun.

—Ben... des fois les mots passent plus facilement quand t'as bu un peu ou que t'as peur. Des circonstances, comme on dit. Comme ça, froidement, y a des mots... T'as pas peur des mots, toi ?

—Pus astheure. Si tu savais ceux que j'ai déjà dits ! Entre amis faut pas avoir peur des mots. Je suis ton ami ?

—Oui.

—Un ami comme t'en as jamais eu, comme t'en auras jamais.

—Je me suis jamais confiée comme ça, c'est vrai. Avec Carmen, on a pas besoin de parler. C'est tellement pareil. J'aurai pus jamais un ami comme toi ?

—J'pense pas. En connais-tu beaucoup, toi, qui t'auraient portée jusqu'au lit, t'auraient enlevé ta robe, t'auraient couchée, pis seraient aller dormir avec ta fille de cinq ans ?

Elle devint rouge et se prit la tête à deux mains.

—J'étais si saoule que ça ? Je me rappelle pas. C'est terrible !

—Ben non. T'as noyé ta peine, t'en avais besoin, pis ce matin, t'étais en forme.

Elle hochait la tête.

—J'ai honte.

—De quoi ? Personne t'a vue. Moé ça compte pas.

—Je devais avoir l'air d'une vieille folle.

—Non, y a eu un orage, des éclairs. T'étais éclairée en bleu. C'était extraordinaire !

Elle rit.

—Tu te vois pas! Un peu plus je me prendrais pour une grande beauté.

—Tu t'es pas vue hier.

—Comment j'étais?

—Etendue sur le dos, les bras un peu ouverts, le visage calme. Tu dormais. De la lumière arrivait d'autour de la toile, d'autre venait direct de la fenêtre de la cuisine et le reflet dans le miroir éclairait en diagonale. Ça te faisait une peau de pierre, bleue, dorée, mauve. On aurait dit la Belle au bois dormant.

—J'te crois pas, mais c'est quand même plaisant à entendre. On dirait un poète qui parle.

—Peut-être qu'un jour je serai un poète.

Sonia le fixait intensément.

—T'es terrible, Rémi.

—J'suis en train de lire un poète. Leclerc. C'est beau, que des fois j'en pleurerais.

—Tu sais que moi aussi...

—Ben quoi? Les mots ça mange pas.

—C'est niaiseux. J'en ai jamais parlé, même à Carmen. Quand j'étais jeune...

—Dis.

—J'écrivais des poèmes.

—Toi?

—Ris pas. Je tenais mon journal, pis j'écrivais des vers. Ça te surprend, hein?

—Non.

—Pourtant, j'ai pas l'air de ça.

—Tu crois? Je gage qu'astheure tu continues à en écrire, dans ta tête.

—Quasiment! L'autre jour, un matin, je regardais le tremble tout jauni, pis d'un coup y m'est venu un poème. Je me le suis récité. Demande-moi pas de te le dire, j'ai oublié.

—C'est merveilleux.

—Imagine, à mon âge!

—Ton âge! On en aura entendu parler.

—On voit ben que tu sais pas ce que c'est vieillir.

—J'apprendrai comme tout le monde.

—Mais avant, profite de ton temps. C'est quoi, ce que tu lis?

—*Andante,* que ça s'appelle.

—Hé, tu devrais m'en lire une page.

Il alla chercher le livre, et s'installa près de la lampe qui fumait un peu. Il lut, cherchant des intonations qui ne trahiraient pas les strophes, mais au contraire feraient sentir les rapports entre les mots. Il lut une page, avec un peu de trac, comme quand il fallait le faire à l'école, lut une deuxième page, en s'oubliant, tout entier à la musique des mots. Il lut ainsi durant une demi-heure. Quand il s'arrêta, manquant de salive, la mâchoire fatiguée et la tête remplie, il se fit un silence qui dura une éternité. Sonia rouvrit les yeux qu'elle avait fermés pour mieux voir les images. Elle souriait, un peu essoufflée.

— C'est beau.

— Oui. Me semble que ça aide à vivre, des choses comme ça.

— On se dit : c'est ça que j'avais sur le bout de la langue, c'est ça que j'ai déjà pensé sans savoir comment le dire.

— Et qu'on aurait pas osé dire si on avait pu.

Elle refit du thé.

— Demain, j'pense que je recommence à tenir mon journal. Pas tous les jours, des fois, quand ça me tentera.

— Pis à faire des poèmes ?

— Peut-être.

Elle était debout devant lui, les tasses dans les mains. Ses yeux luisaient.

— J'ai rajeuni à soir.

Il prit la tasse qu'elle lui tendait. Sonia le regardait en réfléchissant. Déposant sa tasse, elle alla dans la chambre, farfouilla un peu dans un tiroir et revint avec trois cahiers noirs.

— Faut vraiment que j'aie rajeuni !

A son tour elle lut, timidement d'abord, en s'excusant à l'avance de la naïveté de ses textes, des poèmes où elle chantait l'amour qu'elle ne connaissait pas encore, où elle décrivait son émoi devant un paysage de neige, une forêt d'automne. Elle lut également des extraits de son journal, expliquant le contexte, riant follement, s'attendrissant parfois sur l'adolescente qu'elle revoyait. Elle lut aussi une description d'un matin d'été dans une ferme en Gaspésie : les sons, les odeurs et le sentiment que le temps s'était interrompu, que ce matin heureux était l'éternité. Rémi s'émouvait et quand Sonia cessa de lire, il soupira.

— Merci.

— C'est pas grand-chose.

— C'est précieux.

Elle alla serrer soigneusement ses carnets.

— Tu sais quelle heure il est ? Minuit en dix.

— Tard. Bon ben... bonne nuit.

Rémi hésita un peu, se leva à regret. Comme il passait devant elle, Sonia l'arrêta et l'embrassa sur les deux joues. Il la retint en la tenant aux épaules et l'embrassa à son tour mais sur les lèvres et longuement. Ils avaient gardé les yeux ouverts. Puis elle se dégagea et il s'en fut dans sa chambre, lui laissant le soin d'éteindre la lampe.

Il se coucha, écouta un moment les bruits qu'elle faisait en se préparant pour la nuit. Rémi exultait: une amie, une complice, même devant les mots. Lui aussi écrirait un poème demain. Il pensait à faire quelque chose sur la nuit, cherchait déjà des images. C'est à peine s'il entendit le bruit des pas de Sonia qui venait le rejoindre.

Le mardi soir, Rémi alla garder chez Carmen Martel, comme convenu. Durant le jour, il avait hésité un moment: pourquoi ne pas changer le jeu et permettre à Robert de réaliser son rêve de chevalier? Il lui dirait de prendre la route avec son arme. Robert aurait peur, mais l'idée de mener un combat pour sa Dame et de la posséder ensuite lui donnerait tous les courages. Les muscles fatigués voudraient le ralentir, cependant son esprit le tirerait en avant. Il s'écraserait sur le sol à côté du tas de pierres et quand l'ombre de son rival serait à sa hauteur, il bondirait, le bâton entrerait en action et bientôt l'adversaire s'écroulerait sans un cri. Robert se rendrait à l'étable obscure et comme dans ses rêves, goûterait la récompense de deux mois de quête et d'attente. Carmen, prévenue par Rémi, menacée peut-être, ne se refuserait pas au jeune soupirant. Rémi saurait quels mots employer pour obtenir la coopération de Carmen. Il eut un haut-le-coeur en songeant aux regards chargés de haine qu'elle lui adresserait. Elle aurait peut-être envie de le tuer, lui qui aurait détruit ses restes de fierté. Mais il alla garder sans avoir soufflé mot à Robert de toute l'histoire. Que rien ne trouble l'aventure de la femme, ne ternisse sa joie sans doute déjà mêlée de remords.

Diane descendit dans la cuisine où Rémi lisait pour passer le temps. Il lui tardait de se retrouver auprès de sa cousine. Quand la fille arriva, il songeait précisément à Sonia, se disant qu'elle n'était pas plus vieille que lui, qu'elle ne le dominait pas. Egaux, aussi n'avait-il pas plus envie de dominer que d'être dorloté.

Diane parla d'une voix conciliante.

—Ça te ferait-tu quelque chose que je m'assoie ici un peu ?
Je te dérangerai pas. Pas besoin de me parler.

Il lui sourit en faisant un signe de tête affirmatif. C'était une enfant. Il y avait un tel fossé entre elle et lui ! Comment avait-il pu la craindre ?

—Fais comme si j'étais pas là.

Il referma le livre.

—Ça serait pas ben poli.

—Ah ! On se gêne pas pour moi. T'as l'air heureux.

—Oui, je le suis.

—C'est-y de déménager qui te rend comme ça ?

—Ouais, un peu.

—Amos... ailleurs ! Moé aussi j'aimerais sacrer mon camp d'icitte.

—Pourquoi ?

—Plus voir le monde que je connais. Recommencer à neuf.

—Comme si t'avais déjà ben vécu !

—J'ai trop vécu. Je voudrais me changer.

—Pas besoin de partir pour ça.

—Ça aiderait, me semble. Comment tu veux que je change icitte ? Sais-tu ce que je suis pour le monde ?

Il haussa les épaules.

—Tu le sais certain, on doit te l'avoir dit. Mais tu es trop gêné. J'suis une guidoune.

—Ben voyons !

—Tu le sais !

Elle rageait et ses yeux étaient devenus méchants.

—Ce que tu sais pas, c'est que c'est de leur faute. J'avais juste dix ans, j'aurais fait n'importe quoi pour qu'on s'occupe de moé. On m'a entraînée. Pis astheure, les mêmes me traitent comme si j'avais la gale. Pas un qui voudrait être vu en public avec moé. Entre eux y m'appellent la guidoune. Pas seulement ceux de l'école, mais même les plus vieux qui travaillent. Y me regardent de haut, mais dès qu'y ont une chance d'être seuls avec moé dans un coin : envoye, Diane, montre-moé ce que tu sais faire. J'sus pas une guidoune ! Christ non ! Pis c'est fini, y pourront se crosser dans les coins, j'y serai pus. C'est fini ! Tout est fini.

—C'est pas fini, Diane, t'as douze ans ! Rien est commencé encore.

—C'est plate d'être pris avec la même vie. Le même monde. J'voudrais aimer, être aimée.

—Sois pas pressée, ça va venir.

—Ça fait tellement longtemps que j'attends.

—Patience, ça va venir.

—Quand toé... je veux dire quand t'es arrivé par icitte... je me suis dit : peut-être lui. Tu savais rien de moé, je pouvais recommencer. Mais...

Il fit un signe d'impuissance des épaules et une moue un peu navrée.

—Je me suis mal prise, hein ? C'est de leur faute, j'suis toute mêlée astheure.

Elle avait un visage pitoyable. Il mentit :

—Ça aurait pu marcher. Oui, me semble que j'aurais pu t'aimer. Seulement, j'étais déjà en amour. Je l'suis encore.

—En amour...

Elle rêvassa un moment puis se montra intéressée.

—Elle reste à Amos ? C'est pour ça que t'es de bonne humeur ? En déménageant, tu pourras la voir souvent.

—C'est ça.

—Chanceux ! Comment c'est ?

—Quoi ?

—J'veux dire, aimer.

—C'est... bon. Ça rend heureux.

—Qu'est-ce que vous faites ensemble ?

—Ben, on se parle, on se promène, on se prend la main. On rit, on est ben ensemble.

—Pis, vous vous embrassez ?

—Des fois. Pas tout le temps... parce que, juste d'être ensemble nous rend heureux.

—T'es chanceux, Rémi. Ah ! j'aimerais moé aussi...

—Ça va t'arriver. T'es pas laide, t'es fine quand tu veux.

—Comment faire pour que ça vienne ?

—Aie pas l'air pressée, effarouche pas le monde. Et...

Il s'arrêta. On entendait un pas, non plutôt une semelle qui se raclait sur le rebord du perron. Diane se leva précipitamment, fit des doigts un signe d'au revoir et, avec un sourire contrit, grimpa en vitesse.

—Bonne chance, lui souffla Rémi.

La semaine passa trop vite au gré du garçon. Chaque soir lui et Sonia lurent quelques pages du livre, se racontèrent des souvenirs, évoquèrent le passé, un peu le présent et pas du tout l'avenir. Ils parlèrent surtout de rêves et de pensées, de ces choses sur quoi le passage du temps n'a pas prise. Elle lui montra à danser, fredonnant les airs afin qu'ils gardent la mesure. Rémi se sentait changé. Il avait l'impression qu'il s'était écoulé un temps très long depuis le dimanche soir et, chaque jour, en retrouvant Robert, il pouvait mesurer le chemin parcouru.

Le souper du vendredi en fut un d'adieu, triste malgré les chandelles posées de part et d'autre d'un bouquet d'herbes séchées que Sonia avait cueillies l'après-midi. La présence de Sophie ne permettait que des dialogues par les yeux. Enfin, ils furent seuls. Il l'aida pour la vaisselle et maintenant qu'ils auraient pu parler en toute quiétude, ils ne trouvaient rien à dire. Il lui effleura seulement la main à quelques reprises. Ils veillèrent ensuite à la seule lumière des chandelles et les premiers mots furent longs à venir.

—Ouais, soupira Sonia.

—Je m'en vais pas au bout du monde.

—Tu t'en vas.

—Faut pas être triste.

—Pourtant, j'ai ben des raisons. Non seulement tu seras pus là, mais l'hiver vient.

—La peur, ça se domine, Sonia.

—Mais l'ennui ? Pis, qu'est-ce que je peux contre la neige, la désolation du rang ? Moé aussi je voudrais partir, comme toé. Partir comme ceux qui avaient bâti c'te maison. Pis, c'est pas possible.

Il se leva sans répondre et alla prendre un livre dans son sac.

—C'est pour toi. Je te l'ai acheté parce que je sais que tu l'aimeras.

—Un livre pour moi ?

Son visage s'éclairait.

—J'ai rien osé marquer dedans, de dédicaces ou de choses comme ça.

—*Dialogues d'hommes et de bêtes*. Félix Leclerc. C'est le même ?

—Oui. J'ai rien marqué mais souligné un bout. Regarde page soixante et onze.

Elle feuilleta le volume, s'arrêta à la page indiquée et lut d'abord à voix basse, puis tout haut.

—« Je serai moi-même. Si dans l'âme j'ai une chanson, elle jaillira un jour, puisqu'on ne peut pas tuer ce qui doit vivre et faire vivre ce qui doit mourir. »

Elle répéta une autre fois les deux phrases, puis :

—Etre soi-même.

—Et, rester ici, c'est pas toi ça.

—Quoi faire d'autre ?

—Partir.

—Partir?

—Déménager ou tout abandonner.

—Tu y penses pas!

—J'sais pas. C'est à toi de décider de ce que tu fais.

Elle réfléchit durant un long moment puis eut un signe d'agacement, un mouvement de tête comme pour rejeter une pensée ou la remettre à plus tard. Son attention se porta au livre qu'elle tenait en main.

—Merci. La seule fois qu'on m'a donné un livre, c'était comme prix à l'école. « Si dans l'âme j'ai une chanson, elle jaillira un jour... » C'est beau!

—Qu'est-ce qui va arriver à la jeune Sonia?

—Ben... toi parti, je vais faire ce que tu appelles « jouer à la madame » . J'tuerai pas la jeune, a va rester en dedans et sortir des fois pour écrire son journal. Mais elle aura plus d'ami pour l'encourager.

—Et l'aimer.

—Rémi!

—Ben quoi? Y reste peu de temps. Pus assez pour jouer avec les mots.

—Moi aussi je t'aime bien.

—Bien?

—Mon ami.

Elle regarda la flamme des chandelles monter droit dans l'air.

—Je vais repenser longtemps à cette semaine, à nos conversations.

—A nos nuits?

—Chut!

—On va se revoir, mais ça sera plus pareil.

—Et il faut que ça ne soit plus pareil, Rémi. Comment y dit dans le livre? Pas faire vivre ce qui doit mourir?

—Quelque chose comme ça.

—Comprends-tu, Rémi? Même si ça nous fait de la peine, tout finit à soir. Faudra seulement y penser à l'avenir, jamais en reparler, surtout pas essayer de faire recommencer ça.

—Ça finit pas à soir. Demain matin.

—Demain matin, acquiesça-t-elle avec un sourire entendu.

—T'inquiète pas, Sonia: en déménageant, je commence une nouvelle vie. Ce qu'on a vécu cette semaine va devenir un beau souvenir. Une belle chose, mais une chose du passé.

Elle dormit avec lui toute la nuit, ne retournant auprès de sa fille que peu avant l'aube. Réginald arriva vers neuf heures et ramena Rémi chez lui dans le camion de Martel qui servirait pour le déménagement des Simard. Un premier voyage chargé, la famille s'en fut dans la voiture. Les garçons restaient derrière pour surveiller les bagages jusqu'au retour du camion. Après le brouhaha, la maison à moitié vide paraissait étrangement silencieuse.

—Robert, si ça te fait rien d'attendre ici, je vais aller à la caverne.

—Quoi faire?

—Voir.

—Pas trop longtemps?

—Le camion sera pas revenu avant au moins trois ou quatre heures.

La maison du professeur Savard a été transformée par Maudit-Treupe en plusieurs tas de bois bien empilé. Seule la cheminée à demi écroulée indique qu'une construction se dressait là quelques semaines plus tôt. Et derrière, l'abatis au bois pourrissant ne sera jamais brûlé; la forêt reprendra possession de tout ça, ayant vaincu les rêves des hommes. Le royaume ne viendra pas, mais Rémi s'en moque qui est devenu indifférent aux échecs successifs subis par le peuple des moutons. Lui, il n'a pas l'impression de fuir comme les autres, ses parents eux-mêmes, l'ont fait. Sa quête de chevalier a échoué? Non. Il se dit que le seul vrai défi, il l'a réalisé: devenir adulte, loup parmi les moutons. C'est fait. Lui, on ne le bourrera pas comme une valise. Curés, professeurs, conseillers, gens en place, tous en seront pour leurs frais.

Malgré l'air vif, l'haleine du soleil est perceptible et, zigzaguant entre de petits nuages, une buse plane au-dessus de la colline. Des geais cajolent dans les cornouillers en bordure du ruisseau. Le prospecteur, les génies, les chevaliers, la nuit et ses magies: il semble à Rémi qu'il y a une éternité depuis tout ça et, avec le recul, ces choses autrefois si importantes deviennent insignifiantes. Il se revoit, trois mois plus tôt, encore enfant, pataugeant dans l'eau boueuse. Trois mois à peine!

Près de l'étang, les têtes des quenouilles s'effilochent dans la brise; la caverne exhale une forte odeur de moisi. Il y pénètre quand même. Toute une jungle de racines a poussé à travers la voûte, provoquant de petites avalanches. L'odeur naît des vêtements que Robert a éparpillés quand il est venu chercher la carte mortuaire. Les vêtements de la princesse! La déesse noire! L'idole est craquelée et, quand Rémi la soulève, les jambes tombent, la taille s'effrite sous sa paume. La tête roule par terre et, en la poussant de côté, il heurte de la main le calice que dissimulait une robe chiffonnée. Il vaut mieux faire disparaître tout ça. Il retourne dehors. Avec un bout de bois, il entreprend d'obturer l'entrée du repaire en abattant les parois et la voûte. Plus tard peut-être, d'autres enfants viendront par ici. Qu'ils creusent leur propre caverne !

Au bord du ruisseau, Rémi retire de sa poche une boulette de papier : la photographie d'Eugénie. Il la lance dans le courant, la voit s'éloigner, puis sombrer au détour d'un méandre.